JN099011

女警

古野まほろ

角川文庫
22949

目次

序　章

凪《な》いだ、夜だった。

すなわち、強盗もひったくりもなければ、まさか殺人もない。

警察署の当直をうんざりさせる、首吊りなどの変死事案すらない。

時刻は、午後一一時をちょうど回ったところ。

東京、大阪といった大都市ならば、ここからが夜の本番だろうが――

この物語の舞台となるA県は、そういった大都市を、ひとつしか抱えていない。県庁のある県都だけだ。それ以外の都市は、多くても一〇万人規模である。

A県警の豊白《とよしろ》警察署が管轄する、豊白市がまさにそれであった。


――地方の一〇万人都市など、言葉はともかく、たかが知れている。

駅前商店街は、午後九時を過ぎればシャッター通りになるし、終電が去れば、朝までタクシーを捕まえるのは非常に難しい。駅前で二次会・三次会をやるなど、思考パターンとしてありえない。

要は、豊白市とは、日本のどの県もが抱える、どこかうら寂しい地方都市である。田畑と山と、夜の深い闇には事欠かない、そんな田舎だ。

実際、その豊白市を管轄する豊白警察署も、定員一五〇人に満たない。日本有数の繁華街を抱える、警視庁の新宿《しんじゅく》警察署の、実に二五％未満である。東京が日本のスタンダードではないように、警視庁もまた、警察のスタンダードではないのだ。

この豊白署でいえば、ドラマで視るような殺人事件など、五年に一度発生するかどうか。そういう意味でも標準的である。もちろん、通常業務というか、日常業務は少なくない。幹線道路あるところシャブあり。鉄路あるところ痴漢・強制わいせつあり。また田舎は、家の鍵さえ掛けない世帯があるほどだから、侵入盗の類《たぐい》も少なくない。田舎は車社会でもあるから、飲酒運転だの人身事故だのも花盛り。もちろん、県にひとつの繁華街では、ひったくりもあればぼったくりもある。また、日本全国、自転車盗の発生しない都道府県などありはしない。拾得物の発生しない都道府県も、DV・ストーカー事案に直結する相談事案が発生しない都道府県もない。地理案内といった住民サービスは、言うに及ばずだ。

——これらを要するに、豊白署は、やはり、標準的にいそがしい警察署である。

ただ……

今夜の豊白市は、凪いでいた。

恐ろしいほどおだやかな、春の宵《よい》。微《かす》かに、初夏の草の息吹き。

A県警の誰もが、最後の安息と猶予《ゆうよ》を、味わうことができたろう。

日本警察史上に残る、警察官による警察官殺しまで、あと一〇分。

後に言う〈豊白警察署牟礼《むれ》駅前交番・警部補射殺事件〉の銃声が、響こうとしていた。

第1章　女警の銃弾

A県警豊白《とよしろ》警察署・牟礼町地内《むれちょうチナイ》

時刻は、午後一一時一〇分強。
場所は、豊白市の牟礼《むれ》町地内《チナイ》。
――より正確には、そこを機動警《キドウケイ》らしている、パトカー《ＰＣ》車内。
その警ら用無線自動車〈豊白1号〉運転席で、車長である北野《きたの》警部補はいった。
「いい夜だな。県内系無線が、さっきからずっと黙っている」
「おだやかな春の宵《よい》――いや、もう初夏ですかね。少し暑い」
そう返事をした、助手席の司《つかさ》巡査部長は、ＰＣの窓を開けた。
ぬめりのない五月末の夜気《やき》が、たちまちＰＣを満たす。
なるほど、確かに少し汗ばむ感じだが、そう湿度はない。
むしろ、かろやかな草の息吹きが、男臭いＰＣを洗ってゆくようだ――
北野警部補もまた、赤信号を利用して、ＰＣの窓を全開にした。
そして、夜の匂いを嗅《か》ぐように顔を動かすと、助手席の司巡査部長にいった。

「恐ろしく凪《な》いでいる。物損事故すら入電しない。さっき痴漢だか強猥《キョウワイ》未遂だかがあったようだが、何の続報も指示もない。まあ、警察としては結構なことだ」

PCの県内系無線も、ごく稀《まれ》に、他の警察署を時折呼び出してはいるが……

北野警部補と司巡査部長が最も恐れるべき『A県本部から――豊白!!』なる名指しの指令は、全く発してこない。

「そういえば、司よ」だから、北野警部補は雑談としていった。「ここのところの泊まりでは、あの人の交番に立ち寄ってはいないな」

「あの人っていうと、ああ、牟礼《むれ》駅前交番の……」

「そうだ。俺に知能犯のイロハを教えてくれた、刑事の大先輩さ。もうセンセイだな」

――実は、北野警部補と司巡査部長は、元々〈刑事〉の人間である。

すなわち、今は人事異動で制服を着ているが、そのうちまた、本籍地の私服部門に帰る。

交番・PCといった外回り営業を意味する〈地域《チイキ》〉は、実はもう、卒業しているのだ。いってみれば、レンタルの人材。ゆえに、〈地域〉の中でも比較的エリートであるPCに乗れているし、また、一年強ほどを我慢すれば、確実に寿命を縮める二十四時間制の勤務などオサラバである。正直、このような私服組は、〈地域〉に愛着など感じない。愛着を感じるとすれば、自分達とおなじ、本籍地が私服部門の、仮初《かりそ》め地域の仲間だけだ。

だから、北野警部補は、仲間のことを――正確には先輩のことを思い遣《や》った。

「大先輩も、五三歳で、雨の日も風の日も重い装備品吊《つ》って、腰悪くしながら交番《ハコ》に泊まるのはキツいだろうなあ。俺達PCと違って地べただし、交番《ハコ》にはお客さんも多いしなあ。せめて交番勤務でなく、警察署の地域デスクにでも置いてあげればいいものを。そう、署で地域管理官の幕僚《ばくりょう》が充分務まる人だよ、大先輩は」

「ただ今の、ウチの署の地域管理官ドノは、厳しい人ですからね。御歳《おんとし》五二歳なのに、だから俺達よりひとまわり上なのに、抜き打ちの夜間巡視も、始末書をとるのもバリバリやる。まだ私服になれていない生粋《きっすい》の〈地域〉の連中は、悲鳴を上げていますよ」

「いや、ウチの地域管理官は地域管理官で、そりゃもう壮絶な苦労をしてきた人だからやむを得んさ……お互い仕事だしな。ただ、あれほどの大先輩を牟礼駅前PBなんぞに置いておくことはあるまいよ。もう牟礼駅前PBでも二年だし、また県警本部の刑事に復帰できればいいんだが」

「いやいや、そりゃ既定路線でしょう。まさかあれほどのベテラン刑事を、そのまま〈地域〉で終わらせるってのはあり得んことですよ。そこはウチの地域管理官も解っているんじゃないですかね。何せ地域管理官御自身は、次の異動で、どうやら県警本部の人事《ヒトゴト》調査官あたりに御栄転らしいですから。警察の人事《じんじ》の鉄則なんて、五二歳の地域管理官ともなれば、嫌と言うほど解っているはず――」

このとき。

ＰＣ〈豊白１号〉の県内系無線が鳴った。

ビーッ、ビーッ、ビーッ、ビーッ、という警告音。

それは、この夜、北野も司も、そこそこ聴いてきた音だった。

それらはすべて、他の警察署を呼び出すものだった。

だからふたりは、機動警らをしながら、雑談する余裕があったのである。

しかし――

そこは、刑事に選ばれた警察官たちだ。

ふたりは五感を超えた何かで、その警告音だけで、今度は自分達だと察知した。

その猟犬の勘は、ふたりにとって残念なことに、ドンピシャリだった。

［県警本部から――豊白？］

［豊白ですどうぞ!!］

――県内系無線は、豊白署を呼び出した。むろん即答したのは、豊白署である。

いよいよ通信指令室は、ふたりの属する警察署に御指名を掛けたのだ。

そして通信指令室の御指名が掛かったということは、豊白署が対処すべき一一〇番通報があったということ。それゆえ、豊白署の無線室は、すぐさま御指名に即答したのだ。

北野と司も、全身を臨戦状態にする。

我が国で、ＰＣが現場到着に要する時間は、平均七分。言い換えれば、北野と司は、この平均七分のレースに参加しなければならなくなった。現着《ゲンチャク》一番、第一臨場《リンジョウ》こそＰＣ

の本懐《ほんかい》。それは刑事を本籍地とするふたりも、重々承知している警察の鉄則だ——

県内系無線は、指令を続ける。

［一般人からの通報で。発砲音事案。現場《ゲンジョウ》は。豊白市牟礼町の。ＪＲ牟礼駅前直近。改札口を出て歩行中の。三〇代女性からの通報で。約五分前に。拳銃の発砲音と思《おぼ》しき異常な音を二度、聴いたとのこと。なお二度の音の間に。一分程度の間隔があるとのこと。

豊白ＰＳにあっては。至急係官を派遣の上。事案の詳細の把握に努められたい。なお。現状において銃器使用の有無は明らかでないが。これが銃器使用事案であるとの危機感を持って。臨場係官にあっては。防弾盾、防弾ベスト、防弾ヘルメットその他の装備資器材を有効活用の上。受傷事故《ジュショウジコ》防止に努めるとともに。銃器使用事案である旨確認したときは。通信指令室に即報《ソクホウ》の上。当直員その他の臨場係官と連携し。通信指令室の指揮の下。現場規制。交通規制。所要の避難活動。広報活動を直ちに実施されたい。

なお銃器使用者を発見した際は。これをいたずらに刺激することなく。現場指揮官を選定の上。県警本部の担当官が到着するまでの間。適切な説得。封圧等に当たられたい。

ＰＣの臨場にあっては。赤色灯・サイレンを不可とする。

通報に係る女性は既に自宅待機。通信指令室において続報を聴取中。以降の無線指令

に留意されたい。指令時刻一一一五。指令番号〇〇八八。扱い曽根《そね》ですどうぞ］
［豊白了解］豊白警察署がもちろん了解する。［至急係官を臨場させる。本件、警ら中の〈豊白1号〉にあっては傍受《ぼうじゅ》かどうぞ？］
〈豊白1号〉はまさに北野と司が運用しているPCである。助手席の司はすぐ応答した。
［豊白1了解。牟礼町地内からJR牟礼駅方面へ向かう］
［豊白了解］
［県警本部了解。以上県警本部］
かくてPC〈豊白1号〉は、JR牟礼駅へ急行することとなった。

豊白市牟礼町・JR牟礼駅付近

北野警部補と司巡査部長は、指令どおり赤色灯を消し、むろんサイレンの吹鳴《すいめい》も止め、しずしずとJR牟礼駅前に接近した。そもそも牟礼町地内を機動警らしていたのだから、臨場は極めてはやい。結果としては、全国平均の七分を大きく割った。

現場急行中は、もはや雑談などしていない。

PCごと闇に溶けながら、経路となる路地を、職質対象者を捜《さが》す嗅覚《きゅうかく》で検索《ケンサク》してゆく。

――特段の異変はない。

そもそも、JR牟礼駅は、ローカル線の駅である。

それも、鈍行しか停まらないとあって、若干の通勤客をのぞけば、人気《ひとけ》のある方がめずらしい。ここは地方の、しかも一〇万都市。牟礼駅はその中でも、さらに田舎めいた所にある。PC勤務員ふたりの経験からして、いちばん客が混み合うのは――それでも指折り数えられる程度だが――朝と夜の通勤・通学時間帯だ。それ以外は、十五分置きに来る列車を、ぽつんと待つ学生だの老人だのがいるくらい。そもそも駅周辺は、かなり道路と土地に余裕がある、スカスカした住宅街と畑である。もっとも、駅周辺を離れてしまえば、住宅街どころか、それこそ田畑と山と夜の闇しかない、日本の典型的な田舎になるのだが。

――ゆえに、PC〈豊白1号〉は、牟礼駅前、正確にはその駐車場・駐輪場に接近するまで、とうとう誰にも遭遇しなかった。被疑者・不審者どころか、外を歩いている者もいなければ、自転車にすら行き会わない。銃器で撃たれた被害者なり変死体もない。そして、もちろん牟礼駅には何の異常もない。

そもそも、誰かがいればすぐに分かる。牟礼駅周辺とは、そんな長閑《のどか》なところだ。

――それでもPC〈豊白1号〉は、そんな牟礼駅周辺を、三周ほど警ら・検索した。三周目が終わり、北野警部補がJR牟礼駅手前の広い道路にPCを止める。そしていう。

「……予断はいかんが、やっぱり誰もいないなあ」

「牟礼駅ですからねえ」司が嘆息《ためいき》を吐く。「しかも、そろそろ終電時刻ですよ？」

「ああ、確か二三三四《フタサンサンヨン》だったな、終電。それにしても、通信指令室ときたら、通報者の続報も入れてこない。騒ぐだけ騒いで」

「きっと、通報者も、大袈裟《おおげさ》な通報を恥じて、大したことを喋《しゃべ》らなくなったんでしょう。こんな田舎で、いえ我が県で、発砲事案だの銃器使用事案だの……私の記憶にあるかぎり、あれはええと……九年前の、UFJ人質立てこもりがあっただけですよ。それも、説得十五分でいきなり投降した。当県の突発事案なんざ、そんなもんです。まして、終電間際の鈍行駅周辺で銃器とか……パンクの類《たぐい》じゃないですかね？」

――そのとき、今度は署活系《ショカツケイ》の無線機に入電があった。

こちらは、いってみれば署のトランシーバーであり、県内系ほど堅苦しくはない。県内系だと、通信指令室と全警察署とに通話が乗ってしまうが、署活系ならいわばオウチの会話である。極論、弁当やジュースの買い出しを――隠語でだが――頼んでも問題はない。

だから今、〈豊白1号〉の北野警部補の無線を呼び出した声も、かなりフランクだった。

［豊白PSから豊白1号北野係長？］

「北野です、どうぞ」

［ああ北野係長すんません、リモコンの小川《おがわ》です――］

リモコンとは、署指令室のことだ。そして今夜の担当は、当然北野も知っている、小川警部補だった。PCとリモコンには、比較的優秀な者が充てられる。それこそ、銃器使用でもあったときヤバいからだ。ゆえに、この小川警部補も、実は生活安全部門を本籍とする私服であり、だから腰掛けだった。北野より若干若い。すなわち、北野同様先がある。

「――先指令《サキ》の、発砲音だか銃声だかの件ですが、どんなもんです？」

「付近入念に検索するも発見に至らず、だ」北野は警察の決まり文句を告げた。「不審者も変死体も異常もないぞ。そもそも通報者、確か三〇代女性だったが、一一〇番の後は何を言っている？」

「それがですねえ。該《ガイ》通報者、信用金庫のＯＬなんですけど……そもそも、『発砲音』だなんて通報はしていないんですよ。爆竹みたいに爆《は》ぜる音が二度、っていうのが最初の話なんです。ところが、久々の突《トッ》発重大《パッジュウダイ》事案に興奮した通信指令室が、あれこれバタバタ聴取しているうちに、いつしか『発砲音と思しき異常な音』ってな、ビッグな話になってしまって」

「……最近は、通信指令室の権限拡大があったからなあ。鼻息が荒くて敵《かな》わん。『大きく構えて小さくまとめる』。成程《なるほど》、これは警察の基本だが、小さいものを大きく吹かれても……」

それで、該通報者だが、その後も話を聴けているのか？」

「はい、コンタクトとれています。当直班の刑事を回しました。

彼女、独りで退勤する途中だったんで、そのまま家に帰したんですよ。それにもしホントの『発砲事案』だったら、現場近くは危険ですしね——これも通信指令室の判断ですが」

「それじゃあ、『爆竹みたいに爆ぜる音』がしたのは何処《どこ》なんだ？　聴いた所というか」

「北野係長、今、牟礼駅前ですよね？」ＰＣには当然、カーロケが付いている。無論、ＰＭ——警察官自身にもだが。「係長がいらっしゃる広い道路の右手に、そう右前方に、踏切があると思うんですが。そうです、スーパーの手前の。牟礼駅出口からは、ざっと一〇〇ｍほど離れた所。通報者はそれを渡りきったあたりで、バン、バンなる音を聴いたとのことなんです」

「当該バン、の方向というか、出所は訊《き》いたか？」

「それが、牟礼駅の駅舎方向から響いた——っていうんですよねえ」

……いよいよもって不可解である。言い換えれば、いよいよ銃器使用などとは思えない。

そもそも、牟礼駅前はド田舎である。現に、人っ子ひとりいない。

電車はローカル線の鈍行が十五分に一本。この時間の使用者といえば、今まさにリモコンの小川係長がいったように、『独りで退勤』していたＯＬくらいのものだった。

ましてー—

北野警部補は、ＪＲ牟礼駅周辺を眺めた。そして思った。

（おそろしく閑静《かんせい》な場所、悪くいえば寂《さび》れた場所だ。

一応は駅なのに、駅前にコンビニすら無い。

駅前に、いや駅周辺にあるのは、ガラガラの駐車場と、放置自転車だらけの駐輪場と、いつ潰《つぶ》れたとも知れぬ、大手学習塾の成れの果てだ。おっと、我が警察施設もあるが）

――すなわち、牟礼駅前交番だ。

JR牟礼駅は、ホームが一本、改札口がひとつのシンプルな駅なので、東口も西口も何もない。だから、まさに『駅前交番』である。それが、大手学習塾だったものと、駐車場とに挟まれる感じで、ぽつんと建っている。北野警部補も司巡査部長も、今は〈地域〉の人間だから、当然その場所は知っているし、その中に入ったことも無数にある。PCは交番への立寄りもするし、交番を借りて書類作成をすることもあるし、職質対象者を交番に任意同行するのも全然めずらしくはない。

その記憶を呼び起こしながら、北野は思った。

（やはり、寂しい交番だ。

駅そのものを除けば、駅前で唯一死んでいない公共施設。

それゆえに、ホームの白い明かりと、交番の赤い門灯が、なんとも寂しげで敵わん）

……北野は、その駅前交番に勤務する、やはり寂しげな同僚の顔も思い浮かべた。

正確には、その駅前交番に勤務する先輩の顔だ。

もっと正確には、それは、刑事としての先輩の顔、となる――

(最後に先輩と話したのは、何時《いつ》だったか)

泊まり勤務のサイクルが同じなので、出退勤のとき、あるいは朝礼のとき、署で話そうとすれば幾らでも話せる。PCには機動力があるから、交番に立ち寄ることもできる。ただ、今の北野には、それをする勇気がなかった。それはそうだ。知能犯にその人ありと知られ、自分にそのイロハを教えてくれた大先輩が、こんな寂しいハコで燻《くすぶ》っていなければばならない。大先輩はそれでふて腐れて無気力《ゴンゾウ》になるようなバカじゃあなかったが――まさかだ――しかし恐ろしい失意の内にあるのは間違いない。いや、失意どころの話ではない。最後に会ったとき、先輩は確か薬まで飲んでいた。五錠も六錠も。

(思い出した。あれはちょうど、桜の花が咲いていた頃だ。

俺はこのPCで、警電《ケイデン》を借りるために牟礼駅前PBに立ち寄って……

……対応してくれたのは、先輩ではなかった。若い女警だった。先輩は、PBの奥の院にいた。和室の、休憩所だ。北野は警電を借りた礼をいう――という名目で――久々に先輩に会った。どうにも気になったからだ。先輩は、和卓で夕飯を食べていた。活動服の上下を脱ぎ、制ワイシャツとステテコ姿《パッチ》になって、唐揚げ弁当を食べていた。正確には、食べ終えたところだった。

『先輩、お疲れ様です北野です。警電お借りしました。有難うございました』

『おう北野か。何だお前、自棄《やけ》に殊勝《しゅしょう》じゃないか。そんなキャラだったか？』

『あれっ、そのシートの群れ、薬ですか。

とうとう酒好きがたたって、肝臓に来ましたか？』

『あっは、まあそんなもんだ……

あとは、眠り薬だな。年をとると、四時間の仮眠なんてできたもんじゃない。若い頃は、布団に入って五秒で眠れたが、今じゃあ寝入るのに三時間五九分掛かっちまうよ。

おまけに、あの疳高《かんだか》い怒鳴り声も、耳の奥で聴こえてくるしなあ』

『……お察しします、先輩』

『バカ、もう済んだことだ』

『俺なんかが何を言えた立場じゃないですが、警察ってとこは、残酷なところですね。

怒鳴る。破る。投げる。蹴る。叩く。それとも星の数が増えると狂暴になるんですかね？』

『バカいっちゃあいけない。俺達の署長《オヤジ》なんて、警視で五十九歳だが、あんな人格者はおらんだろう。まさか怒鳴りはせんし、決裁書類を破りもせん。全てはヒトだ。ヒトによる。そして、それだけだ……お前、まさか俺を哀れんでいるのか？』

『先輩は何も悪くないんですよ。奴が狂っているんだ。

それに、先輩ももうこの交番で二年以上。次の異動で私服に復帰するのは、警察文化からして確実ですよ。だから……』

『だから心配になって、俺の薬とかを確認してくれたのか？』

『いえそういうわけでは』

『安心しろ、北野。俺は大丈夫だ。いや、大丈夫でなきゃならん。

正直を言うと、さっきいったように、まだ悶《うな》されるし、たまに眠れても悪夢、悪夢だ。どうしても忘れられんし、時々無意識に、自分の右手が右腰に伸びることもある』

『……先輩!!』

『ただな、北野よ』

（そういって、先輩はネクタイをぺろりと上げてみせた。ありゃ立派なものだった。身を飾らないタイプの先輩にしては、まあ、お洒落《しゃれ》な奴だったな……

だから、俺がちょっと吃驚《びっくり》していると、先輩は恥ずかしそうに笑っていった）

『嫁さんからの、気配りさ』

『えっ奥さん？　でも先輩、確か奥さんとは今……』

『……オイ、ちょっと休憩室の安普請《やすぶしん》の襖《ふすま》、閉めてくれ。

こんな話、聴かれちゃかなわん』

『あの若い女警に聴かれたらマズいことでも？

あの子は、どちらかといえば気の利いた、口の堅そうな、マジメな子だと思いますが？』

『……いやいや、マズいマズい。実はなあ、この歳になって、再婚するかも知れんのだ。まあ、そういう関係になってな』

『じゃあ新しい奥さんを!! そいつはいいや。先輩、おめでとうございます。でも、そのお年でそういう関係云々《うんぬん》ってのは、またすごいですね。先輩、若いなあ。まさか、できちゃった婚とかいう奴ですか？』

『いやそういうことじゃない、ただ勢いか失敗か、そういう可能性のあるかたちで……バカ、もう喋らせるな』

『気になるなあ。そうすると、やっぱり、そのお洒落なネクタイの……』

『ああ、これな。これの贈り主が、その新しい嫁さんさ。そのためにも、確かに、異動までは頑晴らんといかんなあ。なるほど刑事は刑事で激務だが、〈地域〉の二十四時間勤務では長命は望めんし、正直超過勤務手当とかも桁違《けたちが》いだし、何より新しい嫁さんも安心できるだろうしなあ……新しい嫁さんのため、どうにか生命保険にも入り直せたところだし、どうにか受取人も、俺の母親に変更できたことだし。本当は新しい嫁さんにしたかったが、内縁だとそもそも無理だそうだし、組織にバレてもいかんしなあ。だから遺書を、キチンとしておかんとな』

『いやいやいやいや。遺書どころか、これからです。次の異動までの御辛抱です』

『ただ北野よ。これはな、お前だけの秘密にしておいてくれ、頼む。

……お前が俺の挙動を怪しんでいることは、解っている。それだけ俺のこと、心配してくれているのも解っている。だからお前にだけ、打ち明けた。だから絶対に秘密にしておいてくれ、頼むぞ。あの若い女警にもだ、悟られるな。

……あの子は潔癖で堅いからなあ。俺がこんなことペラペラ喋っているだけで、何てエロ親父だと、何て破廉恥《はれんち》な男だと、軽蔑の目で見られてしまうよ。世代差ってのは、大きいなあ』

『おめでたい話だから、何もそんな、不祥事みたいに隠すこたあないでしょう』

『あの子の年格好を見たろう？　新しい嫁さんがあんなに若かったら、そりゃ幾ら何でも体裁が悪かろうが』

『えっあの子みたいな若い嫁さんなんですか。

そりゃ一体全体どういう馴《な》れ初《そ》めなんです』

『まあ、折りを見てまた飲みに行こうや。そのとき、完落ちになって自白するからさ。とりあえずはＰＣの機動警らに復帰しろ。〈地域〉の勤務管理は、ブラックだからな』

『いや、そうはいってもに気になって気になってしょうがないですよ。

そもそも相手は……』

（……俺はどうにか、先輩の再婚相手について概要を訊き出すと、取り敢えず牟礼駅前

PBを辞去した。確かに〈地域〉の勤務管理はうるさい。いつまでもPCがハコに停まっていれば、それだけで処分ものだから。

それが桜の花の咲いていた、四月の頭頃だ）

ところがとうとう、それから今日まで二箇月弱、北野は先輩と話せず仕舞《じま》いだった。だから、北野警部補にとって、先輩のいるこの牟礼駅前交番に来るのも、先輩とマトモに会うのも、実に久々のことになる。

――この牟礼駅前交番は、ミニマム交番だ。法令では、一日あたり三名以上で運用するのが交番のしきたりだが、警察の懐事情《ふところじじょう》からして、それではとてもやっていけない。警察庁は渋々、一日あたり二名の運用を認めざるを得なかった。牟礼駅前交番は、まさにそんなミニマム交番である。

そして、北野が思い浮かべた先輩は、まさに今日、あの交番で勤務をしているはずだ。そこは〈地域〉の人間同士である。同じ日に泊まりをする同じ係の警察官が、分からない方がおかしい。ちなみに、同じ日に泊まりをする同じ係の警察官は、勤務サイクルが同一になるから、原則三日に一回の休日もおなじ日になる。その日に飲んで絆《きずな》を深めることもある。ただ北野たちは元々腰掛けのレンタルだから、そのようなことはしない。

（……そういえば、あんな通信指令が入電したのに、あの人が交番を出て来ていないのは奇妙だ。あの人はマジメな人だから。マジメ過ぎるほど……警察官にはもったいないほど。だから、〈地域〉に流されても、キッチリ仕事はやる人のはず。いや、やる人だ。

まして、次の異動で刑事に復帰しなければならないのだから。厳しい地域管理官の手前、まさか無気力《ゴンゾウ》にはなれん。

……ただ、今の刑事部門は刑事部門で、大きな問題があるからな。捜査二課の周りなんざ、御通夜《おつや》みたいになっている。今の県警本部で地獄を見ているのは、あそこと……ああ、今の副社長もえげつない猛獣だと、誰かがいっていたなあ。すまじきものは宮仕《みやづか》え、か。

先輩の次の異動、まさか、捜査二課でなければいいんだが。何と言っても、あんなめでたい話があることだしな）

北野は思わず、牟礼駅前交番に見入ってしまっていた。

自分とおなじ刑事でありながら、しばし交番への流刑《るけい》を経験することとなった先輩を思いつつ。

しかし、そんな北野の感慨を当然無視して、リモコンの小川係長はいった。

「あれっ？　北野係長どうされました？　感度《メリット》大丈夫ですか？　もしもーし」

「ああ、聴いているよ。

ええと、それで……爆竹みたいに爆ぜる音は、牟礼駅の駅舎方面から響いたんだな？」

「そうですそうです。それが通報者の申告内容です」

「しかしなあ、知ってのとおり、牟礼駅前はまさか拳銃を撃つところでも、爆竹を鳴らすところでもないぞ？」

「重々承知しています。私も今は〈地域〉ですから。

ただ、通信指令室がですね、周辺二〇〇m規制とか、最大動員の緊急配備とか、訳の解らんことを言い始めて……なので、発砲音の打ち消し証拠だけは、確保しておかないとなんです。確実に打ち消しておかないと、いよいよ地域管理官を呼び出すとか、署長報告とか、諸々《もろもろ》の騒ぎになるんで」

「無いことの証拠なんて、一晩中捜《さが》しても出てこないが……

まあ解った。そっちも県警本部から、やいのやいのと訊かれているだろうからな。ちょうど終電間際で、牟礼駅のJR職員がまだ残っている。その事情聴取をして、あと更に周辺検索をして、異常がなければ打ち切りを上申《じょうしん》していいだろう。もう十五分くれ」

「もちろん了解です、北野係長」

「……ところで小川」北野の声は微妙に翳《かげ》った。「まさに管轄の、牟礼駅前PBはどう動いている？　まだ立ち寄ってはいないが、様子を窺《うかが》うに、何の対応もしてはいないぞ？」

もちろん北野の声に、叱責《しっせき》の色はなかった。

今夜、牟礼駅前交番で勤務しているのは——少なくともそのひとりは、刑事の先輩である。そして、そのあたりの機微《きび》は、やはり〈地域〉を腰掛けにする、リモコンの小川係長にも伝わった。その小川はいった。

［何か緊急の扱《アツカ》いがあったのか……今のところ、何の連絡もないんです。署活系無線にも応答がないし、警電《ケイデン》を架けてもコール音が続くだけで］
「ＰＢのふたりともか？　あそこは二名で運用しているだろう？」
［ふたりとも、っていえばふたりとも、ですね。
　とにかく牟礼駅前ＰＢとは現状、連絡がとれないんです］
（俺の知っているあの人は、発砲音事案なんて無線を聴いたら、真っ先に交番を駆け出す人だ。少なくとも、俺よりはやく、ＪＲの駅員と接触する人だ。あの人は、マジメだ。
　確かに夜の一一時は、交番の半分が仮眠に入る時間帯ではある。だが、仮にあの人が仮眠に入っていたとしても、突発重大のおそれがある事案を聴き流してグースカ眠るタイプ――いや眠れるタイプじゃない。まあ生粋《きっすい》の〈地域〉には、そういう無気力《ゴンソウ》もウジャウジャいるんだが）
……思うところあって、北野は無線を締めようとした。
〈地域〉は、勤務管理が警察でいちばん厳しい。『無線に応答がない』『警電をとらない』『無断で交番を空ける』等々は、それだけで懲戒処分になってもおかしくない。ならば、この話題を続けるのは、先輩にとって危険なことだ。本来なら、無線に乗せるべきではなかった……公用携帯を使うべきだったのだ。
　北野の『思うところ』とは、そういうことで、つまりは先輩への思い遣りである。
「……趣旨了解《シユシリヨウカイ》だ、小川係長。

どのみち、牟礼駅前PBにも寄ろうと思っていた。きっと、何か緊急の扱いがあったはずだ。なら、むしろそっちを応援せにゃならん。

できるだけはやく牟礼駅前PBとは合流するから、そっちの関係は俺だけに任せてくれ。言うまでもないが、妙に騒ぐなよ」

［リモコン小川係長、趣旨完璧に了解です。以上豊白PS］

豊白警察署との連絡は、終わった。

北野警部補と司巡査部長は、駅前にPCを乗り着けると、小さな執務室――というか改札窓口にいるJR職員に、話を当てる。その駅員は、キョトンとしながらいった。確かに午後一一時一〇分頃、『ばあん』という音を聴いたと。それからしばらくして、また同じような音を聴いたと。どちらも大きく響いたから憶《おぼ》えていると。思わず聴き耳を立てたと。けれど、大きな音はその二回だけで、駅周辺はすぐまた死んだように静かになったと。だから、二度目の音の後、大体三〇秒ほど聴き耳を立ててから、すぐまたルーティンの仕事に戻ったと。仕事を再開してからは、何の喧騒《けんそう》も騒動も聴かなかったと。ましてや悲鳴などなかったと。だがそういわれてみれば、大きな音は、このJR牟礼駅から遠くない所で響いた感じがしたと――

（ふむ。一体全体、その音は何の音だったのかという疑問は残るが……）北野は思った。

（……喧騒も騒動もなし。悲鳴もなし。そして俺達がPCで検索したところ、犯罪の被害者もなし。こりゃ事件性ナシだな。後は駅周辺をもう一度検索して、爆竹だのスリッ

プ痕《こん》なりが発見できれば御《おん》の字《じ》だが、さて）

するど、北野警部補とおなじことを考えたか、司巡査部長がいった。

「我々PCが、機動力を発揮する局面じゃあなさそうですね？」

「そうだな司部長。俺達には俺達の〈機動警ら〉の時間割りがあるからな……

牟礼駅前PBに事案を引き継いで、機動警ら任務に復帰しつつ、最後の周辺検索を行う。それで通信指令室も御満足だろうよ。明日の朝出勤する、地域管理官も文句は言うまい」

──北野と司は、再びPC〈豊白1号〉に乗車した。

PCが置いてあったのは、JR牟礼駅前の、広い道路である。

そこから、かつての大手学習塾と、ガラガラの駐車場とに挟まれた牟礼駅前PBは、まさに指呼《しこ》の間だ。だから、駅員に話を訊いた後で、歩いて寄った方が近かったほどだ。

だが、PC勤務員にとってPCは命綱《いのちづな》。県内系無線も備わっていれば、それこそ防弾の各種装備資器材を始め、刺股《さすまた》、消火器、夜間照明、検問用具といった、職務執行に必要不可欠なものを満載している。PCはある意味、輸送車であり戦車なのだ。そしてこのド田舎ではありえないと思うが、目の届かない所に放置しておけば、ふざけた餓鬼にフロントガラスを割られたり、落書きされたりしかねない。そんな事態になれば、これまた懲戒処分の虞《おそれ》があるばかりか、会計課にじっとりネチネチと嫌味をいわれる。PCの事故ほど、会計課や県庁を渋い顔にさせるものはない。成程《なるほど》、世の中はカネだ。

そんなわけで――

北野と司としては、ごく自然に、本能的に、徒歩でなくPCを動かし、牟礼駅前交番に乗り着けることにした。

現時刻、二三四五《フタサンヨンゴー》。

豊白警察署・牟礼駅前交番

豊白署のPC〈豊白1号〉は、何の問題もなく、牟礼駅前交番のガレージに乗り着けた。

もともと、この交番の駐車スペースは、かなり広い。

まあ、鈍行が、しかも十五分置きにしか停まらないような田舎のことである。いくら慢性的な財政難に苦しむ警察であっても――そう、PCの事故が一大不祥事となる警察であっても――田舎の交番の敷地には困らない。ここは銀座《ぎんざ》でも渋谷《しぶや》でもないのだ。

ただ……

(当然、交番《ハコ》のミニパトの前に、被《かぶ》せる形で乗り着けることになる、とばかり思っていたが……)

北野は若干、訝《いぶか》しんだ。想像していたパターンと、違ったからである。

――豊白署と、牟礼駅前交番との間には、そこそこ距離がある。田舎のことゆえ、牟礼駅前交番の所管区《ショカンク》――縄張りも広い。だから、牟礼駅前PBには当然、ミニパトが配置されている。

それが、交番のかなり広い駐車スペースに、ない。

（とすると、やっぱり緊急の扱《アツカ》いがあって、ミニパトで出向《シュッコウ》したと考えるのが自然だ）

だが……

それなら、必ず豊白署本署に、無線連絡を入れるはずである。少なくとも、警電《ケイデン》の一本は架ける。そうしなければ、〈地域〉の警察官には、厳しい生徒指導が待っているだけだから。『時間割りどおりに勤務をしない』『勝手に交番を空ける』――重ねて、これらはそれだけで重罪なのである。

とりわけ、これは余所《よそ》の府県の話になるが――〈地域〉の警察官が勝手に交番を空け、勝手に時間割りから離脱し、何と、殺人事件まで起こしてしまった超ド級の不祥事の後は、『所在が分からない』『現在の扱《アツカ》い状況を無線報告しない』ことは、最大級の懲罰に値することとなった。

このあたりは、今だけ〈地域〉である刑事の北野たちも、死ぬほど理解している。それはそうだ。泊まり勤務の都度《つど》、朝会《アサカイ》をやる都度、同じことを、地域管理官から執拗《しつよう》に教養《キョウヨウ》されるからである。なるほど〈地域〉はガッコ、管理官はセンセイだ。

――だから北野は、『ミニパトの不在』を、こうした文脈から訝しんだ。

（だが、どのみち俺達のやることに変わりはない）

それは、牟礼駅前ＰＢの地域警察官と合流し、『発砲事案』なるものを引き継ぐことだ。

そもそも、ＰＣの任務は、豊白署全域の機動警らだ。ゆえに、何の異変も異常も発見されない『発砲事案』の後処理にかかずらっていることは、できない。それを処理するというのなら、それは、このＪＲ牟礼駅を所管区にしている――要は地べたを這《は》っている、交番《ハコ》の仕事である。いや、地域の事件事故を満遍《まんべん》なく処理するから〈地域〉であり交番なのだ。

――北野と司は、ＰＣ〈豊白１号〉を降りると、スタスタと牟礼駅前ＰＢに向かった。向かったといっても、ＰＢ直近の駐車スペースからだ。

まさか五〇ｍ歩くわけではない。

だから、まさにちょっとだけ歩み寄りながら、北野警部補は、その交番をもう一度見た。

そして、さっきと変わらぬ感想を抱いた。

刑事は、どちらかといえばセンチメンタリストである――

(寂しい交番だ。

立地も寂しいが、建物が何とも物悲しい)

昭和の普請《ふしん》だろうか。それはあり得る。県警は県の鬼子《おにご》で、知事の言うことなどガン無視する組織だから。ゆえに知事部局からの嫌がらせも多く、慢性的な予算不足に泣いているから。だから、この牟礼駅前交番が、昭和の昔から、建て換えどころか何の改修も受けていないとして、何の不思議もない。もし改修があったとしても、きっと平成の一桁代《ひとけた》だろう。そう感じさせるほど、眼前の交番は、昭和レトロを醸《かも》し出している。

ハコそのものは、コンクリの直方体だ。

子供のオモチャのように、分かりやすい造りをしている。

デン、と横にながい直方体が、余裕のある土地にポン、と置かれている感じだ。

だから、一階建て。東京の交番の多数派が持つ、二階はない。

（そして、この古びた、年季の入ったコンクリの、何ともしみじみする安っぽさ……）

ぽつん、と赤く灯《とも》った丸い門灯が、またいっそう哀れを感じさせる。

もし、交番の執務スペースから蛍光灯の光が漏れていなければ、それはまさに『棺桶《かんおけ》』『牢獄《ろうごく》』すら想起させる、コンクリの箱だった。

交番の大きな入口と、やはり大きな窓から零《こぼ》れる蛍光灯の光は、このコンクリの牢獄にわずかな救いを与えてはいたが、しかし、そこは役所施設の蛍光灯である。これまたオンボロ……というか、またもや昭和の香りがする、どこか曇った白い光しか灯さない。

（こういう出張所で、二年も三年も勤務するってのは、どういう気持ちなんだろうな？）

――刑事が本籍の北野は、三重の感慨を憶えた。

第一に、自分自身も駆け出しの頃は交番勤務をやったのに、もうすっかりそんな記憶は消え失せているということ。第二に、いつもピカピカに磨き上げた――磨き上げる義務のある——整備され尽くしたPCとは、おなじ〈地域〉といっても、勤務環境がまるで違うということ。そして最後に第三、刑事の先輩であるあの人は、この交番で二年以上、エリート刑事だった頃とはまるで違う屈辱的な流刑を味わってきたということ……

(警察官の、一寸先は闇。この稼業《かぎょう》に就《つ》く誰もが知っていることだ。とはいえ。我が組織ながら、そして我が部門ながら、なんとまあ、えげつないことをするものだ)

——すると、北野より若干若い司が、割り切った感じでいった。

「この交番《ハコ》の今日の泊まりは、確か、年野《ねんの》係長と青崎《あおさき》係員でしたね?」

「ああそうだ」北野は感慨を殺した。「刑事の中でも、知能事件にその人ありと謳《うた》われた、年野警部補。あとは豊白署に何と一名しかいない〈地域〉の婦警、いや女警《じょけい》、青崎巡査だ」

「ハコ長が、あの年野先輩。それに、ヒヨッコの婦警——いや女警がくっついている感じですね。

それにしても、女警、女警ってのは面倒だな……婦人警察官で何の問題もないでしょうに。こんな言葉遊びがどうして男女平等につながるのか、刑事バカの俺にはサッパリですよ。それを言ったら、五〇代の年野先輩と、二〇代の女警さまを二人勤務させるなんて、そっちの方が余程《よほど》、人事管理上問題がある」

「それは仕方ないさ。豊白署は県下第二規模の警察署で、しかもJR駅を受け持っているからな。いくら田舎田舎といったって、通勤女性や通学女子を狙った性犯罪は少なくない。まして、女警をキチンと育成して仕事ができるようにするっていうんなら、独りで何でも扱《アツカ》えるようになる、駅前交番がベストだ――

もちろんこの配置には、我らが地域管理官の御意向が、強く働いているんだろうが」

「いや、俺だったら、若い女警と二人勤務なんて死んでも断りますね。

世代感覚の違いが、セクハラだのパワハラだのいわれたら、残りの警察人生は、それこそこんな〈地域〉のうら寂しいPBを、永遠にどさ回りですよ……

……おっとすみません。マジメに謝ります。これは失言でした」

今の会話にあったとおり、牟礼駅前交番は、ミニマム交番である。

今夜の泊まりというなら、その、警部補＝巡査コンビの、ふたりしかいない。これは、警察の職制でいえば、係長＝係員コンビとなるのだが。

――北野と司は、ガラガラ、と昭和の駄菓子屋を思わせる扉を開いた。

そして、当然ながら声掛けをした。ここは彼等の城ではない。また警察官の地声は、職業上大きくなる。だから、ふたりはどこまでも自然に大声を出した――

「お疲れ様でーす。年野係長、〈豊白1号〉でーす」

……無反応。しかも無人。

少なくとも、オープンスペースには誰もいない。そんなものは、視線をめぐらせる以前に分かる。いくら田舎の交番とはいえ、顔である執務室など、まさか学校の教室ほどはない。牟礼駅前交番のオープンスペースは、例えば警視庁各交番の鰻《うなぎ》の寝床《ねどこ》と比べれば抜群に広いが、とはいえ、中でキャッチボールができるほどではない——どのみちそんなことはしないが。

だから北野は、視線をめぐらせることもせず、瞳《め》の動きだけで、執務室を見た。朽ちたアイボリーのカウンタと、その奥に、少しだけ大きめの執務卓がひとつ。あと、極普通のサイズをした執務卓が、もうひとつ。それだけ。

声も返って来なければ、人が動き出す気配もない。

（まあ、交番のオープンスペースなんざ、こんなもんだがな）

市民の誰もが立ち入るエリアに、重要書類も装備資器材も、無線機もパソコンも置けはしない。オープンスペースは、言ってみれば、ホテルの廊下くらいに思っておかなければならない。誰が通ってもいいし、そもそも公共の場所だし、そんなところに大事な物を置いたらこれまた始末書をとられる、そんな『開かれた』エリアだ。

しかし……

そこは、北野も司も、刑事として無数の現場を踏んできた猟犬。

ふたりは確実に違和感を感じたたし、その違和感は、確実に刑事の勘を刺激した——悪い方の勘を。

「オープンスペースが徹底的に整頓《せいとん》されているのは、教科書どおりとして」北野は首を傾《かし》げる。「何故、誰もいないのに、パネルやプラカードを出していないんだ？」

「あと、非常通報電話も、警察署宛《あて》にセットされていませんね」司の観察眼も、刑事らしいものだった。「いや、カウンタに出されてもいない」

「〈地域〉において、交番を空けるってのは、かなり重要なことだ。勤務員の営業実態が分からなくなるってのを措《お》いても、治安関係の二十四時間営業コンビニが閉まるってことだからな。

まあこんなド田舎のことだから、急訴《きゅうそ》なんてひと晩に一度程度だろうが……

それでも、お客さんはある。困った、急いだ、動揺したお客さんがある。いや何も急訴にかぎられない。拾得物の扱いひとつとっても、不在交番ができるっていうのは、〈地域〉の死活問題だ」

「だからこそ」司巡査部長が続けた。「交番勤務員が誰もいなくなるときは、『パトロール中です』『緊急の際はカウンタの電話を使ってください』『警察署に直通でつながります』なんて大きなパネルなり、プラカードを出すし……」

「……そもそもその非常通報電話を確実にセットして、カウンタに置いておくんだが。どこをどう見ても、そんなものありゃしない。これすなわち」

「よほど緊急の扱《アツカ》いがあって、そんなものをセッティングする前に、勤務員二名とも、バタバタ駆け出して行ったか――」

「――あるいは、とても考えたくないことだが、その、非違事案《ヒイジアン》かだな。

オイ司部長、バックヤードへの扉は開くか？

それとも教科書どおりに施錠されているか？」

「えぇっと……ああ、施錠されていません。バックヤードは開放されたままです」

北野と司は、牟礼駅前PBの舞台裏に入った。

まずは、パソコンだの無線だの、装備資器材用ロッカーだのが並んだ、オープンでない方の執務室。これは交番に必要なものだ。というのも、オモテの、カウンタのある執務室は、まさに今北野たちが体験しているように、市民の誰もがアクセスできるエリアだから。もちろん警察には、市民に触れさせてはならない設備や装備資器材や公文書があるわけで、それを収めるためには、オモテの執務室とは分離された、鍵の掛かる仕事場が必要になる。

（……だが、ここも無人だ。それも一目瞭然《りょうぜん》だ）

こちらも、精々、オモテの執務室とおなじ程度のサイズ。ましてスチールロッカーだのパソコンラックだのが、ギュウギュウに押し込められている。そこに人がいるかいないかなど、一瞥《いちべつ》しただけで明らかだ。

「不在交番なのに、バックヤードに施錠をしていない」司巡査部長が眉を顰《ひそ》めた。「これも地域管理官にバレたら、説教三時間どころじゃすみませんよ。個人情報だって、関係簿《ぼ》冊《さつ》だって持ち出し放題、盗まれ放題なんですから」

「そうだな。下手をすると、かなりの確率で、地域管理官どころか、署長《オヤジ》のクビまで飛びかねん不祥事だからな。

……しかし解せん。

いくら急訴なり突発なり、とにかく緊急の扱いがあったとしても、あれだけ地域管理官に怒られている〈地域〉の人間が、こんな状態のまま交番を離れるとは思えん。まして、あの人のことだ。マジメなあの人が、こんなポカをするとも思えん。好意的に解釈すれば、すぐにＰＣなり近隣交番のＰＭなりが駆けつけるから、そう七分程度で駆けつけるから、後顧《こうこ》の憂《うれ》いがなかった、だから急いで現場に出たんだ――という説明もつくが。まして、この時間帯のＰＣ勤務員は、まさに刑事の後輩の俺達だからな」

「……ただ、北野係長。

上《ウエ》から見れば、ここが不在交番で、不在にする手続もとられておらず、施錠すべき重要箇所も開け放し。これが客観的な事実で、それだけですからねえ……これでもし、勤務員がふたりとも通常《ツウジョウ》基本《キホン》勤務《キンム》を逸脱《いつだつ》して、買い物に出るなり家に帰るなりコンビニＡＴＭに寄るなり、まあ『独自勤務』を開始してしまっていたとなると、ちょっと洒落になりませんよ。

監察事案になって、厳しい調査を受けるなんてことも、当然に想定されてくる」

「刑事と違って、〈地域〉はその点、勤務管理がブラックだからなあ。

まあ、偉い人にいわせれば、『そうまでしないと無気力《ゴンソウ》どもは躾《しつ》けられん』となるんだが」

さて、そうすると、次の手は……

北野警部補が今後の段取りを考えていると、司巡査部長が、この交番は無人だと確信しているかのような冗談をいった。

「あと残るのは、仮眠・食事用の、確か六畳間の和室だけですが――

ひょっとして、年野先輩たち、ふたりそろって布団にいるかも知れませんね。だとすれば、捜索めいたことをするのって、かなり野暮《やぼ》かもですよ？」

「バカヤロウ」北野は嘆息《たんそく》を吐いた。「あの年野サンにかぎってそんなことがあるか。あの人格者だからこそ、女警との二人勤務なんてものを任されているんだろう。それに、俺達はPCのしかも腰掛けだから詳しいことは知らんが、青崎巡査にあっても、やる気と性根《しょうね》のある、キチンとした若手女警だと聴いている――あの地域管理官の秘蔵《ひぞう》っ子《こ》だともな。六〇名の〈地域〉の男社会に、若手の女巡査がたったのひとり。それで上官の憶えもいいってことは、まあ、優秀だってことだろ。重ねて、詳しくは知らんが」

「ただ、不倫と部内恋愛は警察の華ですからね、いや病気か」

「それは認めるが、そして病気も病膏肓《やまいこうこう》、末期ガンのレベルだと思うが、お前だって、駆け出しの青崎巡査はともかく、年野サンのことは知っているだろうが。不謹慎《ふきんしん》な冗談をいうもんじゃない」

……北野警部補は、この自分の発言と判断に自信があったからこそ、大した緊張も警戒もなく、六畳間の和室の襖《ふすま》を開いた。もちろん無遠慮に、ざっと開いた。

畳の和室だから、いってみれば土間である執務室よりは、一段たかいところにある。

そして成程《なるほど》、冷静に脚元を見れば、黒い靴が一足、六畳間への段のたもとに置いてある。キチンと揃《そろ》えて置いてある。

そして、今北野が開いた襖の合間から、畳の間に差し込む、蛍光灯の明かり――

この交番で、今夜未捜索だった最後の部屋が、朧《おぼろ》に浮かび上がる。

（……確かに、二三時から四時間は、前半組の仮眠時間帯だが。

職場で仮眠するのに、照明の豆電球さえ切っているというのは、著しく不可解だな）

そう思った北野が、そして司がそこに見たものは。

まずは、布団だ。

まるで仮眠をしているときそのままに、キチンと敷かれ、シーツも使われている。

布団は、一組。

そしてその布団は、人型に盛り上がっている。

だから誰かが寝ているのは分かる――

少なくとも、誰かが布団に入っているのは分かる。

（土間にあった黒い革靴は、見間違えようもない、男の官品《カンピン》だ。女警のパンプスじゃない。

そして、あのピカピカな靴の磨き方。あれは確かに年野サンのやり方だ）

だから、寝ているのは年野係長に決まっている。当然そうなる。この交番は、二名一組で運用するミニマム交番なのだから。それが青崎女警でないのなら、年野係長しかありえない。

(寝ているとなると、病気か何かか？

それにしては、玄関での呼び声にも反応しない。この和室にだって、俺達の声は確実に届いたはずなんだが。するとそれだけ病状が重いのか？)

北野は布団を見た。ピクリとも動かない。観察するに、呼吸している様子すらない。

北野はすぐさま警察官として、応急の救護と、救急の手配を考えたが……

それはほんの一瞬のことだった。

というのも。

いよいよ司巡査部長が、靴を脱いで和室に上がり、六畳間のレトロな照明を点《つ》けたからだ。糸を引いて、かちゃん。

ぱちぱち、と息切れのような瞬《また》きをして、昭和レトロな四角い笠《かさ》の照明が、陰鬱《いんうつ》で煤《くす》んだ光を放ち始める。ほぼ同時に、北野警部補もまた、靴を脱いで和室に上がった。

繰り返すと、この一連の流れは、ほんの一瞬のことだ。ふたりは元々、ベテランの刑事である。

そしてふたりは、人型に盛り上がった布団の足元側から、布団の中の人物を観察する。

その観察も、一瞬だけで充分だった。

というのも――

――ふたりは既に覚悟を決めたからである。

それは、今夜の〈機動警ら〉の時間割りなど、もう吹っ飛んでしまうという覚悟であり、また、明日の非番も、明後日の指定休《シテイキユウ》も、あるいはそれ以降もマトモに休めはしないという覚悟だった。すなわち。

（布団から出ている、顔部分。

そこには、白い布のようなものが、明らかに他人の手で、被せられている）

まして。

（その白い布は……恐らく交番の枕カバーか布団カバーだろうが……血で汚れている。直接、血が付着した部分もあれば、まるで顔から染《し》み出したように、じわじわ血が浸透している部分もある。成程《なるほど》、大量出血じゃないから、こっちが顔を近づけなければ、『何の染みだろう？』程度にしか思えないものだが）

――そこは北野も司も、本籍地を刑事とする警察官であった。殺人事件を手掛けたことこそ少ないが、変死体の扱いというなら刑事の真骨頂《しんこっちょう》である。腰掛け〈地域〉の、だから今でも刑事の誇りを堅持しているふたりが、まさかヒトの血痕《けっこん》を見間違えることはない。

北野と司は、また一瞬だけ顔を見合わせた。

すぐに頷《うなず》き合う。すぐに白手袋《シロテ》を着装する。

司が掛け布団を慎重に剝《は》がし、北野が顔のカバーを慎重に剝がす。

いよいよ、布団の中の躯《からだ》と、カバーの下の顔が露《あら》わになる。

——躯には、一見して異常は見られない。

敢えて言えば、布団に入っているのに、いまだ地域警察官の制服を着、フル装備のままでいることが異常だが……この際そんなことは重要度が低かった。

より重要なもの。

熟練の北野と司が、思わず顔を背《そむ》けてしまったもの。それは……

「年野、先輩」北野は呻《うめ》いた。「こいつは……酷《ひど》い」

「拳銃、ですね」司も唸《うな》った。「頭を一発。それも至近距離から」

「なんてこった……選《よ》りに選って、警察官殺しとは」

……ふたりが顔のカバーの下に見たものは。

頭を銃弾で吹っ飛ばされた、この牟礼駅前交番のハコ長、年野健《たけし》警部補であった。

いや、吹っ飛ばされたなどというものではない。そんななまやさしいものでは。

司巡査部長が指摘したとおり、銃弾は、かなりの至近距離から発せられたとみえる。

年野警部補の頭は、銃弾を撃ち込まれたというより、銃弾によって破裂させられていた。いや、柘榴《ざくろ》のようになっていた。俄《にわか》に強く感じられる、火薬の臭い、血の臭い。

「オイ司、弾丸は年野係長を貫通しているが、壁とかに減《め》り込んではいないか？」

「ハロゲンライト使って検証しなきゃ、確認するのは無理ですよ」

「年野係長の拳銃、確認できるか？　あと手帳、無線機、受令機《じゅれいき》も頼む」

「ああ、フル装備のままですから、カンタンに確認できますよ。

カンタンな方から――手帳はポケットにあります。受令機も。無線機も腰に吊ったまま」

「よし、念の為にダブルチェックだ。俺も年野係長の装備品を確認する」

――北野自身も、遺体の外表と、諸々の装備品を確かめた。

その結果は、司と一緒だった。

(ああ、せめてもだ……よかった。

既に最悪の事態だが、超最悪になることは避けられた)

北野は絶望の中で、ごくわずか安堵《あんど》した。どうしても確認すべきことは確認できたし、どうしても回収すべきものは、このまま回収できそうだ……

(これで、年野先輩の手帳や無線機までが無くなっていては、ウチの署長《オヤジ》どころか、県警本部長のクビまで吹っ飛ぶところだった。

幾らでも言い訳の利く、階級章抜きの制ワイシャツなら別論――ありゃただの青い肩布とエンブレムが付いたワイシャツでしかない、直ちに警察官のものとして悪用できやしない――ただ警察手帳だの無線機だのは警察の鬼門だ。それが亡失したとなると、署長は切腹、県警本部長はセルフ懲戒処分。もちろん俺達下《した》っ端《ぱ》なんぞ、骨も残らん)

「それで、拳銃は、と。ちょっと拳銃カバーを失礼して、パチリ――

ああ、弾倉には六発が健在。全部実弾、薬莢《やっきょう》じゃない」

「すると、年野先輩を撃ったのは、年野先輩自身の拳銃ではないな？」

「弾倉から発射された弾丸は、一発もありませんからね」

「とすると、これが『拳銃』によるものとは、まだ断言できんぞ」

「……北野係長の心境は解りますが、ほぼ断言できる状況ですよ」

それはそうだ。ふたりは変死体取扱いのベテランである。もっといえば、拳銃取扱いに習熟したベテランでもある。ライフルだの散弾銃だのと、拳銃の違いは一目瞭然だ。まして。

これが『拳銃』による殺人であることの、弱い根拠としては——

この県で、しかも牟礼駅前なるド田舎で、そうそう銃器が入手できたり、銃器を使える状態になれるとは考え難《がた》いことが挙げられる。ここは歌舞伎町《かぶきちょう》でも北九州でもないのだ。それどころか、猟友会の活動も活発な田舎である。ライフルであろうと散弾銃であろうと、恐ろしく厳格に管理されているし、そもそもそれは警察の縄張りである。いわば警察の統制下にある。そんなカンタンに足が付く猟銃の類《たぐい》を、警察官殺しに使うはずもない。

さらに、これが『拳銃』による殺人であることには、もっと強い根拠がある——

「——司巡査部長。この交番は、確実に無人だったな？」

「間違いありません。ワンルームマンションより容易に分かります。誰もいません」

「そして、オモテの執務室にもバックヤードにも、青崎巡査の装備資器材は無かったな？」

「それも、あればすぐに分かります。

というのも、〈地域〉の装備資器材は、この腰の帯革《タイカク》に吊りますから。

警棒、手錠、拳銃、無線機。

そんなものをゴッソリ付けたベルトは、この交番《ハコ》のどこにもありゃしません。しかも」

「青崎巡査の装備資器材がないばかりか、青崎巡査本人さえ在所せず。所在不明。

そして本人が制服を脱いだ形跡はないから──着換えは警察署でするもんだし、そもそも脱いだ制服だってどこにも無い──制服、制帽、警笛、警察手帳、受令機までが、一緒に所在不明になったことにもなるな。

おまけに、このPBのミニパトが、在るべき駐車場から忽然《こつぜん》と消えている……」

「ならば、何故それは忽然と消えたのか？　しかも拳銃付きで消えたのか？

それはつまり」

……ここで、北野警部補は寂しく首を振った。

これ以上の議論は、タブーであるかのように。いや、あまりに不憫《ふびん》といいたげに。

そして、掛け布団と顔のシーツを、できるだけ初期状態に戻す。年野係長の、拳銃と拳銃カバーもだ。

（それでも、現場をかなり汚染してしまった……

俺は今は〈地域〉であって、刑事でも何でもないというのに。だから殺人の捜査に、何の権限も無いというのに。大人しく、私服の指示にしたがって、規制線を張っている

役なのに）

――まさかこんな事態が発生しているとは、想像すらしていなかったから、致し方ない。

だが、そんな説明、組織に対しては言い訳にもならない。そもそも北野は、リモコンの小川警部補と組んで、年野警部補の『不在』『勤務逸脱《いつだつ》』『所在不明』を、誤魔化すような真似までしてしまっている。それは先輩である年野に対する思い遣りであったのだが、これまたそんな説明、組織に対しては言い訳にもならない。

（ありえない想定だが、最初から、年野先輩が殺されていると分かっていれば……）

まさか、殺人の発覚を遅らせたり、勝手な初動活動で現場を荒らしたりはしなかった。

ただ、組織が後から事案を検証すれば、結果として、『北野警部補が警察官殺しの初動捜査を大きく狂わせた』ということになろう。いや、絶対にそうなる。何故と言って。

（結果として、俺が、行方不明になった青崎女警の捜索を、大幅に遅らせたことになるからだ。しかも、青崎女警はただ行方不明になったんじゃない。拳銃や手帳や無線機を持ったまま、被疑者として逃走したんだ。そして俺はそれを、結果的に助けたことになる……）

事は、警察官殺しだ。それは明らかだ。

まして、警察不祥事だ。警察官による殺人だからだ。それはじき明らかになる。

――そうなれば、いよいよ組織は、大量の生贄《いけにえ》を求めるだろう。

誰の、どんな些細《ささい》なミスであろうと、禊《みそぎ》と再生のためと称し、徹底的にあげつらうだろう。警察官殺しにおいては、警察一家を納得させる生贄がいるから。警察不祥事においては、メディアを納得させる生贄がいるから。だから二重の意味で、これからの豊白署では、徹底した魔女狩りが始まるだろう。悪い子はいねがあ。もっと悪い子はいねがあ……

(俺が刑事に帰るのは、予定よりかなり延びるかも知れんな……いや、永遠に延びるか。そのときは、せめて司に、累《るい》が及ばんようにしてやらねば)

そんな北野の感慨を察知した、その司巡査部長がいった。沈痛《ちんつう》にいった。

「北野係長。もう我々にできることは、報告しかありません――今の時点では。

そして、この事案――

殺人。警察官の受傷事故《ジュショウジコ》。警察官の殉職。警察官の……失踪。

あるいは拳銃、警察手帳、無線機の亡失。

どのみち、全部即報事項《ソクホウ》です。まあ役満ですね。いや天和《テンホウ》か。

――これだけの突発重大事案となると、さて……まずは豊白署のリモコンに、そっと囁《ささや》きますか？　これからの地獄の、心の準備をさせるというか。だって県内系無線に乗せるとなると、そりゃもう、すぐさま全県下に知れ渡って、すぐさま豊白署は全警察署から怨《うら》まれますからね。豊白署の名前を聴くだけで、県下の全警察官が唾《つば》を吐くでしょう。よくもまあ、こんなバカなことをしでかしてくれたもんだと。警察一家を何と心得るかと」

「ただな、司部長。この時点で大事《おおごと》にしたくない気持ちは解るが、豊白署だけでまた密談を始めるとなると、どんどん罪を重ねることになる。ウチの地域管理官に始末書をとられる位ならどうでもいいが、県警本部即報事項をネグったとなれば、減給又は戒告は間違いない。すなわち、処分を喰らった後、直ちに退職願を出さねばならんということだ。懲戒処分を喰らった警察官が、組織に居続けることなんて絶対にできやしないからな……することと。

俺達にできるのは、ふたつの選択肢のうち、どちらかを選ぶことだけとなる。解るな？」

「了解しました、北野係長」

——司部長は、その選択肢のうち、やはり、よりインパクトが少ない方を選んだ。

すなわち、全警察署に聴かれる県内系無線での報告を避け、交番備え付けの警察電話を採り、いわゆる〈飛び越え一一〇番〉を始めた。これは、警察官自身による一一〇番通報のことだ。意外にも、突発重大事案が発生したとき、警察官自身が一一〇番通報をするのは、稀《まれ》でも何でもない。

——通信指令室は、もちろんすぐ警電に出た。

司巡査部長は、警電のスピーカーホンボタンを押し、北野警部補にも〈飛び越え一一〇番〉が聴こえるようにする。そして、できるだけ淡々と、事案の認知を告げる。

「もしもし、豊白署PC〈豊白1号〉勤務員の司巡査部長です。即報一件願います。

殺人の発生を認知しました。

場所は、当署の牟礼駅前PB内和室。

時刻は、先指令〇〇八八番に鑑《かん》み、銃声らしき音が認知された、二三一〇《フタサンヒトマル》頃。

態様《たいよう》は、拳銃様《よう》のものによる射殺。

被害者にあっては」

既に通信指令室の担当官は、場所を聴いただけで面喰らったが――

次の司の言葉を聴いて、椅子からがたりと墜《お》ちた。警電を傍受する北野の頭にも、その悲喜劇的な絵がありありと浮かんだほど、大きく墜ちた。

(警察官人生で、こんな凶報を受けるのは、まあ、一度あるか無いかだからな……)

そして司巡査部長は、諦《あきら》めたような、淡々とした報告を続ける。

「被害者にあっては、当署の地域警察官。

当該《とうがい》牟礼駅前PB勤務員の、年野健警部補と認められる。

なお相勤員《アイキンイン》の青崎巡査、これ所在確認できず、無線等にも応答なしです。以上」

司は、それ以上の物語を拒むように、なんといきなり警電を切った。

(まあ、そうなるだろう)北野は司を咎《とが》めなかった。(殺人犯は身内、同僚、若手女警……現場は職場。被害者は上官。こんな方程式、どうやって口にすればいいのか俺にも

解らん）

だから、北野は。

じゃんじゃん折り返しがあるであろう、警電の受話器を、なんと先制的に外してしまった……

「……なあ、司部長。

俺達の筋読みが正解なら、機動力のあるPCの出番だ。

あの子に、いや青崎巡査に何があったのかは知らんが……せめて一刻もはやく確保してやろう。それが豊白署PCの意地で、刑事の慈悲《じひ》ってもんだ。違うか？」

「現着《ゲンチャク》一番、第一臨場がPCの命ですからね……

あと、監察にでも身柄を獲《と》られたら、年野先輩の最期の物語が、彼女から聴けなくなる」

——ふたりはPCに帰り、機動警らを再開した。

そのころ。

通信指令室から発生したカオスな大激震は、もう、県警本部中を襲っていた。

第2章　女警の県警

県警本部所属長用官舎（監察官室長用）

……電話が鳴っている。
スマホではない。家電《いえでん》の音でもない。
あの安っぽいコール音は、警察電話の奴だ。
ベッドのサイドボードから、スマホを採り上げる。電源ボタンを押す。
スマホの画面に時計が映る。時刻は深夜。実に、午前零時一五分過ぎだ。
（この県に着任してから、ちょうど二箇月。深夜の警電《ケイデン》なんて初めてだわ）
彼女は、いよいよ熟睡に入ろうとしていたそのベッドから、全裸の躯《からだ》を起こした。
セミダブルのベッドだ。
そして、彼女が寝ていたその隣には、男がひとり。
その男も、鳴り止む気配のない警察電話の音で、目を醒《さ》ましたようだ。
男もまた、裸身である。
その男が、まるで癖のように、細身な眼鏡を掛けながら、裸身の彼女に訊《き》いた。

「あれは仕事の関係？」

「ええそうよ。警察電話。まあ会社の内線ね」

「官舎にまで内線が引いてあるのかい？」

「一定以上の管理職なら。それどころか、検察庁あたりにも引いてある。これはあなたにも縁がありそうだけど？」

「まさか」男は無垢《むく》に笑った。「僕は刑事弁護、やらないから。当番弁護の名簿には名前、載せていたけど、あまりにバカバカしいんでそれも止めた」

「直行《なおゆき》クンは知財《ちざい》争訟のスペシャリストだものね。すなわち民事専門。やがて独立すれば、企業からは引く手数多《あまた》。今のお給料を考えても、将来の顧問料を考えても、なるほど刑事弁護なんてバカらしいでしょうね」

――警察電話は鳴り止まない。

彼女は無駄話を切り上げた。バスローブだけを、しかも帯をせず纏《まと》う。その姿のまま、今いる二階寝室から、やや狭隘《きょうあい》な階段を下りる。下りた先は、またもや狭隘な玄関ホール。

この官舎は、新しいだけあって美しく瀟洒《しょうしゃ》だが――県庁所在地、それも都心にあるため、敷地面積が極めて狭い。そこに無理をして、上級管理職の官舎を建てたから、お洒落《しゃれ》な外観と内装のわりに、使い勝手はかなり悪い。子供を持つ世帯なら、独りっ子を育てるのが限界であろう。

もっとも、彼女は独身の、しかも単身赴任者である。こんな一戸建てどころか、ワンルームマンションでもよかった。ただ、警察の上級管理職となると、突発重大事案の指揮があるから、どうしても居住地が制限される。まさに今現在のように、警電回線を引いておく必要もある。

――いずれにしろ。

彼女は、この二階建て官舎中に鳴り響くよう、玄関ホールに電話台と警電を置いていた。

（さて、警電が鳴り始めてから、どれくらい時間が経ったのかしらね？）

いよいよ熟睡に入ろうとしていた彼女には計りかねた。とはいえ、まさか五分は過ぎていないだろう――

彼女は受話器を採った。

「もしもし、監察官室長姫川《ひめかわ》です」

「あっ室長、深夜に恐縮です。次席の一色《いっしき》です」

「ああ一色次席。どうしたの？」

それは、彼女の女房役――亭主役？――ともいえる、監察官室の一色警視であった。

監察官室長の彼女は、署長級である。ゆえに一色次席は、副署長級となる。

要は、深夜も零時を回った頃、副署長が署長に、いきなりの架電をしてきた。こういう図式だ。この図式と、その意味は、たとえ彼女が二八歳の警察キャリアで、一色警視が五三歳の叩《たた》き上げノンキャリアであっても、一切変わらない。どこまでも彼女は所属長《ショゾクチョウ》警視で、どこまでも一色警視は所属長未満警視である――

「室長、大至急県警本部に御登庁ください。警務《けいむ》部長も、本部長も向かっておられます」

「何事《なにごと》？」

「監察事案です。突発重大の役も付きます」

「――事案の概要は？」

「事案の詳細は未《いま》だ把握できていませんが――」

一色警視は、ちょっと繊細に過ぎる能吏《のうり》だ。日々のルーティンワークなり、役所仕事なりは完璧にこなせるが、自分の想定や能力を超えるタスクが出現すると、ちょっと腰が砕けがちになる。警察には闘将型も多いが、こうした能吏型も少なくない。ただ、キャリアである彼女は、もう三箇所、府県警察を渡り歩いてきた。こうしたタイプの部下にも慣れている。

その彼女が、声を詰まらせ、震わせがちな、一色次席から聴いた第一報――

――さすがに彼女は戦慄《せんりつ》した。そしていった。

「すぐに登庁します。けどこれ胴元《どうもと》は〈地域〉よね？」

「地域部門も、地域部長、地域参事官、地域課長が登庁するとのこと」

「もちろん現段階で、被疑者……と思《おぼ》しき巡査の子も、その拳銃・手帳・無線機も、発見に至っていないと」

「残念ながら、もちろんです。最大動員で緊急配備《キンパイ》を掛けたところです」

「地域部門から、必要なペーパーは上がって来ている？」

胴元の〈地域〉が今、最大動員で緊急配備を掛けたところです」


「それが全然。あっちはもうお祭り騒ぎです。極論、警電も採れないほどに」

「敢えて採らないのかも知れないけどね。

あと……肝心要《かんじんかなめ》の警察庁報告は？　これ、どう考えても本庁即報《ソクホウ》事項よね？」

「……何分、私も、誰も、事案の詳細をつかんでいないので。

そこは、できましたら、その……警察庁からの姫川室長にお縋《すが》りしたいと。というのも」

「――いやそれ以上は結構。

あの警務部長じゃあ、マトモな不祥事対策なんてできやしないから。

あれはまだ登庁はしていないのね？」

「ただ、あと五分程度でいらっしゃいます。部長車の運転担当から架電がありました」

「なら、お気に入りの男妾《おとこめかけ》なり幇間《たいこもち》なりにも、非常呼集《コシュウ》を掛けておいて。

あれにできることといったら、そしてさせるべきことといったら、警務部長室で囲碁でも打っていてもらうことだけよ。

狼狽《ろうばい》して激昂《げっこう》して説教をして保身に走る。それと囲碁しか能がない人なんだから」

「……今の内容は聴き流しますが、部長のお気に入りを三名ほど呼び出しておきましょう」

「じゃあすぐ身支度をして、車で……」ここで彼女は言い澱《よど》んだ。「……タクシーでも呼んで急行します。一〇分弱、見て頂戴《ちょうだい》」

「一色警視了解です。何分よろしく願います」

彼女は警電を切った。通話を切るのも上官の特権である。

そして自分が寝ていた二階寝室に上がり、ベッドランプで文庫本を読み始めた男にいう。

「非常呼集よ。悪いけどしばらく外すわ。

……せっかく休暇をとって、飛行機まで使って遊びに来てくれたのにね」

「まあいいさ、理代《りよ》は警察官だからな。

それに、取り敢えず今夜のスケジュールは終わったし……実はまだちょっと足りない気もするけどね、あっは」

――彼女は今夜、定時退庁をして、男と全日空ホテルの中華レストランを堪能《たんのう》してから、そう、取り敢えず今夜のスケジュールを終えたところだった。

（キチンとお風呂に入っておいてよかったわ。長い夜を使えるのが、地方勤務の醍醐味《だいごみ》ね）

そんな彼女の思いを知ってか知らずか、男が文庫本を開いたまま話を続ける。

「ましてさ、懐かしの警察庁時代は、深夜二時も三時も、完徹も当たり前だったろう？」

「そうね、見習い奴隷時代の、嫌な思い出だわ……肌も髪もボロボロで。女を捨てて。

――というか直行クン、そんな昔話より、大事なのは今よ。

今回は、いつまでこっちにいられるんだったっけ？　スマホ開くのが面倒で」

「ああ、今週末までだよ。日曜の夜に、飛行機に乗って東京に帰る」

「解った。そうすると――今入った仕事は、ちょっと物騒な話みたいなんだけど――」

さすがに恋人といえど、『警察官による上官射殺』など、おいそれと口にできるものではない。しかもその恋人は、弁護士だ。

彼女は、交際を始めた東大時代ほど、男の実態を知っている訳ではない。

彼女は国家公務員総合職試験（旧I種試験）に合格して警察庁に入庁し、男は司法試験に合格して民事専門の弁護士となった。こうなると、住む世界が違いすぎる。だからこそ彼女は意図的に、男と直接会うことを怠《おこた》らないのだが――それにしても、責任ある職に就くということは、お互いに秘密の、干渉すべきでない領域をふやすことではあった。

だから彼女は、言葉を濁《にご》した。

「――ちょっと物騒な話みたいなんだけど、私の仕事は捜査じゃないから。ドラマの刑事みたいに派手に動くわけでもないし、捜査本部に寝泊まりするわけでもないわ。運が良ければ、明日の夜あたりに解放されるかも知れない」

「ああ、理代の仕事は、警察官を取り締まることだったな。警察の警察。それが監察」

「そのとおりよ。まさか最前線でドンパチやる仕事じゃない……ところで直行クン、免許、持ってきているわよね？」

「ああ、財布に入れてある――あっ、職場まで送ろうか？　ガレージの車、すぐ使えるんだろう？」

「うん、救《たす》かる。実はこの県、田舎すぎて、こんな時間にタクシー捕まえるのすごく難しいの。ただ……」

「いや解っている。警察の建物の近くで、それと分からないように下ろすよ。おっと、ここの官舎の鍵、忘れずに渡しておいてくれ。独りで帰って、いい子で留守番をしているから」

「有難う、直行クン。……警察って、弁護士といえばすぐ敵方だと思う悪い癖があるから。まして、警察庁から天下ってきた女キャリアが、しかも警察官を取り締まる監察官室長が、もう男を官舎に連れ込んでいます――なんて話、三流週刊誌をよろこばせてしまう」

「ま、学生時代に立てた予定なら、もう結婚していたはずなんだけどね？」

「そ、そのことはまたじっくりと。

じゃあ、女性警察官らしい地味なパンツスーツに着換えてくるから、悪いけど車の準備とかお願いできる？」

「了解です、姫川警視ドノ!!」

男はベッドで大仰《おおぎょう》な敬礼をし――

その一〇分後、女は県警本部のエントランスを潜《くぐ》った。

県警本部三階・警務《けいむ》部フロア

県警本部は、県庁のすぐ近くにある。

そこは県都の官庁街だ。県の機関を始め、国の検察庁、地方裁判所などが並ぶ。

姫川理代警視は、地裁近くの交差点で恋人の車を下りると、徒歩で三分ほど街路を歩いた。目指すのは無論、県警本部ビルにある自分のオフィスだ。彼女のオフィスは、十二階建ての、いかにも役所らしい飾り気のない無機質なビルの、三階にある。

――彼女は立番《りつばん》をしている当直員に、そっと、首から吊《つ》った県警の身分証を見せる。無論、当直員は彼女を誰何《すいか》しはしなかった。二箇月前にA県警本部に着任した姫川警視は、ある意味県警の有名人である。県警初の女性所属長。県警初の女性監察官室長。もっとしみじみする話としては、何と、県警史上ふたりめの女性キャリアでもあった。

彼女は次に、一階エントランスで、立ち並ぶ自動改札機のようなゲートを通過する。

まさにSuicaを翳《かざ》す感じで、IDカードを機械の門番に認識させる。これまた無論、機械は彼女を素直に通した。彼女の身分証のICチップには、氏名、階級、職名、所属、職員番号などの、警察官としての個人情報が記録されている。だから機械は、『県警本部警務部　監察官室　室長　警視　姫川理代』といった個人情報を、一瞬で読みとれる。

――そして彼女はエレベータを使い、三階へ登った。

三階は、県警本部の〈警務部〉が専有するフロアだ。

要は、本店の、組織管理部門の中枢《ちゅうすう》である。

ここで、警察の仕事は、専門分野に分けると、大きく、管理と現業とに分かれる。

現業は、四部門。刑事・生安・交通・警備。

管理は、二部門。総務・警務。

あとは、差別的な言葉遣いをすれば、出張所部門の〈地域〉があるが、これは歴史的経緯とステイタスの問題から、専門分野とも現業部門ともみなされない。

いずれにしろ、彼女が今所属しているのは、管理部門たる〈警務〉である。

もうひとつの管理部門である〈総務〉と比べると、著しくイメージが作りづらい。

だが、ザクッといえば、〈警務〉とは、組織の舵取《かじと》りをする部門だ。

機能としては、政策の企画立案、組織再編、人事、表彰、監察、福利厚生などを行う。

要は、事実上、現業部門の一段上に立って、現業部門に対する経営判断をしたり、現業部門の人事異動を決定したりする部門、それが〈警務〉だ。そして、役所・民間を問わず、人事や組織を査定できる部門は、強い。まして、階級社会であり、組合すら結成できない警察においては、人事や組織を握る部門は、最強といってもよい。それはそうだ。その匙加減《さじかげん》ひとつ、気分ひとつで、ナントカ管理官のポストが潰《つぶ》され、警察署の定員が削減され、あるいは、誰かが離島か山奥村の駐在所へ赴任するのだから。

ゆえに、姫川理代警視が所属する県警本部〈警務部〉は、ある意味、〈地域〉と対極の位置にあるエリート部門であり、それゆえ、その担当役員――〈警務部長〉は、県警の副社長・筆頭役員としての地位を認められることになる。

――やがて、事務的な電子音が鳴って、姫川警視のエレベータは停まった。

彼女はそのまま、さして複雑でない廊下を進み、警務部長室、警務部参事官室、警務課を過ぎ越しながら、自分の〈監察官室〉へ赴《む》かった。自分の執務室の先には、教養課《キヨウヨウ》、給与厚生課、被害者対策室などがある。このあたりが、県警の警務部のテンプレだ。

といって、警務部自身が現業部門のリストラに邁進《まいしん》するように、実に仲の悪い県庁もまた、県警本部のリストラを狙っているのが常なので――それはそうだ、警察官の人件費は県が負担するから――四十七都道府県の防戦状況によっては、教育訓練を担当する教養課がスクラップされたり、給与厚生課がどこかに吸収されたりもする。そもそも、姫川警視の『監察官室長』というポスト自体も、県警によっては実員配置がなく、役員級の『首席監察官』『警務部参事官』と兼職になっていたりする。このあたりは、それぞれの県警によってバラバラだ。ちなみに、役員級を五職六職兼務するような事態も、稀《まれ》ではない……

——姫川警視が赴任することとなったA県警は、その意味では、保護者である警察庁がよろこぶような、理想的な組織防衛をしているようだ。というのも、ズラリと『課が多い』ということは、定員も多く確保できれば、課長ポスト——所属長《ショゾクチョウ》ポストを多く維持できるということだから。念《ねん》の為《ため》にいえば、所属長ポストとはすなわち警察署長ポストである。

（……といって、今回のこの、超ド級の警察不祥事）姫川警視は思った。（県庁としては、手を叩いてバカウケでしょうね。命令も監督も受けはしない県警の、あざやかなオウンゴールなのだから）

もちろん、彼女自身とて、客観的批評ばかりを加えられる立場にない。

何せ彼女は、警察不祥事に直接対処する、監察官室の長、監察官室長なのだから……

……彼女はいよいよ、自分の執務室の金属扉を開けた。

悪名たかい、警備公安のように厳《いか》めしいドアだ。そしてそれは、常に閉ざされている。いやそれどころか、IDカードをドア至近のリーダーに翳《かざ》すか、あるいはその真上のブザーを押して室内から電子錠を解錠してもらわなければ、どんな警察官とて入室することはできない。それはそうだ。監察官室は、それは表彰なども仕事にしてはいるが、その名称が示すとおり、監察——『警察の警察』機能を果たす所属である。新聞記者にスタスタ入ってこられる訳にはゆかないし、他のどんな警察官に出入りされても困る。

これはもちろん、『不祥事隠し』のためではない。不祥事隠しなど、今の警察組織にとっては論外である。ハイリスク・ローリターンが過ぎるからだ。では何故警備公安のようにガードを堅くするかといえば、『警察の警察』をやるからには、事実上の犯罪捜査をやるからだ。そして監察がやる捜査というのは、またもや警備公安同様、最大級の保秘《ホヒ》を要するもの……

いずれにしろ。

理代が自ら監察官室の電子錠を解錠し、自分のオフィスに入ると。

最もドア近くにデスクを有する警部補が、大きな声で所属長の登庁を告げた。

「室長、お見えです!!」

監察官室の室内から、お疲れ様です、お疲れ様ですという野太い声が上がる。ここは、彼女のオフィスといっても大部屋なのだ。そしてその様子は、一瞥《いちべつ》して確認できる――

(総員、登庁済みね)

――彼女は監察官室いちばん奥の、いちばん大きいスチールデスクを目指した。

警務部門の警察官は――理代もそうなる――制服勤務が基本なのだが、今は着換えている時間が惜しい。

(取り敢えずは、パンツスーツでいいだろう。また胸元が見え過ぎるとか、陰口を叩かれそうだけど)

途中、市役所にでもありそうなティーサーバーで、粉っぽい、どろりとした緑茶を淹れる。用いるのは、民間っぽい黒のカップホルダーだ。

彼女は、自分のデスクへ赴《む》かいながら、確かに監察官室の総員が揃《そろ》っているのを見た。

監察官である警視が、4。

監察官補佐である警部が、4。

これらはユニットである。A県警では基本、〈警視－警部〉のコンビが、担当となった警察不祥事の調査なり、事実上の捜査なりをする。

監察官室の『捜査』というのは、既に犯罪となった警察不祥事の事件処理だ。カネとヒトと権限と内ゲバの関係があるから、本来の捜査部門である刑事や生活安全と一緒に処理をするのが通例だが。そして監察官室の『調査』というのは、不倫だのハラスメントだの失踪だの、必ずしもまだ犯罪とはいえない警察不祥事の実態解明である。

まあ、どのみち、警察官を狙う猟犬であることには違いない。

――監察官室には、このユニット以外にも、警察官がいる。

すなわち、企画・庶務を担当する警部が、1。

それを補佐し、あるいは運転担当をする警部補が、1。

このあたりは、人数・階級は別論、どこの所属にも置かれている。

そして最後に、室のナンバー・ツーであり、副署長ともいえる次席が、1。

この次席は、彼女とおなじ警視だ。だが警視にも違いはある。最も大きい違いは、所属長かそうでないかだ。所属長警視であれば課長・署長が務まり、そうでなければ次席・副署長・ナントカ官を務め、所属長への昇進を期する。

――ゆえに、彼女の最側近・女房役である一色《いっしき》次席は、上官が最も大きなデスクに座り、緑茶をひと口啜《すす》るのを待ってから、自分のデスクを発《た》った。そして、彼女のデスクの前に立つ。

「お疲れ様です室長。夜分の御登庁、大変恐縮です」

「私がいちばん遅れてしまったようね。こちらこそ申し訳なかった」

「さっそくですが、現時点で判明している状況がこちらです――」

一色警視は、理代に決裁挟《ばさ》みを差し出した。役所でよく用いる、厚紙二つ折りの、手製の紙フォルダである。表紙側には『仰決裁』と墨書《ぼくしょ》されるのが――墨書のフォントで書かれるのが常だ。一色警視は、繊細で几帳面《きちょうめん》な性格そのままに、それを四つも五つも持っている。

(監察官になるのは、よほどの堅物かよほどの俗物かだ――というのが警察の格言だけど）姫川警視は思った。（一色さんはやっぱり前者ね、線が細い）

……二八歳の所属長が、五三歳の次席に抱く感想としては、小生意気のようだが。

実は姫川警視は、ここA県が、二度目の所属長経験地である。

彼女は更に若かりし日、徳島県警に捜査二課長として赴任し、某市長に係る大規模贈《ぞう》収賄《しゅうわい》を、見事摘発した実績があった。捜査二課長だったので、マル暴事件の経験も深い。恋人の内田《うちだ》弁護士が臨席していたらたちまち別れ話を切り出しそうな剣幕《けんまく》で、検事たちとガンガンに怒鳴り合ったこともある。要は、彼女は、女警《じょけい》でありキャリアであり若僧なのだが、所属長としては、既に一色警視より遥《はる》かにベテランといえるのだ。所属長というのは、実戦の指揮官だから――それは警察署長を想起すれば解る。すなわち全能神だが、重責の激務を担う指揮官――

ましで、彼女はキャリアでもある。徹夜徹夜また徹夜の警察庁で、三年も四年も『警察の最末端』『警察のガレー船漕《こ》ぎ』を続けてきた。そのとき彼女は警部だったが、警察庁警部など、ここA県警に置き換えるなら、巡査未満のゴミクズである。ゴミクズだった彼女は、そのガレー船を無事、生き残ってきたのだ。ちなみに、警察庁時間で三年、四年といえば、都道府県警察時間では九年、十二年に匹敵するだろう。もちろん、現場のノウハウというなら、都道府県警察の警察官に負ける。だからこそキャリアは、頻繁《ひんぱん》に都道府県警察の現場に出る。そして理代が、その現場においても、大規模贈収賄なる金星を挙げたことは既に述べた。

――要は、姫川理代警視は、その年齢にかかわらず、警察上級幹部のベテランなのである。むろん、キャリアの優秀な先輩にかかっては、まだ見習いに毛の生えたようなものだが、小規模県で所属長を務める分には、何の不安もない。また、そう判断できなければ、警察庁は彼女を、地方へ送り出しはしなかったろう。クズみたいなのを現場に出して、現場の怨嗟《えんさ》を買い、現場の売上まで落とさせるのは、持ち株会社たる警察庁にとって、恥であり損だからだ。

──そんな上官、しかも女性上官の赴任からまだ二箇月とはいえ、当然、監察にまで登用された一色次席は、そうした事情を知り尽くしている。そもそも一色次席自身が、警部時代、地獄の警察庁勤務に派遣させられたこともある。いわゆる、三年の丁稚奉公《でっちぼうこう》だ。


だから一色次席は、うやうやしく決裁挟みを出し、理代の言葉をただ待っている。

彼女は、ひとつ、またひとつと決裁挟みを開き、中のA４一枚紙を確認してゆく──

「ええと、これが時系列ね、まだスカスカだけど」

「地域《チイキ》から続報が入り次第、すぐに更新します」

「こっちが関係者のチャート図、こっちは現場の概況、こっちは捜査体制表……

いきなりの最大動員ね？」

「はい室長。

当事者の豊白署は、むろん総員を投入。また隣接四署も最大限の動員を掛けています。あと県警本部の自動車警ら隊、機動捜査隊、交通機動隊、そしてもちろん機動隊を全部突っ込みまして、どうにか七〇〇人体制になりました」

「目的は、当然──」

「──豊白PS牟礼《むれ》駅前PBの、青崎小百合《さゆり》巡査の発見・確保です」

ここで、微妙に姫川理代の顔が曇った。それは一色次席にも解った。だが一色は、上官の顔色についてコメントをし、そこからコミュニケーションを広げてゆくタイプの警察官ではなかった。その薄い膜のような距離感は、理代にとって嬉《うれ》しいものではなかった。だから理代は、淡々と書類の確認に戻った。

「——警電でも聴いたけど、胴元《どうもと》は地域《チイキ》なのね？」

「はい室長。地域部門の事案ですから、責任論からいってそうなりますし、地域部門は最大のマンパワーを誇りますし、あとヘリの夜間運用もありますので。それにそもそも、緊急配備は地域の仕事です」

「指揮官は？」

「七階の、地域課長が指揮を執っています。体制表としては、豊白署長と地域課長の共同指揮となっています」

「豊白署長は、確か……」

理代は、脳内の人事ファイルを検索した。監察官室とは、すなわち人事部門の特殊部隊である。また、理代は署長級だ。ゆえに県下の警察署長の人事データは、入れられるかぎり頭に入れてある。

「……次の春で御勇退の、五九歳の、あの人の好いお爺《じい》ちゃん署長よね？」

「まさしく。伯方《はかた》警視です。私も警部補時代、某《ぼう》署でお仕えしました。超人格者です」

「検視畑の、超ベテラン刑事上がり。検視官も、何度も何度も務め上げた。そのあまりの職人ぶりに、実力の割には御出世が遅れ、中規模署の署長で上がり——そんな古風な、カッコいいお爺ちゃんだったわね。

選《よ》りに選って、退職の年に、こんな爆弾が爆《は》ぜるとは……所属長である以上、誰もが覚悟していなければならないリスクだけど、やるせないわね。

これが、県警本部の言うことなど歯牙《しが》にも掛けない不良署長とかだったなら、ザマアミロと内心、舌を出すところだけど。それがあの伯方のお爺ちゃんとなると、心の底からお気の毒というより他にないわ。だって……

「……事案の終わりが見え次第、警務部付《ヅキ》に異動、ほとぼりが冷めた頃合いで御辞職」

「と、なるものね。定年を待たずして。

もっとも、この事案の処理を誤ったなら、私はすぐさま警察庁の受付あたりに、一色次席はどこかの交番所長に、それぞれ即日異動でしょうけどね？」

彼女の発言は、もちろん冗談だった。だが一色警視には、その冗談につきあう余裕もなければ、その冗談に乗る気分にもなれなかった。何せ一色警視は、これから所属長への階段を登ってゆかなければならない立場である。現場での出世競争は、無試験・横並び昇任が基本のキャリアなどより、遥かに苛烈《かれつ》なのだ。また、仮にそうでなくとも、着任二箇月の二〇歳代女性の上官など、警察においては著しいバグであり異物である。部下としての忠誠心以上の親しみなど、どう持ってよいのか解らない……

そうした一色警視の雰囲気もまた、薄い膜となり、よって理代を失望させた。

だが彼女とて、キャリアがたった二人しかいないこのA県警で——二、五〇〇分の二!!――無闇に敵なり火種なりを作ろうとは思わなかった。だから淡々と確認を続けた。

「これ、時系列とかを見ると、牟礼駅前交番への臨場、かなり遅れているわね。発砲音に係る一一〇番が入電してから、ええと、三〇分以上を要している」

「はい、そのあたりも確認中ですが、いまだ現場が動いていますので……いずれにしろ、第一臨場したPC〈豊白1号〉勤務員の判断ミスかと思われます」

「これまた貧乏籤《びんぼうくじ》というか……まあこんな事案、予測して動けっていう方が無理よ」

「ただ警察では、結果がすべてですから」

「そうね……私達の本来業務とはいえ、身内からガッチリお話を聴かなければならないのは、嫌ね。――で、マル害であるこの年野健警部補。牟礼駅前交番のハコ長。救急搬送とかはなかったのね？」

「はい、発見時死亡が確実でしたので」

「犯行の状況とかは？　交番の防カメやモニタの動画は？」

「鋭意解析中ですが、今現在、どうやらマル害についてもマル被についても、特異動向は確認できていないようです。マル害は休憩室である和室で発見されました。そして休憩室には、カメラを設置しません。犯行場所が休憩室であれば、防カメなりモニタなりに期待することは無理でしょう」

「マル被の動きはどうなの？」

「発砲音に係る一一〇番通報があった五分程度前、すなわち拳銃発射時刻と思料される時間において、交番の執務室から、休憩室へと入った状況が録画されています。そして約一〇分後、そこから出てくる状況も。しかし当該防カメでは音声が拾えませんから、結局、分かるのはマル被がマル害のいる和室に入ってまた出てきたこと、それだけです」

「……なら、自殺と他殺の別はどうなの？　他殺と聴いているけれど、根拠はある？」

「担当検視官が、周囲の状況・死体の状況等から保証しています。捜査一課の初動捜査の結果ですので、信頼できます」

「自他殺を見極めるプロだものね。

　でも他殺となると、『年野警部補の装備一式が無事だ』──というのは確実？」

「それも間違いありません。私自身、七階へ行って何度も確認しました、警電が通じない状態ですので……

で、直接聴いたところ、マル害については、地域警察官のフル装備を確認しているとのこと。また、とりわけその拳銃の弾倉には、平時どおり、通常どおりの『実弾六発』が入ったままとのこと」

「超凶報《きょうほう》中のさいわいね。すなわち、年野警部補の拳銃・手帳・無線機は無事だった。

　またすなわち、亡失している──逃亡している拳銃・手帳・無線機は、各1となる」

「そのとおりです、室長」

「逃亡手段は、ミニパトだと」

「PBのポリチャリは、一台も移動しておりませんでした。消去法で、PBのミニパトしかありません」

「ハコの外に防カメはなかったの？　逃亡開始状況とかは？」

「予算の都合上、次の春に整備される予定だったそうです。つまりハコの外の動画はナシ」

「今時の警察車両にはカーロケがあるでしょう？」

「……ああ、そうであったらどれだけ救われたか」一色次席は繊細に慨嘆《がいたん》した。「当県では、これまた予算の都合上、交番のミニパトにまでカーロケを装備し終えていないのです」

「だけど、無線機なり公用携帯なりの、マンロケも活用できるんじゃない？」

「そうなんですが、現時点、それらを利用した確保情報は、七階から下りてきていません」

「さすがにそれは捨てたか、そもそも交番のどこかにあるのか――

ただ無線機も公用携帯もIT機器。電源が切られてしまっては、マンロケも何もない。するると、あとは検問とNと防カメ、そして、あるのなら一般目撃情報に頼るしかないと」

「そうなります。ここで、マル被と目される青崎女警は実務一年目・二三歳ですから、それほど組織のやり方に馴染《なじ》んでいるとは思えません。アッサリ引っ掛かってくれればと」

（青崎小百合……憶《おぼ》えている。あの子だ。間違いない）理代は感慨を憶えた。（まさか、あんな素直な子が、こんなことを。

いや、一度会っただけ、三時間ほど喋《しゃべ》っただけでは、何も知らないも同然だ。

ただ、いきなり上官を拳銃で射殺して逃亡する……それは警察組織を破滅・壊滅させることだ。少なくとも、県警を今後五年は再起不能にすることだ。

そんな大それた叛逆《はんぎゃく》、大それた破廉恥罪《はれんちざい》を犯す子だとは、とても信じられない……）

彼女は、偶然ながらもそこそこ知っていた、マル被のことを思った。

どこまでも普通の子だった。しかも就職二年目・実務一年目ではないか。仕事を憶えるのに精一杯なはずだ。それがどうして、いきなりの上官殺しになるのか。

「一色さん。現時点で、動機――となるものは何か解明されているの？」

「いえそれが、七階の地域課とも、豊白警察署とも、ほとんど警電がつながらない状態でして……

今御覧いただいている情報が、監察官室に入ってきている情報のすべてです」

「すなわち、動機原因にあっては、不明どころかゼロ記載」

「何分《なにぶん》、最大動員の緊急配備・緊急検索の真っ最中ですから……

兎《と》にも角《かく》にも、青崎女警を確保しないことには、動機も背景もあったものでは」

「射殺の態様は？　このペーパーだと、『射殺したものである』としか記載がないけど？」

「後頭部にむかって銃を一発。ゆえに頭部の損傷は激しいものの、年野警部補の躯《からだ》には他の外傷等ありません」

「成程《なるほど》、フル装備が無事だったんだものね。

だから制服にも損傷などないという訳か――」

――理代は、脳内のチェックリストを再確認した。

実は彼女は、単純に書類を確認しながら、事案を整理していたのではない。

理代には――警察庁からわざわざ天下っている理代には、当然、実行しなければならないタスクがある。それは、県警の誰もが嫌がるタスクで、警察庁との強いパイプを有している者が率先して果たさなければならないタスクだ。理代は、警察の現場が、警察庁の介入をどれだけ疎《うと》んじ、どれだけ恐怖しているかを知っていた。とりわけ突発重大事案において、現場がいちばん憂慮《ゆうりょ》するのは、激怒し激昂《げっこう》する警察庁とどうコミュニケーションするかである。

だから彼女は、これまでの一色警視の回答から埋まりつつある、脳内のチェックリストを再確認した。

（何時《いつ》――ＯＫだ。第一臨場と事案認知のタイムラグが、不審を買う虞《おそれ》はあるが。

何処《どこ》で――ＯＫだ。論じるまでもない。ただ被疑者の所在が最大の肝《キモ》。捜査体制の少なさをギリギリ詰められる可能性は、当然ある。

誰が――OKだ。牟礼駅前交番はミニマム交番。勤務員はマル被とマル害のみ。何を――OKだ。拳銃使用かどうかは詰めなければならないが、殺人に疑いはない。どのように――OKだ。現時点では。それに、検視官臨場事案でもある。死体見分調書なり検証調書なりは、すぐ入手できる。

どうした――OKだ。マル被はミニパトで逃亡。カーロケなし。現在、大至急・最優先・最大動員の検索を鋭意実施中なり、と――まあ、やっぱり体制表を送れすぐ送れ大至急送れといってくるだろうな、警察庁なら）

彼女は報告用の物語を自分なりに整理し終えた。

あとは、現時点ではさほど急がないタスクの詰めだ。

「報道関係は？」

「現時点で当たりはありません。今最も多忙な時間帯ですので」

「そうね、午前一時あたりが締切だものね。ただ、やろうと思えば二時あたりまで延ばすだろうし、七〇〇人体制での真夜中のフル動員だなんて、すぐ抜けるけどね――

そもそも、豊白市近辺では今、拳銃を持った殺人者が逃亡している。

これ、豊白市その他の自治体に連絡せざるを得ないわ。そのときは『マル被の特徴』をも説明せざるを得ない――制服の、交番の警察官だとね。すなわち周辺の全市民が、この警察不祥事を、あと幾許《いくばく》もしないうちに、熟知することになる。なら、メディア対策も隠蔽《いんぺい》もネゴシエーションもありゃしないわ」

「現在、関係基本想定《ソウテイ》のA案、B案、C案のうち、B案を適用して問答を作成中です」

「事案に進展があり次第、本件の想定《ソウテイ》一式を準備して。今は二〇問程度でいいでしょう。ただ、どのみち六月県議会も近い。そのときは五〇問――いえ更問《サラトイ》をあわせて一〇〇問になるわね。

これ、胴元の地域にやらせたい仕事だけど……

今それどころじゃないでしょうし、ぶっちゃけ能力的にも無理でしょうし。

あっ、そうそう、本部長報告というか、本部長レクはどうなっているの？」

「……七階の地域課長が、一度入ったきりとか。それも三分で出てきたそうです」

「そ、それだけ？」

「警察庁からの姫川室長に、あまり申し上げたくはないのですが……地域課長もまた、あと二年で御勇退でして……率直にいえば、お先はありません。ですので」

「飛んだとばっちりだと思っているし、だから当事者意識もないと」

「あと、本部長が御納得される役所仕事をこなせるのは、これも率直にいえば、当県では姫川室長と、やはり東京人事の捜査二課長だけかと。ところが、捜査二課長は、その、キャリアではありませんし、なんというか、人格的に独特なところもありますし……まして捜査二課は、残念ながら殺人の担当課でも、警察不祥事の担当課でもありません」

「――ま、それも警察キャリアの因果よね。

私としては、事件指揮を執っている方が、よほど性《しょう》に合うんだけど。警察官なら誰だって、逃亡犯の追及《ツイキュウ》オペレーションの方が、チマチマした官僚作文よりいいに決まっているわ、そうじゃない？」

――理代はそう愚痴《ぐち》りながらも、今後の諸対策を挙げていった。

「なら監察官室の役所仕事としては、とにかく続報の収集と、関連時系列、関連想定のヴァージョンアップ。これ警察庁が絶対、やいのやいの言ってくるから。ウチの首席監察官にも、ぜんぶペーパーで入れておいて。あと隣の警務課から、関係警察官の人事記録を入手。広報室長とは、メディア対応のすりあわせ。誰が何をどう喋るか、確実に固めておかないと。当然、本部長か警務部長の緊急記者会見も必要になる。それから七階と豊白署には、監察官をひとりずつ派遣して。連絡将校《リエゾン》として、『つながらない警電対策』をしてもらうわ。こんな人の使い方、バカバカしいったらないけど」

こう一色次席に命令し終えた理代は、いよいよデスクの抽斗《ひきだし》を開け、ある個人ファイルを手に採った。パラパラとA4の書類をめくってゆき、警察庁人事課に三人いる監察官のうち、担当監察官の家電《いえでん》と、やはり警察庁の、人事総括企画官の家電を確認する。

（まだ午前一時程度でよかった。警察庁時間なら、全然宵《よい》の口《くち》だわ。いちばん嫌なのが四時頃ね。泊まり込みでないのなら、ちょうど寝入った頃だから）

ゆえに理代は、まず警電を採り、外線にリンクせず、警察庁のそれぞれの卓上番号に内線を架けた。

コール音は、ただ鳴りっぱなし。

すなわち、警察庁の人事課はもう暖簾《のれん》を下ろしている。警察庁本庁でも、やはり、管理部門の方が現業部門より夜がはやい。

彼女はそれを確認すると、まずは警察庁の担当監察官の自宅に、そして次に、警察庁の人事総括企画官の自宅に架電した。両者はすぐに出た。理代はいずれにも、先程チェックした脳内リストを元に、この戦慄《せんりつ》すべき事案を報告する――

〈豊白警察署牟礼駅前交番・警部補射殺事件〉の概要を。

――架電先は、いわば彼女のキャリア仲間だ。正確には、一〇期以上の先輩達だが。

ゆえに両者とも、まさか『A県警は何をやっているんだ!!』『最近のA県警はたるんどる!!』『全国警察への影響を考えたことがあるのか!!』などという、無意味で消耗な叱責《しっせき》はしなかった。そこは国の官僚、コスパの悪いことはしない。そもそも、理代の第一報を聴いた時点で、先輩らもまた、急ぎ警察庁に登庁し、今まさに理代がやっているような官僚仕事に突入しなければならないのだ。官房長・次長・長官報告、国家公安委員会対応、メディア対応、国会対応……しかも、事案は警察官による警察官殺しだ。拳銃使用という役も付く。前者だけならまだ最悪で済む。だが後者は致命的だ。下手をすれば、日本警察そのものに壊滅的打撃を与えかねない……

そのことは、理代も、担当監察官も、人事総括企画官も死ぬほど解っていた。

だから両者とも、本質的には、ふたつのことを確認しただけだった。

第一に、警察庁と連絡を密にして、あらゆる続報を自分達に即報すること。

第二に、言葉はともかく、警察庁の代官としての立場を忘れないこと――

（それは当然だ）理代は自分の鵺《ぬえ》的な立場を思った。（私は今でこそA県警の監察官室長だが、本籍地は警察庁。私の人事権者も警察庁。これから三〇年近く警察キャリアをやっていく私が、幕府の意向に叛《さか》らえるはずもない。いや、県警の人間からすれば、私など最初から幕府の隠密《おんみつ》でしかない。それが例えば、一色次席の恐れや距離感のみなもとだ）

――地方の藩に押し付けられた、幕府の附家老《つけがろう》。それが今の彼女の立場だ。

ここで、彼女は既に、徳島の捜査二課長を経験している。

だから、今更、自分のある意味いやらしい立場を嘆くことはない。それが給与の内だ。

ただ……

警察庁の人事総括企画官が、電話の最後に言い置いた言葉は、彼女を微妙に嘆かせた。理代が確実に受話器を置いてから、大きく嘆息《ためいき》を吐くこととなった、その言葉――

その青崎巡査が確保できたなら、姫川君も取調べに立ち会いなさい

女性の視点を一層反映した警察づくり。これが近時の最重要課題ですからね

（あの子を直接、被疑者として見なければいけないのか……）

いや、それもまた給与の内だとしても。

どうしてここで、女性の視点云々《うんぬん》という話になるのか？

（女だから安直に上官殺しをする、その気持ちは女なら解る、まさかそういうこと？）

……だとしたら。

（そもそも、女を警察官にしないことが最善の解決策になってしまう。論理的にそうなる。

それで、『女性の視点を一層反映した警察づくり』云々とは……

どこかが根本的に間違っている。

上手く言葉にできないけど、痴漢の被害女性を女性警察官が担当するなんてこととは、根本的に違っている気がする）

……しかし、彼女にはそれ以上、その根本的な間違いを検討する暇《ひま》がなかった。

何故なら、一色次席が、彼女に対する恐怖とはまた違った恐怖から声を上げたからだ。

「道戸《みちと》警務部長、御登庁です!!」

県警本部三階警務課奥・警務部長室

理代は、監察官室のランプを確認してから、隣の警務課に赴《む》かった。

そのランプというのは、県警役員の在室表示灯である。

それぞれの名前のタンザクパネルが、緑に光っていれば在室、アキ。オレンジであれば在室、フサガリ。そもそも無灯であれば、不在だ。

そして先刻、一色次席が叫んだとおり、〈警務部長〉のパネルは無灯から緑に変わっている。そしてすぐさま、警務課の次席から警電《ケイデン》があった。直ちに『緊急部内課長会議』を開催するので、警務部長室に出頭するようにと――

警務課の次席としては、理代に無礼を働く気などまるでないだろうが、警務部長の一《いち》言一句《ごんいっく》を再現しなければ、彼はきっと酷《ひど》い目に遭《あ》う。だから『出頭』なる言葉になったのだ。『直ちに』『緊急』『部内課長会議』という言葉にもなった。まったく、バカバカしいことだ。

（無能な人間ほど格好をつけたがる……

出頭云々はまだしも、この超非常時に『部内課長会議』も何もあるまいに）

……ただ、警察官には上官の命令に遵《したが》う法的義務がある。

そしてもちろん、理代は警務部の課長級である。会議の構成メンバーだ。

ゆえに――監察官室長としてやるべきことも命ずるべきことも山積していたのであるが――舞い上がった老人のレクリエーションに『出頭』させられることになった。

（さて、査問《さもん》か独演会か虐待か。

どうして暇《ひま》な人間は、他人も暇だと思えるのだろう？）

――警務部長の執務室は、警務課の大部屋の奥にある。

この非常時に、当然登庁していた警務課の次席の前を過ぎ越しつつ、その苦悩に満ちた渋面《じゅうめん》を見つつ、そっと会釈《えしゃく》だけして、理代はいよいよ警務部長室に入った。警察では、検討《ケントウ》でもしていないかぎり、個室のドアを開けておくのが文化である。

（しっかし、警務課の次席の、あの気の毒な顔。

あいかわらず、クソ道戸警視正に、ガン無視されているみたいね……

警務の日常業務を事実上取り仕切る、警務課の次席を『出入禁止』にするとは。それで警務部長の仕事が回っているのも吃驚《びっくり》だけど——いや回っていないのか？——公然と県警のエリート警視をイジメ倒して、いったい何が楽しいのやら）

そんなことを思いながら、理代が、副社長たる警務部長の執務室に入ると。

当然のごとく、突然の罵声《ばせい》が飛んできた。罵声の主は、この部屋の主である。

「遅いぞ!!　何だその危機意識は!!　お前は警察不祥事担当の、監察官室長だろう!!

これが全国警察に波及する危機的事案だということがまだ解らないのか!!」

「……申し訳ありません」

あなた今来たばかりでしょうが。

それに、実務者には、お飾り部長と違ってやることが山積しておりますので。

しかし彼女は、そういった反駁《はんばく》を、喉《のど》から上には出さなかった。コミュニケーションは、人間とするものだ。人間の知能を備えていないクソゴリラには、何を言っても浪費と消耗である。

——彼女は、警務部長室の、大きな会議卓に着座した。

成程《なるほど》、彼女以外の、警務部の所属長以上はすべて揃《そろ》っている。クソゴリラはともかく、部長級役員の首席監察官、おなじく警務部参事官（兼警務課長）、教養課長、給与厚生課長、被害者対策室長。ただ、当然に司会進行を務め、議事録をとるべき警務課次席はいない。さっき理代が見たとおり、独り室外で放置されている。普通の県警では、滅多《めった》にお目に掛かれない異常事態……いや、前代未聞の異常事態といっていいだろう。

（その異常さを、並み居る役員・所属長のお歴々が、まるで諫《いさ》められないとは。星の数が多い上官がイカレだと、警察組織はこうもカンタンに崩壊する。勉強になるわ）

「それでは」教養課長が司会を始めた。「緊急部内課長会議を開催致します。最初に、監察官室長から、事案の概要と諸対策の進行状況を御説明いただきます」

――理代は絶句した。

緊張とか、不準備からではない。

あまりにも予想どおりの嫌がらせが始まったからだ。

そして、また予想どおりの声が掛かる――

「どうした姫川。監察官室長だろうが。事案は完璧に把握しているはずだ!!」

理代はこの二箇月で、すっかり慣れてしまった、このハラスメントの舞台を見遣《みや》った。

首席監察官は、理代に同情的な瞳をしながら、それでも視線を合わせようとはしない。

警務部参事官は、小賢《こざか》しい商人のような、全方位に媚《こ》びた笑いを浮かべているだけ。

給与厚生課長と被害者対策室長は、諦《あきら》めの極致《きょくち》か、ずっと机に目線を落としている。

目の輝きがあるのは、教養課長だけだ。教養課長は、クソ道戸の囲碁仲間であり、側《そば》用人《ようにん》である。現在のところのお気に入りだ。ただ彼女が知っているだけでも、先代のお気に入りは給与厚生課長であり、先々代のお気に入りは、あの警務課の次席であった。それこそ猫可愛がりされていた。それが、クソ道戸の気分ひとつで『いつも報告が遅い』『いつも課内で笑っている』『いつも勝手に本部長室へゆく』『いつも警察庁からの表彰が少ない』『いつも公用文の表記を間違える』云々の難癖《なんくせ》で、たちまち寵愛《ちょうあい》を失い、それどころか格好の小姑《こじゅうと》的イジメの対象となり、警務課の次席など部屋にも入れてもらえない在《あ》り様《さま》。すると、もちろん報告もできないし、決裁もしてもらえない。ここで、警務課の次席というのは、超エリートで、確実に将来の役員となる人材だ。それが、週間行事予定の確認ひとつしてもらうにも、部下の警部や警部補に——クソ道戸に気に入られた囲碁仲間に——書類を持っていってもらわなければならない始末。

（ハラスメントの犯人は、例外なく、他人との共感力を欠いている。

　この場合、警務の次席がどれだけの恥辱を感じているかなど、巡査でも解ることなのに）

　そして、警務課次席の運命は、やがて教養課長がたどる運命でもあった。理代が聴き及ぶかぎり、そう、警察庁における人的ネットワークをフル活用するなどして確認できたかぎり、『猫可愛がりの寵愛をしては、何故か蛇蝎《だかつ》のように忌《い》み嫌い始め、段階をへて徹底的にイビリ倒す』——それがクソ道戸の対人関係パターンだったから。

——理代は、既にボロボロにされたA県警警務部の姿を目撃しながら、嫌がらせの指示どおり、牟礼駅前交番事案の概要説明を始めた。そこは、国の省庁でガレー船を漕いできたキャリアである。この程度の物語は、細部に至るまで暗唱できる。だから理代は、無意味で消耗な暗唱を続けながら、クソ道戸とこの県警の情けなさを思った。

（クソ道戸が、いくら警察庁から天下ってきた警務部長サマとはいえ、歴戦の猛者《もさ》であるはずの地元警視正・地元警視が、借りてきた虐待猫のように脅《おび》えきっているとは……）

……ただ、クソ道戸にも、非常に残念ながら、同情の余地はある。

ある意味、クソ道戸もまた、警察組織の被害者なのだ。理代はそれを客観視できないほど、甘ちゃんでもなければ脳天気でもなかった。何より、姫川理代警視自身が、警察組織ではマイノリティだから。そう、道戸警視正が舐《な》めてきた屈辱を想起するのは、さほど難しいことではない……

だから彼女は、淡々と事案の説明を終えた。すぐさまクソゴリラから罵声が飛ぶ。

「俺が聴いていないことばかりじゃないか!!　何故まず俺に報告しない!!」

「申し訳ありません」

「まずその手元の紙を寄越せ!!　何なんだお前は、情報を独占しやがって!!」

「申し訳ありません」

「俺は本部長に何を喋ればいいんだ!!　俺に恥を掻《か》かせるのがお前の趣味か!?」

「申し訳ありません」

「一体何故こんな非違《ヒイ》事案が起こる!!　動機は何なんだ!!　そこが説明の肝《キモ》だろうが!!」

「申し訳ありません」

……さすがに理代がコミュニケーションを放棄しているのに気付き、いよいよ道戸警務部長は激昂《げっこう》した。

「だいたい!!　お前のそのしれっとした態度は何だ!!　緊急部内会議に遅刻はする!!　情報は隠す!!　紙一枚持ってこない!!　質問には何ひとつ答えられない!!」

「申し訳ありません」

「……オイ姫川」道戸警務部長は、安手《やすで》の極道映画のごとく凄《すご》んだ。「ちょっと東大出たからって、ちょっとキャリアだからって、何踏《ふ》ん反《ぞ》り返っているんだ。冗談事じゃないぞ。俺はお前のような腐ったキャリアを何人も見てきた。お前はその中でも最悪だ。階級と地位に胡座《あぐら》を掻いて、上官も現場警察官も鼻で嗤《わら》いやがって。お前が警察の何を解っているというんだ。俺はこの二〇年間、お前みたいなバカ殿キャリアの尻拭《しりぬぐ》いばかりさせられてきた。それが、この県でも!!　ましてその傲慢《ごうまん》なツラ!!　この会議メンバーでの懇親会《こんしんかい》だって、笑顔で酌《しゃく》ひとつできやしない。女の腐ったような奴ってのはまさにお前の為《ため》にある言葉だな、え？　だから俺は反対したんだ。警察庁の人事課にも頼んだ。今の深沼《ふかぬま》本部長にも頼んだ。お願いだから、右も左も分かっていない女キャリアなんて、監察官室長にしてくれるなと。それがどうだ!!　やっぱり俺が予想したとおりじゃないか!!　お前の日頃の仕事がオタンコナスのボンクラだからこんなイカレた警察不祥事が起こるんじゃないか!!　警察官殺しだぞ。警察官による警察官殺しだぞ。まして拳銃使用だぞ。拳銃使用なんてたとえ自殺でも超ド級の破廉恥罪《はれんちざい》なんだよ!!　お前みたいな学歴バカには警察実務なんざ解らんだろうがな、たとえ自殺でも銃刀法違反なんだ!!　発射罪が付くんだよ!!　それが殺人とは!!　はっ、女キャリアを監察官室長に迎えた途端《とたん》にこの在《あ》り様《さま》。じゃあお前、どうやってこの始末付けるんだよ？　お亡くなりになった、ええと、何某《なにがし》警部補のために腹でも切るのか？　いいや、そんなもんじゃない。お前の責任はそんななまやさしいもんじゃない。これで警察庁がどれだけ激怒するか。これで当県警にどれだけ処分者が出るか。たかが警視の、たかが二〇ウン歳のお嬢ちゃんには解らんだろう!!　だがな、俺は警察庁と全国警察で、こういう修羅場を何度も何度も潜《くぐ》ってきた。そのときお前のような獅子身中《しししんちゅう》の蟲《むし》は一匹たりともいなかった。お前のように、俺の寝首を掻こうとするクズはな。いいか姫川、よく聴けよ、お前の日常の監察業務が甘っちょろかったから、深沼本部長も俺も飛んだとばっちりを喰うんだぞ？　キャリアが課長級で地方に出るってことは、詰め腹を切る覚悟があるってことだ、当然そうだよなあ、ノブレス・オブリージュだよなあ。なら、ここにおられる地元上級幹部の全員が証人だ。この事案の処理を終えたなら、深沼本部長の御為《おんため》に、そして当県警務部の上級幹部のために、いさぎよく辞職しろ。そうでもしなきゃあ、お亡くなりになった、ええと、警部補だったたか、それと県民、それとメディアに申し開きが立たんだろうが。東大卒・オックスフォード卒のキャリア官僚様なら、それくらいの道理は理解できているよなあ、ああ？」

……理代は口を動かす必要を感じなかったが、それをしなければ、この緊急部内会議なるものは終わらず、よって並み居る上級幹部も、虐待の目撃者として虐待の苦しみを感じ続ける。それは、今現在は寵愛を受けている教養課長とてそうだ。いや、今寵愛を受けている者ほど、理代への虐待を目撃し、いよいよ保身と護身の必要を胃痛とともに感じるだろう。だから理代は、無意味と消耗を終わらせるため、無意味で消耗な言葉を紡《つむ》いだ。

「冗談やめましょうよ」

「……な、何だと？」

「警務部長が心配しておられるのは、これで、念願の警察本部長への道が閉ざされるか、ですよね？　年野警部補と青崎巡査が、その悲願を妨害するか、ですよね？」

「姫川貴様ッ!!」

「御安心ください警務部長。深沼本部長は聡明《そうめい》な方です。是《ぜ》は是《ぜ》、非《ひ》は非《ひ》となさる方。そして、信賞必罰《しんしょうひつばつ》は警察のならい。指揮官先頭も警察のならい。深沼本部長であれば、この事案がどのように展開しようと、最高指揮官として適切な判断をし、公平な処分を行われます。もとより私も、監察の指揮官として、これからも陣頭指揮を続けます。責任があるというなら処分も受けましょう。御希望とあらば、御一緒に東北管区警察学校へ異動してもかまいません。残念ながらそれは、部長の悲願である、警察本部長ポストが脳内妄想で終わるということですが」

「おのれ小娘言わせておけばッ!!」

「まあまあ、まあまあ!!」首席監察官が割って入った。「警務部長、姫川室長はまだお若いですから、血気盛んですから……このような非常事態で、動揺もしているでしょうし。

それから姫川室長」

「はい首席」

「室長のその、顔に似合わぬ鼻息の荒さは知っているけど、ちょっと口が過ぎたんじゃないかな。少なくとも、警視正に対しての物言いとは言い難《がた》かったよ。

君の直属上官としていうが、ここは警務部長にお詫《わ》びしたまえ。それが君の為だ」

「申し訳ありません」

理代は意図的にしれっといった。無論、クソ道戸警視正の方は見なかった。

そしてそのまま席を立つ理代。

「それでは仕事が山積しておりますので、私はこれで失礼します。

そもそも、深沼本部長への御報告と、指揮伺《シキウカガ》いがまだ終わっておりませんので」

「待て姫川ッ!!

当部においては、俺の許可なく本部長室に入ることはできん!! 何度も何度も、何度も何度も言い渡してあるはずだ!! どうせお前らは、俺の陰口しか叩かないんだからな!!」

（……俗物《ぞくぶつ》であるだけならまだしも、何故それを大声で立証しようとするんだろう？）

理代が怒声を無視し、警務部長室を去ろうとした、その瞬間――

――警務部長卓上の警電が鳴った。

会議中であり、部屋の主は凄味を利かせている最中である。

側用人の教養課長が、どことなく特権めかした感じで、会議卓を離れ、警電を採る。

「もしもし警務部長卓上、扱い教養課長です――えっ。

はい、いえ御在室です、緊急部内課長会議中でございまして――はい直ちに」

教養課長は、警電を採ったときの脚どりとは真逆の、巡査のようなカチコチした雰囲気で、警務部長の傍《かたわ》らに直立した。そしてそのまま、恐ろしげに警務部長に報告する。

「ふ、深沼本部長が!!　み、道戸警務部長に緊急のお話があると!!」

「フン、ほらな、姫川よ。こういうときに頼れるのは、歴戦の俺しかいないんだよ」道戸警視正は悠然《ゆうぜん》と会議卓を発《た》った。そのまま自分の執務卓へゆき、警電を採る。「お前みたいな若僧キャリアの出番なんぞは無い。辨《わきま》えろ」

そのまま道戸警務部長は、警電の保留音を解除した。

そして、いかにも忠臣めいた、これまでの罵声が嘘のような猫撫《ねこな》で声を出す――

「お疲れ様です。警務部長、道戸でございます。

ちょうどこれから本部長室へお邪魔しようと……は？

いえそれは、しかし……何分未熟で、舞い上がっている所も……

このような事案を扱わせるには、人格・経験とも……はい……はい。

ただ本部長、副社長としての立場から申し上げますと、この件は私が直接御報告に上がり、直接対処方針を御協議させていただくべきかと……それが本部長の御為《おんため》に……はい」

どうやら架電の主は、この県警の独裁者ともいえる、県警本部長のようだった。

それゆえ、警務部長がどれだけ顕官《けんかん》であろうと、その意向には叛《さか》らえない。

まして、今後の立身出世に命を懸ける道戸としては、絶対に、深沼本部長の機嫌を損ねてはならない事情があった――道戸の唯一の勤務評定者は、深沼本部長である。

ゆえに。

道戸警務部長が顔を真っ赤にしながら受話器へ反駁《はんばく》しても、全てが無意味だった。

「……了解しました。すぐに本部長室へ赴《む》かわせます」

ガチャリ。

道戸は自分の警電を大きく切った。

相手が唯一の上官でなければ、間違いなく、受話器を叩き付けていただろう。

そのやるかたない憤懣《ふんまん》は、当然、生贄《いけにえ》の小娘にむけられた。

ただ……

道戸の顔には、ありありと、損得勘定が浮かんでもいた。俗物の損得勘定。すなわち。

「……姫川監察官室長。深沼本部長がお呼びだ。本部長をお待たせするな。警務部の信用と評価にかかわる」

「しかし警務部長」ここで反論をするところが、理代の二八歳らしいところだった。「当部では、警務部長のお許しなく、本部長室に決裁・報告等で入室してはならないルールがあります。全国警察で聴いたこともない、異様なルールですが」

「……お前は!!　ゴチャゴチャ言っていないで直ちに行け!!　深沼本部長が、事案の概容と今後の方針を詰めたいとおっしゃっておられる!!」

「私にですか。それは警務部長のお役目だと考えますが」

「……本部長と俺に抗命《こうめい》するのか!?」

「まさか」

理代はもう、警務部長室のドアのたもとにいた。それを思いきり開ける。ドアの外で聴き耳を立てていた各課の次席や管理官が、わっと蜘蛛《くも》の子を散らすようにドアの前を空ける。理代はすべてのギャラリーに聴こえるよう、大きな声でいった。

「姫川警視、深沼本部長の命《めい》により、本件事案の処理方《しょりかた》等につき、深沼本部長と協議いたします。警務部長、何か本部長への御伝言等は？」

「ない!!　いいからとっとと消えろ!!」

どうせ俺のこと、在ること無いこと陰口を叩いては、俺を追い落とそうとするんだろう」

「……この非常事態に、そこまで暇な警察官は、部長しかおられませんよ」

理代はドアを開け放したまま、警務部長室を出、大部屋の警務課を出た。

やっぱりキャリアはキャリア同士か、畜生め。

やっぱり女は女同士がいいんだろう、畜生め。

――理代の背に、情けなさ過ぎる罵声が飛んだ。

もちろん理代は、それを記憶したが、対処する理由を持たなかった。

無駄な部内会議以上に、無意味で消耗だったからだ。

県警本部五階・県警本部長室

理代は、階段で、県警本部三階から五階へと上がった。

五階は、総務部のフロアである。

そこには、社長室ともいうべき、県警本部長の執務室がある。

これも、警務部長室同様、総務室の大部屋の中にある。

だから彼女は、階段を飛び出てすぐ総務室の大部屋に入り、すぐ本部長室のドアを目指した。荘厳《そうごん》ともいえる大きなドアは、平時どおりに開け放たれている。この非常時に、訳の解らない会議を開催して、多忙な上級幹部もろとも籠城《ろうじょう》をしてしまう警務部長が、ハッキリいって異常なのだ。

――本部長室の傍《かたわ》らには、本部長秘書官がいる。警視だ。ポジションとしては、理代の女房役である一色次席とおなじか、やや上に来る警視である。ただナントカ官系だから、理代のような所属長ではない。ゆえに本部長秘書官は、端整《たんせい》な中にもうやうやしい態度を示しながら、すぐ理代にいった。

「本部長、ずっと姫川室長をお待ちでした。なかなかお越しがないので、警務部の事情に巻き込まれているんだろう――ともおっしゃっておられましたよ。本来、私がお呼びするのが筋なのですが、いかんせん」

「そうしなくて正解でした」理代は嘆息《ためいき》を吐いた。「どうせあのクソゴリラは、深沼本部長以外の言葉など聴かないから。下手をしたら、秘書官だって人事権を盾に脅されるわ」

「おそれいります――どうぞお入りください」

ゲートキーパーの許しを得て、理代は本部長室に入った。

理代の勤める監察官室ならば、三つ四つは入るほどの巨大な執務室である。県内の治安の独裁官であり、二、五〇〇名近くの警察官の頂点に立つ副知事クラスであるから、無理もない。

――深沼ルミ県警本部長は、その巨大な執務室の、巨大な会議卓にいた。官僚として脂《あぶら》の乗り切った、四七歳。ちなみに既婚者だが、配偶者もキャリア官僚である。経済産業省のキャリアだ。ゆえに、別居が自然な状態となっている。お互いが霞《かすみ》が関《せき》で勤務するときも、官舎にいる時間よりそれぞれの役所にいる時間の方が長いし、お互いが地方勤務となれば、てんでバラバラの道府県に赴任するから……だから、というわけでもなかろうが、子供はひとりもいない。

その深沼警視長《けいしちょう》は今、彼女の常どおり、制服姿である。

県警本部長がどのような姿で執務をするかについて、実は、統一的なルールはない。といって、副知事クラスの官僚なので、スーツが基本で、多数派であろう。

ただ、深沼ルミ警視長は、県警本部に在庁しているときは、制服を好んだ。

もとより、それが社長の意向とあれば、それに叛《さか》らう警察官は、県警にはいない。

(常在戦場《じょうざいせんじょう》、ということだろうか？　それとも、管理部門たる総警務部門は制服勤務が基本だから、ただそれに倣《なら》っているだけなのだろうか？)

――理代は、着任以来二箇月、ずっと疑問に思っていたことをまた感じた。

ただ、目下の情勢は、そんな些末《さまつ》な疑問などどうでもよいほど煮詰まっている。

理代は会議卓へ進んだ。

最も上座の、頂点の位置に、その制服姿の、深沼本部長。

そして、彼女の右手側――深沼警視長の右斜め前の席に、やはり制服の警察官がひとり。

理代はその、制服警察官の姿をサッと瞳で検索し、わずかな違和感を憶えた。

(どこかで出会っている顔だが……

県警本部の警察官ではない。本部長室に出入りするほどの警察官ならば、分からないということはないから。まして、それが女性の上級幹部とあっては……階級というなら警視だが……）

「姫川室長、わざわざ呼び出して悪かったわね」

「いえ本部長、こちらこそ事案の報告が遅くなり、大変申し訳ありません」

理代は、自然な頭の傾きで現時刻を確認した。〇二〇〇《マルフタマルマル》ジャストだ。くだらない俗物のせいで、貴重な時間がどんどん過ぎている。

「さ、こちらに座って」

「姫川警視座ります」

深沼ルミ本部長が指し示したのは、自分の左手側、左斜め前の席だった。

そこに理代が座ると、県警本部長を頂点とした、三角形ができあがる。

理代は座りながら、人定《じんてい》がなかなか浮かんでこない、制服の女性警察官に会釈《えしゃく》をした。

するとその女警は、凛然《りんぜん》と起ち上がり、踵《かかと》を合わせ室内の敬礼をした。そしていった。

「豊白警察署地域課、地域管理官の晴海《はるみ》美《み》夏《か》警視であります。姫川監察官室長、この度は、当署の地域課員がこのような重大事案を引き起こしてしまい、お詫びの言葉もございません。すべての責任は、管理官たるこの私にあります。何卒《なにとぞ》、厳正なる処分をお願い申し上げます」

……彼女の自己紹介で、ようやく理代の脳は、眼前の女警が誰であるかを認識した。

「ああ、晴海管理官!!」

いえどうぞお座りください。今は処分を云々《うんぬん》している場合ではありませんし、責任というなら、事案の詳細を詰めた上で、深沼本部長が適正に御判断なさいます。

それにしても……

こちらこそ大変失礼しました。〈女性の視点を一層反映した県警プロジェクト〉で、あれほどお世話になったというのに」

理代とその女警は――むしろ女性警察幹部は、既に出会っていた。

県警肝煎《きもい》りの、そして深沼本部長が着任してからは最優先課題となった〈女性の視点を一層反映した警察づくり〉――彼女は、その要《かなめ》となる〈女性視点反映プロジェクト《P》チーム《T》〉の構成員だったからである。それどころか、最重要の構成員といっていい。というのも、今自己紹介のあった晴海美夏警視は、この県警で、最初に警視に昇任した女性警察官だったからである。

そして警視といえば、既述のとおり、警察署長が務まる職だ。

男社会の警察で、そのガラスの天井を破った最初の女性――それが晴海警視であった。

そして、現在の県警は、社長も女性、監察官室長も女性。いや、ここで監察官室長という職にはあまり意味がない。重要なのは、『所属長に女性警察官がいる』ことである。

（……いや、そもそも、私が監察官室長として呼ばれたことすら、深沼本部長の『施策』のひとつだ）

深沼ルミ警視長が、この県警の本部長として着任したのは六箇月前。理代を遡《さかのぼ》ること四箇月のことである。彼女はそれ以降、それこそ鬼神のような働きで〈女性の視点を一層反映した警察づくり〉に邁進してきた。

例えば、全国最低タイだった組織内女性警察官の割合——六・九％を、採用・再任用によって、強引に八・五％まで引き上げている。全国平均八・九％まで、いきなりあとひと息だ。育児休業の取得率は、女警についてはもちろん一〇〇％。男性警察官についても奨励をし、零《ゼロ》から〇・五％まで数字を押し上げた。〇・五％というとまだ少ないが、より日数の短い、男性警察官の育児支援休暇、育児参加休暇となると、その取得率は三〇％～五〇％に跳ね上がる。

また、深沼ルミ本部長が強烈に推進しているのは、こうした数字の上げ下げだけではない。例えば、育児のための部分休業を取得し始めた女警が複数いれば、それをふたりセットで同一の課・室に配置することで、所属のマンパワーの減少を——所属が嫌がる実働員の低下を——実質帳消しにする施策。あるいは、育児休業を取得し始めた女警がいれば、その分、OGを任期付きで再雇用して、これまた所属のマンパワーの減少を回避する施策。また、出産予定が判明した女警については、〈復帰ロードマップ・メンター〉を必ず指定し、出産予定の女警を訪問させたり、その相談を受けさせたり、休業の調整をさせたり、はたまた、復帰に関係する悩みを聴取させて諸々のアレンジを行わせたり。

おまけに、近い将来には——自分の在任期間中には——県警本部その他に二十四時間制の〈職域内保育所〉を設置すること、育児中の警察官がどうしても急に職場を外さなければならなくなったときその職務を直ちに引き継ぐ〈機動引継班〉を編制すること、育児中の警察官については常勤の身分のまま大胆なフレックスタイムを導入すること、さらには、急を要する仕事が入ってシッターを必要とする警察官のために〈緊急シッター手配制度〉を導入することも、既に発表している。そのための予算要求と、実際に保育所やシッターを運営することとなる警察共済組合への強力な尻叩きも――既に圧力といっていいほどだが――当然に行っている。

もちろん、深沼ルミ本部長の施策は、出産・育児の分野に限定されない。実は、先の〈女性視点反映ＰＴ〉の起ち上げとフル稼働も、深沼本部長の発案である。そればかりか、社長である自分のみが処理する〈女警目安箱〉を、県警本部及び全警察署に設置させた。物理的な目安箱のみならず、専用のメールアドレスも開設した。あるいは、監察官室における〈女警専用セクハラ・マタハラ・パワハラ・ホットライン〉略してＪＳＭＰラインを設置した。これは、警察官自身であろうと、市民であろうと活用できるよう、警電番号と加入電話の番号が、いずれも設定されている。

（――そしてもちろん、そのホットライン設置の大前提は）理代は思った。（監察官室が完璧に公平中立であることだ。いや、公平中立を超えて、女警の立場に立った、『安全』で『安心』な相談窓口であることだ）

そのことと、深沼ルミ本部長が、企画立案能力のある女性警視を腹心として必要としていること。また、県警の女性管理職の割合を、五年以内に二・五％まで押し上げようとしていること――

これらを併せ考えれば、『まず警察庁から、活きのいい女性管理職を引き抜いてくること』『そのポストは、監察官室長であること』は、むしろ見やすい道理、既定路線といえよう。これが、県警レベルでは滅多にない、〈キャリアの監察官室長〉が誕生した理由である――というのも、通例でいえば、理代くらいの年次にあるキャリアは、知能犯系である〈捜査二課長〉か、警備公安系である〈警備第一課長〉として赴任するのが不文律だから。実際、理代が徳島県で前者をこなしてきたように、だ。しかし、深沼ルミ本部長は、その歴史ある不文律を、警察庁人事課とのネゴシエーションによって、少なくとも理代については、大きく変えさせたのである。

（深沼本部長は、警務畑《けいむ》……より厳密には、人事畑のエースだ。

警察庁内のキャリアパスでいうなら、警部時代の見習いも人事課。警視時代の課長補佐も人事課。警視正時代の理事官・企画官も人事課。

私が直接接点を持ち、直接お仕えしたのは、たまたま保安課に出ておられたときだったけれど、それも人事《ヒトゴト》官僚として、泥を被《かぶ》った仕事の経験を積むためだ。本籍地は、人事だ）

だから、少なくとも理代には前例の思い付かない〈女キャリアの監察官室長〉なる無茶ができたのだろう。

ただ、このような行動力あるいは執拗さから、また人事畑というエリート性から、深沼ルミ警視長を誹謗《ひぼう》する者は、少なくない。それは警察庁でもそうだが、今、この県警でも、とりわけ地元の大ボス役員たちから、恐怖されつつも敬遠され、もっといえば、『県警の伝統を壊す、独善的な女』と受け止められている面もある。もちろん、深沼本部長が男だったなら、生じえなかったであろう感情的な……うじうじした性差別的な反発もある。

だから、『深沼本部長の代になって、県警本部長公舎の二十四時間警戒をする駐留警戒警察官が増員されたこと』『その人選も、若く屈強な機動隊員・機動捜査隊員等から行われていること』『輪番《りんばん》制の人出しがキツくなり、機動隊を持つ警備部門・機捜隊を持つ刑事部門等が悲鳴を上げていること』という事実は――理代が知るかぎり、それは、若手男性警察官の意識、とりわけ女警に対する意識を膝《ひざ》を詰めて聴取するための口実でしかないのだが――深沼本部長に対する陰湿な反発による暴発テロを懸念した措置ではないかと、冗談めかして囁《ささや》かれているほどだ。

そんな冗談が流れるほどに、県警の男達の秘めやかな反発は、強い。

それをどうにか黙らせているのは、これまで述べたような強力な施策の推進によって、既に警察庁人事課長賞を四本、警察庁長官官房長賞を二本、授与されているからだ。もちろん、これはA県警の実績となるし、またもちろん、このペースで表彰の数が出れば、翌年の全国警察本部長会議で警察庁長官の年間表彰が出ることは確実。これもまた、小規模県のA県警にとっては、ひさしく経験のなかった超絶的な名誉である。

要は、派手で確実な実績と、それに伴う守旧勢力の忸怩《じくじ》たる沈黙……

それが、深沼ルミ県警本部長の置かれた立場だ。

（それゆえに、いっそう、女の幕僚と、女の同志は欠かせない）

——よって当然、理代は、二箇月前の着任からすぐに〈女性視点反映PT〉の座長を委ねられている。もちろん拒否権はないが——本部長は県警の独裁官である——理代はむしろ快諾した。彼女自身、女警であるし、〈女性の視点を一層反映した警察づくり〉には、若いながらもかねてから一家言《いっかげん》あったからだ。

すなわち、理代にいわせれば、警察における女性関連施策の肝《キモ》は『4つのK』『4K』でありそれしかない。すなわち権利、カネ、キャリア、ケアである。

まず、『権利』。女警が子を産みたいならば、それが権利として認められること。だからタイミングだの職務の繁閑《はんかん》だのを気にしなくてもよいようにすること。『カネ』については説明するまでもない。女警が子を産みたいとき、そして育てたいとき、カネに困らなくすることだ。『キャリア』というのは、キャリアノンキャリアのあれではなく、キャリアプランを指す。出産と育児を経た女警が、従前と同様のポストにそのまま就けることだ。最後に、『ケア』というのは主として保育所・託児所・シッターのことである。

要するに、出産と育児に関しては、『決断に不安がない』『経済的に不安がない』『経歴的に不安がない』『子を預けるのに不安がない』――この意味でも４Ｋだ――これがすべてでそれだけだと、理代は考えている。

　ただ、理代は二八歳独身。出産も育児も、リアルな体験としては知らない。ゆえに彼女としては、この絶好の機会に、自分の４Ｋ施策なり４Ｋプランなりが、机上のものではなく現場に活用できるものなのかどうか、確認したいという野心《やしん》もあった。まして、女性関連施策は人事関連施策。監察官室長としての本来業務からは若干外れるが、監察はまさに人事部門だから、あながち的外れな業務ともいえない。

　ゆえに理代は、〈ＰＴ〉の座長として、既に幾つかの企画をし、政策を実施してきた。

　そのひとつに、〈県下警察官女子会〉なる懇親会《こんしんかい》もあった。

　現場の女性警察官から、男いっさい抜きで赤裸々《せきらら》な話を聴く座談会であり、その後に、やはり男いっさい抜きで愚痴《ぐち》をいってもらう飲み会を組んだ。交替制の女警も多いから、三度にわたって開催をした。飲み会には、スペシャルゲストとして、深沼ルミ本部長にも出てもらった。

（そして、パイオニアであり、ロールモデルであるこの晴海美夏警視には、三度とも出席してもらった……現場の、しかも〈地域〉の管理で多忙だというのに。

　その、県警のキーパーソンともいえる女警を忘れているなんて。成程《なるほど》、確かに動転しているのかもね）

　すると、会議卓の頂点に座った深沼本部長がいった。

「姫川室長、ううん、保安課時代どおり、理代でいいわね。

　理代と晴海管理官には、しばらく私の幕僚を務めてもらいます。晴海管理官がここにいるのは、それが理由よ。晴海管理官、署もさぞバタバタしているでしょうに、連絡将校《リエゾン》みたいなことをさせて、申し訳ないと思っています」

「いえ、本部長の御命令がなければ、マル害である年野警部補、そしてマル被と目される青崎巡査について、キチンとレクをしようなんて、署では誰も思い付かないでしょう。お祭りが始まるとただドタバタ、ドタバタして。イザというときに肝《きも》が据《す》わらないというのは、残念ながら、警察の男達の公約数ですね」

（そういえば、晴海警視は、歯に衣《きぬ》を着せない女警だった。

それに、いつも泰然自若……いや、いつも凛然《りんぜん》としている。自他ともに甚《はなは》だ厳しいタイプだ。それは、〈女子会〉で若い女警の憧《あこが》れにもなっていたし、はたまた、若い女警にとって、どことなく敬遠される雰囲気にもなっていた）

「と、いうわけで理代。ここでは何の遠慮もいらないわ。

で、もうできていると思うけど、この〈牟礼駅前交番・警部補射殺事件〉の書類一式を見せて頂戴。読みながら質問をするから、適宜《てきぎ》答えて。それは晴海警視にあっても同様です——

　私も長官、次長、官房長に、それはそれは厳しく詰められるでしょうから」

　理代は深沼本部長に決裁挟《ばさ》みを渡した。

もちろん、渡した書類一式のコピーは手元にある。

そして、深沼本部長がペーパーを読むスピードに合わせ、それらをめくってゆく。時折投げられる、警務部長などより億倍も鋭い質問は、しかし、すべて脳内で想定していたとおりだった。このあたり、キャリアには阿吽《あうん》の呼吸がある。たとえ深沼本部長が、理代にとって二〇期先輩であったとしても、だから理代にとっては大先輩で『とっしょり』だったとしても、その役人仕事のスキルは鋭くなりこそすれ、衰えることはない。理代が警察庁で見習い警部をし、徳島県警で捜査二課長をしてきたように、深沼ルミもまた警察庁で課長をこなし、栃木県警で警務部長をしてきた女警である。いや、深沼ルミも、警察庁においては、パイオニアでありロールモデルであった。昭和の終わり、警察庁が初めて採用した女性キャリア――それが深沼ルミなのだから。それが四半世紀を経て、とうとう県警本部長ポストにまで就いた。これは現場の感覚でいうなら、まさに『初の女性署長』という感じであろう。現場警察官の夢が警察署長であるなら、キャリアの夢は警察本部長なのだから……

ここで理代は、ふと、本部長室の県内系無線がオンになっていることに気付いた。

［県警本部から――機捜一〇三］

［機捜一〇三ですどうぞ］

［先下命《かめい》の。ＪＲ牟礼線各駅間の線路の状況知らせ、どうぞ］

［現在の所。不審者等ナシ。線路付近の路地裏の検索に当たるどうぞ］

［県警本部了解。続いて県警本部から交機二三］
［交機二三ですどうぞ］
［豊白市産業道路における検問の状況知らせ、どうぞ］
［現在交機二一、二三、二四とともに。三箇所において密行型で実施中。特異動向ナシですどうぞ］
［県警本部了解。続いて県警本部から豊白］
［豊白ですどうぞ］
［管内各河川及び河川敷の捜索。これどうなっているかどうぞ］
［当PS員及びマル機隊員により鋭意実施中。続報を待てどうぞ］
［県警本部了解。続いて県警本部から機動隊――］
――もちろん、県警本部長は社長だ。県警のあらゆる事柄を知るべき立場にある。
だから、それこそPCに積んであるような、県内系無線機があってもおかしくはない。
（ただ、私の経験でいえば、これがオンになっているような事態は、初めてだ）
そして通信指令室は、興奮している。イザというときほど冷静な指令を――というのは警察のイロハだが、そして通信指令室もそれを守ろうとしているのは分かるが、どうしてもピッチやトーンが急迫してくるのは避けられない。ゆえに、かなりの音量でそれを傍受している本部長室もまた、その喧騒《けんそう》と動揺に染まりそうなものだが……
（晴海警視が何を考えているかはともかく、深沼本部長、まあ落ち着いたものだ）

しかもその深沼本部長は、いよいよ煙草まで吸い始めた。

「ああ、理代も確かやるんでしょう、気にせずにどうぞ。事態が事態、無礼講《ぶれいこう》よ。危機管理に庁舎内禁煙も健康管理もへったくれもないわ」

「……徹夜のときしかやらないんですが、今がまさにそうですね。では失礼して」

「本部長の御前で大変恐縮ですが」晴海警視も喫煙具を出した。「私も頂戴します」

三人の女警の紫煙《しえん》が、必死の叫びを続ける県内系無線を、ちょっとぼやかした感じになったとき——深沼本部長は書類を読み終え、決裁挟みを閉じた。その仕草だけで、理代は、本部長が自分の知り得た情報はすべてその頭に叩き込んだことを知った。といって、官僚なら当たり前のことではある。理代もだが、深沼ルミならばもっと、与野党の国会議員にイビリ倒され、詰問され続けてきたのだから……

「さて、理代」

「はい本部長」

「こっちが、捜査一課が上げてきた現在の捜査状況。年野警部補の遺体関係と、あともちろん交番の実況見分というか、検証関係ね。すぐ読んで、頭に入れて頂戴」

「了解しました」

「そしてこっちが、広報室長が一発目に投げ入れた広報文。広報室長はもう揉《も》みくちゃにされて動きがとれないから、新しい情報を、何とか上手いこと入れ続けてあげて」

「それも了解です。青崎巡査の顔写真はどうしていますか？」

「もう公表済みよ。

あとは、関係自治体への連絡だけど、現状どうなっているのか、続報を受けていない」

「自治体のHPやメールを通じて注意喚起してもらえているか、総務の方《ほう》に確認します」

「ああ、必要なら私の警電を使って頂戴」

「さっそく」

理代が何本かの警電を架け終えると、深沼本部長は寂しそうにいった。

「さて、記者会見のタイミングは──

私が予想するところ、今朝未明になるでしょうね。

諸情報が正しいとすれば、青崎巡査はまさか逃げ切れるものではないから。でしょう？」

「そうですね」理代は頷《うなず》いた。「そもそも勤務中の、制服姿──活動服姿です。それを脱ぎ捨てるにしたところで、どこかで盗みでもしなければ、着換えることはできない。できたとして、精々ジャージ──

それでよいでしょうか、晴海警視？」

「そうなります、姫川室長。

牟礼駅前交番は、古いタイプの交番です。女警用の更衣室なり仮眠室なりはありません。それをいったら、当豊白警察署のどの交番にもないのですが。故に、事件後すぐ着換えられるとすれば、日中の休憩用のジャージ。それとて、夜の仮眠用ではない。夜の

仮眠にあっては、女警は、警察署に上がって、女性用仮眠室で摂《と》りますから――すると
どのみち、交番に着換えがあるとしても、それはあまりにシンプルなものでしかない。

といって、既に自分が数百名体制で追われていることは、当然理解している。

なら、警察署のロッカーの私服なり仮眠用ジャージなりも回収できはしない。

まして、独身官舎の私服なんて、取りに帰ることはできない。

ですので、青崎巡査の現在の服装は、活動服のままか、それに交番で使う仮眠用の何かを羽織ったくらいです。ですので」

「とても目立つ」深沼本部長がいった。「まして警察官であれば、この時代、防犯カメラがどれだけ恐ろしいかも理解しているはず」

「そうなります」晴海地域管理官がいった。「なら動線もかなり限定される。故に、深沼本部長の御指摘どおり、逃げ切れるものではない。すると」

「私達が最も危惧しなければならないのは」理代が続けた。「青崎巡査の自殺ですね」

「そのとおり」深沼本部長が頷《うなず》く。「年野警部補の御家族にどうお詫びするかは別論、我々は何よりまず、真実を知らなければならない。そしてそれがどのような犯罪捜査であれ、被疑者に自死されるというのは、警察の敗北を意味するわ――もっともそのことは、既に役員にも通信指令室にも、もちろん豊白警察署にも徹底してあるけど。

――起こってしまったことは、仕方が無い。

我々としては、それを前提に、オーナーである県民に納得してもらえる事件処理をし

なければならない。そのためには是が非でも、生きた青崎巡査を確保しなければならない……県警本部長としてそう痛感するし、また、ひとりの女警としてそう痛感するわ。だから。

今朝未明になるであろう記者会見では、『確保』の発表をしたい。間違っても、『自殺』の発表はしたくない」

ここで、深沼本部長の顔はあきらかに曇った。だから敢えて言った。青崎巡査の自殺を憂慮《ゆうりょ》する以上に。

理代にはその理由が解った。だから敢えて言った。

「本部長のお許しがあれば、記者会見は、ウチの首席監察官と私で行いたいと思いますが。

所属長の私だけでは軽いですし、といって担当部長は、記者会見など任せられる器ではありません。部長級の、首席監察官であればメディアも納得するはずです」

「理代はあいかわらず、ハッキリいうわねえ」本部長は苦笑した。「ただ、道戸警務部長の御乱行《ごらんぎょう》の数々なら、当然、私の耳にも入ってはいます──そういえばさっき『緊急部内課長会議』なるものをやっていたそうだけど、それ、いったいぜんたい何？」

「あれ、もう事案にブルってしまって、関係所属長を自室に軟禁して、まあ籠城《ろうじょう》しています。御説教とか大演説付きですが。御自分に処分が及ぶのも、御自分以上に誰かが本部長のお役に立つのも、甚《はなは》だムカつくようで。また、自分自身で本部長室に来る勇気も能力もないようです。あまりに無様ですので、できれば人事措置をお願いしたいのですが」

「理代、あなたも相当やられているみたいね？」

「有害鳥獣の戯言《たわごと》だと思えば、腹も立ちません。

〈JSMPホットライン〉を使ってもよいのですが、電話に出るのは私自身なので」

「あっは、それもそうね、あの運用は、理代に任せてあったわね。

うーん、どうにかしたいのは山々なんだけど、あの人は東京人事だから。

私には時折、人事課長に愚痴《ぐち》の警電を入れるくらいしかできないのよねえ……

推薦《すいせん》の人っていうのは、いったんひねくれちゃうと、難しいわ」

推薦組とは、県警ノンキャリアから、警察庁に引き抜かれた警察官である。むろん、優秀だから引き抜かれ、警察庁なる伏魔殿《ふくまでん》に骨を埋《うず》める覚悟までするのだが……しかし、それまでの年齢・経験など吹っ飛ばす勢いで、警察庁の、とりわけキャリアから様々な、猛烈な洗礼を受ける。それは、官僚経験のない者にとっては、時として虐待にもなりうる。決裁書類を眼の前で破り捨て投げつけるキャリア、机の前に立たせたまま三〇分も四〇分も怒号を染《あ》びせるキャリアなど、めずらしくもないからだ。

そして理代より、いや深沼ルミより年上の道戸警務部長は、そのような屈辱を、何年も何年もキャリアから受けてきたようだ。よってとうとう『おかしくなってしまった』のである。といって、おかしくした警察庁としては、そこに背徳感がある。まさか県警本部長になる夢などかなえてやる気はないが、それなりに気を遣った処遇をする必要が

ある。そうでなければ、今後、推薦組になろうとする人材がいなくなるからだ――今現

在とて壊滅的な志願状況なのだから。せめて、地方の副社長、大規模県の役員で出して

やらねば。

かくて、警察庁と道戸警務部長のメンツは何とか立ち、虐待の連鎖は県警の現場に、

あるいは若手キャリアに及ぶ。これがA県警務部の現状である。

深沼本部長とて、もし道戸警視正の部下だったとしたら、理代がされているようなデ

タラメなイジメを、充分に堪能《たんのう》できたろう。そう、警察におけるハラスメントも、あら

ゆるハラスメントがそうであるように、権力の強い者から、弱い者に対して行われる。

そのあたり、民間と何の変わりもない。ハラスメントの本質は、弱い者イジメである。

「……記者会見には私が出るわ、理代」

「本部長御自身が、ですか？　これは警務部のマターですが」

「事案の重大性に鑑《かんが》み、不自然ではないでしょう――

実際のところは、あの道戸警務部長にはとても任せられない、というのが理由だけど。

何を口走るやら……それこそ女がどうだの、若手がどうだの、青崎巡査を生贄《いけにえ》にして、

どれだけ自分に責任が無いかを力説することは確実ね。

重ねて、私はそのようなことは望まない。

私はまず、青崎巡査の物語を知りたい。その切迫した、どうにもならない、他に逃げ

道の無かった物語を。それなくして、この事案の全容解明はない。その意味において、

これは単純に『非違《ヒイ》警察官を検挙すれば終わる』『その後の拳銃管理の適正を期せば終わる』といった事案ではない。

これは、年野警部補と青崎巡査のすべてを解明しなければ終わらないし、そうでなければ正義は実現されない。むろん、年野警部補とその御遺族も報われない。私はそう考えている」

「深沼本部長のお言葉は、青崎巡査の直接の上官として、この上なく有難く思いますが」

晴海・豊白署地域管理官は、しっとりと、しかし確乎《しっか》といった。

「事の本質は、警察官による警察官殺しです。しかも、装備品である拳銃を不適正に使用した、射殺です。そこにいるのは被害者と被疑者のみ。そして上官たる私がすべきことは、生きた被疑者を確保し――すなわち本件犯罪における最大の証拠を確保し――事案の真相を解明して、しかるべき処罰を求めることです。

そこに、女警であるとか、実務一年の若手であるとかいった『被疑者の個性』は、無関係です」

「――晴海警視。懇親会の席でも思ったけれど、あまり嘘が上手じゃないわね？」

「いえ本部長――」

「二三歳の、実務一年の女警が、五三歳の、実務三〇年の警部補を殺した。

しかも、現在までに入っている情報によれば、交番の防カメ等には映らないかたちで、急所である頭部を破壊するかたちで――要は、『確固たる殺意』を持って殺した。

いったいそこに、どのような動機・原因・背景があるのか？

私もやはりひとりの女警として、どうしてもそれを知りたいわね——

晴海警視、あなた同様によ」

「いえ深沼本部長」晴海地域管理官は、敢えて反論を続けた。「本件事案において最も重要なことは、拳銃が不適正使用されたことです。しかも、殺人の凶器として使用されたことです。そこに女警も何もありません。また、女警の個人的な物語より、県警の存続の方が遥かに優先されます。

もし、事案の処理を誤るようなことがあれば……

そうです、この種事案が、最悪の展開を見せることとなったら」

晴海警視は、威厳を保ったまま、しかし頬《ほお》を蒼白《そうはく》にした。

(成程《なるほど》、県警初の女性警視だけのことはある——現場の大先輩を、そう批評するのは傲《ごう》慢《まん》に過ぎるけど。

ウチのクソゴリラ道戸なんかより、この女性警視には、事態がクッキリと見えている)

——拳銃の不適正使用。

これは、警察の泣き所だ。

警察官がトイレだの更衣室だので、ひっそり拳銃自殺しただけでも、それは、超絶的にすさまじい危機管理が必要となる事案だ。それはクソ道戸が懲戒処分を喰らうとか、深沼本部長が懲戒処分の上左遷《させん》となるとか、そんななまやさしいものではない。

これまで、そうした自殺事案は相当数ある。残念ながら、〈地域〉の警察官の拳銃自殺は、絶えることがない。毎年毎年どこかの都道府県警察で、若手や年配者が自殺してしまう……

その『めずらしくもない』という頻度《ひんど》自体が、次の拳銃自殺を誘発してしまう傾向もあろう。あるいはそもそも拳銃自殺となると、時間的にも物品的にも苦痛的にも『自殺に必要なコストがほぼ零《ゼロ》』という悪しき簡便さを持つ。はたまた、拳銃はその武器としての性質から、『絶対確実に死ねる』という残酷な確実性を持つ。そして警部補・巡査部長・巡査といった実働員だと、どれだけマジメであったとしても、その職業経験からして『自分の拳銃自殺が、自分の県警はおろか全国警察を破滅させかねない』といった組織の事情が、管理職ほどには切実に実感できない――少なくとも県警本部の警部クラスを経験していなければ、拳銃自殺による組織の激震と事案のインパクトが、『御迷惑をお掛けします』以上の具体的なイメージとしては描けない。こうした諸問題から、警察官の、とりわけ〈地域〉の警察官の自殺事案は後を絶たない。

いやそれどころか、民間人を――故意を持って――殺してしまった事案もある。あるいは今回のように、警察官を殺してしまった事案もある。

そうした銃弾は、どこを向くのか？

直接的には、被害者だが……

……確実に、警察組織そのものを直撃するのだ。何故と言って。

（そもそも、警察官が拳銃を携帯しなければならないことに、論理的な理由はないから。成程《なるほど》、警察官である自分が考えれば、それは合理的だし、必要最小限だし、また必然ですらある。現場警察官が対峙する悪とは、そんななまやさしいものではないから。ただ。

それは警察官の、警察組織の理屈だ。そして、それだけでしかない）

――警察の弱体化を目論《もくろ》む存在は、腐るほどいる。

警察は、それこそ昭和の昔より、そうした勢力から、『警察官に拳銃を持たせるのは妥当ではない』と厳しく非難されてきた。警察は、警察官の発砲事案がある度《たび》に――それが適正なものだったとしても――ただ発砲したというだけで、そうした勢力やメディアからボコボコに叩かれてきた。

先人はそれと戦い、警察官が拳銃を持つそのことを死守してきた。それはもちろん市民のためだ。イザというとき拳銃が撃てるようにするのは、まさか警察の自己満足のためではない。

そして最近、ようやく、ただ発砲したというだけで警察がバッシングに遭《あ》うようなことはなくなってきた。それどころか、テロ対策として、自動小銃といった、拳銃以上の武器までもが、市民に容認されるに至った。第二次大戦後六〇年、七〇年を掛けて、ようやく、諸外国の真似事くらいはできるレベルまで来たのだ……

（それも、市民の信頼あってのこと。

そして、その市民の信頼は、築くのに七〇年を要するが、壊すなら一瞬で済む。物理的には、拳銃の弾丸一発で済む)

そう。

拳銃の不適正使用が、事案の大小を問わず警察の泣き所なのは、最終的には『武器が奪われる』ことに行き着くからだ。警察官に拳銃を持たせることに論理はない。市民の判断があるだけ。そして警察官に拳銃を持たせるそのことが、市民の脅威となるのなら、市民はたちまち警察から拳銃をとりあげてしまうだろう。そうなれば、イザというとき命懸けの職務執行ができなくなるという意味で、市民にとっても絶大な不利益があるのだが……

(しかし、拳銃の不適正使用が、警察不祥事として派手であればあるほど、そんな抗弁は、言い訳としか受け止められはしない……)

そして今回のような、『拳銃による殺人』『そのまま逃亡』『いまだ未検挙』の状態であれば、何を言っても言い訳にすらならない。だから今夜、警部補を殺した一発の銃弾は、全国警察の警察官から拳銃を奪い、そのことによって、全国警察の警察官の殉職リスクを高めかねない。

まさに、この県警が、全国警察の歴史を、悪い方へ大きく変えてしまうのだ。

だからこそ警察は、拳銃の不適正使用には、極めて厳格に当たる。徹底した自浄能力を発揮し、またそれを強烈にアピールする。それが何の危険もなかったトイレでの自殺であっても、自殺警察官を被疑者として事件を立て、市民に深々と陳謝をし、確実に事件送致して検察官の処分を求める。それでも市民からの批判と叱責《しっせき》はやむことがないのだ。まして……

（晴海警視は、県警採用の警察官だが、全国的視野で物が見えている。だからこそ、身内の青崎巡査を徹底的に、厳しく処分することを、強く主張している）

ただ……

それは晴海警視の真意ではない。

そのことは、晴海警視とともに〈県下警察官女子会〉の懇親会に出ていた深沼本部長にも、そしてもちろん理代にも解っていることだった。だから深沼本部長はいった。

「私の記憶するかぎり、あの子がこんな劇的なことをするなんて、到底信じられないわ。ただ、一度の懇親会で何が解るのか――といわれれば、それまでだけど」

「同意します、本部長」理代も強く頷《うなず》いた。「私も飲み会で、幾度か彼女と話をしました――青崎小百合女警と。まったく、普通の……どちらかといえばマジメな、いかにもな巡査二年生でした。素直で、明るくて。だから冗談も言い合いましたし、立場を超えて、女警ならではの鬱憤《うっぷん》も口にし合いました。

私の感度《メリット》が悪すぎたのかも知れませんが、特段の兆《チョウ》は、何も……」

「そうね理代、私も何も感じなかったわ。

――晴海警視。警視は豊白署における、彼女の直接の上官です。

青崎巡査について、あの飲み会にかぎらず、何か気付いたことは？」

「このような事態の後で、何を言うのかとお怒りを買うかも知れませんが……

今、監察官室長がおっしゃったとおり、あの子は普通の子です。能力的に突出したものがないという意味でも、命ぜられたことはマジメにこなせるという意味でも。

ただ、私は署の管理職として、本部長や監察官室長より長く、あの子のことを見てきました。そうした、長い期間における観察の結果をいえば……

……『そういえば』というレベルなのですが、まさにそういえば最近、ちょっと表情が暗いなと、当署に配置されてきたときより明るさが失われてきたなと、そう感じることもありました。当署に配置されてきたときの、潑剌《はつらつ》としたというか、新人らしい、ハキハキした明るさに、翳《かげ》りが差した感もあります。

ただそれは、このような事態から逆算したイメージかも知れません。というのも、私は、それを気にしながらも、例えば個々面接をやるとか、例えば退勤のときに声掛けをするとか、具体的な行動に出ようとまでは思わなかったので……

裏から言えば、その表情の暗さとか、明るさの欠如といったものは、『まあ、激務であればそうなるかな』『まあ、疲れが貯まってくればそうなるかな』といったかたちで解釈できるものでした。まさか、何かを思い詰めている感じでも、何か途方《とほう》も無いことを考えている感じでもなかった。少なくとも、それが私の判断でした。

甘い、判断でした」

「晴海警視」深沼本部長が訊いた。「そうした、最近の表情の暗さというのは、具体的には何時《いつ》からのこと？」

「三箇月ほど前、つまり三月の頭から、ちょっと物思いに耽《ふけ》るタイプの娘《こ》だという印象は受けなくもなかったのですが……しかしここ一、二週間で、特にその傾向が強くなっていた気がします。ぼんやりしているというか、いつも眠そうなほど疲れた感じというか。そしてここ一、二週間となると、それは、もちろんあの〈県下警察官女子会〉に出席した後のことになります。ですので、本部長や監察官室長が〈県下警察官女子会〉で何も感じられなかったことには、理由があると考えます」

「ここ一、二週間のこと、か……」

深沼本部長は、しばし紫煙《しえん》を燻《くゆ》らせた。

――理代は、〈県下警察官女子会〉の飲み会のことを思った。

三度にわたって、それぞれ二〇人程度の女警を集めて催した懇親会。

交替制で勤務する青崎巡査は、その三度目の会合に出ていた。

二〇人程度だから、三時間も飲んでいれば、各人とかなりの会話はできる。

（あのとき、青崎巡査は何を言っていたかしら……）

飲み会のバカ話だ。そもそも、真剣な議論などするはずもない。

真剣な議論どころか、最初は腹の探り合いだ。それはそうだ。深沼本部長というなら警視長。自分なら警視。晴海地域管理官とて警視。いってみれば、署長級以上が主催している。そして警察は階級社会。モノを言うなら星の数をふやせという文化もある。余計な口を叩けば、誰に足をすくわれるか分からない。そこに出席した巡査が、ペラペラと自説を述べるとしたら、それこそ特異動向である。

（ただ、そういえば）

産前産後休暇。育児休業。育児短時間勤務。

そういった、妊娠・出産に関する制度について、訊かれた記憶がある。

というか、訊かれた理代の方があまりに無知だったため、あわててスマホで県警の関係規定を検索しなければならなかったのだ。だから、恥ずかしい思いとともに、そのときのことはよく憶えている。

（私自身は、妊娠・出産はおろか、結婚のことだってマトモに考えてはいないから……といって、青崎巡査の方も、そんなに真剣に聴きたそうな様子ではなかった。

だから私は、慣れない女キャリアとの話題作りのため、〈女性視点反映ＰＴ〉の、当たり障《さわ》りのないトピックを投げてきたんだな、としか思わなかったんだけど……）

……そうだ。確かに青崎巡査には、それほどの真剣さはなかった。

まして、青崎巡査は巡査二年生、実務一年生の二三歳である。

二八歳の自分自身が、結婚だの出産だのを、強く意識していないのだ。なら、いわばＯＬになりたての、これからバリバリ仕事を憶えてゆかねばならない二三歳女警が、今、強く結婚だの出産だのを意識する理由がない。というか、意識していたらむしろ不自然だ。たとえ決まった彼氏がいたとしても、『まだ駆け出しだから』『まだ仕事を始めたばかりだから』と、まずは仕事優先で私生活を組み立ててゆくだろう。それは、民間企業でも全く一緒だろうし、まして警察では、二三歳など、交番の実務を齧《かじ》り始めたばかりである。本格的な街頭デビューを果たしたばかり、といってもいい。そんな、右も左も分からない職場で、まずは、ひとつずつ実務を憶えてゆく。それが交番一年目の、まあ、常識だろう。

(……だから、どう考えても、あのときの雑談が、真剣なものとは思えない)

だから理代が、それを黙ったまま、本部長室のリモージュの灰皿で煙草を消したとき。

また、自然なかたちで、自分の腕時計を確認し、現時刻が〇三〇〇《マルサンマルマル》であると知ったとき。

本部長室の県内系無線機が、俄《にわか》に大きな声を伝えてきた。

[豊白1から本部!!]

[県警本部ですどうぞ!!]

[現在。豊白市狐久保《きつねくぼ》地内《チナイ》。JR牟礼線。稲荷町《いなりちょう》駅と船町《ふなまち》駅間の陸橋《りつきょう》下。牟礼駅前PBから南に約五㎞の。JR線と私鉄線が交差する陸橋であるが——ガード下となっている。私鉄線の線路。この二m程度横に。検索中のミニパトを発見]

[——該《ガイ》検索中のミニパトとは。牟礼駅前PBのミニパトでよろしいかどうぞ!?]

[そのとおりですどうぞ]

［ミニパトの状況を送られたいどうぞ!!］
［まず。該ミニパト周辺であるが。陸橋構造物その他により遮蔽《しゃへい》されている。ミニパトはこれらに隠れた形となる。また周辺に民家等なく。通行人等もなし。
該ミニパトは施錠済み。目視で車内を観察したところ。
地域警察官用の制帽。これ女警用のものであるが。制帽一。
同じく帯革《タイカク》。これ一。なお警棒、手錠及び無線機が着装されている。拳銃カバーもあり。
同じく活動服上下と認められる着衣。これ各一。
同じく受令機、これ一。
階級章。巡査のものであるが。これ一。活動服に着装されているものとは別。制ワイシャツ用と思料される。
懐中電灯で観察したかぎり。以上の物件の遺留が認められるどうぞ］
［豊白１に更に問う。
地域警察官用の制帽、活動服上下、帯革、警棒、手錠、拳銃カバー、無線機、受令機、制ワイシャツ用階級章をミニパト車内にて発見でよろしいかどうぞ!?］
［そのとおりですどうぞ］
［……帯革には、あるいはミニパト車内には、拳銃はあり、ますか、どうぞ？］
［車内を観察するも発見に至らず。拳銃カバーは空。引き続き周囲を入念に検索……

あっ」

単純な驚愕《きょうがく》の声など、警察無線の文法にはありえない。

ただこの瞬間、県警のすべての警察官が――少なくとも緊急動員された七〇〇人のすべてが――文法のことなど無視して、一斉に固唾《かたず》を呑んだに違いない。それは、この県警本部長室で無線を傍受する、理代も晴海警視も、そして深沼本部長もそうだった。

――誰もが、PC〈豊白1号〉の続報を待つ。

そして、どれくらいの時間が過ぎたのか……

「……豊白1から続けて送る。

ガード下。私鉄線の線路上に。検索中のマル対。青崎小百合巡査を発見」

「……巡査の状態はどうぞ？」

「蹲《うずくま》るように倒れている。

上衣は制ワイシャツ。下は下着のみ。

拳銃を両手で把持《はじ》。

口腔《こうくう》に該《ガイ》拳銃をくわえ。そのまま自己の頭部に発射。自死したものと認められる。

救急搬送の必要を認めず。至急。捜査員と検視班を臨場させられたい……以上豊白1」

第3章　女警の独断

県警本部一階・広報室会議室（記者会見室）

夜が明けて、午前七時。

広報室長の『時間です、よろしく願います』なる短い口上《こうじょう》のあと、いよいよ、〈豊白警察署牟礼《むれ》駅前交番・警部補射殺事件〉の、県警本部記者会見が開催された。雛壇《ひなだん》あるいは被告席に座るのは、社長である深沼本部長、殺人事件担当役員である刑事部長、そして、監察担当所属長である理代の三者である。

まず冒頭、三者は、一分以上にわたり、起立して頭を下げる。

引き続いて行われた、主要な一問一答は次のとおり――

――本件は、県警の警察官が、上官である警察官を射殺し、また自らも自殺したという前代未聞の事案ですが、まずは、県警本部長の受け止めをお願いします。

「年野警部補の御遺族はもとより、不安な夜を過ごされることとなった県民の皆様に、何よりもまず、深くお詫び申し上げます。

事案の詳細にあっては、現在鋭意捜査・調査中でありますが、県民の皆様の生命・身体・財産を守るべき警察として、あってはならない事案であり、断じて許されるものではないと考えております」

――事案の概要について御説明ください。

「昨日午後一一時一〇分頃、『JR牟礼駅近辺で、銃声のような音が複数聴こえた』旨の一一〇番通報があり、よって、パトカー等により、その通報に対処しております。

その後、午後一一時四五分頃のことですが、その一一〇番通報に対し即応すべき『牟礼駅前交番の年野警部補及び青崎巡査が全く対応していない』こと等を、当該パトカーの勤務員が不審に思い、牟礼駅前交番を訪れました。

このような経緯から、それらパトカー勤務員が交番に入ったところ、公開の執務室には誰もおらず、奥の休憩室において、年野警部補の射殺死体が発見されたものであります。その発見時刻は、本日午前零時であります。

この時点において、もうひとりの勤務員であるはずの青崎巡査は発見できず、かつ、牟礼駅前交番のミニパトが、何の命令も受けてはいないのに出車し、行方不明になっておりました。

その状況と、『拳銃』という特殊な凶器から判断して、本件事案は青崎巡査による犯行であることが強く疑われました。よって直ちに非常呼集《コシュウ》を行い、両者が所属する豊白警察署のみならず、県警の総力を挙げ、緊急配備及び緊急の検索を、七〇〇名体制により実施致しました。また事案の緊急性・危険性から、関係自治体に、青崎巡査の顔写真を含めた情報提供を行いました。

この、当県警としては最大動員の緊急配備等の結果、本日午前三時、牟礼駅前交番から南に五㎞の地点、豊白市狐久保《きつねくぼ》の、JR牟礼線と私鉄線が交差する陸橋の下、線路の脇二mほどの地点で、逃亡に使用されていたミニパトを発見致しました。

またほぼ同時に、当該陸橋のガード下、私鉄線の線路の上に、逃亡中の、青崎小百合《さゆり》巡査の死体を発見したものであります。青崎巡査は、自らの拳銃によって、自らの頭部を撃ち、自殺しておりました。

これが、本件〈牟礼駅前交番・警部補射殺事件〉の概要であります」

――年野警部補の死と、それが青崎巡査の犯行であることは、確実でしょうか。

「年野警部補にあっては、発見時、絶命しておりました。むろん、所要の検視を実施の上、そのことを客観的に確認してもいます。重ねて、御遺族に深くお詫び申し上げます。

また、これが青崎巡査の犯行であるかについては、鑑識・検証の結果から、また、青崎巡査の使用した拳銃の状態から、そうであると、青崎巡査の犯行であると判断しております が、詳細を客観的に確認するべく、鋭意捜査中であります」

――銃声がしたのは昨日の午後一一時過ぎ。年野警部補の死体発見が午前零時あたり。まず、これがとても遅い印象を受けます。また、結局、拳銃を持ったまま逃亡した青崎巡査が発見されたのは、午前三時あたり。発生から、実に四時間程度が経過しております。この四時間、平穏な住宅地の多い豊白市及びその周辺は、拳銃を持った殺人警察官の恐怖に襲われることとなった訳ですが、このことについての本部長の受け止めをお願いします。

「何よりも、県民の皆様にお詫びすべき推移・経緯と考えております。ゆえに、事案の認知、初動捜査の是非《ぜひ》、緊急配備の状況、諸《しょ》検索の在り方などについて、直ちに検証を開始しております。重ねて、当該四時間弱、県民の皆様に、夜間の多大な御心労をお掛けしたことを、深くお詫び申し上げます」

――初動捜査にミスはなかったという御認識でしょうか。

「現在、殺人事件としての捜査が進行中であります。その結果も併せ、しっかりと検証して、二度とこのような事案が発生することのないよう、県警の総力を挙げてまいります」

――青崎巡査の拳銃は、確実に発見されているのでしょうか。

「はい、青崎巡査が自殺したその手に握られておりました」

――青崎巡査の拳銃からは、何発の弾丸が発射されていたのですか。

「拳銃を検証令状に基づき検証したところ、三発の実弾が発射されておりました。したがって、青崎巡査の拳銃の弾倉には、三発の空薬莢《やっきょう》と、そして未発射の、三発の実弾が残ることになります。

ただし、未発射の三発の実弾にあっては、弾倉からあらかじめ抜かれ、青崎巡査が逃亡に使用したミニパトの車内で、発見されました。よって、実際に青崎巡査の拳銃の弾倉に残されていたのは、三発の空薬莢のみとなります。

また、ここで、発射された三発の実弾のうち、一発は年野警部補を撃ったもの、一発は青崎巡査自身を撃ったものであることが、やはり検証の結果、確認されております。すると、発射された三発のうち、残り一発はどこで、どのように撃たれたのかですが、このことは現在、引き続き一〇〇名体制で捜査中であります」

――どこで撃ったのかすら分からないぶんが一発、あったということですか。

「現時点では、そのとおりです。ただし、当該実弾に係る、器物損壊、傷害、殺人等の被害申告は、いまだ一一〇番等で把握しておりません。したがいまして、拳銃が発する轟音《ごうおん》にも鑑《かんが》み、その残りの一発が重大事件につながっている可能性は、必ずしも高くないと考えております。いずれにしろ、引き続き、最大限の緊張感を持って、実態解明に全力を挙げてまいります」

——詰まる所、四時間にわたり、拳銃という恐ろしい凶器が野放しとなっており、どこで発射されたのか分からない一発もある訳ですが、そのことについてはどうお考えですか。

「青崎巡査が逃亡を開始した時点から、青崎巡査の自殺死体が発見されるまでの、約三時間五〇分のあいだ、地域社会にとって大変危険な状態が発生していたと認識しております。それは、青崎巡査がいつ自殺をしたかにかかわらず、継続的に、常に、危険な状態であったと認識をしております。

県警としては、このような事案の再発の絶無を期すことによって、県民の皆様の信頼を、少しでも回復してゆきたいと考えております」

——青崎巡査はいつ自殺したのですか。

「現在、検視と申しますか、検証その他の捜査を実施中であり、正確な情報は、その後にお伝えしたいと考えております」

——犯行の動機は何でしょうか。いったい何故、青崎巡査は上官を殺したのですか。

「現在、殺人担当の捜査一課において、鋭意捜査中であります。捜査中の事案ですので、現時点での発言は、差し控えさせていただきます」

――年野警部補と青崎巡査の間に、何らかのトラブルはあったのですか。

「これも現在、捜査一課において鋭意捜査中であり、現時点での発言は差し控えます」

――年野警部補と青崎巡査は、いつから牟礼駅前交番で勤務をしていたのですか。

「年野警部補にあっては、二年前の二月二八日の異動で、県警本部捜査二課から、牟礼駅前交番へ配属となったものであります。青崎巡査にあっては、今年の三月一日の異動で、警察学校から、牟礼駅前交番へ配属となったものであります」

――そうすると、ふたりが一緒に勤務をしていたのは、どれくらいの期間になりますか。

「まず、この交番は一日当たり二人勤務の交番で、ふたりはいわゆる相勤《アイキン》、チームでした。ゆえに、ふたりが一緒に勤務をしていた期間は、青崎巡査の三月の配置後、現在までの、約三箇月となります」

――青崎巡査は、警察学校を卒業したての巡査だったのですか。

「正確には、そうではありません。警察学校は、昨年の九月に卒業しております。

その後、職場実習と呼ばれる現場見習い期間があり、また警察学校での補習があり、それが終わって、いよいよ一人前の巡査として配置された。その一人前の巡査としての配置の時期が、今年三月一日ということになります」

——まったくの新人という訳ではないのですね。

「昨年、警察学校を卒業してから、やはり豊白警察署の最も大きな交番で、三箇月の現場見習いを経験しております。これは、基本、現場の巡査と全く同一の職務執行をするものであります。したがいまして、青崎巡査がまったくの新人ということにはなりません」

——しかし、実務経験は極めて少ないでしょう。

「今申し上げた、職場実習の三箇月をのぞけば、今年三月一日からの実務が経験の全てですので、多いとは言えません。ですが、新人の、新任巡査として、他のあらゆる警察官同様、厳しい教育訓練を経ていることは確かです」

——要は、見習い期間を終えて、本当の配置をされたのが、今年三月。そこから起算すれば、実務経験は約三箇月。そういうことですね？

「一人前の巡査として、戦力としてみなされてきた期間というなら、そのとおりです」

――そのような未熟な巡査だから、異常な拳銃の取扱いをしてしまった。そういうことでしょうか？

「それは違うと考えます。警察官の教育訓練プログラムは、全国警察で統一されており、いわば全国のすべての巡査が、青崎巡査と同じ教育訓練過程を経て、一人前の巡査として配置されます。よって、新任巡査であり経験が少ないからといって、今回のような事案を起こすわけではない、これは断言してよいと考えます」

――では本件は、青崎小百合巡査の、すぐれて個人的な事情に起因するのですか？

「やはり捜査一課において鋭意捜査中ですので、現時点での発言は差し控えます」

――女性警察官に拳銃を持たせること、あるいは、経験不足の、学校を卒業したてのような警察官に拳銃を持たせることが、それ自体市民社会への脅威だと、こういう意見もありますが。

「警察官として賛同致しかねます。

女性警察官であろうと、男性警察官であろうと、警察官として行うべき職務執行は、基本、変わるものではありません。かっての、昭和あるいは平成初期の警察では、『婦警に拳銃を持たせるのは強奪等の虞《おそれ》があり、危険だ』という意見が主流派でしたが、それは現代においては、あらゆる意味で通用しない考え方であります。

また、学校を卒業したばかりの巡査であっても、適正に拳銃が使用できるよう、全国警察において、厳しい教育訓練プログラムが組まれております。それに鑑《かんが》みれば、新任巡査や若手警察官に拳銃を持たせない云々《うんぬん》という考え方も、やはり誤っていると考えます」

――しかし、今現実に、学校を出たての巡査による、前代未聞の不祥事が起きてしまっていますよね。

「ですので、その原因について、女性であるからとか、新任巡査であるからとか、そういった予断・偏見を持たず、事案の真相を客観的に明らかにすべく、鋭意捜査中であります」

――青崎巡査の、日常の勤務態度というか、素行はどうだったのでしょうか。

「現在のところ、勤務内容、勤務態度、私生活等に特段の問題があったとの報告は受けておりません。豊白警察署等と、鋭意調査中であります」

――年野警部補の、殺害の状況などは把握されていますか。

「牟礼駅前交番の防犯カメラ、モニタ等は、休憩室を撮影できないものでした。よって、確認されている動画は、拳銃が発射されたと推定される時刻の前後に、青崎巡査が、執務室を離れ、年野警部補のいた休憩室に入り、また出てきた姿を撮影したもののみであります。したがいまして、具体的な状況は、検視班あるいは捜査一課の捜査により解明すべきものと考えております」

――殺害に使用された銃弾は一発であったとのことですが、どのように撃ったのですか。

「現在のところ、年野警部補の後方から、その後頭部に発砲したとの報告を受けておりますが、確定的なことについては、捜査の結果を待って、御説明したいと考えております」

――青崎巡査の自殺の状況についても教えてください。

「自らの口内に銃口を入れ、そのまま頭部に発砲をしたものであります。ただ、これについても、いわゆる検視その他の捜査結果を待ってから、確定的な御説明をしたいと考えております」

――青崎巡査は制服で、ミニパトで逃亡したとのことですが、何か、紛失しているというか、行方が分からなくなっている装備品はありますか。例えば、警察手帳が無くなれば、これもまた市民社会にとって大きな脅威となりますが。

「まず警察手帳については、ミニパトの中から、確実に発見されております。また、それ以外の装備資器材についても、すべてミニパトの中から発見されております。無線機、警棒、手錠から階級章に至るまでです。念の為に言えば、制服もすべて発見されております」

――本件は現在捜査中とのことですが、この重大事案の真相を明らかにするためには、第三者、有識者による検証が必要だと考えます。本部長の御所見をうかがいます。

「御指摘のとおり、本件は現在捜査中・調査中の重大事案であります。その犯罪捜査にあっても、その非違事案の調査にあっても、それを専門的に行う警察が実施することが、最も合理的であり効果的であると考えます。それらの結果を前提とした、本件事案の徹底的な検証についても、私の指揮の下、県警が実施するのが適切であると考えております」

――外部の検証なくして、客観的な、しっかりした再発防止策がとれるのでしょうか。

「本件のように、県民の皆様に著しい不安を与えてしまった事案については、しっかりとした捜査・調査を前提として、真に合理的・効果的な再発防止策を打ち出し、これを徹底する必要があると考えます。そのためには、犯罪捜査と非違事案調査のいずれもを専門的・実務的に行う警察が、まず自らを厳しく律して、自らに何が起こっていたのかを、治安のプロとして把握する必要があると考えます。もとより、捜査等の進行なり結果なりについては、公正・中立な公安委員会の管理を受けるものであります。その公正・中立な管理を受けながら、しっかりと報告等をし、大綱方針をお示しいただきつつ、県民の皆様に安心していただける、実効性のある再発防止策を講じることが重要であると考えております」

――〈女性の視点を一層反映した警察づくり〉は、警察庁の最重要施策であり、また、深沼本部長御自身の肝煎《きもい》り施策であると、日頃のレク等でうかがっております。ところが、まさに女性が社長の県警で、また女性が監察官室長の県警で、このような、女性警察官による重大な犯罪が起こった。このことを、警察初の女性本部長として、いったいどのように受け止められていますか。

「女性の活躍を一層推し進めるなどの施策と、本件事案は、切り離して検討すべき問題であると認識しております。また、女性だからこのような事案を起こすのだ、といった安易な見方が仮にあるとすれば、それは短絡的かつ時代錯誤な見方であると考えます」

――県警の一部では、深沼本部長の過剰な女性重視の姿勢が、女性警察官のある種の増長、あるいは女性警察官の規律の緩みにつながったのではないか、という声も上がっていますが。

「誰の、どのような声なのか把握しておりませんので、発言しかねます。
いずれにせよ、当県警において女性が増長しているとか、女性の規律が緩んでいるとか、そのような客観的事実は一切、現時点において、把握しておりません」

——姫川監察官室長にお尋ねします。

室長は、『警察の警察』として、本件事案の処分等を御検討する立場にありますが、県警の一部では、東京から来た若いキャリアに、しかも女性に、本件を適正に処理できるか、不安と不信の声が上がっています。受け止めを願います。

「……本部長同様、それが誰の、どのような声なのか把握しておりませんので、発言は差し控えたいと思います。

ただ一般論として——私が若いかどうかは別論——私が東京人事のキャリアであることとや、私が女であることと、本件事案の適正な処理とは、全く無関係であると考えます。仮に御指摘のような声があるとすれば、それこそ士気の乱れ、規律の乱れであり、厳正な態度で、意識改革を図ってゆかなければならないと、そう考えております」

——本件が、女性警察官特有の事情による犯罪だと判明したときは、姫川室長が座長をお務めになり、県警の男性警察官の反感も買っていたとされる〈女性視点反映プロジエクトチーム〉の施策の是非《ぜひ》や有効性が、厳しく問われると思います。姫川室長の御所見をうかがいます。

「……本件の事情についても、反感云々《うんぬん》についても、それぞれ仮定であります。仮定の御質問にはお答えしかねます。

なお、一般論としては、〈女性の視点を一層反映した警察づくり〉が上官殺しと結びつくとは、著しく想定しづらいと、そのように考えております。よって、本件事案が、当県警の女性警察官の活躍を萎縮《いしゅく》させるようなことがあってはならないと考えております」

県警本部三階・監察官室

午前一〇時。

記者会見が終わって、そのまま完徹状態の理代は、眼前の一色《いっしき》次席を見上げた。

彼女は所属長として座ったままなので、直立した一色次席を、睨《ね》め上げるかたちになる。

いや、事実、彼女は一色次席を強烈に睨《にら》んでいた。

これが警察庁だったら、怒鳴っていたかも知れない。

――警察庁は、いわば参謀本部なので、旧陸軍ではないが、かなり体育会系の、強圧的な文化を持つ。あの道戸警務部長も、そうした文化の中で人格を歪《ゆが》められてきた。それに比べれば、都道府県警察の現場の文化は、もう少しマイルドである。そして重ねて、理代はもう、三箇所の府県警察で勤務をしてきた。ゆえに理代は、激昂《げっこう》したい衝動を信じ難《がた》い自制心で抑えて――彼女はそもそも直情的なタイプである――現場の所属長としての品位を損なわないかたちで、女房役の一色次席にいった。

ただ、まさか猫撫《ねこな》で声というわけにはゆかない。こんなペーパーを見せられては。

「一色さん。これ、どういう意味なの？」

「ご、御指摘があるとは思いましたが、しかし……」能吏《のうり》タイプの一色次席が、声を震わせる。「……これで、部長級の持ち回り決裁が終わってしまっていますので」

「こんな体制表、誰が起案したの。少なくとも私は、全く協議を受けていないわよ」

理代は、一色次席が恭《うやうや》しく差し出した、決裁挟《ばさ》みの中のA4一枚紙を見た。

それを右手で摘まみ上げ、呆《あき》れたように、額の上の方で翳《かざ》す。

それは、牟礼駅前交番事案に対し、県警がいかなる体制で臨むかのチャート図だった。

ゴシックの標題は〈豊白警察署牟礼駅前交番・年野警部補射殺事件　検証PT体制表〉。

――プロジェクトのトップは、クソゴリラの道戸警務部長。

ほぼそれと同格のかたちで、地元ボスキャラの刑事部長が並ぶ。

ふたりの筆頭幕僚に、理代の直属上官である、首席監察官。

その幕僚に、〈地域《チイキ》〉を束ねる、県警本部の地域課長。

同じく幕僚に、いわば戦犯である、豊白警察署長。あの、人懐《ひとなつ》っこい伯方《はかた》のお爺《じい》ちゃん。

いってみれば、関係役員と関係所属長がずらり、並んでいる。

そしてどこにも理代の名前はない……

「監察官室長が、非違《ヒイ》事案の検証ＰＴに入らないなんて、警察の常識にはないわよ？」

「いえ姫川室長。室長はほら、こちらの方に、ちゃんとお名前が入っています」

……理代は〈体制表〉のいちばん右隅、オマケみたいな小さな枠囲いを見た。

改めて見る気にならなければ、読み落としてしまうほどアッサリ、サラリと記載されている。というか、明らかに『どうでもいいその他』としてデザインされている。

理代はその枠囲いを瞳《め》で追った。

体制表上のチーム名は〈女性視点反映ＰＴ〉。

ミッションは『本件事案を受けた女性の視点を一層反映した警察づくりに関すること』。

そして編制は、なんと理代独りである。枠囲いの中に、他の上級幹部の名前はない。いや上級幹部どころか、他の警察官の名前すらない。

（……クソ道戸の嫌がらせか？

いやそれにしても、こんな体制表、深沼本部長が決裁するはずがない。

そもそも本部長の性格なら、自分自身をトップに置くはずだ。本部長はまさかクソ道戸など信頼してはいない。そして、これまでの女性関連施策の経緯から――いみじくも記者がそれっぽいことを喋《しゃべ》っていたが――地元のボスキャラ級とて、手綱《たづな》を緩めたら何をしでかすか、よく御存知のはずだから）

だから理代は、詰問《きつもん》と取調べが混じった口調で、眼前の一色次席に訊《き》いた。

「深沼本部長が、これを決裁したというの？」

「はい。先程《さきほど》申し上げましたが、部長級の持ち回り決裁がありましたので。

当然、本部長の御決裁がなければ、このような重要事項をフィックスできません」

「……起案したのは何処《どこ》？」

「捜査一課です。というか刑事部長です」一色次席の声には、確実な恐れがあった。

「刑事部長が、捜査一課と、あと捜査二課の……清岡《きよおか》課長と一緒に御起案なさったとのこと」

（清岡先輩かあ。あれもまた、クソ道戸とは違う意味で、微妙な人なのよね……

それが、警視正・役員の、刑事部長と組んでいると）

……ここで、刑事部長というのは、県警のボスキャラである。少なくとも、A県警のような小規模県ではそうだ。地元ノンキャリアの最終ポストだから。ゆえに、二年一年で帰ってゆく本部長に対し、『陰の本部長』『本当の本部長』とさえいわれる。

要は、県警二、五〇〇人の出世レース最終勝者……

それゆえに、これから所属長を、あるいは役員を目指さなければならない一色次席にとって、ある意味、深沼本部長より余程《よほど》恐ろしいボスキャラとなる。

（完全にタマを握られているという意味において、ね。

ましてウチの刑事部長は、小規模県としては異例の、警視長にまで昇任するという噂すらある、何年かに一度の逸材《いつざい》という話なのだから）

そう、一色次席が声を震わせているのは、刑事部長への恐怖と、直属上官の理代への恐怖が、処理できない方程式として拮抗《きっこう》しているからである。ゆえに、一色次席はいった。

「本件は殺人事件です。殺人の担当課は捜査一課です。担当役員というなら刑事部長です。ですので、〈検証ＰＴ〉も、どうしても刑事部長主導になります」

「事件捜査は刑事部長の縄張りだけど、非違事案の調査は私の縄張りよ？」

「ですので、ほら、ここですが、首席監察官が筆頭幕僚となっておられます」

「役員だけ入れて何ができるのよ。実働の警視を入れないと意味がないじゃない」

「あの、姫川室長のおっしゃることもひとつの道理ですが……これはすべて部長級の決裁を終えているもので。最早《もはや》くつがえることも、修文されることもありえません」

「あなたのところへ協議は来たの？」

「いえ全然」一色次席は懸命にいった。「捜査二課の、清岡課長にポン、と渡されただけで。いわく、刑事部の方で作成して、部長級に根回しして、本部長にも御了解いただけたから、と――そうなると、所属長未満の私としては、何も申し上げることはできません」

「クソ道戸はともかく、ウチの首席監察官は何て言っているの？」

「それが……その……申し上げ難《にく》いのですが、『いやあ、刑事部長が胴元を買って出てくれて、心底救《たす》かった』と。『捜査はもちろん、関係する調査一切、本庁報告一切、取り仕切ってくれると言ってきた』と。『刑事が泥を被《かぶ》ってくれるというのなら、それはそれで結構なことだ』と。『監察は体制《タイセイ》も弱い。要は人数が少ない。そこへきて、敢えて火中の栗を拾ってくれる奴がいるんだから、これでいいじゃないか』と」

（……首席監察官も、悪い人じゃないんだけど、これから大規模署長に――そしてあわよくば刑事部長になりたい身の上。

警察不祥事の後始末を刑事部長がつけてくれるというのなら、相手は先輩でボスキャラなんだし、あらゆる意味で、この〈検証ＰＴ〉の有り様《ありよう》に文句はない。自分が逃げられるだけで万々歳だ。まして外様《とざま》の私のことなど、どうでもいい）

……しかし、不可解ではある。

どうして、刑事部長はこうも火中の栗を拾いたがるのか？

いってみれば、これは全く実績にならない敗戦処理だ。どうして前傾姿勢になる？最低限の捜査だけ済ませ、あとは監察に全てを投げる方が、あらゆる意味で安全では？

県警のノンキャリアが、罵声《ばせい》怒声が当然の、警察庁対応を進んで引き受ける理由は？

……しかも何故、監察官室長である自分を、あからさまに排除したがるのか？

（どうにも胡散臭《うさんくさ》い。

本部長をトップに据えず、また、私を不要不急《ふようふきゅう》の閑職《かんしょく》任務に回す。

それは、外形的には『女を外す』ことでもあり……『東京人事を外す』ことでもある）

もちろんクソ道戸はイカレだから、東京人事とはいえ、どうとでも操《あやつ》れる。海千山千《うみせんやません》の地元ボスキャラなら、どのようにも懐柔《かいじゅう》でき、どのような取引をも持ち掛けられるだろう。あのクソゴリラが、激烈な競争を勝ち抜いて最終勝者となった刑事部長に、まさか敵《かな》うはずもない。

（すると、残る東京人事で怪しげな動きをしているのは、やっぱり、あの微妙な……）

清岡・捜査二課長だ。

もう一度整理すると。

この県警に、警察庁からの天下り人事は――東京人事は四人だけ。既に明らかだが、まず深沼ルミ本部長。次に腐れ道戸警務部長。あとは理代自身と、この清岡捜査二課長。これだけだ。そして、キャリアは本部長と理代のみ。道戸はいわゆる推薦組。残る清岡は、昔でいうⅡ種、最近でいう専門職である。年齢というなら、四五歳。

そして。

むろん、全ては人によるのだが……人格者もたくさんいるのだが……

（推薦組が、虐待の果てにイカレた人格形成をしてしまうのと同様、Ⅱ種もまた、屈折《くっせつ》

した人格形成をしてしまうことが多い)

……それはやはり、参謀本部たる警察庁で、奴隷のごとき虐待を、キャリアから受けるからだ。もちろん、虐待の主は理代のような若手ではない。本庁のナントカ官、理事官、企画官、室長、課長といった上級幹部である。それが、キャリアの後輩はもちろんのこと、その激烈なノリで、推薦組もII種もイビリ倒す。官僚仕事ができない無能、タダ飯《めし》喰らい、ゴミクズと、徹底的に『鍛《きた》え直す』……ゆえに、これまた人によるが、世代が上になればなるほど、そして業務が苦しければ苦しいほど、発揮するパワハラパワーは過酷になる。

ただ、被害者が理代のようなキャリアであれば、まだいい。言葉はともかく、そうした『試練』を生き残りさえすれば、本庁課長も、県警察本部長も確実なのだから。その昇進スピードは、リニア新幹線なのだから。

ところが、推薦組・II種となると、キャリアとおなじくらい過酷な霞《かすみ》が関《せき》ライフを強いられるのに、まさか本庁課長・県警本部長になどなれはしない。少なくとも現時点、その可能性は針の穴程度だ。まして、昇進スピードはこだま号以下である。これすなわち、理代の何倍も何倍も、警察庁でガレー船漕《こ》ぎをしなければならないということだ。ゆえにII種の離職率は著しくたかいし、心を病んで組織を去らされる善人も数多い。

……理代自身、新潟県庁や熊本市役所に、勤務数年でアッサリ転職してしまったII種の先輩たちを目撃してきた。ブッ倒れてしまったII種の先輩というなら、枚挙《まいきょ》に暇《いとま》がない。月二〇〇時間以上の時間外勤務が『アタリマエ』の世界なのだから。

（その過酷なII種人生を、今のところ生き残っているのが、清岡先輩だ）

理代は、今の深沼本部長の下で警部見習いをしていたとき――すなわち本庁の保安課で勤務していたとき、清岡とデスクを並べたことがある。脳天気なタイプだった。いや正確には、脳天気を装って過酷なII種人生を綱渡りできるタイプだった。笑い声も、態度も、仕事の振り方も快活だった。まだ駆け出し警部だった理代にとって、II種の、入庁一〇年以上の先輩というのは、キャリア・ノンキャリアの壁を超え、ガレー船漕ぎの『仲間』だった。少なくとも理代は、清岡について、まさかクソ道戸のような邪悪なイメージを抱いたことがなかった……

……最近までは。そう、このA県警に赴任するまでは。

（清岡先輩……清岡捜査二課長については、よくない噂《うわさ》を聴く。

そのことは、深沼本部長からもほのめかされている。

捜査二課長については、注意をして経過観察をするようにと。わざわざ名指しで）

――理代は着任二箇月で、しかも、女性関係施策の中心としてフル稼働しなければならなかったため、捜査二課長についても、捜査二課についても、まだ充分な実態把握ができていなかったが――しかしまあ、本部長にそこまでいわせるというのは、警察としては極めて重大事である。そして、充分な実態把握ができていないとはいえ、清岡に関する組織内の噂というのも、イエローカード以上の〈兆《チョウ》〉だといえた。すなわち。

（捜査二課長の激烈な仕事ぶりで、捜査二課の士気が異様に落ちているという噂。そう、ウチの警務部があのクソ道戸のせいで壊滅状態にあるのと同様、捜査二課もまた、一刻もはやい課長の異動を待望しているという噂……）

……いずれにしろ、注意を怠《おこた》りすぎていたようだ。

ましてこの〈牟礼駅前交番事案〉において、地元ボスキャラと組んで、本部長を外し、自分を外すような、何か妙な策謀をしているというのであれば……

（キャリア。Ⅱ種。推薦組。地元ノンキャリア――警察の権力構造というのも、なかなかに複雑だ。そして複雑な権力構造あるところ、隠微《いんび》な陰謀の花が咲く、必ず）

――理代はふたつの決心をした。

そして、既に役には立ちそうにない自分の女房役に、確認だけをした。

「一色次席。これ、この体制表、刑事部長と捜査二課長が起案したことに間違いはない？」

「はいもちろんです。私は全く与《あずか》り知らぬことで、はい」

「解りました。別命あるまで、事案の情報収集だけは続けて頂戴《ちょうだい》。

とりわけ、〈検証PT〉で作成される文書が監察官室にとどかない――なんて無様《ぶざま》な不祥事がないように、ね？」

「はいそれはもうもちろんです」

——一色次席は一礼すると、理代の反対側の壁の方にある、監察官室で二番目に大きな自席へと帰っていった。理代は、今、かつての他府県時代のように個室勤務でないことを微妙に悔やみつつ、卓上の警電を採る。

そしてまず、第一のタスクを実行した。

すなわち、清岡捜査二課長に直接内線を架けた。

相手はすぐに出た。妙に疳高《かんだか》い怒鳴り声と、繕《つくろ》うような咳《せき》払いが聴こえる——

「ゴホン。ああっと、もしもし捜査二課長です」

「ああ清岡先輩。監察官室の姫川です」

「……おう姫ちゃん、元気？　昨晩から、まあ大変だったねえ」

「それに関連して、ちょっとお訊きしたいんですが——」

「——ああ、姫ちゃんなら言ってくると思ったよ。検証ＰＴの〈体制表〉のことだろ？」

「御理解がはやくて救《たす》かります。昔どおりですね、清岡先輩」

「いやあ、姫ちゃんには悪い悪いと思ったんだけどさあ、そしてもちろん、姫ちゃんにも〈検証ＰＴ〉の中核を担ってもらいたかったんだけどさあ」

「何か不都合でも？」

「いやいや、そう大上段《だいじょうだん》に構えてこられると、アッハ、捜査二課と、いや刑事部と監察官室の大喧嘩《おおげんか》みたいになっちゃうからさ。ここは、警察庁保安課で涙、涙の奴隷仕事を一緒にやった、昔の清岡係長と姫ちゃんの関係でゆきたいんだけどさ、アッハ——

これは、ウチの、刑事部長の、絶対の御意向なんだよね。

すなわち、当県の部長級の絶対の御意向ともなるけど――それで勘弁してもらえない？」

「すみません先輩。私も監察官室長として、この事案をキチンと処理しなきゃいけない立場なので。せめて〈検証PT〉の決裁ラインに加えてもらえないと、真っ当な情報も入ってこなくなります。それじゃあ事案の解明も適正な処分も何もありませんよ」

「そこは、この俺がメンツに懸けて、姫ちゃんに恥を掻かせるような真似はしないから」

「……これ、この紙。罫線とフォントの使い方からいって、清岡先輩自身の起案ですよね？」

「ああ、やっぱりバレちゃうよね、つきあいが濃いから。

確かにそれはそうなんだけど、これ、刑事部長からの厳命だから。紙作ったのは俺だけど、俺個人の意思とか判断じゃないから。そこは解ってくれるよね？」

「なら私はともかく、〈検証PT〉のトップが深沼本部長じゃないのは何故です？」

「深沼さんは……」

II種の現場課長である清岡警視は四五歳。キャリアの本部長である深沼警視長は四七歳。『身分』の違いだけで、ほぼ同い年なのに、階級も職制も段違い。そこは、清岡としても思うところはあろう。もっとも、二〇年以上の『警察身分ピラミッド』経験で、その思いはかなり濾過《ろか》されているはずだし、もっといえば、全てを承知で就職をしたのだが。

「……深沼さんは、人事部門《ヒトゴト》のエースで、将来の警察庁長官候補だ。

こんな現場のゴタゴタで、その御経歴に土を付けるわけにはゆかない。それが刑事部長の恩情だし、俺も全く同意見だよ」

「成程《なるほど》。ただそれを深沼本部長が承諾なさるとは思えませんが？

自分には将来があるから、現場のゴタゴタは刑事部長で処理しておけ――などと、まさか」

「いや事実、御決裁なさっている訳だしさ。

そこはウチの刑事部長と、深沼さんとの談判で決まったこと。その詳しい経緯《いきさつ》は、俺みたいな課長クラスじゃあ与り知れないよ。もちろん、課長クラスの姫ちゃんもだけどね」

「なら私のことに戻って、私が〈検証ＰＴ〉のラインから外された理由は？」

「だからそう堅く考えるなって。それも刑事部長の恩情だよ。

俺なんかあと一〇年もすればもう終わりだけど、姫ちゃんは警察人生、あと三〇年強あるだろ？　姫ちゃんなら、きっと本庁の女性局長になれるだろうしさ、アッハ」

「……やはり私の将来を考えて、私の代わりに刑事部長が泥を被ってくれると？」

「ぶっちゃけそういうこと」

（冗談が過ぎる。私は刑事部長など、着任挨拶《あいさつ》以来、まともに話をしたこともないのに）

理代は沸点《ふってん》の低い方だ。キャリアの悪い癖だ。だがこの局面、彼女は懸命に自制をした。

「——そこまで刑事部長が前のめりになる理由は何です？」

「そりゃ殺人事件だからさ。殺人は捜査一課の仕事。担当役員は刑事部長」

「でも清岡先輩自身は知能犯担当で、殺人とは全く関係ないですよね？　それにしては動きが派手ですが？」

「……オイ姫ちゃん、何をどう誤解しているのか知らんけど、含みのある言い方はよせよ。姫ちゃんなら解るだろ？　現場で、こういう急場の官僚仕事ができる警察官なんて限られるんだよ。まして刑事は現場バカだから。それで東京人事の俺が、刑事部長の小間使いとして狩り出されているって寸法さ。それ以上でもそれ以下でもないって」

「いずれにしろ、刑事部長としては、この〈検証ＰＴ〉のまま突っ走ると」

「くどいようだけど、本部長以下、部長級全員の決裁は下りているからな？」

「〈検証報告書〉はどうなります？

　このような警察不祥事が発生したとき、県警としては、一般にも公表する〈検証報告書〉を作成しなければなりませんよね。それを取り纏《まと》めるのは、警察の常識からすれば警務で、つまり監察官室ですが？」

「そのことについても話は終わっている。〈検証報告書〉も刑事部門で起案して、本部長、県公安委員会の御決裁を受けるさ。もちろん、公安委に掛ける前に姫ちゃんにも投げるから、もし『てにをは』の修文があれば、好きなだけやってくれて構わないよ？」

「裏から言えば、字句表現以上の関与はさせないと？」

「くどいけど俺の判断じゃないからね？　部長級以上の、だから役員会の判断だからね？」

「――解りました清岡先輩。何かを怒鳴るほどいそがしいお仕事の最中、下らない警電で申し訳ありませんでした」

「何かを怒鳴る……い、いや、別に大した案件じゃなかったんだ。ただ、まあ、何と言うか、現場の人間っていうのはさ、大口は叩くけどさ、真っ当なペーパーの一枚作れやしないのが常だから……まったく困ったもんだ。俺の任期も終わりのはずだっていうのに。いやいつ異動内示があってもおかしくないのに。予定よりもう半年も余計に、現場の指導をしなきゃいけない状態が続いている。府県勤務も豊富な姫ちゃんなら、このやるせなさ、解るだろ？」

「それはお疲れ様ですでは失礼します」

――理代は受話器を置き、清岡に纏《まつ》わる悪い噂のことを思った。思わざるをえなかった。

ただ、今の彼女にとって、第二のタスクの方が、その噂より遥かに重要だった。

だから彼女は、また卓上の警電を採り、今度はそれを警察庁にリンクさせた――

「もしもし総括《ソウカツ》、御多用中《ごたようちゅう》失礼致します、姫川ですが」

「ああ姫川君」警察庁の人事総括企画官は、さわやかに答えた。「どうしました」

「例の〈牟礼駅前交番事案〉ですが、当県警に、不可解な動きがありまして――」

理代は現状を説明した。彼女は警察庁からの附家老《つけがろう》でもある。

「――というわけで、とりわけ当県の刑事部長と、清岡捜査二課長の動きは奇妙です」

「成程《なるほど》」

霞が関の重要幹部である人事総括企画官は、若干時《じゃっかんじ》、言葉を切った。そしていった。

「今、姫川君の警電の周りは大丈夫ですか？　確かA県警の監察官室は、大部屋ですが」

「それなら大丈夫です。部下のデスクとは距離がありますし、応接セットとパーテで仕切られてもいますから」

「では注意して聴いてください。

入庁七年目の姫川君としては知らなくても当然ですが、A県の刑事部長は、実は今の長官と、極めて距離の近い警察官です。昵懇《じっこん》の仲、といってもいい」

「警察庁長官と、ウチの刑事部長が……」

「むしろ、今の長官と昵懇の仲だからこそ、熾烈《しれつ》な刑事部長レースに勝ち残った――勝ち残った面がある――といえるかも知れません。もちろん、小規模県において刑事部長は実質上の社長ですから、そんなコネクションだけで、地元警察官最上位を射止めることなどできはしませんが」

「すなわち、今の長官とのコネクションがある上、御自身も極めて優秀な方であると」

「そのとおりです。そのことは、A県の刑事部長が警察庁で所謂《いわゆる》丁稚奉公をしたとき、証明されています。姫川君も重々知ってのとおり、県警の警部クラスが三年間、警視クラスが二年間の、過酷な警察庁体験をする出向制度のことですが」

「ひょっとして、そのときに、今の長官とのコネクションが？」

「御明察です。

今の長官がまだ警察庁総務課長だったとき、A県の刑事部長はA県からのエースとして、警察庁総務課に出向したのです。それも超激務の、国会対策の課長補佐として。そして国会内の警察庁連絡室で、まさに警察庁の目となり耳となり、八面六臂《はちめんろっぴ》の大活躍をしました」

「ああ、連絡室は激務ですね。原課《ゲンカ》の課長補佐などより、遥かに重要で過酷」

「きっと、月の時間外が三〇〇時間では利かなかったのではないでしょうか。

しかし、その馬車馬のような働きと、元々の御才能とで、警察庁の国会対策上の危機を、幾度も幾度も越えているのです。それが概《おおむ》ね二〇年前。国会議員の受けも、かなりよかったと聴き及んでいます。もちろん国会対策は総務課の御霊《ミタマ》のひとつですから、総務課長であった今の長官も、A県の刑事部長に特段の信頼を置いている――

――ふたりの関係性は、このようなものです。

ここで余談をすれば、A県の刑事部長がこのような人物だからこそ、我々としても、若干ならぬ問題がある道戸警視正や清岡警視を『安心して送り出せた』と、『そうそうバカなことはしまいと判断できた』と、そういう裏事情もあるのですがね。するとーー」

「ーーウチの刑事部長は、ある意味、ウチの深沼本部長より実務能力・政治力があると。クソ道戸……失礼、道戸警務部長や清岡捜査二課長といった『地雷』を送り込んでも、どうとでも掌《てのひら》の上で転がせる、それだけの実力者であるーーこういうことですか？」

「そう……ある意味では、ですけどね。

というのも、まず一般論として、警察庁とて巨大な組織。すべてが長官の鶴《つる》の一声で決まるわけではない。また具体論として、長官は、将来の長官候補である深沼本部長のことも、非常に期待しておられるので。

ですので、姫川君の県においては、そうですねーー『県警本部長と刑事部長の政治力は拮抗している』。こう判断するのが、公平で客観的でしょう」

(……いずれにしろ、地元ボスキャラは、なんと持ち株会社の会長の寵愛《ちょうあい》を受けているわけだ。

あとは性格によるが、そのコネクションを、イザとなればフル活用するだろう。警察官とて、いや警察官だからこそ、それくらいの寝技は平気でする。警察はそういう組織だ)

理代はそう整理しつつ、さらに疑問点を訊いた。

「そうすると、ウチの刑事部長は、霞が関の役人仕事にも精通しているーーのですね？」

「まさしくです。失礼に当たったら謝りますが、その役人仕事の能力は、姫川君に匹敵するか、あるいは姫川君を凌駕《りょうが》するでしょう――地獄の警察庁出向を生き残ったばかりか、今の長官にまで、その辣腕《らつわん》ぶりが認められている訳ですから」

（とすると、また話が奇妙になってくる。

というのも、清岡先輩は、あからさまな嘘を吐いているから。

刑事部長そのひとが、霞が関的な役人仕事の達人ならば、私はおろか、清岡先輩の力なども必要としないはずだ。清岡先輩いわく、『現場で、こういう急場の官僚仕事ができる警察官なんて限られる』『まして刑事は現場バカ』『それで東京人事の俺が、刑事部長の小間使いとして狩り出されている』とのこと……）

とすれば。

II種の清岡捜査二課長が不可解な出娑婆《でしゃば》りをしているのは、まさか額面どおりの理由からではない。むしろ、刑事部長を役人仕事でアシストしているというよりは、刑事部長の別のこだわりによって、小間使いにさせられていると見るべきだ。そしてそれは、もちろん、霞が関的な役人仕事などをこなさせる為ではない……

「いずれにしましても、総括」理代は質問を続けた。「ウチの刑事部長は、深沼本部長も私も排除し、この〈牟礼駅前交番事案〉を、清岡捜査二課長と組んで、自らの手で収束させる意向のようです。そして、ウチの刑事部長がそれほどの人物ならば、深沼本部長とて、本部長の独裁権を盾に、その意向を修正させることはできないでしょう。

するとと、本件事案にあっては、キャリアの介入も監察部門の介入も、実質的にブロックされてしまうことになるのですが、それは警察庁としても問題があろうかと」

「そうですね……

そこをどうにか押し返すのが、附家老である姫川君に期待したいことなのですが――そこは年齢的にも経験的にも、また階級的にも厳しい。それはよく解ります。おまけに、警察庁からの附家老が、この情勢下において、やたらと本部長室に入り浸っているというのも、県警内によからぬ印象を与えかねません。極端な前傾姿勢をとっているという、刑事部長と清岡君を公然と刺激するのも、また美しくはない。とすれば。

……確か、先刻の話によれば、姫川君は本件の〈検証PT〉では閑職《かんしょく》に回されているのですよね？」

「監察官室長としてはお恥ずかしい事態ですが、そのとおりです」

「よろしい。

むしろそれを最大限活用して、オモテムキの、その〈女性視点反映PT〉の仕事に専従しているフリをなさい。そしてそれを通じて、非公然・非公式のかたちで、〈牟礼駅前交番事案〉の独自調査を行いなさい。閑職というのなら、むしろそれを逆用すべきです。

それを、警察庁の人事総括企画官として黙認しますし――いえ依頼しますし、姫川君なら、各方面に不穏な波風の立たないよう、適切な独自調査ができるものと確信します」

「……いささかスパイ的で、私の性格には合わないのですが、了解しました。

このこと、深沼本部長への御報告・御決裁はどうしますか？」

「警察庁には姫川君への指揮監督権などありはしないという、警察法の常識・大前提の上で敢えて命じますが――

これは私の直轄調査とします。

調査結果は私のみに報告し、調査方針は私の決裁を受けてください。

というのも。

もし深沼本部長がこのような『警察庁のド派手な介入』を知ってしまえば、それが地元役員にバレたとき、『何故そんな違法な横槍《よこやり》を許したんだ』と、総スカンを喰らいかねませんからね。また、本件事案の処理に忙殺され、一日中決裁と検討《ケントウ》と会議に追われる日々が続く深沼本部長が、姫川君のような立場で、フットワーク軽く独自調査をしたり、あるいは独自調査の指揮をしたりするなど、物理的にも不可能ですし」

「そして当然ながら、持ち株会社の違法な介入など、一切なかったこととして、だから独自調査も極秘のものとして、関係者は総括と私だけで、ペーパーレスで行うと。

もっといえば、これは、誰の指示でもない、私の独断として行うと」

「当然です。また適任だと判断しています。不服ですか？」

「いえ総括、趣旨了解《シュシリョウカイ》しました。

私個人としても、マル被の青崎巡査には思い入れがありますので。

あとは確認ですが――

総括の情報関心《ジョウホウカンシン》は、第一に〈牟礼駅前交番事案〉の実態解明と、第二に刑事部長及び捜査二課長の暗躍についての実態解明。これでよろしいですか？」

「そうなります。

ただ、既にA県警からの情報パイプが詰まりつつあります。キャリアのパイプも、監察部門のパイプも塞《ふさ》がれてしまっているのでね。ですので、情報は漏れなく、取捨選択なく私に耳打ちしてほしい。それらは官房長決裁・次長決裁・長官決裁・公安委員レク等で、絶対に必要ですから――

さてそうすると。

刑事部長と捜査二課長の動向はもちろんのこと、第三に、深沼本部長に纏《まつ》わる諸情報、第四に、道戸警務部長に纏わる諸情報。これらもどんどん入れてください。

それもまた、姫川君の独自調査の対象とします。情報関心《ジョウホウカンシン》は、だから四項目ですね」

「……本部長を、調査するのですか？　その趣旨はよく解りませんが」

「警察庁としては、情報が刑事部長側に偏っても、本部長側に偏っても好ましくないのですよ。

深沼本部長に纏わる情報も、例えば、そうですね……やがて刑事部長側が作成してくるであろう〈検証報告書〉の適正さを判断する上で、とても有益なものとなる。それはそうです。警察不祥事の〈検証報告書〉はネットにも上げるもの。それが慣例。なら警察庁としては、どちらの閥《ばつ》の言い分も知り置いた上で、警察としての真実を確定する必要がある」

「成程《なるほど》」

相槌《あいづち》を打ちながら理代は、そこに不気味なニュアンスを感じた。

人事総括企画官は、何か、自分には明かせない情報を既に確保している――とも。

しかし理代は、それを正面切って質問するほど若くはなかった。だから最後に訊いた。

「道戸警務部長をも調査せよとの下命《かめい》ですが、何か特段の情報関心《ジョウホウカンシン》があるのですか？」

「あっは」人事総括企画官は、無垢《むく》に笑った。「せっかくの機会です。姫川監察官室長としても、有害無能な上官には、早急《さっきゅう》に異動してほしいのでは？　そしてこの〈牟礼駅前交番事案〉、これはあらゆる意味で警察危機管理の最たるものですが、これを道戸警務部長が上手くマネジメントできるとでも？

危機管理に失態があれば、警察庁としても、常々陳情を受けている、道戸警務部長の処理を――人事措置を――実行に移さざるをえません。これはそういう目的意識からの、まあ老婆心です」

「よく解りました、総括」

「それでは。独自調査の進捗《しんちょく》と、迅速な報告を期待しています」

警電は先方から切れた。

徹夜明けの理代は、栄養ドリンクと煙草への渇望を感じつつ――

取り敢えず、次々とデスクに積まれてゆく、刑事部長主導で作成されている無数の書類を確認し始めた。

理代が与えられたミッションは、『独自調査』といっても『部内調査《ブナイ》』といっても、あるいはぶっちゃけ『スパイ活動』といってもいいが……まず敵の公然情報を知らないことには、何を捜《さぐ》ってよいのか、狙いすら付けられない。

敵は何を知り、何を隠そうとしているのか？

（……といって、さすがは敵の公然情報だ。

私が真に知りたいことは、何も明かされていない。成程《なるほど》、刑事部長は、清岡先輩あたりよりよっぽど官僚として有能なようね）

――理代が蛍光ペン片手に、何十枚もの書類と格闘し、その行間と紙背《しはい》を読んでいると。

監察官室長卓上の、大きな警電が鳴った。

理代は、反射的にナンバーディスプレイを見る。

（あら、ＪＳＭＰラインだわ。

しかも内線の警電回線からじゃない。外線の、民間の回線からだ。市民からかしら？）

ＪＳＭＰラインというのは、既に述べたとおり、県警内の〈女警専用セクハラ・マタハラ・パワハラ・ホットライン〉である。その通報は、すべて一元的に、理代の警電に架かる仕組みになっていた。これは、理代が数少ない女性管理職であることを踏まえた、深沼本部長の独断である。まあ確かに、監察官室は保秘《ホヒ》のレベルがたかい所属だし、大部屋ではあるものの、先の警察庁との架電のように、注意すれば電話での密談も無理なくできる。ただ、深沼本部長と理代の個人的な運用になってしまっている感もあるから、両者が異動した後も無事稼働《かどう》できるように、これを男社会でどう制度化してゆくか、あるいは、どう二十四時間体制にしてゆくのかが、課題として残っているが。

――理代は若干、モードを変えながら、相談受理者として警電を採った。

ＪＳＭＰライン用の、相談受理簿の書式も用意する。

「はいもしもし、こちらＡ県警察女警専用セクハラ・マタハラ・パワハラ・ホットラインです――

事前に御説明します。

この架電では、発信者情報は記録されません。録音等も行いません。誰の通報なのか、どのような通報なのかは、当ホットライン関係者以外の、どの警察官にも知られることはありません。また、通報は匿名でも実名でもかまいません。さらに、この通報によって、通報者が不利益を被《こうむ》れば、公安委員会に苦情の申出をすることができますし、当ホットラインがそれをサポートします。

では相談内容をどうぞ。事案はセクハラですか、マタハラですか、パワハラですか？」

『……今朝方の、牟礼駅前交番での、事件についてですが』

「はい伺《うかが》います」

架電者の声は、何かの細工をしているのか、くぐもっている。男女の別も年齢層も分からない。ただ、その真剣さというか、生真面目さというか、とにかく切迫した状況は伝わってくる――

『その、被疑者の、青崎巡査ですが』

「……はいどうぞ」

『青崎巡査はマジメな子でした。仕事もキチンとしていましたし、まさか大事な書類を貯め込んだり、交番の仕事をサボったりする子じゃありません。年野か……年野警部補にも、一所懸命、自分で仕事を教わっていました。いわゆる、ゆとり的な、言わなければ何もできない、言っても理解しようとしない子とは、全然違います。むしろ、年野警部補の指導が、その、パワハラ的だったか、セクハラ的だった可能性もあります。

ふたりについての、本部の判断は、間違っています。

署の同僚たちの証言も、嘘です』

(青崎巡査のサボり？ 年野警部補の、パワハラ・セクハラ……？)

理代はその言葉に、脳の片隅を刺激された。

あわてて、書類のごった煮となっている、監察官室長卓上を引っ掻き回す。

目指すペーパーは、一枚だけあった。

まだ捜査報告書にもなっていない、普通の、A4ベタ打ちのメモだ。

(豊白警察署の〈地域《チイキ》〉警察官からの、聴きとりメモ)

急いで再読する。

なるほど、青崎巡査が、若手特有の積極性の欠如から、職務質問、巡回連絡といった交番の実務が習得できず、また、作成すべき書類も提出できないので、それを未完成のまま貸与ロッカー内に貯め込み始めた『らしい』という証言がある。いわゆるゆとり的な、コミュニケーション能力の欠如から、また三〇年という大きな世代差から、年野警部補の指導を理解できていなかった『らしい』という証言も、だから、両者の関係は上手くゆかず、青崎巡査が精神的に不安定になっていった『らしい』という証言もある。

それらは、証言者から聴きとったままに、ワープロ打ちされている。

ただそれらは『らしい』以上の情報ではなく、また情報源も、紙を読むかぎり三人しかいない。証言者の官姓名も記載されていない。必ずしたはずの、それらの上官への裏付け聴取結果も、全く記載されていない。

だからこそ理代は、このペーパーに、大きな関心を払ってはいなかったのだが……

「もしもし、その年野警部補と青崎巡査のお話、もう少し聴かせてください。

まず、年野警部補の指導が、青崎巡査に対する通常のものを超え、パワハラ・セクハラに至っていたという話があるのですか？　また、青崎巡査のほんとうの勤務態度というのは、いったいどのようなものだったのでしょうか？」

『……それは、本部がいちばん御存知だと思います』

「そして本部の言うことは、嘘だとおっしゃる」

『大嘘です。しかし本部はその話を信じて……信じようとして、恐ろしいことを』

「具体的には、どのような」

『豊白いち……いちばんの、豊白署の、パトカー勤務員に当たれば分かります』

ガチャン。

ここで通話は切れた。

「もしもし、もしもし？」

理代は声を押し殺しながらも、懸命に呼び掛けたが、もちろん相手が出るはずもない。

また、このラインが発信者を特定できないというのは事実だ。

理代の警電番号に架かる普通の通話ならそれは児戯《じぎ》だが、ホットラインの番号に架かった通話は、それこそ捜索差押許可状でもなければ、絶対に発信者を手繰《たぐ》れないようにしてある。そうしたのは深沼本部長と理代自身だ。

(しかし、今の通話……私の読みが正しいなら、今の架電者は……)

そして、『ゆとり』『セクハラ』『パワハラ』云々《うんぬん》。

ストーリーとしては、恐ろしいほど解りやすい。おまけに。

(まだこんな、海のものとも山のものともつかないゲナゲナ証言があるだけだというのに。にもかかわらず、こんな切迫した告発が入電してくるとは。なら、刑事部長側は、このゲナゲナ証言を元に、〈牟礼駅前交番事案〉のストーリーを描きつつあるということか)

――もし、それが事実ならば。

（架電者のいうとおり、刑事部長側のストーリーが、デタラメである確率はたかくなる。何故と言って、刑事部長と清岡先輩は、不自然な前傾姿勢で、〈検証報告書〉まで自分達だけで書き上げると息巻いているから。

そう、すべて不自然な挙動には理由がある）

理代がもう一度、卓上の書類のごった煮から、年野警部補のパワハラ云々について記載されたペーパーを捜《さが》していると――

「室長、御多用中おそれいります」

「どうしたの、一色次席」

「道戸警務部長が、緊急部内課長会議を開催するとのことです」

「またアレ!?　まったくあの暇人《ひまじん》は!!」

県警本部三階・警務部長室

警務部長室。

理代が応接卓上の碁盤《ごばん》を睨《にら》みながら入室すると、いつものとおり、理代以外の出席者はすべて揃《そろ》っていた。ここで、いつもならネチネチとゴリラ嫌味が五分一〇分は続くところだが……

（自棄《やけ》に落ち着いているわね。おまけに、なんとも嫌らしい、不気味な微笑まで浮かべている――

また何かよからぬことを謀《たくら》んだか？

『バカが暇を持て余すと不祥事をやらかす』って言葉、あれは論語だったかしら？）

――理代が着座しても、クソ道戸は何も言わない。

そして例によって、寵臣である教養課長の司会進行で、部内課長会議は始まった。

もっとも、教養課長は皮切りの口上《こうじょう》を述べただけ。そこからはクソ道戸の独演会だ。

「うむ、まずは、卓上に配布した書類を確認してもらいたい」

理代は出席者の眼前に置かれた、Ａ４用紙を束ねた書類を手に採った。

そしてまず、当然ながら、その標題に驚愕《きょうがく》し、呆《あき》れ果てた。

（『いわゆる牟礼駅前交番・警部補射殺事件についての検証報告書（仮）』ですって？）

……この警務部長紛《まが》い、気でも狂ったのか。

殺人の発生というなら、わずか十一時間前のこと。被疑者の検挙というなら――被疑者死亡ではあるが――わずか七時間前のことである。民間企業でも公益法人でも他の行政機関でも何でもいいが、そんな超短時間のうちに、スキャンダルのどんな検証報告書が書き上げられるというのか。まして、監察官室長である理代には――だから関係警察官の調査をし、処分すべきは処分しなければならない理代には――まさか一言の相談も協議もありはしない。

そして、クソゴリラの情けない実務能力に鑑《かんが》みると……

（刑事部長と捜査二課長が、御親切にも『労を執《と》って』『泥を被《かぶ》って』作成してくれたというわけね。そしてそれを、どう懐柔《かいじゅう》されたのかは知らないけど、これさいわいと有難く頂戴したというわけね）

理代は、その呆れを顔に出したつもりはなかったが……

道戸警務部長は理代の顔を睨《ね》め上げ、それに満足した感じで言葉を続けた。

「この書類だが。

刑事部長の指揮の下、例の〈検証PT〉が迅速果敢《じんそくかかん》に動いてくれて、早速〈検証報告書〉のドラフトができあがった。そういうことだ。いや見事なものだ。

時間が惜しいから、この緊急部内課長会議で、このドラフトを『警務部として了承する』こととしたい。意見があれば聴く」

……警務部参事官。首席監察官。教養課長。給与厚生課長。被害者対策室長。

誰からも声は上がらない。上がるはずもない。

誰もが、A4で一〇頁強の書類に、瞳を落としている。もちろん内容の検討をするためではない。道戸警務部長から視線を逸《そ》らすためであり、よって、この虐待会議を早急に終わらせるためである。裏から言えば、最早、警務部としては年野警部補も青崎巡査も、事案の真実もどうでもよいと、こう判断し終えたことになる。

理代もまた、一〇頁強の、適当にホッチキスで留められた書類に瞳を落とした。

（……バカな!!　こんなものが警察の公用文ですって!?　本気なのか!?）

その書類は、いってみれば小説であった。

いや、小説ならまだいい。

小説なら、まさか虫食いのまま空白が残っていることもなければ、入試問題のように、下線だけが引かれて、文字は何も記入されていない部分があることもないだろうから。

（……重要事項が未聴取・未確認だから、詰め切れていないのだ。

とりわけ時刻、場所……時には証言者さえも、虫食いや下線のまま放置されている）

しかし、彼女をより一層絶望させたのは、その小説の中身であった。

その梗概《こうがい》というか、ストーリーの概略をまとめると、こうなる――

青崎巡査は、今年三月一日、牟礼駅前交番に配置されて以来、刑事部門から同交番に配置されていたベテランの年野警部補と、三日に一回の泊まり勤務を行ってきた。

本件事案までの三箇月の間、年野警部補は、約三〇歳年上の先輩警察官として、交番の長として、また、青崎巡査の指導警部補として、懇切丁寧《こんせつていねい》に実務を教えてきた。

しかしながら、青崎巡査にあっては、圧倒的に実務能力と経験が欠如している一方、生じた疑問等について、性格的な弱さ、若手固有のプライド意識、自ら学ぶ決意の欠如等から、年野警部補に素直に質問することができず、また、自ら書籍等に当たって学習をすることを怠《おこた》るなど、勤務に著しく積極性を欠いた。

そのことを、泊まり勤務の都度、年野警部補に指摘され、是正を求められると、青崎巡査はどのように対処してよいか分からなくなり、コミュニケーション能力の不足から、パニックや鬱《うつ》状態に陥るようになった。

職務質問、巡回連絡といった通常基本勤務も適正に行うことができず、また、作成すべき被害届、実況見分調書といった簡易な書類も作成することができず、作りかけの書類を自己に貸与されたロッカーに貯めるなどして、いよいよ不適正な行為を開始するに至った。

これらのことから、とうとう青崎巡査は精神的に著しく不安定な状態となり、本件事案の夜も、年野警部補が作成書類について厳格な指導を行った際、恥ずかしさ、困惑、怒り、将来への不安等から、衝動的・発作的に、年野警部補を射殺してしまったものである。また、射殺後、その結果に深刻な恐怖を感じ、逃亡の上、自らの命を絶ったものである。

……理代は、何を言っても無駄だと知りつつ、義憤《ぎふん》にかられて発言をした。

「警務部長、私からよろしいですか？」

「ああいいともさ姫川、意見は大歓迎だ」

「これ、ストーリーだけをチェックしても、まず、証言者の記載がありませんが？」

「そんなもの、メディアにも出す〈検証報告書〉に入れられんだろう。

お前それでもキャリアか？　警察庁で何をやってきたんだ？　役所仕事のイロハ、解っているのか？」

「個人を特定せずとも、どの所属のどのような階級・職制にある者が証言しているのか、その程度の記載はむしろあるのが当然です。メディアの検証にさらされるのですから」

「……まあ、刑事部長のいうところでは、豊白警察署の〈地域〉をやっている奴の証言があるそうだ。それも、警部補・巡査部長クラスが三人だか、四人だか」

「三人だか四人だか……ですか？」

警部補だか巡査部長だか。そんな『ダカダカ話』に立脚したバカな調査があるか。

「……なら素朴な疑問ですが、当該《とうがい》牟礼駅前PBはミニマム交番です。勤務員はまさに年野警部補と青崎巡査のみ。これは、交番の性質上、二十四時間ずっとそうです。

ならば、それら証言者というのは、いったい何時《いつ》、どのようにして、何の機会に、こうした『懇切丁寧な実務指導』だの『パニックや鬱状態』だのを認知したのですか？」

「そんなの俺の知ったことじゃない。俺は警視正だぞ、辨《わき》えろバカ。

そこまで興味があるんなら、小僧っ子のお前が刑事部長に訊きにゆけばいいだろう」

「でしたら私は、自分の職責に懸けて、こんなペーパーの共犯者にはなれません」

「きょ、共犯者だと!!

何だその小生意気な口の利き方は!!　だいたいお前はいつも……」

「青崎巡査は実務一年目ですから、制度上、〈実戦実習記録表〉があるはずです。その記載はどうなっているのですか？　これはネットを検索すれば誰でも分かる制度ですから、記者からその点を追及されたらどう答えるのです？」

「そんなものは広報室長の仕事だ!!　俺には関係ない!!」

「更に言えば、〈実戦実習記録表〉には、本人用と指導者用があります。つまり、青崎巡査が当務の都度《つど》作成する分と、年野警部補が同様に当務の都度作成する分があります。その記録は、まず警察署の地域管理官が自ら精査し、次に、必ず署長・副署長の決裁に上げることとなっています。

そろそろ議論についてこられない御様子ですので、シンプルに申し上げれば、青崎巡査と年野警部補の勤務内容・勤務態度については、警察署でクロスチェックされるのです。もしこの『小説』のおはなしが真実だとおっしゃるのなら、当然、それら重要書類の精査と、地域管理官・副署長・署長の聴き取りは行っておられるんですよね？　もちろん正体の分からない警部補だの巡査部長だの三人だの四人だのではなくて、ですが？」

「これは刑事部長の取り纏《まと》めた〈検証報告書〉だ!!　相手は捜査のプロだぞ、そんな、お前の小賢《こざか》しい、小役人めいた、キャリア風吹かせた論点など当然詰めていると考えるのが筋だろう!!　どこまで増長しているんだクズ!!」

（さっきはキャリア失格みたいな罵声《ばせい》を聴いた憶えがあるが、今度はキャリア批判か。まあ、短期記憶に障害がある類人猿相手に怒っても無意味で、消耗だわ）

それに理代が感情的になればなるほど、こうした手合いは、むしろよろこんでイジメをヒートアップさせるものだ。幼稚園の砂場の論理である。

「そんなクズ女に教えてやれば、青崎とかいう巡査の心境についてはな、本人の備忘録《びぼうろく》につらつら恨《うら》み言《ごと》が書き連ねてあるんだよ!! もちろん自筆でな!! ノートに何行も何行も、年野とやらの指導に対する鬱憤《うっぷん》が殴り書きしてあったんだ!! これが客観的証拠でなくて何だ!!」

「……それは初耳でしたが、私は、自分が読んでもいない書き連ねなり殴り書きなりを根拠にしたおはなしを信じるようには育てられていません、警察官としても官僚としても」

「だっから刑事部長んとこ行けってのｎ!!

人に頭を下げることもできんのか、それじゃあこのゆとり殺人女警と何ら変わらんだろうが、まったく女の腐ったような奴ときたら……」

「ならば、どうにも理解しかねる点を最後に申し上げますが。

誰でも知っているとおり、そして記者会見でも話が出たように、牟礼駅前PBには防犯カメラがあります。モニタもある。休憩室の和室は撮影できませんが、その目的・用途からして、当然、公開の執務室は撮影できているでしょう。ならば、防カメ動画・モニタ動画等で、年野警部補の『指導』、青崎巡査の『積極性の欠如』などはたちどころに露見し、あるいは立証されると考えますが……あら、ところが、この『小説』のどこにもそうした客観的証拠の話など出てこない。

これ、裁判所のいう『健全な社会常識』に照らせば、著しくデタラメで安直。すなわち裁判所のいう『信用性のない』ものですよね？」

「そうしたら!!　お前は!!　小娘のお前は!!」

道戸警務部長は激昂《げっこう》した。そしてなんと、会議卓上、自分の前に置かれていた〈検証報告書（仮）〉を鷲摑《わしづか》みにするや、それをビリビリに引き裂いてしまう。その勢いで、A4書類の残骸を思いっきり丸め、理代の顔面に激しく投擲《とうてき》した。

理代はそれを、敢えて顔面で受け止める。

……ここは、警務部の所属長以上が列席する会議の場だ。

さすがに幼稚な辱《はずかし》めで、理代の顔が青くなる。

するとクソ道戸は、理代が恐怖したとでも思ったか、口角泡《こうかく》を飛ばしつつ、いよいよ絶叫の独演会を始めた。もとより、この異常心理劇に参加したがる列席者など誰もいない。

「たかが二八歳の若僧キャリアの癖に、現場の苦労なんぞ何も解らん癖に、お前より二〇年も三〇年も第一線で戦い続けてきた先輩方よりも偉くて賢いっていうのか!!　記録表だのモニタだの管理官だの、こましゃくれたことばかりほざきやがって!!　だから女は駄目なんだよ。近視眼的だ、大局が見えていない!!　この問題の本質はな、当県警が最大級の努力と速度で、直ちに事態を終息させ、県警二、五〇〇人警察官の士気と名誉を守るってことなんだよ!!　だから地元トップの刑事部長が、わざわざ俺達の監察仕事まで買って出て、こんな立派な〈検証報告書〉を作ってくれたんじゃないか。お前にはそうした人情の機微《きび》なり恩情なり思い遣《や》りなり、とにかく、人様の感情に共感する力が致命的に欠如しているんだよ‼　ホラそのしれっとした顔。そのふて腐れたようなツラ。その反抗的な目付きが何よりの証拠だ‼

　だから女は駄目なんだ。木を見て森を見ない。こんな重大局面に、チマチマした書類がどうだの、防ヵメの確認がどうだの、大局の前にはどうでもいいバカげた茶々しか入れられん‼　そういうことは給湯室の集会で幾らでもやればいい‼　だいたい俺は、最近の女、女、女警、女警、女警、女性の視点、女性の視点、女性の視点っていうバカ女のひとつ憶えみたいな腐れスローガンが大っ嫌いなんだよ‼　育休バンザイ、保育所バンザイ、シッターウェルカム、人生相談もどうぞ……何なんだそれは。実働員《じつどういん》減らすだけじゃないか。しかもカネが掛かる‼　そのカネをどうやって工面しようってんだ。県警には、そうだ、牟礼駅前交番みたいなオンボロ施設を建て換える予算すら無いんだぞ‼　副社長の俺が、カネ、カネ、カネといったいどれだけ泣かされているか……」

　感極まってきた道戸警視正の独演会は続く。

「そもそも女を管理職にするのが間違っている‼　少なくとも警察では間違っている‼　警察の本質は力だ、暴力だ、腕力だ。そんなもの女にゃありゃしない。無いものをあるかのように騙《だま》しているから、今回みたいな破廉恥《はれんち》な不祥事も起きる‼　ケツを撫でられればセクハラ。書類を突っ返されたらパワハラ。最後には泣く。泣けば正義だ。バカを見るのは愚直に腕力仕事をこなしてきた男じゃないか。そうだ、若い小娘の機嫌をとり、若い小娘に実務を教えてやろうとすれば、いきなり拳銃でブッ殺されるんだぞ……警察組織をまるごと女性専用車両にでもするつもりか!!　女は化粧し放題、屁をこき放題でも、男が女の胸をチラ見したら懲戒処分かよ!!　まったくもってくだらん!!　刑事部長も激怒していた!!　豊白署の地域管理官は、ああの晴海《はるみ》とかいうクソババアの成れの果てだが、女性警部第一号、女性警視第一号云々《うんぬん》を鼻に掛けて、自分の調査になんぞこれっぽっちも協力しやしないと。自分の命令も無視すれば、必要な資料も出しはしないと。それでどうやって真っ当な捜査ができるんだ、ああ？　そうだ。女は女。女はすぐ徒党を組む。ハハアン、さてはそれも姫川、お前の入れ知恵か？　いやそうに違いないッ!!　ゆとりの上官殺しで女警の立場が悪くなるから、徹底して捜査も調査もネグって、女さまの既得権益を守ろうって寸法だ。まあ、呆れ果てた外道《げどう》だなイヤ魔女だよ。おい姫川、お前は確かあのくだらん〈女性視点PT〉だとか〈県下警察官女子会〉だとかで、晴海のクソババアとは御縁《ごえん》があったはずだ。だから本部長の御威光《ごいこう》を笠《かさ》に着て、この〈牟礼駅前交番事案〉を女警に有利な方向で、そうだ、青崎巡査に同情票が集まるような方向で纏《まと》め上げようと、女らしい粘着的で陰湿で姑息《こそく》で腐ったような謀略をくわだてたに違いないッ!!　いいか姫川、この俺の目の黒い内は——」

　このあたりで理代は確信した。

　先刻の、ＪＳＭＰラインに架電をしてきた者が誰かを……

……次に自分がコンタクトをとるべき者は誰かを。

（そう考えれば、この虐待会議もあながち消耗ではなかったわ）

理代はいきなり立ち上がった。そして故意《わざ》と律儀《りちぎ》な室内の敬礼をして、上官に告げた。

「急ぎの電話がありますので、これで失礼します。あと念の為に申し上げておきますが、私は監察官室長として、このような出来損ないの小説、了承する気も賛成する気もございません。必要ならばその旨、書面に残しておきます。それでは」

「待てこのヒステリー女!!」

「……まだ何か？」

「お前には俺からの特命があるんだよ……」道戸はニヤリと笑った。「……既に渡してある〈検証PT〉の体制表にあるとおり、お前は『本件事案を受けた女性の視点を一層反映した警察づくりに関すること』の担当だろ？　皆多忙ゆえ、実に残念ながら、独りでやってもらわねばならんがなあ」

「それで？」

「姫川警視、貴職《きしょく》の上官として、愛知県警に出張を命ずる。日程は四泊五日だ。この御時世《ごじせい》、まさかありえん大名旅行だろう？　嬉しかろう？」

——さすがの理代も絶句した。いや、日程も公務員の常識ではありえないほど伸びやかだが、それ以前に、出張の意味が解らなかったからだ。そしてそこは二八歳、それを素直に顔に出してしまう。

　すると、幼稚園の砂場の論理で、口角泡を飛ばしていた道戸が、若干の余裕を取り戻しながら、ネチネチと主導権を握り始めた——

「いやあ、〈女性の視点を一層反映した警察づくり〉の第一人者である姫川警視なら当然御承知と思うが、愛知は、この種施策の先進県でなあ。この種施策だけで、警察庁長官賞を二本、受賞しているくらいなんだよなあ。ま、ウチの深沼本部長がやっている施策なんぞ、たいていは愛知モデルを踏襲《とうしゅう》・改良した奴だよ。女は真似と盗みが得意……おっと。いずれにせよ、女警の視点を最優先・最重要と考える姫川警視としては、諸々《もろもろ》学ぶところが唸《うな》るほどある。それが愛知県警だ。そうだろ？

　俺もなあ、『いつか愛知に人をやって、愛知モデルのレクチャーを受け、関係資料をもらってきてほしい』と思ってはいたんだが——ちょうど、愛知の警務部参事官が、なんと当県の刑事部長と警察大学校の同期なんだわ。その御縁《ごえん》で、ウチの刑事部長が『すまんが例の大事件もあったし、ウチの将来のために、いろいろ教えてくれんか』と打診したところ、『それなら適当な女警幹部でも寄越してくれ』って快諾してくれてなあ。優しいなあ愛知県警。いや女警に優しいわ。お前みたいに痴漢も逃げてゆくような女でも、胸のひとつふたつ、触ってくれるかも知れんなあ。

　したがって、だ。

姫川警視。貴職にあっては、明日から五日間、県警本部監察官室には出仕《しゅっし》に及ばず。

これから早速《さっそく》出張を切って愛知県警に赴き、先進県の先進施策を学んできてくれたまえ。後顧《こうこ》の憂《うれ》い無くな。アッハッハ、アッハ、アッハッハッハッハ」

「この非常事態に監察官室長が不在だなどと、警察庁はおろかメディアも仰天しますよ？」

「いやそうでもないだろう。〈牟礼駅前交番事案〉のうち、殺人及び銃刀法違反については、今日の昼にでも送致するし、御覧のとおり、〈検証報告書〉も、今日の夕方にはリリースするからな。メディアと世論は一時的に沸騰《ふっとう》するだろうが、これだけ誠意あるスピード処理だ、諸対応はさほど難しいもんじゃない。まして記者にとっては、お前がいるかどうかなどぶっちゃけどうでもよいことだ。なあ首席監察官？」

「……姫川室長。姫川室長の、その、いろいろ言いたい気持ちも解るが、これは部長の命令だ。

警察官には、上官の命令に服する法的義務がある。

また、〈検証PT〉での役割分担からいっても、部長の命令は……不合理とはいえん」

「……了解しました。

姫川警視、道戸部長の命に依《よ》り、愛知県警に出張致します」

「ほら、そうやって素直にしてりゃあ可愛げも出てくるんだよ、解るだろ自分でも？」

「それでは」

理代は警務部長室を出た。

道戸警視正被害者の会の同僚である、警務課の次席に四泊五日の日程を告げたあと、彼の庶務係を借りて、必要な手続を命ずる――

といって、理代には、まさか愛知になど出張する気はなかった。微塵《みじん》もなかった。

彼女が庶務係に命じたのは、五日間の夏季特別休暇の手続だ。もちろん独断で、もちろん抗命《こうめい》である。ただ、ちょっと気が早いにしろ、制度上は何の無理もない。

まして理代には、もっと気を早くしなければならない事情すらできた――

(青崎巡査の……被疑者の死亡が今朝三時頃。

その事件送致を、今日の昼にでもするという。これまた狂気の沙汰《さた》だ)

なるほど、これが身柄事案――逮捕事案であれば、どう足搔《あが》いても、何があろうと四八時間以内に送致をしなければならない。警察官のイロハのイだ。ただ今回の事案は、逮捕事案どころか、被疑者死亡事案である。四八時間の縛りなどない。理論的には、それが四八日であろうと、四年八箇月であろうと、捜査手続上、何の問題もありはしない。

(それが、今日の昼には送致するなどと。なら私も急がなければ)

――若い理代の、多くはない危機管理経験からいっても、この事件送致のタイミングは滅茶苦茶《めちゃくちゃ》である。ありえないスケジューリングといってもいい。

というのも、それでは解剖すら終わらないはずだからだ。どれだけ急いでも、解剖には三時間以上掛かる。五時間六時間も稀《まれ》ではない。人ひとりの解剖でもそれほど厳しいのに、年野警部補・青崎巡査ふたりの解剖が、今日の昼までに終わるはずがない。その鑑定書なり報告書なりも、作成できるはずがない。ここは法医学教室に恵まれた東京ではないのだ。

まして、解剖以外にも、牟礼駅前PBの検証調書、青崎巡査自死現場の検証調書、ミニパトの検証調書、拳銃の検証調書、両者の私物ロッカーの捜索差押調書に捜査報告書、防カメ動画等を元にした牟礼駅前PBの勤務状況についての捜査報告書、犯行の動機を裏付ける上官等からの参考人調書、日常の勤務ぶり等を疎明《そめい》する同僚等からの参考人調書、家庭等における身上実態に関する親族等からの参考人調書……いやもっとあるが、いずれにしろ、やるべき仕事、作成すべき書類は悶絶《もんぜつ》するほどある。いくら刑事部長だの捜査一課だのが優秀だといっても──それは眉唾《まゆつば》だと思うが──人間の、物理的な限界というものがあるはずだ。それを、今日の昼にでも送致などと……

（とっとと競業他社である検察官に送致してしまって、だからとっとと第三者機関に投げて、それにより『客観性を演出し、警察の自浄能力を示す』。そういうアピールをするという作戦だと考えられなくはないが……しかし）

そうだとしても、検事に激怒されるようなデタラメ書類を送るのは、刑事の恥辱のはず。

それに送致後は、まさか命令などされる関係ではないにしろ、検事にあれこれ『助言』され始める。これまた、やたらと『助言』されるようなスキを作るのは、刑事の恥辱だ。なお繰り返していうと、理代は徳島県警の捜査二課長を経験済みである――

（どう考えても、当県のマンパワーと仕事量の方程式からして、今日の昼に送致などできはしない。我武者羅《がむしゃら》な人海戦術で、それも簡潔明瞭《めいりょう》なストーリーで、三十六時間はいる。青崎巡査の死亡時刻から計算すれば、明日の午後三時――いや、明日の勤務時間内に送致できるかどうかだ。それが相場だ）

それを、今日の昼にはもう送致してしまうという。事件を検事に送るという。

……そこまで形振《なりふ》りかまわない。そこまで急ぐ。

そこまで『個人的な資質に基づく特発事案』を組み立てようとする。

いや、『個人の性格的な弱さ等』だけで事案を組み立てようとする――

（まして異論を唱えるや、座敷牢《ざしきろう》状態にするだけでは飽き足らず、他県にまで遠ざけた。既に胡散臭《うさんくさ》いというレベルを超えて、臭いものに土石流《どせきりゅう》を流し込んでいる感すらある）

――なら理代も、急がなければならない。

刑事部長なり、捜査二課長なりが隠そうとしている物語を……年野警部補と青崎巡査の最期の物語を、救い出さなければならない。

（それが両者にとって、有利であろうと不利であろうと、だ）

……理代は確かに、青崎巡査に思い入れがある。

それは、彼女が単なる『飲み会仲間』であった事件発生前より、彼女を『被疑者』として扱わざるをえない、事件発生後に強くなっていった思い入れだ。

より正確に言えば、それは、青崎巡査の『真実』への思い入れである。

女警の真実。

女警が、銃弾を使ってまで紡《つむ》いだ真実。

それを受け止めるのは、監察官室長として当然であり、また、ひとりの女警としての筋だ。理代はそう思っている。だから、理代のこの思い入れは、まさか同情ではなかった。敢えて言えば、怒りだ。強い者が、弱い者を、死んだその後まで黙らせようとするイジメへの怒り。人が、死んだ後もなお人を奴隷にしようとする不正義への怒り――

ゆえに、彼女は青崎巡査の有利不利は考えなかった。

それがどんなものであろうとも、彼女の最期の言葉を守りたいと思った。

だから――

彼女は監察官室に帰り、自席に就《つ》き。

青い表紙の『警察電話番号簿』を少しめくった後、相手の番号を確認して、監察官室長卓上の受話器を採った。

少し急ぎ気味にボタンを押す。

むろん、周囲の安全性は充分確認した。

既に、彼女の独断は命令違反レベルだから――

――警電の相手はすぐに出た。理代はその機先を制した。

「お疲れ様です、晴海《はるみ》管理官。先程《さきほど》は大事な電話をどうも有難うございました。

つきましては、こちらからお邪魔して、より詳しくお話を聴きたいと思います。情勢が切迫しておりますので、是非《ぜひ》とも御協力いただければと……内密に」

「……解りました」豊白署の晴海警視はいった。「しかし、よく私だと解りましたね」

「それについても御説明します。いずれにしろ、急ぐ必要があります」

「なら室長は今日、勤務時間内に、県警本部を離れられますか？」

「できます。問題ありません。たぶん御存知のとおり、ラインから外されていますので」

「ならば、今日の午後三時、当署管内の桜橋《さくらばし》交番で会いましょう。

……目立たない私服で、徒歩で来てください。お車、自転車は危険です」

豊白市桜橋町・桜橋交番1

豊白警察署管内には、幾つかの交番と、駐在所が置かれている。

もちろん、あの〈牟礼駅前交番〉は、そのひとつだ。

そして、豊白署の、晴海美夏地域管理官が指定してきた〈桜橋交番〉は、その牟礼駅前交番から、一〇㎞ほど離れている。大きな市民公園を受け持っている交番なので、いわゆる地理指導、遺失拾得の扱いは多いが、まさか酔っ払いの喧嘩《けんか》が始終入電してくるハコではない。変死体など、年に数件取り扱うかどうかである。その位置付けは、ほとんど駐在所といっていい。だから、この〈桜橋交番〉もまた、一日当たりの警察官がふたりしかいない、ミニマム交番である。

ただ、その置かれた環境から、公《おおやけ》の土地に困らないので、ミニマム交番の割には、とても広々としていた。しかも二階建てだ。イメージでいうなら、牟礼駅前交番の、倍の容積があるといっていいだろう。ゆえに、警察庁がうるさく推奨してきた集会所――コミュニティルームもあれば、一階部分のみならず、二階部分にも執務室がある。もちろん、広い休憩室も、そこそこの更衣室もある。トイレというなら、交番としては先進的な男女別。端的《たんてき》には、とても恵まれた勤務場所といえよう。

――姫川理代は、今、その桜橋交番に入ろうとしている。

正確に言えば、恋人への架電を終えてから、その交番に入ろうとしている。

たぶん、今夜も遅くなるだろうこと。たぶん、記者の夜討ちで監察官室長官舎は千客《せんきゃく》万来《ばんらい》になるだろうこと。だから、明かりを制限して不在を装うか、申し訳ないが昼の内に、ホテルでも取り直して退避してくれないかということ――

(直行クンには、悪いことをしてしまった。

ただ、所属長官舎に未婚の男を連れ込んでいるなどと、面白可笑《おもしろおか》しく書き立てられたら、警察不祥事の調査どころじゃない。私が監察の調査対象なんてことになってしまう)

――そんなこんなで、恋人への振り付けをどうにか終えた頃合い。

時刻は、指定された午後三時の、五分前。このあたり、キャリアとはいえ警察官だ。

(今、牟礼駅前交番は、捜査とメディアスクラムとでお祭り騒ぎだ――)理代は、ニュースで視た現場の様子を思い浮かべた。（――その規制線の中では、刑事部長主導の捜査が極秘裏に行われ、その規制線の外では、地域住民が片端から、週刊誌などの取材攻勢に遭《あ》っている）

それが、この桜橋交番はといえば。

まるで何もなかったように、交番も街も眠っている。眠ったような静けさの中にある。

そして、確認したところ、この桜橋交番は、牟礼駅前交番からいちばん遠い交番だ。

（晴海管理官がここを指定してきたのは、そうした判断があってのことだろう）

――もはや、理代は監察官室長としても、県警本部の所属長としても、何の働きも期待されていない。というか邪魔者扱いされ、不要不急《ふようふきゅう》の島流しを命ぜられた身だ。だから理代の方も、もう割り切ることにした。

すなわち、午後三時といえば、当然勤務時間内であり、自分が勝手に勤務場所を離れ、独自勤務をすることは、立派な処分対象行為なのだが――そして理代はその処分をする側の警察官なのだが――そんなことはもう、どうでもよかった。

（あのクソゴリラ道戸の暇潰《ひまつぶ》し相手を、あんなにしてやった。

女としても、警察幹部としても、信じられないほどの屈辱を我慢した）

それだけで、愛知旅行どころか、バリやタヒチでリゾートを楽しませてもらっても罰は当たらない。なら、豊白市の桜橋交番に独自出張したところで、誰からも文句を言われる筋合いはない。

ちょうど県警本部に、〈県下警察官女子会〉用の、カジュアルな服が揃《そろ》えてあったのは救《たす》かった。官僚のパンツスーツ姿では、この市民公園の雰囲気から浮きすぎてしまうから——

「こんにちは」

理代は交番の敷居《しきい》を跨《また》いだ。

お客が五、六人入っても、カウンタ前で接遇できるほど、執務スペースは広い。

しかし、この平日の午後三時、お客は皆無だった。

カウンタには、警察官とは微妙に違う制服を着た女性がひとり、座っている。

年配の女性だ。

重ねて、理代は二八歳であるが、その理代が見るところ、四〇歳代である。

その制服姿の女性は、カジュアルな姿の理代を一瞥《いちべつ》すると、すぐ笑顔になった。

「あっ、姫川監察官……姫川さんですね？」

「はい、晴海管理官とお約束がある姫川です」

すると、カウンタの雰囲気を察知したか、カウンタ内、交番の奥につながるドアがスッと開いた。現れた制服姿の女警は、むろん、その晴海美夏警視である。

「管理官、姫川さんお見えになりました。お二階ですか？」

「うん、夕子《ゆうこ》さん、悪いけどしばらく誰も入れないで」

「大丈夫です管理官。夕方の通勤時間帯までは、お客さん、ほとんど来ないですから」

「勤務員のふたりは？」

「どちらも、管理官の御下命《ごかめい》どおり、所外活動中です。あと二時間は帰所《きしょ》しません。それに、突発重大があれば、すぐお知らせします。ごゆっくりどうぞ」

「有難う。

あと、夕子さんにも話を聴きたいことがあるから、呼んだら上がってきて。そのときは、交番、閉めちゃっていいから。署への通報電話と、取扱要領のパネルだけ置いておいてね」

「了解です、晴海管理官」

「では姫川さん」晴海警視は、オープンスペースでは理代の職名を避けた。「こちらへ」

理代はカウンタ内へ入り、その奥のドアをくぐる。

そこは非公開の執務室で、近くには台所とトイレもある。

さらに、それらを通らなくともよい動線の上に、二階への階段もあった。

晴海管理官の先導で、理代は階段を上がってゆく――

「さっきの方は、交番相談員さんですね？」

「ええ、非常勤の、〈地域《チイキ》〉のアシスト職。建前上は、少年補導職員等と同様、公募制。といって、警察のやることだから、非常勤はほとんどが警察官ＯＢ・ＯＧなのですが」

「ただ、そうでないと、まさか被害届の代書も、物件事故報告書の作成補助もできない」

「そうですね。警察は極めて特殊な、閉じた部分社会だから、同質なものしか受け容《い》れられはしない――

受け容れる気がないというのも事実でしょうけど。さあどうぞ」

二階には、幾つかの部屋があった。もはや出張所というより、警察署の一区画を思わせる。理代はそれぞれの部屋を見た。集会所に、スチールデスクのオフィス。そして今、晴海管理官が開けたドアは、十畳ほどの和室につながっていた。晴海管理官は率先して、ちょっとした三和土《たたき》でパンプスを脱ぎ、大きな和卓と座布団を整える。理代も室内に入った。ちょっと役所的に無機質だが、そして歳月の傷みを感じさせるが、そこはまるで、鄙《ひな》びた旅館のようだった。

「どうぞ」

「いえ私は下座《しもざ》に」

「警察には、階級と職制があります。私は所属長級の上座にすわれる立場にありません」

「……では失礼して」

理代はどこか寂しい床の間を背に、座布団に座った。

和卓の対面では、もう、晴海管理官が凛《りん》と正座している。

脚を崩してください――といいかけた理代は、彼女のスタイルを尊重して、その言葉を飲み込んだ。そしていった。

「まず、晴海管理官。

管理官がこの場をセットしてくださったこと、ほんとうに有難く思っています」

「こちらこそ」

晴海管理官は、豊白署の〈地域〉の警察官を束ねる——だから全ての交番・駐在所を束ねる、〈地域〉の長である。警視だから、上級幹部だ。彼女の上官となれば、それこそ副署長と署長しかいない。要は、A県警では、地域管理官というのは、署の四〇%を占める〈地域〉の最上級管理職なのだ。

それゆえ、彼女は今も制服姿だし——

まさか拳銃、警棒等は吊っていないにしろ、無線機も受令機《じゅれいき》も持っている。その無線機からは豊白署関係の通話が、受令機からは県警本部関係の通話が、時折、ピーピーガーガーと漏れてくる。彼女は管理職だが、全出張所の責任者なのだ。

「お仕事は大丈夫ですか？」

「初動《ショドウ》対応があれば、むろん即応します。あらゆる警察事象に、二十四時間即応する。それが〈地域〉の任務ですから——

そのときは席を外しますが、あらかじめお許しください」

「——今回の〈牟礼駅前交番事案〉についても、さぞ御多忙だと思いますが」

「ほほ、その点については、失礼ながら、姫川室長と私は同類だと思いますよ」

「同類……」

「すなわち蚊帳《かや》の外《そと》、座敷牢《ざしきろう》」

「豊白署の〈地域〉を束ねる、晴海管理官もですか？」

「県警本部の……刑事部長のストーリーがあんなものではね。まさか女警に事案の処理は委ねられない。当然そうなる。

──今回の事案は、女警ならではのヒステリーであり、職場不適応。

それが彼等の『筋』であり、『落とし所』。

ならば、それが管理官であろうと監察官室長であろうと、あるいは本部長であろうと、女警の側に口を挟む権利などありはしない──そのような雰囲気づくりは、姫川室長が実感しているように、今のところ大成功しています」

「しかし、直接の管理職であり、青崎巡査に責任を負う晴海管理官までが蚊帳の外とは」

「事《コト》が〈地域〉のスキャンダルであるというのも、刑事部長を有利にしていますね。というのも、御存知のとおり、〈地域〉は最大のマンパワーを誇りながらも、警察内ステイタスは最低ランクですから。刑事部門にとっては、不出来な下請け程度でしかない」

「晴海管理官は、ずっとその〈地域〉をやってこられたのですか？」

「まさか」晴海警視は寂しく笑った。「婦警といえば、交通。婦警といえば、ミニパト。婦警といえば、切符にチョーク。私達の世代には、そんなガラスの天井がありましたから」

「それでも、当県初の女性警視にまでおなりになった。いえ、当県初の女性巡査部長であり、当県初の女性警部補であり、また、当県初の女性警部──

要は、今の言葉でいう女警として、あらゆる壁を、天井を、最初に突き破ってこられた」

「それは結果論です。

そのときそのときは、ただただ死に物狂い……

もちろん、私達婦警の時代には、産休も育休もシッターもメンターも相談窓口も何も無かった。そもそも、今姫川室長が指摘なさったように、女性の警部補も、女性の警部もいなかったのだから。婦警は異物で、バグだったのだから……我が国では、実に昭和二一年から婦警の採用をしているというのにね」

「先駆者として、私などが口を挟《はさ》めないほどの御苦労があったと推察します」

「それは自分の選択です。

ただその選択の幅が、著しく歪《ゆが》められていた。それは客観的な事実ですが……

……失礼。年寄りの愚痴《ぐち》タイムではありませんね。

そんなことより、我々には為《な》すべきことがある。婦警として、あるいは女警として」

「青崎巡査の最期の物語を、知らなければならない」

「まさしく。それが私にできる、最大の責任の取り方だと思っています。

もちろん、五〇歳も過ぎ、警視にまでさせてもらって、まさか職に未練はありませんが」

「私に、ＪＳＭＰラインで情報提供してくださったこと、嬉しく思います」

「そういえば、姫川室長は何故、あれが私の通報だと分かったのですか？」

「まず、あれが市民による通報か、警察官による通報かはすぐ分かります。

なるほど電話は外線からでしたが、市民は『被疑者』なる言葉は遣いません。『容疑者』でしょう。そう考えてみると、通報者が懸命に避けようとした部内《ブナイ》用語も分かってくる。『年野係長』と言おうとして、あわてて『年野警部補』と言い換えた。市民には、警部補＝係長だということは分かりませんし、警察官は口語として、階級よりも職制を使いますから。すると通報者は、警察官であって、しかも年野警部補のことを指すとき、自然と『年野係長!!』『年野係長？』と呼ぶ立場の方となる。こうなると、言い澱《よど》んだ『豊白いち』という言葉も、ＰＣの『豊白1号』のことですね。これも市民に遣える言葉ではない。

あとは、『署の同僚たちの証言も、嘘です』という発言。豊白署の〈地域〉の同僚が――確か三人ですが――牟礼駅前交番での年野警部補・青崎巡査の挙動《きょどう》について証言している。このことは、県警本部と豊白署の、それもしかるべき上級幹部しか知らないことのはず。刑事部長主導の、怪しげな小説のドラフトに書いてあるだけですから。ましてそれが『嘘』だという。なら通報者は、県警本部や刑事部長に反発する立場にいる警察官でしょう。

駄目押しで、通報冒頭の言葉。『今朝方の、牟礼駅前交番での、事件について』という発言ですが――

でもこの事案は、市民にとっては『昨晩の』銃声がしたときからの事案です。それが『牟礼駅前交番での』事件についてというなら尚更《なおさら》そうです。そこを敢えて『今朝方』と表現するのは、牟礼駅前交番事案の時系列をキチンと頭に入れていて、青崎巡査の発見時刻についても確たる知識があり、かつ、〈地域〉の交番なり警察官なりが二十四時間制の泊まり勤務をすると――〈地域〉とはそういう制度で動くんだと、知っている方です」

「成程《なるほど》。いったん組織文化に染まってしまうと、純然たる市民を演ずるのは難しいものですね」

「けれどそのお陰で、私達はこの場を持つことができました。ですので、晴海管理官。あのホットラインでおっしゃりたかったこと、今度は明確に、教えていただけませんか」

「……結論は、先に申し上げたとおりです。青崎係員が、なんというか職場不適応で、あるいは人間として未熟で、ゆえに年野係長の通常の範囲の指導にすら耐えられなかった――というストーリーは、嘘です。当署の〈地域〉の警察官が三人、そのストーリーを裏書きするような証言をしているそうですが、そしてそれはやがて供述調書にもなるでしょうが、それもあからさまな嘘。そもそも当該三人は、やがて刑事に戻る身の上です。三人の誰もが、〈地域〉は腰掛けで、本籍地は刑事部門。ならば、地元の大ボスであり、刑事の長《オサ》でもある、刑事部長の意向に背くはずもありません。そもそも、客観的証言をする資格がない連中です」

「ただ、そのストーリーについては、何やら『青崎巡査の備忘録《びぼうろく》』なるものがあり、そこに彼女の自筆で、その、年野警部補に対する不満が書き連ねてあったと聴いています。

私はそれを直接確認していないので、現時点では何も判断できませんが、もし晴海管理官がそのことについて何か御存知なら、是非《ぜひ》教えてください。

……情報なりブツなりは、刑事部長が押さえているし、ウチの警務部長など、それを確認する気もない在り様《ありさま》ですので。監察官室長として、お恥ずかしいかぎりですが」

「まず、本件事案の捜査は、殺人担当の捜査一課が――だから刑事部長が取り仕切っています。そして、このような重大事案ですから、当然の捜査として、青崎係員の私物がある関連箇所も捜索されました。もちろん、捜索したのは県警本部の警察官で、豊白署は協力するどころか、閉め出されてしまったのですが」

「青崎巡査の私物がある関連箇所――というのは？」

「独身寮のワンルームと、警察署の〈地域〉のロッカーです。御存知のとおり、〈地域〉は交替制で二十四時間勤務をしますから、あの狭い牟礼駅前交番に、私物というか、個人貸与されるデスクはありません。交番のデスクなりロッカーなりは、そうですね、スポーツクラブのような感覚での、勤務ごとの貸出しです。

ですので、ガサを掛けられた関連箇所というのは、独身寮のワンルームと、警察署の個人貸与ロッカーだけになるわけです。あともちろん、私物がある可能性がある関連箇所として、青崎係員が逃亡に用いたミニパトそのものも、ガサの対象になりました。もっともこれは、私物のみならず、犯罪の証拠を確保するための当然の措置ですが――

いずれにせよ、そのミニパトとワンルーム、そして交番勤務の特性からロッカーがガサられた。

「よく解ります。これは御理解いただけますか?」

「よく解ります。私も短い間でしたが、二箇所の交番に寝泊まりしたので」

「キャリアの方でもですか？」

「はい、わずか四箇月程度の話ですが、生涯忘れられない勤務でした」

「なら、〈地域〉の――あるいは交番の勤務環境はイメージしていただけますね？」

「とても衝撃的でしたので、強くイメージできます」

「現場の者としては、嬉しい話です。

――いずれにしろ、青崎係員のロッカー等は、県警本部にガサられた。

そして私は、警察署で勤務中でしたので、ワンルーム関係は、全く知り及んでいません。ただ、警察署の彼女のロッカー、そして彼女が逃亡に使用したミニパトについては、私が最上級の管理職ということもあり、ガサに立会《リッカイ》できました。そのとき、押収品の確認もさせられました」

晴海管理官は、和卓の上に、二通のコピー用紙をすべらせた。

理代の方に差し出される形となったそれらは、成程《なるほど》、『押収品目録交付書』である。

――ガサの場合、これは警察という権力が、個人の所有権に制限を加えるのだから、どのような何を幾つ『借りて』いったのか、ガサられた相手に明確にする必要がある。『借りた』ものを書面化し、いわば預り証というか、借り物リストをガサられた相手に交付する義務がある。ところが〈牟礼駅前交番事案〉の場合だと、もうガサられる相手は――被疑者である青崎巡査は死んでいるので、これを交付することも、そもそも立会をさせることもできない。そこで、施設・設備の管理権者である警察署長が、ガサられ役となるわけだ。実務的には、青崎巡査の属していた〈地域〉の長である晴海管理官が適役とみなされたのだろう。とりわけ女性のロッカーのガサがあるから、立会人としても申し分ない。

理代はその、ガサの預り証ともいうべき『押収品目録交付書』を見た。

(青崎巡査のロッカーは、徹底的にやられたようね)

今は合服《アイフク》の期間だから、夏服・冬服の制服一式はロッカーに残る。正確に言えば、交番勤務はパンツスタイルの活動服でするから、合服であっても、あのスカートの制服は残る。また活動服に着換えて出撃するから、朝、出勤のときに着てきた私服は――下着の類《たぐい》以外――すべて残ることになる。あと、警察官として必需品の靴磨き用具とか、機動隊のあの出動服とか、半長靴《ハンチョウカ》――いわゆる編上靴も収納されることとなる。

署のロッカーは、それこそ安めのスポーツクラブを思わせる、細身縦長の、どこにでもありそうなスチールロッカーなので、警察官の装備品・支給品・貸与品の多さを考えると、キャパに恵まれているとは言い難《がた》い。女警の場合は、いくら女を捨てて挑まなければならない勤務とはいえ、女警ならではの必需品もあるので、青崎巡査も狭いロッカーと悪戦苦闘したに違いない……

『押収品目録交付書』には、それを裏付けるように、装備品・支給品・貸与品以外にも、既に述べた私服一式のほか、モカブラウンのショルダーバッグだの、ライトグレーの小さなコスメポーチだの、勤務前に外していったのであろう指輪・ネックレスだの、金箔《きんぱく》風に桜模様が入った黒金属ボタンふたつだの、オールドローズの二つ折り財布とがま口の小銭入れだの、その在中物である現金だのカードだのが、必要ならば寸法とともに、事細かに列挙されていた。もちろんそれぞれ『1個』『2個』だの、厳密に数量が記載されてもいる。

「かなり長い交付書ですね。この様子だと、もうロッカーは空でしょう。

ちなみに今現在、犯罪捜査の大きな要《かなめ》はスマホ――その着信履歴なり送受信メールなり検索履歴なり位置情報なり――ですが、青崎巡査のスマホ、というか公用携帯でない私物スマホは押収されましたか？　ええと、このズラズラした目録交付書だと……」

「……はい、ええと、ここです、書類のここに記載があります。すなわち青崎係員の私物スマホは、署の彼女のロッカーから発見され、直ちに押収されました。やはり署のロッカーから押収された年野係長の私物スマホとともに、県警本部が解析中との旨を聴いております」

「特異な情報などは、何か」

「署の管理官でしかない私が知りうる情報は限られます。署長の伝手《つて》をお借りするなどして、どうにか噂話《うわさばなし》を収集するしかありません。

　それを前提として申し上げれば、現在のところ、重要特異な情報は何も解析できていないようです。すなわち金銭関係、異性関係、性犯罪関係、守秘義務違反関係、あと飲酒に薬物、暴力団員その他不適切な者との交際……監察官室長である姫川警視がお知りになりたいような情報は、何も記録されてはいないはず。

　特に異性関係、性犯罪関係については何も記録されていないと断言できます。というのも、県警本部は『とりわけ異性関係について、情報が逐一《ちくいち》削除されているかのように、何も出てこない』ことに苛立《いらだ》っていると、県警本部にいる昔の部下から聴いておりますので」

「すると、その意味では、ロッカーのみならず私物スマホも、いわば空」

「そして、ミニパトもいわば空です。

だから、先程《さきほど》姫川室長がおっしゃった『備忘録』も、比較的容易に現認《ゲンニン》できました。

――この押収品目録交付書でいえば、こちら、二枚目の方。ミニパトのガサのときに作成された方ですが、こちらに『ダイヤリー型革表紙ノート、黒、B5』云々《うんぬん》と記載されているブツです」

「あっ、この記載が例の『備忘録』なんですか。この目録はミニパトのガサのとき記載されたもの。だからこの備忘録は、ミニパトのガサのとき押収されたもの。それはそうですよね――

そこには間違いなく、その、不満なり批判なりの記載があったのですか？」

「……年野係長を、強く批判する記載がありました」

「内容とか、文量とかは」

「備忘録自体は、もちろんすぐさま県警本部に持ち去られました。ガサですし、私はただの立会《リッカイ》ですから。すなわち立会の状況を写真に撮られ、また、押収品目録交付書をただ渡されるだけの役割。県警本部がブツをごっそり回収してゆくのを止める権限などありません。ですので、備忘録の現物はお示しできないのです――しかし」

「しかし？」

ここで晴海警視は、達観したような笑みを浮かべた。

そして、和卓の上に、彼女の公用携帯を置いた。

すぐに写真アプリを起動させ、幾枚かの写真をスライドさせつつ、それらを理代の方に示す――

「これは……その備忘録の写真、ですか？」

「そうです。どうにか秘匿《ひとく》で、というかダマテンで撮影できた分しかありませんが」

「そうすると、立会の機会に、県警本部の捜査員の目を盗んで」

「はい。管理職としての責任を果たすべく――というと、ほほ、キレイゴトですね。

……いきなり見知らぬ捜査員がやってきて、私の部下のロッカーをガサったことへの怒り。女性の私物が入っているロッカーを、男どもが平然とまさぐってゆくことへの怒り。着換えその他見られたくないものを、同じ女の私に確認させることへの怒り。それは、犯罪者ならば当然受忍《じゅにん》すべきことですが、私には自分の部下が純然たる犯罪者だったとは、どうしても思えませんので。だからそういう『無礼』が、どうしても納得いかなかったので。

そうしたことと、青崎係員の真実を知りたいという衝動と――

そんなこんなで、どうにかして、ミニパトにあった『遺書』の『証拠保全』をしようと思ったんです。

でも、ほほ、最近は本当に便利になりましたねえ。私が『婦警』だった頃は、公用携帯で隠し撮りだなんて、こんな手段、想像もできなかった」

「写真、拝見しても？」

「もちろん」

――晴海警視が撮影できた『備忘録』の写真は、なんと八枚あった。

理代はそこに、晴海警視のいった『怒り』を感じつつ、一枚一枚をゆっくり確認する。

最初の一枚が、どうやら、問題の『書き連ね』『殴り書き』部分のようだった。

残りの七枚は、ノートの見開き。連続してはいないから、パラパラとめくりながら、関係すると思われる部分を撮影したのだろう。

「この最初の一枚ですが、女性の字で、ええと……十八行ちょっとにわたって、ビッシリと文章が綴《つづ》られています。これは、青崎巡査の自筆で間違いありませんか？」

「間違いありません。他の写真と比較しても、一目瞭然です」

「ただ……備忘録の他の部分と比較すると、字がかなり乱れていますね。県警本部で囁《ささや》かれているような、『殴り書き』レベルではありませんが――だから文字は明瞭に読めるのですが――見た感じだけでも、勢いとか筆圧とか、トメハネの乱暴さとか、とにかく他の部分とは違った『興奮』が感じられます」

「私もおなじ印象を受けます。そしてそれは、内容そのものによって補強される」

晴海警視の視線にうながされ、理代は写真の一枚目、『書き連ね』の文章を読んだ。

文章は、日常のメモ書き部分から――勤務上の注意や、取り扱った事案の諸情報のメモ書き部分から――三行空けて始まっていた。要は、『書き連ね』以前は、交番の警察官としてごく当たり前のメモが書かれている部分であり、そこにわずかな空白行を置いて、びっしりと、まるで性質の違う文章が書き下されているのである。

そして、その書き下し以降は、何の記載もない。ちょうどノートの見開き左ページで終わっていて、見開き右ページには何の記載もない。

理代は、日付等がないか確認した。

日付はあった。日常のメモ書き部分にあった。

それはまさに、青崎巡査が年野警部補を殺したその日であった。
（ならば、常識で考えて、この興奮した長い文章は、彼女の絶筆となる）
……なるほど、晴海警視が服務規律を無視してでも、隠し撮りしたくなるわけだ。
その、隠し撮りされた、青崎巡査の絶筆――

今日も、被害届の書き方について怒鳴られた。一〇以上も訂正が入った。こんなの使いものにならないから、また被害者を呼び出せといわれた。そうすると、もう四回も交番に来てもらうことになる。なら最初から、自分も出てきてチェックしてくれればいいのに。先々週、確認を頼んだ実況見分調書も返してくれない。催促したりすれば、またドンドン机を叩き、不機嫌になるだろうから、恐かった。けど、もう提出しないと管理官に呼び出される。だから、出した書類はどうなっているのか訊いてみた。そうしたら、私の作った実況見分調書を眼の前に採り出して、いきなりビリビリに破って交番のゴミ箱に捨てた。見取り図だって、二時間もかけて懸命に作ったのに。私がビックリしていると、警察学校で何を勉強していたんだと怒られた。もっと勉強しないと、もっと解らないことを自発的に質問しないと、公務員としてはやっていけないといわれた。もう学校生徒じゃないんだから、自分から学ぶ姿勢がないとダメだと、それじゃあ県民に申し訳ないぞと怒られた。拾得物件預り書だって、あれこれいって、やたらと二重線の修正を勝手に入れてしまう。何が悪かったのか訊けない。訊くと御説教だって解っているから。すぐ叱るだけの人は嫌だ。この人とはもう話ができない。話をしたくない。何をいっても、まず自分で考えろ、俺の仕事をしっかり見ろというばかり。昭和の感覚、九〇年代とかの感覚だ。そしてどんどん、独りで職務執行に出される。最初のうちは、マンツーマンで教えてくれると学校では聴いていたのに。いくら自分が忙しいからって、私は放置されている。現場に出るのが恐くて仕方がないのに、守ってくれない。たまに構ってくれるかと思えば、難しい実務書やマニュアルを山積みにして、次の泊まりまでに勉強してこいとか、無茶苦茶なことをいう。そうかと思えば、ＤＶの相談とか、ストーカーの相談とか、痴漢の被害届とか、そういうのは女の仕事だといって、私に任せきり。一緒に立ち会ってもくれない。交番の奥から出てくるときは、被害者さんとかの前で、私を叱るときだけだ。わざと人前で叱る。とても恥ずかしい。それが二十四時間、いつ起こるのか解らない。ううん、仕事のことだけだったら、異動するまで我慢できるかも知れない。けれど、この二十四時間の密室で、この人とずっと一緒に閉じ込められるのは耐えられない。着換えとか覗《のぞ》かれている感じ。トイレを使うと聴き耳を立てられている感じ。休憩室で寝ていると、布団の傍《そば》に寄っている感じ。そんな気持ちがして恐い。無茶苦茶気持ち悪い。逮捕術や柔道の指導とかいって、平気で躯《からだ》に触られる。そのうちきっと、胸や股間に手が入るに違いない。髪の匂いとかも嗅がれるとしたら、すごく嫌だ。虫酸《むしず》が走る。そのうち強姦されるんじゃないかとまで思う。今の県警本部長は女警だし、監察官室長も、うちの地域管理官も女警だから、こういう古いタイプのオヤジ警察官は、どうにか辞めさせてくれないかと思う。けど私はただの巡査で係員だから、ゴミクズみたいなものだから、揉《も》み消されるかも知れない。きちんと育ててもらえなくて、きちんと教えてもらえなくて、おまけにセクハラまで絶対にされそうだなんて、滅茶苦茶ブラックな職場だと思う。もう退職願も用意しているから、今夜こそはこの気持ち悪い嫌な男に、県警本部長とかに直訴すると、ハッキリいってやるつもりだ。

――これが、写真の一枚目だ。青崎小百合巡査の絶筆。

次いで理代は、写真の二枚目から八枚目をスライドさせてゆく。

二枚目から八枚目は、見開きの撮影だ。

そしてノートの見開きの、本体部分ではない箇所――すなわち行の罫線が引かれていない余白の部分に、一行ずつ程度の書き込みが、幾つかある。こちらは絶筆部分より、落ち着いた感じの字体だ。というのも、日常の勤務のメモ書きと、勢いも筆圧もほとんど変わらない感じだから。そんな字体で書き込まれているのは――

○月○日　DVの相談を独りでさせられる　不安だ
○月○日　交通指導取締り中、お尻を触られた感じがした　嫌だ
○月○日　拾得物件預り書がダメだと怒られる　唾《つば》が飛んだ
○月○日　耐刃防護衣《たいじんぼうごい》の着方が悪いと直された　胸に手が触れた

○月○日　どうして自分で質問をしないんだと御説教された　しつこい
○月○日　被害届の様式を間違えて書いてしまった　もう出せない
○月○日　実況見分の見取り図を作ってくれなかった　メモしてない、困った
○月○日　ストーカー規制法の説明がデタラメだといわれた　なら教えてほしい
○月○日　生理なら休めばいいだろうといわれた　何て言い方　気持ち悪い
○月○日　仮眠のあとの着換えが遅いと怒られる　すごく見られていた感じ

「……よ、よく解りました。これが、晴海管理官の撮影された全てですか？」

「そうです。本当は、すべてコピーを撮りたかったのですが」

「正直、複雑な気分です……とても微妙な」

「それは解ります」晴海警視は頷《うなず》いた。「解釈の問題、受けとり方の問題がありますから」

「――敢えて単純化すれば、それは『年野警部補に問題がある』という解釈と、『青崎巡査に問題がある』という、そんな解釈の問題ですね？」

「もちろんその『中間』も『混合』もあるでしょうが、両極をとるならそうでしょう。そして県警本部は――刑事部長はあきらかに、両極のうち『青崎係員に問題がある』という解釈を採っている」

「ただしそれは、両者の管理職だった晴海管理官からすれば、まさか受け容れられるものではない」

「するとおり。まさかです」

「すると晴海管理官としては、もう一方の極を――『年野警部補に問題がある』との解釈を採っておられる」

「少なくとも、青崎係員よりは大きな問題があった。そう考えています」

「何故ですか？」

「まず、豊白署長から豊白署の〈地域〉の全権を委ねられている者として、とてもお恥ずかしいのですが……

　正直、私は牟礼駅前交番が――年野係長と青崎係員がこんな状態にあったなどと、想像すらしていなかったのです。というのも、私は青崎係員のことを、とりわけ注意して人事管理・勤務管理をしてきたつもりなので。

――青崎係員は、当署の〈地域〉で唯一の女警です。他の六〇人強は全て男。ましてや、牟礼駅前交番はミニマム交番です。いくら五三歳のベテランと二三歳の若手とはいえ、だからまさか間違いは起こらないはずとはいえ、交番勤務はいわば出城《でじろ》の、しかも密室の勤務です。警察の悪しき文化に鑑《かんが》みると、注意するなと言う方が無理でしょう」

「それはすなわち、部内恋愛と部内不倫の文化ですね？」

「そうです、全国共通の、警察一家の昼ドラ的徒花《あだばな》です」

「しかしとりわけ注意して人事管理・勤務管理をしてきても、特段の異常はなかったと？」

「全くありませんでした。兆《チョウ》すらなかった。

だから今、この備忘録に記載のある状態など、想像すらしていなかったと言いました」

「生意気な質問で申し訳ないのですが、具体的に、どのような人事管理・勤務管理をしてこられたのですか？」

「〈地域〉全体についていえば、それはもう巡視の励行《れいこう》しかありません。交番は出張所・出城ですから、警察署にデスクを持つ私の目は届かない。ならば、徹底的に巡視をするしかない。さいわい私は婦警で、ミニパトの運転歴なら誰にも負けませんから――」

理代は苦笑した。さすがに最後の部分は、重くなりつつある場を和ませる冗談だから。

「――また、そうした一般論以外にも、新任巡査には教養《キョウヨウ》のシステムがあります」

「ああ、実戦実習記録表と、個々面談ですね？」

「はい、よく御存知ですね？」

「実は私も、交番時代、それで勤務管理をされたので」

「なら、改めて詳細を説明するまでもありませんね。

そうです、新任巡査は、二十四時間の泊まりごと、実戦実習記録表の様式を埋めて、私に提出しなければなりません。それどころか、新任巡査の指導者も、指導者用の様式を埋めて、やはり私に提出する義務があります。もちろん書類だけでは終わりません。その書類を元に、私が直接、この場合なら年野係長・青崎係員のそれぞれと、それぞれを切り離して、だから両者同席させることなく、個々面接をします。そして実戦実習記録表の記載が正しいのか、あるいは記載漏れがないか、あるいは記載できなかった問題はないか等を、それは入念に確認します。私の場合なら、この確認の個々面接は、まさか三〇分では終わりません。終わるはずがない。警察組織の右も左もまだ分かっていない新任巡査の、雛《ひよこ》歩きの確認ですから」

「そうした個々面接の結果、青崎巡査に異常はなかったと」

「全くありませんでした。

もし異常と呼べるものがあったとすれば、それは彼女のやる気であり、熱意です」

「……すなわち？」

「青崎係員は、そもそもマジメな女警です」晴海警視は過去形を遣わなかった。「警察学校の席次も、女警二位。座学も術科《ジュツカ》も優秀。そこらの男の新任巡査の、三倍四倍は働ける子です。

確かに実務一年目ですから、交番での実際の仕事も、警察官としての実際的な知識も、まだインストールされていません。しかし彼女は、それに物怖《ものお》じするタイプではないんです。実際、おなじ女警ということもあったでしょうが、警視の私にすら、ＤＶ事案対応、ストーカー事案対応、性犯罪被害者対応などを、個々面接の機会を活用して、熱心に質問をしてくるほどに。

だから、まさか、最近の若手にあるような、敬語の遣い方を知らないから喋らないとか、新しい仕事は解らないから何も質問しないとか、手取り足取り御機嫌を取りながらよちよち歩きさせてみないとずっと座ったままだとか、そもそも上官や市民との対話の仕方が解らないからコミュニケーションそのものを避けるとか、そういったタイプではありませんでした。このことについては——実は段取りしてありますが——後程《のちほど》、何人かの関係者が証言してくれるはずです。また、私自身も、先に申し上げた巡視の際、彼女の明るく潑剌《はつらつ》とした勤務ぶりを、泊まりのその都度、毎回確認してもいます。むろん以前申し上げたとおり、最近、若干塞《ふさ》ぎがちだったのは事実ですが、職務執行に影響を与えるほどではなかった。

それは私の実体験です」

「だから晴海管理官は、あのホットラインで『いわゆるゆとり的な子とは全然違います』という旨の説明をなさった」

「そのとおりです」

「しかし、現実に、この備忘録が——彼女の自筆のメモがある。

これは、晴海管理官の描いた青崎巡査像とは、まるで違うように思えます」

「……これが彼女の自筆であることは、確実です。私は彼女の作成書類も、実戦実習記録表も、身上書も読んでいますから。

そして、まさかこんなもの、書くことを強いられた訳でも、読む者を騙《だま》そうとした訳でもないでしょう。そんなの、どちらも非現実的な想定ですし、とりわけ私の描く青崎係員像とは懸け離れた想定ですから。

そうすると、確かに、本当の青崎係員は、私の思い描く彼女とは違っていた……のかも知れない。私は、独善的・形骸《けいがい》的な人事管理・勤務管理しかできておらず、牟礼駅前交番の実態を何も知らなかった……のかも知れない。そうすると、何を言っても弁解にしかなりませんが、それでも……

それでもやはり、私は強い違和感を感じるのです。

それは先程から繰り返しているとおり、私の実体験に基づく、リアルな、生々しい、どうしようもない矛盾です」

「そういえば、県警本部で聴いた話だと、青崎巡査は『作成できなかった書類を貸与ロッカー内に貯め込んでいた』とのことですが、それもガサのとき発見されたのですか？」

「……確かに、作成途中の実況見分調書が六、作成途中の被害者調書が五、署の彼女のロッカーから発見されました」

「それも彼女の自筆でしょうか？」

「こちらはワープロソフトですから……筆跡までは。

署名押印だの、加除訂正だのもありませんでしたし」

「そうか、自筆部分が少ないんだ。まして未完だから、自筆部分が無いこともあると。ならば、それらは、彼女が牟礼駅前交番で取り扱った書類に間違いありませんか？」

「それらは、牟礼駅前交番が取り扱った、侵入盗の実況見分調書と、あとは……ケンカ・万引き・無銭飲食・酩酊者《めいていしゃ》規制法違反の被害者調書です。これくらいは基本、〈地域〉でも自分でやりますからね。

　だから、それらは、牟礼駅前交番において作成していなければならなかった書類です」

「それが、警察署の貸与ロッカー内に、その、隠匿《いんとく》されていたと。そうなると……」

「……残念ですが、これもよくある警察文化のひとつと考えなければならないでしょう」

「すなわち、夏休みの宿題の先送り。

　だんだん出しづらくなって、また、記憶・資料・証言等がないので書けなくなって、宿題そのものを勉強机の奥底に隠してしまう。で、異動のときセンセイかトモダチに引っ繰り返されてバレる。果ては懲戒処分――

　ただ、これもまた、彼女の絶筆メモを裏付ける客観的証拠となってしまいますよね？」

「そこもまた、私にとっては不可解なのです。

　青崎係員にとって、そのような書類は、夏休みの宿題どころか、日々の漢字ドリル程度の難しさしかないはずですから」

「実戦実習記録表には、それらの書類や、書類の元となった事案についての記載はなかったのですか？」

「……これも残念ながら、ありませんでした。

　ですので、理論的には、『彼女はそれらを取り扱ってはいなかった』か、はたまた

『彼女はそれらを取り扱っていたのに黙っていたか』になります。

そしてもちろん、既に客観的証拠が押収されている以上、後者こそが正解とならざるをえないのですが……

……ここで、青崎係員の、身上《しんじょう》関係についても触れておきましょう。

彼女は、御存知のとおり大卒警察官です。二三歳で実務一年目ですから、当然ですが。ただ、彼女は所謂《いわゆる》母子家庭の育ちでして。しかも母親は、彼女が高校生のときに亡くなりました。大腸ガンです。ええと、確か、身上書には……家族性大腸腺腫《せんしゅ》症で亡くなった旨、記載されていましたね。完治のない、難病のようです。それで青崎係員は、遠縁の親戚の家に身を寄せまして、転校もしまして……いろいろ難しい思春期を過ごしたようです。それはそうですよね。父親は元々なく、母親はいちばん仲の良いときに失われた。預けられたのは、それまで縁薄かった余所《よそ》の家族。

それもあって、彼女は、まず学業成績で高校と大学の奨学金を勝ち獲《と》っています。受験生のときも、ギリギリまでアルバイトに励んでいました。そして大学では、実は文学を専攻したかったようなのですが、すぐに社会に出られるよう、法学部を選んだ。また、社会人としてすぐに自立ができるよう、社宅というか官舎があり、身分保障もある公務員を志した。

そのとき、警察がとりわけ〈女性の視点を一層反映した警察づくり〉に取り組んでいると知り、また元々正義感が強かったこともあり、あるいは、自分自身がどちらかといえば社会的弱者だったこともあり、決意を固めて我が社の採用試験を受けた。もちろん一発合格――

　これが、二二歳までの彼女のプロフィールです。ここから浮かんでくるのは――

「努力家。頑晴り屋。自制心。克己心《こっきしん》……そして、どうしようもない寂しさ。欠損《けっそん》」

「全く同感です、姫川室長。

　だからこそ、この備忘録も、ロッカーの書類も、『客観的証拠』でありながら、どうにも不可解で、だからどうしようもなく違和感を感じるのです」

「到底、信じられたものではないと。そんなもの、客観的証拠の方が間違っていると」

「そのとおりです。だから思い余って、内部告発のような真似までしました」

「――その、青崎巡査の備忘録に戻りますが。

　これは非常に微妙なラインですよね。敢えて第三者として申し上げれば、『どっちともとれる』内容です。この記載だけでは、青崎巡査の勤務態度・勤務意欲・女性意識に問題があったともとれるし、さかしまに、年野警部補の勤務態度・勤務意欲・性的感情に問題があったともとれる。

　そこで、今度は年野警部補についてなのですが――

　もちろん、晴海管理官は年野警部補の上官でもある。年野警部補の勤務管理・人事管理をなさる立場にある。そのお立場からして、いったい年野警部補というのは、どのような警察官だったとお考えですか？」

「――難しい質問です。

これも御存知のとおり、ほほ、私は五二歳。年野係長は五三歳。

私は昔の警察文化どおり、交通畑。年野係長は知能犯にその人ありと知られた、刑事畑。

全くの同世代で、しかも、それぞれのプロフェッショナルとなると……

新任巡査を厳しく指揮監督するようなことには、まさか、なりません。

ちょうど青崎係員の指導係長をやってくれていたので、個々面接の機会は増えましたが、そうでなければ、そうですねえ……巡視の都度声掛けをし、交番への出勤前・交番からの退勤後に署で声掛けをし、半年に一度の勤務評定面接をし……

そう、我が署に六〇人強いる、〈地域〉の警察官のひとりとしか見ていなかった。あるいは、他に何人もいる、交番の責任者のひとりとしてしか」

「ただ、幸か不幸か、まさに青崎巡査絡《がら》みで、膝《ひざ》を突き合わせて話をする機会は増えた」

「実戦実習のシステム上、そうなります。それは縷々《るる》申し上げているとおり。ただ」

「ただ？」

――晴海警視は、理代の感じるかぎり、この密談でいちばん困惑した顔をした。備忘録の話のときより、放置書類の話のときより、その困惑はいっそう色濃かった。

「……彼と話せたのは、青崎係員が懸命に頑晴っている旨だけで。

言い換えれば、彼自身の――年野係長自身のことについては、ほとんど話せていなかったのです」

「それは、先程お話のあったように、同世代の警察官で、違う畑のプロだったから？」

「それももちろんあります。またそれ以上に、ほぼ同い年の警視と警部補、管理官と係長ですから――特段の問題があるのなら別論、そうでなければ、内面なり私生活なりには、なかなか土足で踏み込めないものです。

年野係長の私生活についていえば、私が把握しているのは、彼が今は単身であること。というか、奥さんと離婚を前提とした別居中であること。その奥さんは実は警察官であること――結婚を機に、もう巡査長で退職していますが。そして、お子さんが男女ひとりずついて、その養育費をかなりの額、またかなりの間、負担し続けてきたこと。奥さんへの慰謝料は、まだ残っていること。ただし、不穏当な借財《しゃくざい》は一切確認できていません――御存知のとおり、借財関係については、この組織にプライヴァシーなどありませんから。いえ借財どころか、確認できたことといえば、最近……約半年前ですが、警察共済の生命保険の契約を積み増しして、死亡保険金をほぼ倍額に設定したことくらいですね。もちろん掛け金も倍以上になるでしょうし、契約のし直しですから、健康診断書の提出なり様々な告知なり、いろいろ面倒だったでしょうが――裏から言えば、それだけの掛け金は出せる状態だったし、健康診断書にも問題はなかった、勤務の継続に支障もなかったということでしょう。保険の審査が通っていますから。

これは推測ですが、先に述べた養育費・慰謝料のことを考えたとき、自分にできるかぎりの準備はしておこうと、そう思ったのではないでしょうか。年齢的にも五三歳ですしね。そして警察官は、この高齢化社会を前提とすれば、早逝《そうせい》傾向にある――警察庁は死んでも発表しない統計でしょうが、現場の者なら誰でも知っていることです」

「なるほど」

「だから、経済的には裕福ではないでしょうが、既に単身ですし、警部補ですし、公務員の身分保障もありますし……要は、明日の糧《かて》に困るような状態ではありません。ただ、その元の奥さんは、さすがに元警察官だけあって、性格のハッキリしたところが――要はキツいところがあるようです。いわば『取り立て』が厳しい上、年野係長と子供たちを会わせることもしないとか。だから、年野係長としては、警察人生のかなりの部分において、会えもしない子供たちのために、少なくとも子供たちが大学を出るまでは、自分個人の生き甲斐《がい》とか、自分個人の楽しみとかを忘れ去って、黙々と、粛々《しゅくしゅく》と公務員を続けるしかなかった。その意味では、寂しさというか、空しさを感じない方がおかしいでしょうね。

まして年野係長には、人事上、特殊事情があり」

「というと？　私それは初耳ですが」

「まず、彼が牟礼駅前交番に配置されたのは、二年前の二月二八日ですが、それ以前は、県警本部の刑事をやっていたのです」

「先程《さきほど》のお話にもありましたね、『知能犯にその人ありと知られた』人材だと」

「知能犯捜査のエースだったそうです。すなわち贈収賄《ぞうしゅうわい》、横領、背任、詐欺、選挙違反といった、刑事の中でも特殊なスキルと才能を必要とする分野の第一人者。少なくとも私はそう聴いています。

　すると当然、姫川室長も、すぐに疑問を憶えるでしょうが……」

「……実働捜査員の中核となる警部補、しかも五三歳。働き盛りか、円熟《えんじゅく》の域にある。そんなエースを、何故寂しいＪＲ駅にくっついている、ミニマム交番に流すのか？」

「まさしく。

　刑事が〈地域〉に出るというのなら、それは昇任時の義務的配置か――誰でも昇任をしたら〈地域〉をやらなければならないルールですから――あるいは私のような幹部修行か、さもなくば左遷《させん》でしかありません。

　百歩譲っても、〈地域〉の中のエリートであるＰＣに乗せるか、私の幕僚《ばくりょう》として警察署勤務をします。それが専務《センム》のプライドであり、掟《おきて》です。私自身、交通という専務で育ってきましたから、それはよく解ります」

「すなわち、一昨年二月の年野警部補の異動は、私服としては、掟破りだった」

「そうなります」

「それが『特殊事情』」

「……私は管理官といっても、警察署の、しかも〈地域〉の管理官ですから、まさか県警本部の、まして刑事のことは分かりません。しかし、豊白署内でも、このあまりの処遇に噂が飛び交いましたから、概《おおむ》ねのことは想像できます」

「それはどのような噂ですか？」

「年野係長は、県警本部でお仕えしていた所属長《ショゾクチョウ》の逆鱗《げきりん》に触れ、流刑としてハコに流されたと。しばらくはハコで冷飯《ひやめし》喰らいだと」

「それはつまり、県警本部の課長が、年野警部補を追放した——ということですね？」

「噂を総合した、私の想像になりますが、まずそういうことかと」

「年野警部補が何をしたか——その課長が何に激怒したかは分かりますか？」

「分かりかねます。この件については、刑事たちの口が堅くて。警察署配置の刑事にも、それとなく当たってみましたが、ハッキリしたことは本当に知らないようです——署レベルでは、県警本部の政治のことは解りません。公用文がどうとか、用字用語がどうとか聴いた気もしますが、何分、人の噂のことですから……

ただ、年野係長と個々面接をしていると、『異動が懲罰であること』『しばらくは県警本部にも刑事にも戻れないこと』は、間違いないと感じました。もちろん本人は、そのようなことなど明言しませんが、言葉の端々《はしばし》から、ほとぼりが冷めるまでは蟄居謹慎《ちっきょきんしん》に甘んじる覚悟であることはよく解りました」

「すると、少なくとも年野警部補本人は、左遷であることも、刑事としての復帰は遠いことも、確信をしていたわけですね？」

「そうです。諦めの極致《きょくち》、とでもいいますか……」

「そうすると、勤務意欲とか、勤務態度にもそれが反映されるのではないかと思いますが」

「意気消沈《いきしょうちん》していたことは間違いありません。

ただ、私が、牟礼駅前交番の実績や――職質実績《ショクシツ》や巡連実績《ジュンレン》ですが――牟礼駅前交番が作成する捜査書類などを確認するかぎり、年野係長の勤務には、何の問題もなかったといえます。ですので、時折警電を寄越してくる、県警本部の人事係と厚生係にはいつも、『特段の注意を要しない』旨、回答をしていました」

「……えっ、人事係と厚生係から？　警電が？　年野警部補についてですか？」

「はい」

「署の警部補ひとりに県警本部が……それも人事が……

それはいったいどんな警電なんですか？」

「個人情報の最たるものですが、監察官室長の姫川警視になら申し上げてよいでしょう。

まず厚生係からは、抑鬱《よくうつ》状態についてよく聴かれました。経過観察が必要だと」

「それは端的《たんてき》には、年野警部補の精神状態が危ぶまれる――という趣旨でしょうか？」

「そのとおりです。そしてその都度、先程申し上げた私の確認結果と、それから、個々面接の機会にそれとなく訊き出した、青崎係員の証言を証拠として、『精神状態に特段の問題はない』『同僚警察官の証言からも、問題はないと認められる』等々と回答しました」

「ええと、あと、人事からも警電があったんですよね、年野警部補のことについて」

「はい、人事はもっとダイレクトに、『拳銃のマル保は必要かどうか』と訊いてきました」

「ええっ、それって、あの『拳銃保管措置』の対象者とするかどうか、ですよね？」

「そのとおりです」

――警察官の拳銃は、組織として厳重に管理されるが、片面で、警棒等の装備品同様、貸与品でもある。だから、物理的には頑丈な保管庫にズラリと収納されるが、理論的には、各警察官個人が借りているものである。ところが近年、メンタルヘルスの問題が急浮上してきたことに伴い、『必要な場合はこの個人貸与を見直し、一時的に組織が回収し、拳銃保管措置をとる』仕組みができた。要は、危険な兆《チョウ》が見受けられる警察官については、『不適正使用』をされてしまう前にとっとと取り上げろ――という組織の自衛システムである。それが拳銃保管措置だ。

（そうすると、県警本部の人事係《ヒトゴト》は、それだけ年野警部補の精神状態を危ぶんでいたことになる……それも左遷絡《がら》みか？　年野警部補の失敗なり、所属長の激怒なりは、それだけ深刻なものだったのか？

ただ、それにしては左遷後の勤務実態が、マトモすぎる感もある。まして今の話からすれば、その勤務ぶりのマトモさを証言していたのは、あんな『備忘録』を書いた――だから年野警部補を嫌っていたはずの――青崎巡査自身だ）

――そして眼前の晴海管理官は、これまでの話を聴くに、極めて聡明《そうめい》な警察官だ。組織管理者としても、精一杯のことをしているのがよく解る。その彼女がアッサリ、年野警部補は大丈夫だと、特段の問題はないと言い切る。なるほど、交番の実績という『客観的根拠』と併せ考えれば、晴海管理官のいっていることが道理だし、この老練な警視が、そうそう騙《だま》されたり、兆《チョウ》を見逃したりすることはないだろう。

（……いよいよ解らなくなってきた。人事係と厚生係の懸念。晴海管理官の人事管理。これまた矛盾だ。両者の年野警部補像は、あからさまに異なる。

これは……そうだ。まさに、青崎巡査の人物像と一緒。それと一緒の矛盾。青崎巡査の、備忘録の告発と実際の勤務態度。あれとほとんど一緒の矛盾だ……）

――いったい、年野警部補と青崎巡査は、どのような警察官だったのか？

理代は、それすらもまだ全然描けないことに苛立《いらだ》った。

ただ、理代の今の立場からして、それを描くには、もっと晴海警視の話を聴く必要がある。彼女は嘆息《ためいき》めいた深呼吸をしてから、直情《ちょくじょう》を抑え、どうにか冷静に訊いた――

「その、拳銃の保管措置については、どう回答されたのですか？」

「まったく必要ないと。保管措置対象者とは認められないと。そう断言しました」

「それは、やはり、牟礼駅前交番において、年野警部補がキチンと仕事をしていたから」

「そのとおりです。それは客観的な実績として、数値で、あるいは書面で証明できます。ただ、もちろん私は豊白署の〈地域〉の総責任者です。人事にそうまで断言した以上、年野係長の拳銃使用については、特に入念な注意を払うようにしていました。具体的には、日々交番を巡視する都度《つど》、拳銃だけではギラつきますから、『年野係長の装備品の現状を、本人に眼の前で提示させて確認する』のを私のルールとしていました。

まさに昨日の巡視のときも——あれは午後八時か、午後九時だと思いますが——拳銃を自分で採り出させ、弾倉も開けさせ、異常がないかどうか確認しています。私は執拗《しつよう》な方ですから、仮眠室の拳銃保管庫の清掃状況も——仮眠するときに一時的に拳銃を保管するダイヤル式金庫ですが——確認しました。それが、ええと、午後九時〇五分近くですね、間違いありません。というのも、年野係長がすべての装備品を、私の眼の前で納め終わったそのとき、一一〇番指令が入電したので。それは牟礼駅前交番近くでの、女子高校生に対する強制わいせつ未遂でした。だから時刻をよく憶えています。そして無線とマンロケに異常がなかったのなら、年野係長と青崎係員は、他の警察官とともに、二二四〇《フタフタヨンマル》近くまで、その事案対応に従事していたはず。その後交番に帰所したのが、二《フタ》二五五《フタゴーゴー》頃。

まとめると、私は〈牟礼駅前交番事案〉が発生する約二時間前に、年野係長と接触していたことになります。その接触においては、私に対する態度にも、一一〇番指令に対する対応にも、架かってきた警察電話に対する対処にも、大きな異変はありませんでした。ですので、もし私がもっと深夜に巡視をしていたならと、実に悔やまれますが……」

理代は一瞬、話の流れをロストした。新しい言葉が混じったからだ。彼女は訊いた。

「今、『架かってきた警電』といったようなことをおっしゃいましたが、それは――」

「ああ、申し訳ありません姫川室長、突然の言葉で、何の説明もしていませんでしたね。――私が年野係長の装備品を確認していたとき、警電が一本、牟礼駅前PBに架かってきたんです。通話時間は長くありません、三分強、五分弱といったところでしょう。そして、年野係長のくだけた口調からして、『親しい同僚』といった相手方からの警電だったようです。相手方はもっと話していたかった様ですが、さすがに上官の私が眼の前にいますから、ある程度話をした時点で、年野係長の方から『今扱《アッカ》いが入っているから、またこちらから架け直すよ』『ずっと御無沙汰《ごぶさた》だったのに済まんな』『もうハコの人間にわざわざ教えてくれて、ありがとう』と警電を切りました。それが『架かってきた警察電話に対する対処』の意味です」

「警電は、一般回線からの架電と部内《ブナイ》からの架電が識別できますが、その通話にあっては」

「コール音から、警察部内からのものでした」

「ナンバーディスプレイは、ありませんよね」

「交番のヒラ警電ですから。あれには液晶画面などありません」

「時間的には、ええと、先のお話から、午後九時少し前ということになりますか？」

「そうですね、厳密ではありませんが、午後八時半以降、御指摘の時間までの間のいつかです」

――理代は考えた。それくらいの時間であれば、相手方は、残業をしていた警察署の私服であっても、あるいは残業をしていた警察本部の私服であってもおかしくはない。もちろん、他の交番の勤務員であってもおかしくないが、『ずっと御無沙汰だったのに済まんな』『もうハコの人間にわざわざ教えてくれて』云々《うんぬん》というのであれば、相手方は刑事仲間――年野警部補が県警本部の刑事だった頃の同僚だと考えるのが自然だ。理代は更に訊いた。

「通話内容で、聴きとれた部分はありますか？」

「いえ残念ながら。警電はあまり音漏れがしない上、大声の相手方でもなかったので。ただ、年野係長の相槌《あいづち》は……あれは確か……」

晴海警視はそっと瞳を閉じ、しばらく無言になった。その瞳の閉じ方や首の傾《かし》げ方に、理代は、自分のような小娘とは違う何かを――敢えて言えばドスと品格が絶妙に配合された年季を感じた。だから理代も無言になった。晴海警視が微《かす》かに頷《うなず》いて言葉を発したのは、概《おおむ》ね五分後のことだった。

「必ずしも正確とは言いかねますが、年野係長は、このような言葉の断片を、相槌として話していました――ええと――『ああ、二日前の話な』『やっぱり確定か』『若手の育成は大事だ』『若い血が優先だ』『むしろサッパリしたよ』等々と。思い出せるのはこの五つしかありません。申し訳ありません」

「いえ、とんでもないです、思い出していただいて有難うございます」

——理代はしばし訝《いぶか》しんだ。

（ずっと御無沙汰だった、という趣旨はまあ解るが……『二日前の話』『確定』とは何だろう？　あるいは、ずっと御無沙汰なる状態と、二日前なる日程とは、どう両立するのか？）

理代は晴海管理官に訊いた。

「事件の夜の二日前、年野警部補に何かあったのでしょうか？」

「いえ、記憶する限り、特異動向は把握していません」晴海警視は断言した。「二日前といえば、年野係長は二十四時間勤務を終えた後の非番ですから、早朝ないし午前中以降は、私生活に戻ります。そういえば、退勤前に当署の署長室に呼ばれたか、自ら出頭したかしたようですが、私はその後ろ姿しか見ていません。そしてそれ以降は、姿そのものを見ていません」

「ならば晴海管理官は、『ああ、二日前の話な』『やっぱり確定か』といった五つの相槌の意味、お解りになりますか？」

「解りません。そもそも部下職員の、私に無関係な通話ですので」

「そうですよね、あまり聴き耳を立ててるような真似はできませんよね」

「ただ、その警電での会話の冒頭……そうですね、そうです。冒頭一分の時点で、年野係長の顔から明らかに血の気が引くのは目撃しました。そうです。思い出しました。だからこそ私は、上官の自分の眼前で、まあ私的な通話を、五分弱も許す気になったんです。警察文化からすれば、上官の眼前で私的な通話はまさかしませんし、このようなときは受話器を採ってすぐ『すみません折り返しで願います』と告げてガチャリと切るのが一般ですから。ただ」

「晴海管理官は、その警電にいわば必死さを感じた。部下職員が顔色を真っ青にするような必死さを。だから敢えて制止はしなかった」

「そうです。私は先刻、年野係長の態度・対処に大きな異変はなかったと言いましたが、敢えて言うなら、その顔色の変化は、そうですね、中程度の異変でした。しかもそれは数瞬のことで、顔色以外は――例えば口調だの仕草だのは平静で、落ち着いていた様子だったのです。大声も上げなければ激昂《げっこう》もしなかったし、あるいは絶句したり茫然自失《ぼうぜんじしつ》となったりすることもありませんでした。喩《たと》えるなら、長く重病を患っていた家族がとうとう亡くなった――そんな感じの顔色であり口調であり仕草でした。

そしてもちろん、その警電の通話が終わってからも、私に対して奇異な言動をすることは皆無でしたし、先に申し上げた、強制わいせつ未遂への臨場まで、上官に対する礼を失するようなことも皆無でした」

（長く重病を患っていた家族がとうとう亡くなった、か）理代は思った。（顔色と合わせると、それは凶報の類《たぐい》だろう。それもかなりの確率で、元の同僚からの凶報だ。しかし『若手の育成』云々《うんぬん》が、何故年野警部補にとって凶報となるのだろうか……

……いや、それは確かに気になるが、大事なことを忘れていた。

年野警部補は『被害者』だ。凶報の類があったからといって、だから射殺されるということにはならない。そんな因果関係はありえない。被疑者に凶報の類が入って、だから自暴自棄になったとかいうなら話は解るが、年野警部補は殺された側なのだ。殺した側じゃない）

——すると、その理代の気持ちを読んだかのように、晴海警視がいった。

「すみません、話が逸《そ》れましたね。姫川室長がお訊きになりたいのは、『年野係長の人物像』だったのに」

「いいえ、私も少し細部に入り過ぎました。なので少し、角度を変えさせてください。

年野警部補は、どんな性格の、どんな気質の警察官だと思われましたか？」

「——私は、自分が豊白署の〈地域〉に着任してからしか彼を見ていません。彼が牟礼駅前ＰＢに配置されたのは二年前の二月二八日ですが、私自身の着任日は去年の六月一六日ですから、彼を見てきたのはここ一年弱となるわけです。これは長いようですが、署と交番は離れていますから、私達の関係は、普通の管理職と普通の係長の関係より、もっと希薄になってしまいます。

それを前提として言えば、『失意のうちにあり、立ち直ってはいないが、自分の仕事はキチンとこなす』そんな人物でした。もっと性格的な要素を挙げれば……ガラッパチな、いかにもな刑事ではありませんね。理知的で、コツコツと実務を積み上げるタイプ。職人としてのプライドもあり、周囲の期待も解っている。後継者の育成もするが、そこは職人らしく、やや頑固で昔気質《むかしかたぎ》のところがある。こんな感じでしょうか」

「失意のうちにあり——ということは、全般的に元気ではなかったと」

「それは異動の事情から当然です。ただ、精神的な病気を感じさせるほどではありませんでした。睡眠導入剤を服用している旨は、本人から申告がありましたが、これは、三交替制をとる不規則な〈地域〉勤務においては、あまりめずらしくありません。たぶん医師であっても看護師であってもそうでしょう」

「成程《なるほど》……

あと、今のお話で、後継者の育成について『頑固で昔気質』という言葉がありましたが、ひょっとしてこれが、晴海管理官のいちばん懸念されていることではありませんか？」

「……私自身、まだハッキリと言語化できてはいないのですが。

直感としては、それこそが〈牟礼駅前交番事案〉の核心であり、鍵だと思っています」

「それはすなわち、年野警部補と青崎巡査の物語の核心であり、鍵ですね？」

「そうです。またそれはすなわち、青崎係員の『備忘録・放置書類』と『勤務態度』の矛盾を解くものでもあります——

——姫川室長、憶えていますか、私はあのホットラインで、『年野警部補の指導がパワハラ的・セクハラ的だった可能性がある』という話をしました」

「はい、とても特徴的な言葉だったので、よく憶えています」

「この〈牟礼駅前交番事案〉。

もっといえば、年野係長と青崎係員に纏《まつ》わる幾つかの矛盾。

例えば、青崎係員について言うなら、備忘録での告発内容と、実際の能力・勤務態度がまるで違うという問題――

これは結局のところ、年野係長の指導の失敗――あるいは年野係長の指導が招いた誤解によるものではないか。私はそう感じています。もちろん、それは私自身の指導の失敗であるという大前提で、そう感じています」

「年野警部補の指導の失敗――とおっしゃるのは？」

「警察の男だったということ」

「……え？」

「どこまでも、警察一家の男だったということです。

その役割を演じ、いいえ、その役割を当然視し、一家の家長《かちょう》としてふるまったということ。裏から言えば、青崎係員にも、警察一家の娘としての役割を演じさせようとし、それを当然のことだと思い、また、娘としてのふるまいを強制したということ」

「……すみません、ちょっと理解が追い着かなくて。突然、抽象度が上がった気がします」

「でしょうね。

これは、私の警察人生三〇年強で、私がずっと感じてきたことの、言語化であり総括であり——だからモデル化であり抽象化ですから」

「年野警部補が、どこまでも男だったから、これは起こった——話の流れだけからすれば、成程《なるほど》、だからセクハラ・パワハラがあった可能性があるんだ——と結論付けられそうな気もしますが、でも、晴海管理官がおっしゃる『警察の男』『警察一家の男』『その役割』『一家の家長』といった言葉のニュアンスが解りません。だから結論が、申し訳ありません、すごく飛躍している気がします」

「失礼ですが、姫川室長は、警部補から警察人生を始めたのですよね？」

「はい、それが警察キャリアの常です」

「交番にもおられた」

「申し上げたとおりです」

「もちろん、交番だから、警部補より上の階級にある警察官などいませんでしたね？」

「はい」

「そして警察庁では、官僚として仕事をなさってきた。

確か、男女を問わず、月二〇〇時間以上の超過勤務はザラだとか」

「はい」

「その警察庁の実働員は、誰もが既に警部ですね？」

「はい。もっとも、仮に私のように警視となったところで、定年延長等で上《ウエ》が詰まっている今の時代だと——だから若手の昇任がどんどん遅くなっている今の時代だと、やることはヒラ警部とほとんど変わらないのですが。そこは現場と大きく違うところです」

「しかし警視として、まさに今のように都道府県警察の現場に出れば、風の噂で聴くように、警視正の部長にすら平気で異を唱えられ、平気で抵抗することができる。それ以上の階級になったら、当県の深沼本部長を見るまでもなく、独裁官としてふるまえる」

「……ええと、私は警察キャリアの中でも直情的な方なので、あまり一般化できないとは思いますが——確かにキャリアは、叩き上げの現場警察官より、言論の自由を認められていると思います。こうして何度目かの現場勤務を経験していると、言葉はともかく、それがキャリアの特権であり、また義務だと感じます」

「そこですよ、姫川さん」

「……というと？」

「あなたたちは、結局、このムラの、この旧家《きゅうか》の構成員ではないんです。あなたたちは、進んだ都会からきた異邦人、異人さん。珍奇なお客様。

このムラは違う。警察一家というムラは、昭和戦前期の旧家そのものです。そこには厳然とした身分制度があり、家父長制《かふちょうせい》があり、言葉は陳腐《ちんぷ》ですが男女差別があります。それは、失礼ながら警察キャリアの姫川さんには、頭では解るとしても、肌では絶対に解らないこと。すなわち姫川さん、あなたは都会なり外国なりで、男女同権の下で——どちらとも奴隷ならそれも同権でしょう——男も女もなく、なにかとして仕事をし、なにかとして生きていられる。

でも、私達現場の警察一家では、それは絶対に許されないこと。

この澱《よど》んだ旧家では、男女同権などありえない。

男は誰もが家長で、女は誰もがその娘です。

男は誰もが保護者で、女は誰もが子供。

男は誰もが守る者で、女は誰もが守られる者――」

「ひょっとして、それが晴海管理官のおっしゃる『警察一家の男』の『役割』」

「そのとおり。そしてその掟《おきて》が男の頭から一掃されることなど、未来永劫《みらいえいごう》ないでしょう」

「……必ずしも賛成できませんが、ならばそれを〈牟礼駅前交番事案〉に当てはめるとどうなるのですか？　年野警部補と青崎巡査の、その旧家における物語とは？」

「警察の男は、警察の女を、自分と一緒のなにかとしては絶対に見ません。

それは一家の娘で、一家の子供で、一家を挙げて守るべき弱者なんです。

それを、無意識の、確固たる上下意識と呼んでもいいし、確固たる保護者意識と呼んでもいい。そう、それは意識的な男女差別とか女性蔑視《べっし》とかではありません。警察一家に、警察の男のDNAに染み着いた、先天的な――正確には、警察官の文化に同化してから起動した――プログラムなんです。だから私は、何も年野係長だけを槍玉《やりだま》に挙げようとは思いません。それは警察の男すべての、行為規範なんです。

それを前提とした上で。

このプログラムが、〈牟礼駅前交番事案〉においてどう発現したか、というと――

――年野係長は、まさかセクハラ・パワハラなどをしようとした訳ではない。彼がしようとしたのは、どこまでも子供で、娘で、だから保護者として守らなければならない青崎係員に対する、プログラムにしたがった指導監督です。躾《しつ》といってもいい。誰だって、自分の娘には厳しくなるでしょう。期待しているから。躾《しつ》けなければならないから。無事に成長してほしいから。そして彼は、警察の男です。無数にいる家長のひとりです。そこに言葉は必要ありません。あるのは『身分』と『背中』です。旧家においては、家長を範《はん》として、その背中を見て子供は育つもの。家長は細かいことをガミガミ言うべき存在ではないし、子供は家長の絶対的なふるまいをトレースして、後継者になることを求められる。だから具体的には、書類にしろ職質にしろ巡連にしろ相談にしろ、『俺の背中を見て学べ』ということになる。年野係長にとってそれは当然のことだし、それ以上の言葉は必要がない。だって相手は対等の大人ではないから。子供で、娘だから。百歩譲って理解できないことがあれば、『目上の者に礼を尽くして教えを請え』ということになる。それまでは、もちろん家長の側から何を言う必要もない。はたまた、娘を人前で叱責《しっせき》するというのも、一家の気風を守り、お客様に対する一家の品格を守り、はたまた、娘の成長をうながすための試練といえる」

「その、いわば家父長制に基づく上下意識が、具体的には、青崎巡査の仕事上の不満につながるということですか？

言葉はともかく、上官は何も教えてくれないと。自分で求めて学べと言われるだけだと。自分は放置されていると」

「そうです。そして自分の子供というのは、客観的に教育できないものですよね。親が勉強を教えるというのは、親子の関係性からすれば非常に難しい。だから塾なり予備校なりがこれだけ流行《はや》るのでしょう？　だから親は常に『勉強しているか』『勉強しろ』『そんなことで大丈夫か』――と言うだけの存在になる。

もちろんそれは、子供を愛していないからではない。むしろ真逆です。溺愛《できあい》しているからこそ、あるいは少なくとも期待しているからこそそういう態度になってしまう。これもまた、『警察の女を対等に見ていない』ことからくる現象です」

「それが、パワハラ的諸問題に見えてしまうと。なら、青崎巡査の備忘録にあるセクハラ的な諸問題についてはどう解釈できるのですか？」

「まったく同様のモデルから解釈できます。すなわち、真っ当な親なら――まあ警察には『近親相姦』を好むクズもいますが――娘の躯《からだ》を触ったり、娘の着換えを目撃してしまったり、娘の服装を直したり、あるいは娘の隣に寝たり――ここまでは記載されていませんが、例えばです――そうしたことで、性的好奇心なり欲情なりを感じたりはしないでしょう。生理の話についても同様です。男として遠慮は感じるでしょうが、まさか嫌がらせなり辱《はずかし》めのために口にしたりはしない。

すなわち、警察の男として、一家の家長として、それらの行為は、あまりにも当たり前といえる。まさか非倫理的ではないし、年野係長の主観としては、セクハラ意識なんてものがあろうはずもない。ここで両者の年齢を、もう一度考えてください――まさに五三歳と二三歳。三〇歳のときの子供と考えれば、親子そのものですよ」

「すると、晴海管理官の『警察一家モデル』『警察家父長制モデル』からすれば、仮に備忘録に記載されていることが事実だとしても、それは性的なものではなかったし、ましてセクハラなどではなかったと」

「そうです」

「……あの、ちょっと、また解らなくなってきたのですが。

今朝方のホットラインで、晴海管理官は、むしろ年野警部補の『セクハラ的・パワハラ的』な行為を、言葉はともかく、告発する感じで訴えておられました。また、晴海管理官があのとき、刑事部長を始めとする県警本部の判断を非難していたこと――つまり青崎巡査を弁護しようとしていたのは明らかです。

ところが。

今のお話をうかがっていると、晴海管理官はむしろ、年野警部補の方を弁護しているような、そんな感じすら受けます。その話の流れが、私にはよく解りません」

「――私は確かに、青崎係員の名誉を守りたいと考えています。

ゆえに、敢えて責任論をするなら、〈年礼駅前交番事案〉においては、年野係長の側により大きな非があると考えています」

「しかし晴海管理官は、年野警部補にはパワハラの故意も、セクハラの故意もなかったと解釈しておられる」

「そうです。

　これは過失の問題であり、もっといえば、システムエラーの問題なんです。

　だから私は、年野係長個人を強く非難するつもりはない……そんなことできはしない。なるほど年野係長には過失があったけれど、それは、『警察家父長制モデル』に忠実に遵《したが》ったがゆえの過失であり、だから、個人の性格とか行為とかに起因する過失ではないんです。その意味では、年野係長もまた、被害者としての側面を持つ。〈牟礼駅前交番事案〉は、そういえる事案です」

「その、年野警部補の過失とは？」

「現代の女を理解できなかったこと。

　あるいは、『警察家父長制モデル』はもう現代の女に通用しないと理解できなかったこと。

　故に私は、年野係長のことを『頑固で昔気質』と表現しました」

「……晴海管理官が考える、現代の女とは？」

「もちろん、姫川さんのようななにかです。

　裏から言えば、娘でも子供でも弱者でもない、男と一緒のなにかです」

「男と一緒のなにかなら、それはつまり男なのでは？」

「それは東大法学部を出て、一流官庁で総合職のＯＬをやっている姫川さんの方が、より正確に理解できるのではないかと思いますよ。

私は、警察一家で三〇年強、躾けられてきた娘です。気恥ずかしい言葉ですが。

しかも、私は素直な娘ではなかった。娘であることも、子供であることも、弱者であることも拒んだ。男と一緒のなにかになりたかった。だから女を捨てて、我《が》武《む》者羅《しゃら》にやってきた……

だから、自分自身でも解らないのです。

果たして自分は、そのなにかになれたのか。

あるいは、自分は、ひょっとしたら『警察一家の男』になってしまったのか。

……たぶん後者でしょう。

私は警察一家の保護者意識にも、男女の上下意識にも叛逆《はんぎゃく》するために、過剰に『警察一家の男になること』を選んだ。そしてもう人生の先は見えている。今更それ以外のなにかになれはしない。そのことは、こうして、そのなにかである姫川さんを見ていると、いっそう強く感じます。

だから。

私も年野係長も、実は同罪なんです。

あの明るくて、マジメで、潑剌《はつらつ》としていて、まだ警察組織に夢を抱いていたであろう青崎係員の気持ちを、何も解ってあげられなかったのだから。だからあの備忘録を読んで、これほどショックを受けているのだから」

「晴海管理官自身も、結果として『警察の男』になってしまったから、現代の女である青崎巡査の気持ちが理解できなかった。それがあの備忘録にあるような状況につながり、とうとう〈牟礼駅前交番事案〉として爆《は》ぜた。そういうことでしょうか？」

「そう考えます。

私達はどこまでも男として、青崎係員に、現代の感覚からすればきっと耐え難いような我慢を強いた。娘であり、子供であり、弱者であるという役割を強いた。それがきっと、学校席次二番の、優秀だったあの子には、耐え難い屈辱だったのではないかと思うのです。

だからそれは私の過失で、年野係長の過失で、すなわち警察のシステムエラーなんです。

彼女が死んでしまってから、こんなことをどれだけ総括してもまるで無意味ですが」

「まとめると、青崎巡査の考える女性警察官像と、年野警部補の考える女性警察官像には、大きな齟齬《そご》があった。青崎巡査は、備忘録にあるとおり、それに耐えられなかった。年野警部補には、悪意も故意もなかったが、結果として、セクハラ的・パワハラ的な行為となるものをしてしまった。そうした両者の深刻な誤解が、とても残念な事件につながった——

これでよいでしょうか？」

「私の現時点での総括というなら、まさにそのとおりです。

だから私は、その限りにおいて年野係長を告発するし、その限りにおいて青崎係員の名誉を守りたい。これがあなたと語り合いたかったこと」

「……私は、確かに、晴海管理官のおっしゃるなにかかも知れません。女警は女警ですが、自分が女であることを職場で意識したことはないし、自分が娘として扱われているとか、子供として育てられているとか、弱者として保護されているとは、まさか思えません。

だから、そうですね……

晴海管理官の総括を、この身の実感として、リアルに感じることができないのです」

「それは、ほほ、まさにあなたがそのなにかだからではなくて？」

「かも知れません。

晴海管理官。

晴海管理官が、そうした『警察家父長制』『男女の上下関係』『保護者意識』といったものを、ずっと感じてこられたのは何故ですか？　その御経験というか……」

「それなら枚挙《まいきょ》に暇《いとま》がありませんが、例えば。

婦警は可愛がるもの。これは『女警』なる用語が生まれた今でも、そう変わってはいない文化だと思いますよ。より具体的には、かつて婦警は交通しかやらせてもらえなかった。PCを運転することもできなかった。交番勤務をするとしても、日勤だけで、まさかハコに泊まるなんてこと、誰も考えつかなかった。もっといえば、これは比較的最近までそうだったけれど、婦警はそもそも拳銃を携帯できなかったでしょう？」

「そうですね。私の先輩からは、警察庁内でも『腕力的に弱い婦警に拳銃を持たせたら強奪リスクが高まる』という派閥と、『腕力的に弱い婦警こそ拳銃によって護身する必要がある』という派閥がながいこと内ゲバをしていて、その神学論争のあいだ、婦警は拳銃を持って勤務することができなかったんだと、そう聴いています」

「捜査員の泥仕事はさせられない。PCで緊急走行させられない。PBで二十四時間勤務させられない。拳銃なんて以《もっ》ての外《ほか》……」

それが過剰な保護者意識でなくて何でしょう？

なるほど理屈は解ります。警察一家の理屈は。

捜査員というなら制圧も検挙もある。マル暴事務所のガサもある。シャブ中にいきなり殴り殺され、刺し殺される。泥酔者に唾《つば》や吐瀉物《としゃぶつ》を吐きかけられる。変死事案では男を丸裸にしなければならないし、感染症の危険もある。緊急走行には、巻き込み事故のリスクと、もちろん殉職《じゅんしょく》のリスクがつきまとう。二十四時間勤務においては、夜間になればなるほど暴力沙汰が増える。まして拳銃を強奪されてしまったとなれば、いきなりその子の警察人生は絶たれる……

だから男が守ってやらねば。

それは解ります。ましてそれは善意でした。ひょっとしたら正義だったかも。

けれど……

二八歳女警の姫川さんが解っているように、今、これらの正義はまるで真逆になっている。女性刑事でなければできないことがあるし、ＰＣどころか女性の白バイ隊員もいる。ＰＢでの二十四時間勤務は当たり前。もちろん誰もが拳銃を携帯しているでしょう？

だから、正義は変わる。善意の在り方も変わる。変わらなければならない。

……私自身、昔ながらの善意と正義、すなわち『保護者意識』には、強い違和感と抵抗感を憶え続けてきました。いえ、ずっとそれと戦ってきたと言えるかも知れない。女を演じることと戦い、子供を演じることと戦い、弱者を演じることと戦い……

要は、役割と戦ってきた。望まずに強いられた役割と。

でも私ひとりでは、大きな時代の流れや、組織の善意なり正義なりを変えることはできない……だから、その家父長制の中で、やっぱり男たちが期待する『婦警』を演じながら、その役割強制に吐き気を催しながら、少しずつ、少しずつできる抵抗を始めていった」

「そして当県初の女性警部補、初の女性警部、初の女性警視になった」

「出産も、だから育児も諦め、家庭まで壊してね。そしてとうとう――」

制服姿の晴海警視は、冗談めいた所作《しょさ》で、腕をかざして力瘤《ちからこぶ》を作った。

「――自分が吐き気を催していたはずの、警察の男になっちゃったのよ」

「それは、でも……だけど」

「あれほど弱者として扱われることを――それが私の『女としての生きづらさ』だったけど――忌《い》み嫌っていたのに、そんな私が、小百合《さゆり》ちゃんの『女としての生きづらさ』を、何も解ってあげられなかった。

あのホットラインでは、年野係長を悪者にしてしまったけれど、やっぱり〈牟礼駅前交番事案〉の責任は私にあるのよ。それは私が警視だからとか管理職だからとかいうんじゃなくって、同じ女として、当署にたったひとりの交番女警を救うことができなかったから。

姫川さん、いえ姫川監察官室長。これが私の話したかったことです」

……桜橋交番の二階和室は、しばらく沈黙につつまれた。

理代は、晴海警視の証言を、ずっと脳裏で検証し続けている。

それを、どこか不思議な瞳で眺めていた晴海警視は、やがて思い立ったように、和卓の下座から離れた。彼女は、掛け軸も壺《つぼ》も花もない、殺風景な床の間に躙《にじ》り寄ると、その片隅にちょこんと置かれていた、実働員用のヒラ警電を採る――

「――もしもし夕子ちゃん？

二階の晴海です。選手交代よ。上がって来てくれない？」

和室のドアが、開き。

さっき交番のカウンタにいた、警察官とは違う制服を着た女性が、三和土《たたき》でパンプスを脱いだ。手にはお盆を持っている。お盆には来客用の茶菓がある。

(交番相談員の女性だ)

理代は、改めてその女性を観察した。

一階で受けた印象どおり、理代より二周りほど年上の、小柄な女性である。年相応の落ち着きと生活感があるが、どこか、可愛らしい印象も受ける。

(交番でも警察署でも、男の警察官に好かれるタイプだ。甲斐甲斐《かいがい》しく、素直で、笑顔が優しい。それでいて、動作がキビキビしている)

——すると、その交番相談員はいった。

「すみません、ずっとお茶もお出しせずに」

「御免《ごめん》なさい、姫川室長」晴海管理官がいった。「それは私が命じたことなんです。まずは姫川室長と私で、じっくり話をしたかったので。ただ、これまで縷々《るる》申し上げてきたことは、飽くまでも私の個人的な意見——いえこれは役人的な逃げ口上《こうじょう》ではなく、私だけの、主観的な、視点の限られた、だから検証のできないものという趣旨です。ですので。

これから、私以外の関係者からも、どうか話を聴いてください。もちろん視点が違いますから、私の話と矛盾したり、私の話と辻褄《つじつま》の合わないことも出てくるかと思います。そもそも私自身、ベッタリと当事者。とても冷静とは言い難《がた》い。だからまずは、当署の交番相談員で、私の部下でもあり、当然青崎係員の同僚でもあった、夕子《ゆうこ》ちゃんの話を聴いていただけませんか。できるだけたくさんの視点から、青崎係員の姿を描くことで、それがだんだん正しい方向に収束し、真実に——あるいは真実に極めて近いものに——なってゆくと思うのです。またそれは当然、〈牟礼駅前交番事案〉の真実に近付くことでもあります。よろしいでしょうか？」

「もちろんです、晴海管理官。むしろ、いろいろ段取りしてくださって嬉しく思います」

「じゃあ改めて。

夕子ちゃん、こちら、県警本部で監察官室長をしておられる、姫川理代警視。

姫川室長、こちらは当署で交番相談員をしている、菊地《きくち》夕子さん」

菊地相談員が茶菓の支度を終えながら、にこやかに頭を下げる。

理代もまた、いただきますと、ちょうどよい熱さに整えられた緑茶を遠慮なく飲みながら、かるく頭を下げた。

「さて夕子ちゃん、私、夕子ちゃんの代わりに一階に下りるから」

「えっ、管理官がですか、交番復帰ですか⁉」

「警視が立番《りつばん》しちゃいけないって法令はないわ」

「しかも立つ⁉」
「初心に帰って、立番をしながら、ちょっと頭の中、整理してみたいのよ。
そう、私がまだ駆け出しの巡査だった頃に、ちょっとだけ帰って」
「……わ、解りました。
まあ管理官なら、どの男の警察官より、立派な職務執行ができますもんね」
「では姫川室長、また一階でお会いしましょう」
晴海警視は、さすがに管理職だけあって、カチコチした敬礼はしなかった。会釈《えしゃく》とも
とれる、わずかな室内の敬礼だけをして、制帽を被り、交番の二階和室を後にする。
（たぶん、青崎巡査のことを、もう一度独りで考えたい。そう思ったんだろう。
けれど、管理職の自分がいることで、この菊地さんが自由に喋れなくなる――という
配慮もしたに違いない。そこは老練な警視のやることだ）
すると、菊地相談員が、晴海警視の使っていた座布団に楚々《そそ》と座りながら、やはり笑
顔で語り始めた。やっぱり年齢の割に、どこか若やいだ感じがある。というか解放感が
ある。それは、県警本部でも警察署でも、まず感じられないものだ。
もっといえば、几帳面《きちょうめん》な管理職である晴海警視とは、まるで違ったやわらかさがある。
「――ええと、あの、豊白署の交番相談員の、菊地夕子です。
落ち着きが足りないって、晴海管理官にはいつも怒られていますが、いちおう四四歳
です、ちなみに既婚者です」

「じゃあ大先輩ですね」理代は敬語でいった。「私、まだ二八歳の小娘なので」

「でも東大卒の、バリバリのキャリアなんですよね⁉

しかも、もう所属長だなんて、すごいです……私なんか、巡査部長で結婚退職しちゃったので、警視どころか警部のお仕事も、まるで想像できなくて」

「それじゃあ、御結婚を機に？」

「ええと、正確には長男の育児を機に、ですけど――

はい、キレイさっぱり脚を洗いました。ヤクザな世界ですもんね、警察。

ところが、旦那《だんな》の稼《かせ》ぎが、これまた全然足りなくて。子供の教育費も、バカにならなくて。

スーパーとかにパートに出てもいいんですけど、やっぱり古巣の方が、そこそこ仕事が解りますし、交番相談員って、今更姫川室長に御説明するのも変ですけど、非常勤の公務員なんで……だからぶっちゃけ共済年金も割がいいし、健康保険の負担も減るしで。で、なんだかんだいって、ヤクザな世界に帰って来ちゃいました」

（これもまた、女性警察官の典型像だ。

晴海管理官のように『警察一家の男になる』のがひとつの極。

そして他方の極に、『女になるため警察一家を去る』というのがある……）

理代は、それへの興味と、場を和ませるための雑談として、質問をした。

「菊地さんは、晴海管理官のこと、どう思います？

あ、いえ監察官室長としてとかじゃなくって、同じ女として、とても興味があって」

「あは、いいです姫川室長、そんなに気を遣っていただかなくても。

私、所詮《しょせん》は非常勤ですから。パートですから。だから正直、姫川室長のことも、なんていうか、恐くありませんし、ウチの晴海管理官とも、上官と部下っていうよりは、PTAの仲間みたいな感じですから——

あ、それで、ええと、晴海管理官のことですね？

——私にはとても真似ができないと思います。とにかくすごい、って思います。

それは、巡査・巡査部長だった頃から思っていたんですけど——あっ私、ある署の交通課で、晴海管理官と一緒に働いていたことがあるんですよ——でも自分が結婚して、出産して、子供をふたり育てた後だと、もっと考え方が変わりました。

晴海管理官はすごいなんてもんじゃないって。晴海管理官が頑晴ってきた地獄と比べたら、私なんか何も言えなくなるって。すごくそう感じるんです、とりわけ最近」

「じ、地獄」

「……晴海管理官からは、今日、姫川室長には何でも喋っていいと、無礼講《ぶれいこう》だといわれています。だから全部ぶっちゃけます。

晴海管理官って、お子さん、赤ちゃん、三回堕《お》ろしているんですよ」

「そ、それはまた厳しいというか、お辛《つら》いというか」

「躯《からだ》もそうですけど、精神的に限界だったんじゃないかなあ……

なあんて、偉そうに思うんですよね、四四歳・出戻り非常勤としては」

「……晴海管理官は、もちろん望んで堕ろされた訳じゃないですよね？」

「もちろんです。

あっ姫川室長、言い忘れましたが、敬語は止めてください。晴海管理官に怒られます」

「解りました——解ったわ、菊地さん。

ええと、それじゃあ、晴海管理官には、子供を産めない事情があったと」

「もちろん。

というか、私の世代でもかなり難しかったですね。申し上げたとおり、私は四四歳で、五二歳の晴海管理官とは一周り違いますけど……状況は、ほとんど一緒だったと思います」

「やっぱり仕事が大変で？」

「そうですね、管理官は、男以上の激務をこなしておられたから……

そもそも、育児休暇はおろか、出産休暇すら使われていないっていうか、使えない時代でしたし」

「それは、実働員が減るからとか？」

「そうですね、現場って慢性的に人不足だから——県警本部とか人奪いすぎなんですよ——いきなり警察官の定員マイナス1っていうのは、交番《ジュッカ》とかのシフトに直結するし、当直班の編成にも影響が出るし、交通安全運動とか術科訓練強化月間とか暴走族取締り強化月間とか指名手配被疑者捜査強化月間とか――警察って毎月月間やっているんじゃないかなあ――あとひょっとしたら捜査本部とか、そうしたイベントへの人出しにも困るようになるんです。

それに、警察って組織力が強いようで、実は個人商店みたいな面が多いから、ある女警がずっと担当してきた被害者とか――被疑者でも相談者でもいいですけど――それをカンタンに引き継ぐとか、ちょっと無理なんですよね。誰もが事件の一件書類とか、相談の一件書類とかを個人で抱えていて、あまりヨコのつながりなく、コツコツ、コツコツ、時に年単位で、自分だけの責任でやっている。だから、いざ出産とか育児とかいうタイミングで、じゃあ誰に引き継ぐかっていうと、誰にも引き継げないんです。引継ぎのシステムとかルールなんてないから、上官が調整してくれないと――まずしてくれないですけど――個人の伝手《つて》とネゴしかない。でも頼もうとするその相手の立場に立ったら、相手も自分と一緒で、何かの一件書類を机一杯抱えているんですよ。それはお互い死ぬほど解っているから、まず、『誰に』『どうやって』切り出すのかだけで大問題ですよね。で、仮に引き受けてもらえたとして、じゃあ今度は『この被疑者にはこれこれこれこういう経緯でこういうことをしていて、この被害者とはこれこれこういう経緯でこういう話をしていて……』なんて、それこそ全部の物語と登場人物を最初のページから説明しないといけない。そして大抵上官は、引継ぎトラブルや人間関係のトラブルに巻き込まれるのが嫌だから、『しっかりやっておいて』『がんばってね』だけ。

あと、警察って、いってみればトラブルシューター、カスタマーセンターじゃないですか、社会全体の。だから次の一秒に、とんでもない突発重大事案が入ってくるかも知れないじゃないですか。それは強盗殺人だったり、爆弾テロだったり、人質立てこもりだったり、あるいは大震災かも知れないですけど。そんなものが発生したときに、妊娠も出産も育児も何もないですよね。生理すら関係ない。東日本大震災のとき、すごい物資不足のせいで、たくさんの女警が、言葉にも出せずどばどば血塗《ちまみ》れで、しかも泊まり込みで仕事を続けていたっていうのは、これ晴海管理官から聴いた話なんですけど、聴いて『ああ、やっぱりなあ、変わってないなあ』って思いました。

ううん、そうした突発重大事案なんかじゃなくても、緊急逮捕は締切がすごくブラックですし、ガサ掛けるのだっていつも入念に準備ができるわけじゃない。突発ガサもあれば逮捕現場のガサもある。変死事案なら朝の四時でも夜の一一時でも入ってくる。所属に女警がいなければ、シャブの女被疑者の採尿ひとつできない。

そんなこんなで、警察は定員の1だって惜しいし、それは二十四時間三百六十五日、ずうっと変わらない」

「だから、あの晴海管理官だって、育休だの産休だの、とても言い出せたものではない」

「どんなときだって、『何でこのタイミングで妊娠するんだ!?』って、まずは怒られますもんね。いやいやいやいや、タイミングも何も、どんなときだって駄目な癖《くせ》して何言ってるんだって、ツッコミたくもなりますよ。

だって、昇任したときには警察学校に入り直さなきゃいけないし、だから絶対寮に入って入校しなきゃいけないし、そのとき妊娠していたなんてことになったら……実際、私の同期にそういう巡査部長がいたんですけど……『非常識だ』『階級が上がる自覚がない』『術科《ジュツカ》や体育はどうするんだ』『総合成績は付けられないぞ』『卒業できなければ昇任は取消し』『送り出してきた署は何を考えているんだ』って非難囂々《ひなんごうごう》ですし」

「あっ菊地さん、私もほとんど一緒の事例、経験したことあるわ――私自身じゃなくって、私の部下が警部補に昇任したときなんだけど。あれ、学校と現場で、かなりモメるのよね」

「えっそうなんですか。じゃあ、特にレアケースでもないんですね」

「男どもはアタフタアタフタするけどね、あっは」

「そんなこんなで、昇任したときの妊娠は、マズいですよね。

じゃあ人事異動のタイミングはどうかっていうと、栄転なら栄転であるほど難しい。すぐに実戦力として活躍しなきゃいけないんで。すぐに憶えなきゃいけない新しい仕事も山積みですし。じゃあ小さな課とか、小さな署に行ければいいかって言うと、真逆です。やっぱり小さければ小さいほど人手不足だから、例えば三〇人規模の署でいきなり1欠《イチケツ》になったら、署長死んじゃうと思います、署の前途《ぜんと》を儚《はかな》んで。

なら昇任時も駄目、異動時も駄目。

そして通常勤務のときはというと、もう説明したとおりです。夏休みとるのだって、三日連続の決裁を、ビクビクしながら上げて、理由なんて説明しなくてもいいのに説明させられて、どうにか上官の御機嫌のいいときにハンコもらうんですから。三日間の、夏休みですよ？　まして産休とか育休とか、もう違う宇宙の話ですよね……

少なくとも私の世代はそうでしたし、晴海管理官の世代はもっとそうです。

だから、晴海管理官は誰にも言い出せず……それはもちろん、私なんかと違って、御自分の積み上げてきた職歴と実績を捨てられなかった、ということでもあるんですけど……それこそ東日本大震災の例みたいに、ギリギリまで勤務を続けられて、ギリギリまで迷い続けて、ギリギリまで御主人と、その、言い争いをして……御主人はやっぱり警察官だったんですけど、いわゆる警察の男で、警察の女は結婚退職するのが理想だと考えるタイプの方だったようで……だから、御主人としてはもちろん子供が欲しいし、それを機に、管理官には家庭に入って欲しいと考えていたようで……

諸々《もろもろ》あって、とうとう三回、赤ちゃんを流してしまったんです。

無理もないですよね。当直勤務。完徹。何時間も座りっぱなしの書類仕事。肉体労働の現場活動。時代劇さながらの被疑者の封圧。コーヒー文化に煙草文化。重い装備。オンボロな施設……警察官のフル装備は、機動隊なんかでなくたって、交番勤務員のフル装備だって合計七kgの錘《おもり》ですし、エレベータのない警察署なんてめずらしくもないですよね？　で、晴海管理官、不正出血をしながら、それでもつわりを懸命に隠して、トイレに駆け込んだり、こっそり階段を掃除したり、点検《テンケン》で無理矢理よい姿勢をしたり、産婦人科に行くのが完徹明けの夜近くになったり……要は、必死で職場に妊娠を隠して、それで。

——三回目のとき、御主人から離婚を告げられたそうです。

ところがその御主人って、今は別の女警と再婚して、一男一女に恵まれ、小規模署の警察署長をやっていたりして……ちょっと、やるせない話ですよね……

といって、私も晴海管理官タイプじゃなくって、どっちかといえば結婚退職タイプですから、しれっとこんな話、できる立場じゃないんですけど」

「ええと、菊地さんは確か、御長男が生まれたとき退職したんだよね？」

「はいそうです、キレイさっぱり」

「それはやはり、そうした、晴海管理官のような『地獄』を見てきたから？」

「それもあります。また、自分の能力じゃあ警部補以上にはなれないな——っていう諦めもありました。ただ……

女の姫川室長なら解ると思いますが、女の敵は、いつも」

「女？」

「……少なくとも、私の世代の婦警には、二つの道しかありませんでした。

男になるか、辞めるかです。

で、警察って、階級社会ですよね。試験が超客観的だからこそ、民間とはまるで違った感じで、試験の勝者が優遇される。星の数が多い警察官が、強い警察官。だから、実務のわずかな隙間《すきま》を縫《ぬ》って、通勤電車や真夜中の炬燵《こたつ》で懸命に受験勉強をして、懸命に星の数を増やして出世する。栄達《えいたつ》を図る。それが男の道で、王道。

そうです、これが栄光の道、正しいキャリアパス。

ところが、私もう、きっと姫川室長がウンザリするほど喋りましたが……すみませんね。愚痴《ぐち》っぽくなって……このキャリアパスに、出産・育児が入る余地は全くありませんよ。少なくとも、私の時代にはなかった。受験勉強でさえ、その時間を捻出《ねんしゅつ》するの大変なんですから。そして昇任したら、ますます男であることを求められるんですから。

要するに、中間はないんです。なかったんです。

正確には、中間を求めることが許されなかったんです。

そしてそれを許さなかったのは、そもそもこんな事情に無関心な男達ではなく――」

「おなじ女警たち」

「婦警たち、でしたけどね」菊地相談員は、もう濾過《ろか》された苦笑をした。「だけどそれは当然です。私自身、当時は疑いもしませんでした、その気持ちを。

姫川室長、女警って基本、マジメなんです。御存知だと思いますが、体力以外の実務能力なら、九九・九九％の女警が、男達より優れています。それは採用試験とか、昇任試験とかの結果から明らかなはずです。

だから、誰もが懸命に仕事をする。栄達を図る。その言い方が悪ければ、自分の権限でできる仕事を増やすために、だから自分の考える正義を実現しやすくするために、星の数を増やそうとする。

どうやって？

正しいキャリアパスを踏むことによって、です。男とおなじ条件で競争をして、勝ち残ることによって、です。そして女巡査は女巡査部長になり、女巡査部長は女警部補になり、女警部補はとうとう管理職の女警部になる。そしてこれは正しいキャリアパスにして男の道ですから、どうしても女を捨てざるをえない……晴海管理官がそうしてきたように。もし望むなら家庭も子供も持てるという、女として当然のしあわせを、捨てざるをえない。

ところが。

もしある女警が、その栄達も欲しい、女としてのしあわせも欲しい――なんて言い始めたら？

それをいちばん激しく攻撃し、イジメ倒すのは、もちろん他の女警です。

自分達は、マジメに、懸命に、正しいキャリアパスを踏もうとしているのに、だから女としてのしあわせを泣く泣く諦めているのに、あわよくば二兎《にと》を追おう、あわよくば星の数も子供も持とう――なんて欲ばりな女警は、許せないですよね。しかも『自分は我慢させられている』という気持ちがありますから、そのイジメはいっそう苛烈《かれつ》になります。

その怒りは、ほんとうは、『正しいキャリアパス』なるものを維持している、男達にむけられるべきものでしょう。でも私を含め、私の時代の婦警は、そんなこと想像すらできなかった。というか、きっと、自分達を誤魔化《ごまか》していたんでしょう。何故と言って、『正しいキャリアパス』を否定することは、これから男とおなじ方法で星の数を増やそうとする、自分達の生き方を否定することですから……婦警は、優秀だからこそ、組織が公認する正しさ、組織が推奨する正しさを実践しようとします。すごく愚直に。だから、どう表現すればいいのか迷いますが、そうですね……『この養殖場はおかしい』と言い始めた魚とかを、『この箱庭は間違っている』と言い始めた人形とかを、だからバグを、囚《とら》われの魚たちや人形たち自身が、必死で攻撃し始めるんです。その養殖場で生きていたいから。その箱庭は自分で選んだものだから。だから、すごく問題のある言い方をすれば、これは、DVの図式に似ていると思います。あるいは児虐《じぎゃく》とか。

要するに、あまりに家庭のルールがおかしいので、それを疑うこともできず、反抗すれば徹底的に殴られるので、そのルールに媚《こ》び始めるっていうか……あの、自分でも上手く言えているかどうか、解らないんですけど」

「ううん、よく解る……解ると思う。

私は今、ストックホルム症候群っていう言葉を思い出したわ。

監禁事件とかで——それこそ人質立てこもりとかで、犯人のルールや命令を強制され続けた被害者たちが、いつしか犯人と心の絆《きずな》を築いてしまう現象。自分の生き残りのために、犯人のルールや命令に遵《したが》い続けた被害者たちが、いつしか犯人の立場に立って、連帯感を持って、例えば警察官に銃を向けたり、警察官の要請に応じなくなったりする現象」

「あっ、そうですね、そんな感じです、私の言った『養殖場』『箱庭』『魚』『人形』っていうのは。自由を奪っているはずの飼い主に迎合し始めて、飼い主の立場こそが正しいと思ってしまう……

自分自身で、看守と同調してしまう囚人。

自分自身で、看守のルールをどんどん強化していってしまう囚人。

ああ、私、所詮《しょせん》現場の巡査部長止まりなんで、上手く言葉にできたことがなかったんですけど、やっと言葉にできました。それです。それです。そんな息苦しい囚人の役割。それを強制されること。それが私の、そしてきっと私の世代の婦警たちの生きづらさで、それで結局、みんな脱獄するんです――

――あっ、すみません姫川室長、ホント、愚痴っぽくなって。

実は私自身、現役の頃は、イジメる側にもなったし、イジメられる側にもなったので」

「それは無理もないわ。女が女であるかぎり、程度の違いはあれ、不変な気もするし」

「しかも私、これだけあれこれ愚痴りながら、結局は養殖場に帰ってきた、とんでもない悪女ですから……退職したときは、もう二度と警察の敷居《しきい》を跨《また》ぐことなんてないなあ、って思っていたんですけど。

けれど、帰ってきてよかった——と思うこともあります。

だって、かなり養殖場のルール、変わっていますから。

姫川室長と、深沼本部長が力を入れておられる〈女性の視点を一層反映した警察づくり〉、私の時代だったら、想像もできなかったことです。育児休業や育児支援休暇、あと育児参加休暇の取得率、すごく上げてもらっているし。部分休業のときのダブル人事配置とか、OGの再雇用による実働員の確保とか、〈女警目安箱〉とか、〈JSMPライン〉とか、〈復帰ロードマップ・メンター〉とか……近い将来には、二十四時間制の〈職域内保育所〉や〈機動引継班〉、それに〈常勤職員のフレックスタイム〉や〈緊急シッター手配制度〉まで予定しているって、県警の機関紙に書いてありました。よく小百合ちゃんとも話していたんです、やっぱり女のことは、女が変えなきゃ駄目だよねって」

「小百合ちゃんっていうと、青崎小百合巡査？」

「そうです……可哀想なことになってしまった、あの小百合ちゃんです」

「やっぱり、女性関連施策に興味があったのかな？」

「ものすごく。

だって私、見ましたもん。今言ったような施策については、県警のHPにも説明がアップされていますけど、それ、小百合ちゃん全部印字して、蛍光ペンまで使いながら熱心に勉強していました。でもそれだけじゃ足りなかったみたいで、育児休業とか部分休業とかメンターとかのこと、わざわざ県警本部の通達まで全部印字して、やっぱり蛍光ペンで大事なところに線を引きながら、すごく熱心に読んでいましたよ。いいえ、それだけじゃありません。生命保険とか医療保険とか年金とか、そう、まさに『ライフプラン』を真剣に検討していました。とりわけ保険関係は、民間の窓口にもいろいろ相談に行っているのか、かなり詳しかったですね」

「菊地さんと青崎巡査は、仲が良かったの？」

「というか、小百合ちゃんの方で、よく慕《した》ってくれました。というのも、やっぱり私、オバサンなんで。二周りも年が違うと、もう考え方が違うから、なかなかこっちから仲良くはなれないんですけど――

　でも小百合ちゃんは、こんな平凡な、組織から逃げ出した私のこと、先輩先輩って、すごく立ててくれて。しかも、小百合ちゃんの牟礼駅前PBって、我が署唯一の女警配置PBなんで、女性からの相談とか、それこそ痴漢とか、そこそこ扱《アツカ》いがあるんです。で、こっちの桜橋交番は御覧のとおり、まあ、落ち着いたハコですから――となると、オバサンでも女だから何かの役に立つだろうって、署長も管理官も結構、私を牟礼駅前PBへ応援に出すんです。そんな感じで、私はかなり、牟礼駅前PBに出入りしていました――あの事件までずっと」

「そうすると、年野警部補のことも、青崎巡査のことも、かなり観察できた」

「……そうなります。もちろん年野さんについては一昨年《おととし》の二月から、小百合ちゃんについてはこの三月からの付き合いですけど。ただ交番は三日に一回、二十四時間勤務をしますから、期間の割には、そうですね、密接な関係になりますね」

「年野警部補ってどういう人だった？」

「一言でいえば、影の薄い人かな。自分で薄くしているのか、元々そういう人なのかは分かりませんけど、個性のつかみづらい人でした。似顔絵描けっていわれたら困るくらい」

「じゃあ青崎巡査はどう？」

「マジメで、明るくて、溌剌《はつらつ》としていて――」

私の巡査時代の、億倍も立派な子だと思いました。それがまさか、こんなことに」

「その〈牟礼駅前交番事案〉で、青崎巡査が、どちらかといえば悪者というか……それは被疑者になってしまったから仕方ないけど……何と言うか、『重大な責任と問題がある子だ』っていう見方をされてしまっているんだけど、それ、菊地さんからすればどう？」

「それ聴いています、聴いています。

要は、年野さんのセクハラ・パワハラが悪いのか、それとも小百合ちゃんの未熟なり職場不適応なりが悪いのか――っていう話ですよね？　で、県警本部は小百合ちゃんが悪いって勝手に決めつけている――っていう話ですよね？

それは、まず、ええと、もちろん小百合ちゃんの事件って、幾ら何でも無茶な事件だと思います。私、元警察官ですから。その視点からすると、『拳銃の不適正使用』だけでも重罪なのに、上官を殺すとか、ミニパトで逃走して自殺するとか、それはもう、役が付きすぎて困るほどの、その、ド派手な不祥事だと思います。それはほんとうです。

でも……

少なくとも私は、四四歳のとっしょりですが、小百合ちゃんを未熟と感じたことはないし、まして職場不適応とか、まさかですよ。それなら影の薄すぎる年野さんの方が、よっぽど問題がありました。だって私、後から来た小百合ちゃんの方と、年野さんの倍以上、三倍以上かな、喋っていますし。むしろ『最近の若い子はすごいなあ、勉強家だなあ』と思わされることばっかりで――出戻りだと新しく勉強すること多いんです、お恥ずかしいです。でも小百合ちゃんは、そんな私に新しい横書きの被害届の書き方とか、新しくできた簡易な被害届の使い方とか、交番相談員が担当しなきゃいけない物件事故報告書の作成範囲とか、すごくしっかり教えてくれて。ああデキるなあ、晴海管理官タイプかもなあって思ったくらいです。もっとも、小百合ちゃんは管理官みたいにコワモテじゃなくって、愛らしい、二三歳OLらしい、可愛げのある娘《こ》だったんですけど」

（すると、書類を作成できずにロッカーへ貯め込んでいた、という事実とまた矛盾する）理代は思わず首を傾《かし》げた。（ただ、交番相談員の作成すべき書類は、ほとんど定型的なものだ。その実務レベルで、果たして年野警部補が満足したかは、まだ判断できない。例えば、供述調書なんて非定型書類の最たるもので、しかもすごく癖があるから。

あとはコミュニケーション能力の問題だが……女同士で会話をするのと、二周り年上の、二階級上の上官と会話をするのとでは、必要な能力というか、スキルが違うだろう。菊地さんと快活に話していたからといって、上官との関係に問題がなかったとはいえない。

するといて結局、年野警部補と青崎巡査の関係については、まだ何も描けていないも同然だ）

理代はそろそろ温《ぬる》くなった緑茶を啜《すす》りながら、菊地相談員に話の続きをうながした。

「青崎巡査は、じゃあ、言葉はともかくマトモだったのね。それを指導する、年野警部補の方はどんな感じだったのかしら？　指導方法というか」

「それがもう、年野さんときたら。私なんかとはほとんど口も利かないですから。婦警、じゃなかった女警、じゃなかった女交番相談員をバカにしていたのかも知れないですね。たまに話をしていても、どこか上の空、暖簾《のれん》に腕押し。相手にしたくないって感じもありました。だから、コミュニケーション能力に問題があるというなら、それはむしろ年野さんの方でしょう。それに……」

「それに？」

「……これは、ちょっとすごくヤバいので、ほんとうに申し上げ難《にく》いんですけど。私、牟礼駅前ＰＢについては、ちょっと、その、重大問題を目撃していたのに、それをずっと黙っていて……だから……」

「私が今やっているのは監察の調査じゃないから。まさに茶飲み話だから。そこは安心して」

「あれは夜間のことで……といっても私パートですからそんなに遅い時間じゃないんですけど……夜の八時だったかな、九時だったかな……とにかく晴海管理官に命ぜられて、牟礼駅前ＰＢにお使いをした日があったんです。市立公園の桜が咲いていたから、四月の初めだったと思いますが。お使いっていうのは、要は小百合ちゃんの作った実況見分調書に修正が入ったんで、その書類を届けに行ったんですよ。結構急ぎで、しかも御存知のとおり、捜査書類は書いた本人しか修正できませんから。

　で、書類鞄《かばん》持って、牟礼駅前ＰＢに行ったんですけど……

　一見、交番は空いていて。つまり一見無人で。

　カウンタに、警察署への通報電話と、『ただいまパトロール中です』っていう掲示板が立ててあって。ただ晴海管理官からは『牟礼駅前ＰＢは両名とも在所《ザイショ》勤務中』って聴いていたので、あれ、おかしいなあと。

　それで、奥の院の執務室を確認しようと思ったら、奥へのドアに鍵が掛かっていて。

　――何かの急な入電で出払ったのかな、なんて思ったんですが、捜査書類を交番のオープンスペースに放置するわけにもゆかないし、困ったなあと思って、取り敢えず奥の院へのドアをノックしたんです。そうしたら」

「そうしたら？」

「すぐに『はい!!』っていう小百合ちゃんの声がして、その一分後くらいかな、奥の院へのドアの鍵は開きました。中から小百合ちゃんが開けたんです。で、小百合ちゃんはにっこりと中から出て来て、私から捜査書類を受け取ったんですね。だけど、そのとき……

……彼女の制服がおかしかったんです」

「制服がおかしかった、というと？」

「まず、装備品を吊る、あの帯革《タイカク》を着けていませんでした。交番相談員の私には、そもそも帯革がありませんから、その違いはいつも自然と目に付きます。

あのとき、小百合ちゃんは交番の中で、帯革を外していました――

これはありえないことです。ふたつの可能性を除いて」

「そうね。

拳銃も吊っている以上、交番勤務員が勤務中、帯革を外すことはない――

仮眠かトイレ以外は」

「そのとおりです。私も婦警だったので、その危険性は死ぬほど理解しています。外すから無くすんだと。だから、食事中でも帯革は外さない。寝るときかトイレのときしか外さない。寝るときはキチンとした保管庫に入れるし、トイレではまず強奪の危険はないので。もっとも男の場合は、便利な機能をしているから、帯革を着けたままでも小さい方の用を足すのに不便はないんですけどね」

「なら、青崎巡査はトイレを使っていたのかしら。

というのも、夜の八時九時に仮眠はありえないから」

「そこが、その、ちょっとヤバい問題のあるところで……

私が『おかしい』と思ったのは、まず小百合ちゃんが帯革を着けていなかったことですが、それ以上に、その、着衣に乱れがあったんです。この場合、制服――活動服ですけど」

「それはどんな？」

「ネクタイの歪《ゆが》みと、それに……制ワイシャツのボタンが外れていたんです。胸からお腹にかけて。取れてはいませんでしたが、外されていたんです。

いくらトイレでもそれはありえません」

「とすると、青崎巡査はいったい」

「重ねて、お亡くなりになった方のことですから、言い難《にく》いのですが……

年野さんに、その、変なことをされていたのではないかと」

「それはつまり、性的な」

「はい」

「……他に根拠はある？」

「彼女の『はい!!』という返事がとても奇妙でした。とても切迫していて、とても慌てていて、とても動揺している感じで。後から考えれば、そのときの彼女の笑顔も、どこか無理矢理な、演技的なものでした。何かを誤魔化《ごまか》そうとするような……

しかも、この私のお使いの最中、とうとう年野さんは、奥の院から出て来なかったんですよ。最初は不在かと思いました。けれど私はハッキリ、休憩室の方から、人の動く物音がするのを聴いたんです。それはまさか市民でも泥棒でもありえません、警察施設の、非公開スペースですから。そうです、年野さんは、まるで私を避けるように、奥の院に隠れたまま出て来なかったんです」

「そうすると、想定されるのは――」

「セクハラです。いえもう強制わいせつかも知れません。

だからこそ、所外活動にも出ていなくて、定員の二名とも在所していたのに、わざわざ奥の院への鍵を掛けてあった。そう考えざるをえないと思います、女としては」

「飽くまでも理論的には、合意の上で、という可能性もあるけど……

というのも、警察の悪の華というか、警察文化上、まあその、署の道場の更衣室だの、書庫の奥だの、それこそ小さい交番の仮眠室だのは、不倫の具体的行為のスイートスポットだし。違う漢字での聖域というか、まあその」

「それは絶対にありえません」

「何故？」

「小百合ちゃんには、決まった彼氏がいましたから」

「えっ、それは初めて聴くわ」

「小百合ちゃんが教えてくれたんです。

これは、きっと隣の署にいる彼女の同期の娘《こ》と、あと私しか知らないと思います。晴海管理官だって知らないはずです。私、小百合ちゃんに厳しく口止めされていましたから」

「その決まった彼氏というのは、どういった……」

「ちょっと年上の人みたいでしたね。お堅い仕事に就いているとのことだったので、きっと公務員とか銀行員とか、そうした職にある中堅どころだと感じました」

「その裏付けみたいなものは、何か」

「小百合ちゃんに相談されたんです、プレゼントには何がいいだろうかって。自分とは年齢差があるから、そうした男の人の感覚が分からないって。

それで彼氏さんの年齢層とか、職業とか、ライフスタイルとかを訊けたんです。あまりハッキリとは答えてくれませんでしたが、プレゼントを選べる程度には話を聴けました」

「プレゼントには何を？」

「最終候補として、タイピンセットと湯呑《ゆの》みが残りました。ふたりでネットを検索して、デザインと相場を見極めて……それから彼女は、県庁近くの三越へ行って、いずれかを買ったはずです。あの、県立病院の手前にある三越。ある泊まりの朝、彼女がそう教えてくれましたし、実際、三越の包装紙が、牟礼駅前交番の屑籠《くずかご》に入っているのを見ましたから。

恐らく彼女自身で、休憩時間でも使って、ラッピングし直すつもりだったんでしょう」

「職場で？」

「交番には鋏《はさみ》も糊《のり》も、望むならカッターも定規もあります。文房具って、意外と自宅にはしっかりしたものがないですよね。私も税金関係の書類とか、子供の授業料関係の書類とか、あるいは保険関係の書類とか、休憩時間を使って、職場で作ります。あんまり大声では言えないですけど、コピー機だって自宅にはないですしね。

一度主婦をやってみると、オフィスというのがどれだけ便利か分かります」

「成程《なるほど》……」

そうすると、あと、その『決まった彼氏』については……ああ、『ライフスタイル』の情報を聴いていなかったわね」

「どうやら、バツイチみたいでしたよ。だから、元の奥さんとの関係とか、お子さんとの関係とかは、いろいろ複雑な面があるみたいでしたけど……でもその彼氏、会社ではバリバリのエリートコースを歩いているそうなので、小百合ちゃんも、あまり心配はしていなかった感じでしたね。

あとは、激務だからどうしても体調管理が大変で、月に二度くらい病院に行かなきゃいけない人だったようです。だから彼女が、薬局に処方箋《しょほうせん》を持ってゆくこともあったとか。それはなるほどですよね。だって小百合ちゃんは三交替制勤務で、これまた激務ですけど、普通のサラリーマンに比べたら、平日に休みがとれるから。平日の日中に、躯《からだ》が自由になるから」

「だけど、薬局に処方箋を持っていくっていうことは、少なくとも月に一回は、保険証まで持っていくってことだよね。もちろん、その彼氏さんの保険証を」

「そこなんですよ、姫川室長。

それはつまり、個人情報の証明書類にもなるような大事な身分証を、小百合ちゃんに預けるほどの間柄――ってことですよね？」

「あっなるほど、だから」

「それだけ信頼し合っていて、だからそれだけ深い関係にあったってことです」

「そうなると、やっぱり」

「まさかあの年野さんと『合意の上で』いちゃいちゃするなんてありえません。だから私、それは絶対にありえません――っていったんです」

「そうすると、可能性として残るのは、やっぱり」

「セクハラ、いえ強制わいせつだと思います。交番が密室であることと、あのハコは二人勤務のミニマム交番であることを利用して……許せないです」

「それ、晴海管理官には即報《ソクホウ》しなかったの？」

「私としては、すぐに話したかったんですけど……

四月の初めといったら、小百合ちゃん、まだＰＢ勤務を始めて一箇月です。そして晴海管理官なら、そんな不埒《ふらち》な不祥事、すぐさま断固とした措置をとるでしょう。それは正しい。

だけど、そうしたらすぐ監察事案になって——あっ姫川室長のお仕事ですよね——すっごく面倒な調査が入る。取調べとかを、もう犯罪捜査と一緒のレベルで連日されて、とてもとても交番勤務なんてできなくなる。そして警察署でも、いえ県警本部でも、その噂で、あることないこと持ち切りになる。

そうすると、こんな男社会です、どうしても小百合ちゃんの悪評が立つ。誘惑したとか、淫乱《いんらん》だとか、男狂いだとか、チヤホヤされていい気になっているとか……実際、女警って、この女飢えした会社では、どんな容姿でもどんな性格でもモテモテですから。まして、署の私服の女警たち、県警本部の見知らぬ女警たちからも、きっとイジメが始まる。そうした文化は、もう喋ったとおりです。

だから、取り敢えず次の泊まりまで待って、また小百合ちゃんに話を聴いてから、晴海管理官に相談しようと思って……」

「次の泊まりのとき、青崎巡査本人は何て言っていた？」

「……私も、事が事なんで、あまりダイレクトに訊けなくて。

で、『交番で困っていることない？』『男と二十四時間勤務でつらいことない？』って、かなりボカして訊いたんですよ。ところが小百合ちゃんは、そんなの全く無いと。つらいどころかやり甲斐を感じて楽しいと。笑いながら、そうハッキリ言ったんです。そしてその笑顔は、私が問題の夜に目撃した、無理矢理の、演技的なものじゃ全然なくって。

何かを繕《つくろ》ったり、隠したり、誤魔化したりするようなそんな笑顔じゃ全然なくって。だから私、むしろそれに圧倒された感じで、何だか困ってしまって……

……結局、『せっかく警電があるんだから、何かあったらいつでも桜橋PBの私に連絡を入れてね』『今は県警本部長も監察官室長も女だから、困ったことがあれば、きっと力になってくれるよ』『晴海管理官だって、ああ見えて小百合ちゃんのこと、すごく心配して気遣っているから』って、今考えれば脳天気な決まり文句を言って……それきりでした。

こんな大事件になってしまった今は、私があのとき、もう少し踏み込んで小百合ちゃんと話し合っていれば――と後悔しています、すごく」

「それはすなわち、年野警部補のセクハラその他を止められなかった後悔？」

「まさしくです。

彼女が犯人を殺して、自分も死ななきゃいけなかったほど苦しんでいたこと、解ってあげられなかったことの後悔です」

(菊地相談員の中では、年野警部補＝悪玉説が確定しているみたいね。

さっきの晴海管理官の説では、年野警部補には確かに責任があるけど、悪玉ではない、これは役割と誤解に基づく悲劇だ――という感じだったけれど)

――菊地相談員は、言いたいことを言い尽くしたか、ちょっと満足と解放感がある感じで黙っている。もう茶も尽き、茶菓も尽きた。

理代はそろそろだな、と思い、菊地相談員に告げる——

「ありがとう、菊地さん。青崎巡査の話、晴海管理官もおっしゃっていたけど、私、できるだけたくさんの人から、話、聴きたいと思っていて。だからとても参考になった。重ねて有難う」

「あっ、いえ、そんな、監察官室長に頭なんて下げさせたら、また晴海管理官に怒られちゃいます——でも、出戻りパートのオバサンの話でも、キャリアの人の参考になることがあって、ちょっと嬉しいです。

……私、さっきいったように、小百合ちゃんの事件は事件で、それはもうあってはならないことだと思いますけど……でも情状《じょうじょう》っていうか、動機原因っていうか、背景っていうか、とにかくこの〈牟礼駅前交番事案〉には、小百合ちゃんの、どうにもならない、ほんとうに深刻な事情があったに違いないんです。

だから、もし、交番相談員のオバサンなんかのお願いを聴いていただけるなら。姫川室長には、徹底的に、その、どうしようもなかった事情を調べていただいて、どうかほんとうのことを……小百合ちゃんが立派な女警だったことを明らかにして欲しいんです。どうかお願いします」

「うん解った。監察官室長として、警察官として、女として徹底的に調べる」

「嬉しいです。お会いできてよかった。どうか、どうか小百合ちゃんのこと」

そういって最後に深々と頭を下げると、菊地相談員は、理代をうながしつつ和室を出た。二階和室から、集会所などを眺めつつ一階執務室へ。そこからまた、応接カウンタのある公開部分へ。

――そしてなるほど、理代がカウンタを越えようとしたとき、彼女は、この桜橋交番の前で立番《りつばん》をしている晴海管理官を見た。警視による立番など、理代が初めて見るものだ。そもそも交番には、警部補より上の警察官は原則いない。

理代は菊地相談員に先導されつつ、晴海管理官に近づいた。筋鋼《すじがね》入りの現場警察官である晴海管理官は、もちろんその気配を背中で感じとった。自然に理代の方へ躯をむけ、そっと室外の敬礼をする――

「お疲れ様でした。私達の話はお役に立ちそうですか」

「もちろんです、晴海管理官」

「まだお時間はありますか？」

「はい、申し上げたとおり、県警本部のラインからは外されてしまっているので。監察官室長としても、警察官としても、あと五日ほどは開店休業です」

「なら、久々に交番勤務員に戻られては？」

「え」

「職質をされたことは？」

「もちろんあります――単独でも、指導係長とペアでも、かなりの数をやりました。残念ながら、シャブは挙げられませんでしたが……チャリパクと軽犯を、幾つか」

「ならばこれから、新人時代に帰ってもらって、桜橋池の周りを警らしてみることをお薦《すす》めします」

「……この市民公園の、あの大きな池ですか？」

「はい、オオハクチョウにオシドリ、ヨシガモがめずらしいですよ。お望みならスワンボートに手漕ぎボートもありますが――

私の勘だと、重要な職質対象者が、そうですね、湖畔《こはん》のレストラン近くにいるような気がします――ここで姫川警視、職質対象者の要件とは？」

「あっ、ええと」理代はいきなりの、先輩女警の指導にあわてた。「いわゆる不審者に該当する者か、参考人的立場にある者です、警職法第2条」

「そのとおり。すなわち職質は、不審者だけを対象にするものではありません。『既に行われた犯罪について知っていると認められる』参考人的立場にある者についても可能です」

（なるほど、そういうことか）

理代は先輩女警の段取りを理解した。

理代が次に話を聴くべき『参考人』が、そこに配置されているのだ。

（こんな迂遠《うえん》なやり方をするからには、県警本部にも刑事部長にもバレたくないような、そんな重要証人に違いない。そして、県警では超有名人である晴海管理官が表立って動くのも、今は危険だ）

——理代はキリリとした敬礼を行った。室外無帽なので、シャープでトメハネの利いたお辞儀となる。

「晴海管理官に申告《シンコク》します。姫川警視は桜橋池付近の警らに当たるとともに、鋭敏な感覚を持って、徹底的な先制職質を実施します!!」

「願います」

「……御配慮に感謝します」

「こちらこそ」

晴海管理官は、もう理代を見なかった。立番の姿勢のまま、ただ真正面を見詰めている。

理代も顧《ふりかえ》らなかった。

菊地相談員の『願います!!』という声が、最後に響いた。

豊白市民公園・桜橋池湖畔《こはん》

「あっあの、その、姫川監察官室長でいらっしゃいますか!?」

「あっ、はい姫川です」

——桜橋交番から、徒歩五分ほど。

さわやかな五月の森の中に、大きく開けた池がある。

いや、もう湖だ。理代の記憶によれば、この池は四万㎡くらいある。

そしてなるほど、平日だから数は少ないが、スワンボートや手漕ぎボートが、湖面に真白《ましろ》く浮かんでいる。吃驚《びっくり》するほど大きな白鳥も、ばさばさと湖面を賑《にぎ》わしている。美しく、牧歌的で、絵になる眺めだ。休日なら、たくさんのカップルや家族連れが押し寄せるに違いない。理代のもやもやした陰鬱《いんうつ》な気持ちを、さわやかな湖畔の風が上書きしてゆく。

さて理代は、晴海管理官に命ぜられたとおり、いざ先制職質を掛けようと、警察官としての嗅覚《きゅうかく》を全開にしていたのだが……

（なんとまあ、アッサリ逆バンカケされてしまった。

六年ぶりの実戦とはいえ、情けないというか、警察官失格というか）

理代を慨嘆《がいたん》させたその相手は、理代よりずっと背の低い、大学生風の女性だった。いや、もう女の子だ。二八歳の理代も充分小娘だが、その相手は、理代からしても『子供』といえるくらい若い。顔も、キャンパスライフを満喫《まんきつ》しているように、あどけなく可愛らしい。また、理代よりカジュアルな濃紺のデニムと白いトップス、そしてちょっとだけ洒落《しゃれ》っ気のあるサンダルが、いかにも自由を感じさせる。ただ……

（警察官と市民の違いは、幾ら現場感覚が鈍っている私でも、すぐに分かる）

まず挙動《きょどう》で分かる。歩き方。歩く速度。脚の進め方。目線。頭の角度。背筋の伸び。

あるいは容姿でも分かる。これは女性についてだが、まずは化粧っ気のなさ。アクセサリーのなさあるいは少なさ。髪の短さ、あるいは纏《まと》め方の素朴さ。

あとは残念な話だが、髪質に肌……とりわけ三交替制勤務をしていると、これらはボロボロになったり、逆に脂《あぶら》じみてきたり、はたまたカサカサになったりする。円形脱毛症なんてめずらしくもない。これは医師も看護師もそうだろうが、そもそも泊まり勤務というのは、どう考えても躯《からだ》によくない。まして女性の場合は、体力の問題を別にしても、どうしてもホルモンバランスが崩れるから、生理不順などに悩まされる……

「失礼しましたっ。

隣接署の緑町《みどりまち》交番第二係で係員をしております、嵐《あらし》あきら巡査であります!!

晴海管理官の命に依《よ》り、姫川警視をお待ちしておりました!!」

「あ、有難う、で、でも警察官のノリはやめよう、ね？」

「しかし、いち巡査が、本庁からお越しの警視の方に対して……」

「ううん、私は女として、青崎小百合さんのお話、聴きたいだけだから。

それに、聴いているかも知れないけど――晴海管理官や私の、まあ、なんというか調査は、県警本部の方針をガン無視した独断なの。だから、あまり目立つのはよくない」

「……了解しました、じゃなかった、解りました室長。

確かに、晴海管理官から警電で命ぜられています。姫川室長が、小百合のこと、キチンと調べてくれるから、信頼してありのままを全部お話しするようにと。私自身、いまだに、あの小百合がこんなことをするなんて、もう全然信じられなくて……だから、誰かに話さなきゃ、誰かと話さなきゃと、もうジタバタジタバタしていたんです。

そうしたら、私の独身寮に、晴海管理官が警電をくださって、それで」

「すると今日は非番？」

「今日は指定休《シテイキユウ》です。だから一日自由です。明日はまた泊まりですが」

「その、緑町交番というPBで？」

「はい、小職は……じゃなかった私は、当該《とうがい》緑町交番で勤務をする実務一年目の巡査であります、じゃなかった巡査でございます、じゃなかった巡査です。

ああ、やっぱり緊張するなあ……」

「ま、まあ歩きながら話しましょうか。素敵な眺めだし、立ち話だとマル目も多くなる」

「解りました、室長」

――理代と嵐巡査は、桜橋池のながいながい湖畔を、友達めかして歩き始めた。すごく剛毅《ごうき》な名前の割に、とても女の子らしい嵐巡査は、県警本部の所属長――しかも不祥事担当の理代の隣で、あわあわしている。何をどこからどう話せばよいか、いやそもそも自分から口を利いてよいか解らない、といった感じで。

だから理代は、彼女を安心させようと、また雑談から始めた。

「実務一年目ということは、二三歳？」

「はい、大卒警察官なので」

「そうすると、青崎巡査の同期とか？」

「まさにそうなんです。一緒に採用されて、一緒に警察学校に入って、一緒に現場に出ました。彼女は豊白署に。私は隣の署に。

ただ、小百合が豊白署の〈地域〉で唯一の女警だったように、私も自分の署の〈地域〉では唯一の女警なんです。だから、それぞれ勤務する署が別になっても、たくさん話をしてきました。指定休や非番を繰り合わせて、よく飲みにも行きました」

「そうしたら、警察署が違う以外、青崎巡査とまるで一緒の立場だったのね？」

「そうなんです。

――そのことと、そして、私が同期として小百合ととても仲が良かったこと。

それが今日、晴海管理官が私を呼び出した理由だと思うんです」

「確かに」

「……それで、姫川室長、あの、その。

逆に、私から質問をしてよいでしょうか？

階級も職制もわきまえず、ほんとうに失礼なんですけど――」

「ううん、階級も職制も関係ないわ、今は。

さっき晴海管理官や、交番相談員の菊地さんともずっと話していたけれど、全部無礼《ぶれい》講《こう》。まさかＩＣレコーダなんて持っていないし、そもそも、せっかく話してくれたこと、そのまま無神経に書面にする気もない。私は私の納得のゆかないことを、納得のゆくまで、納得のゆく人に訊いているだけ。だからさっき、女としてとか、独断とか言ったの。それにそもそも私自身、上官にはド派手に嫌われて、ド派手にイビリ倒されている身の上だしね。だからっていうのも変だけど、監察とか警視とか、そういうのできるだけ気にしないで、好きなこと喋ってほしい。信じてくれる？」

「……正直、署長級の方、それも初対面の方ですから、いきなり女子トーク炸裂《さくれつ》とか、それはぶっちゃけ無理です。ただ」

「ただ？」

「私は、あの晴海管理官のこと、女警として尊敬しています。だから信頼しています。それは小百合もそうでした。当県初の女性警視とか、そういうことじゃなくって、イザというとき裸で飛び込んで頼れる大先輩として、まるで自分の親みたいに思っています。だから、晴海管理官が信頼なさる、姫川室長のことも信頼します。信頼できます。すみません生意気いって」

「ううん、そういってくれて嬉しく思うわ」

「……だから、姫川室長に、思い切って訊いてみたいんですが」

「いいよ何でも。

私は別に隠す情報を持っていないし、持っているものを隠す気もないし」

——理代は元々、直情的な性格をしている。役人スキルは別論として、チマチマとした駆け引きやノラクラとした焦《じ》らしは、性に合わない。そうしたものは、顔にも仕草にも出るのだろう。嵐巡査は、理代のことを、言葉どおり信頼してくれたようだ。彼女はいきなり、事案の核心を突いてきた。それはむしろ理代をよろこばせた。

「小百合が、その、実務能力不足で、ロッカーに捜査書類を貯め込んだり、指導係長のふつうの指導にも耐えられなかったり、訊くべきことも訊けなかったりで、要は警察官としては未熟で、だからこんなことになってしまった――というのはほんとうなんですか？」

「答え方が難しいけど……今確実に言えるのは。

私はそんな物語をまだ信じてはいない、ということよ。

確かに、県警本部はそんな筋読みで動いている。でも私は、それを裏付ける根拠なんてまだ何も無いと考えている。仮に青崎巡査の側に問題があったとしても、話はそんな単純な『ゆとりの挫折《ざせつ》と暴発』みたいなもんじゃないと、そう考えている」

「よかった……

でも県警本部はやっぱり、小百合に全部の責任があるって考えているんですね？」

「そうなのよ。私にはその理由がサッパリ解らないんだけどね」

「あの、図々しく質問を続けちゃうんですけど……

それじゃあマル害の、年野係長のことはどう受け止められているんでしょう？」

「県警本部としては、当然の指導をしていただけなのに、いきなりキレられてブッ殺された可哀想な上官――云々《うんぬん》ととらえている。

これは成程《なるほど》、県警本部の描く青崎巡査像と、いわばコインの両面よね」

「なら、姫川室長はどのようにお考えなのですか？」

「マル害については、今のところ、青崎巡査より判断材料がないのよ。正直に言うと、私は年野警部補という警察官がどういう警察官だったのか、まだイメージすら作れていない」

「……あの、ええと、小百合が、遺書を残していたっていうのはほんとうですか？」

「遺書」

「ノートに遺書を残していたと。それ、ウチの署でも噂になっています」

「ああ、あれ。そういう意味なら遺書は確かにあった。彼女が勤務用に使う備忘録に、びっしりと書いてあった。ただ遺書というよりは『告発』が正しいかも知れないわ。これ、また変な噂を呼んでもいけないから、他の人には黙っていてね」

「もちろんです。でもそれってつまり、年野係長を告発する文章——ということですか？」

「そのとおり」

「噂では、セクハラとか、パワハラとかのことが書いてあったと……」

「これも他の人には黙っていてほしいんだけど、確かにそう解釈できる文章ではあった。けれど、違う解釈もできる。そんな文章でもあった」

「……どういうことでしょう？」

「微妙なライン、、、なのよ、青崎巡査が書き残した告発は。すなわち、『これならセクハラだ』『これならパワハラだ』と、誰でも言えるような事実の告発は、実はなかったの。人によってはそうも解釈できるし、『いやそれは通常の指導の範囲か、通常の接触の範囲だろう』とも解釈できる文章だったわ。受け止め方による、と県警本部が判断しても、まあ、無理筋とはいえないレベルで、主観的でもあった……」

——ここで改めて、理代は不思議に思った。

(死に際の告発をするのなら、もっと過激でもよかったのではないか？)

死ぬ覚悟はあった。実際、それを実行している。殺す覚悟もあり、以下同文だ。ところが、『殺してやりたいほど酷《ひど》いことをされた』と感じていたのなら、あんな微妙なラインで書く必要などない。誇張や過剰、ひょっとしたら創作や虚偽が入っていても、青崎巡査の心情としては、何もおかしくはないのだ。

(それが、『微妙なライン』の行為しか書いていないがために、県警本部も『そんなのセクハラでもパワハラでもないよ』『被害者意識が強すぎる』と、そう強弁できてしまう……)

——理代も、現場経験の年数こそ少ないが、交番でも署でも警察本部でも、いろいろな被害者を見てきた。その実体験からすると、被害者というのは、外来患者と一緒である。ここが痛い、ここも痛い、ここがおかしい、ここが辛いと、聴いてもいないことを懸命に喋るものだ……それが性犯罪等でなければ。

そして、もし『セクハラは性犯罪だから喋り難《がた》かったのだ』というのなら、パワハラの分は、むしろ雄弁に、大胆に、『確実に自分の殺人が正当化できるレベルの被害』を書き連ねるはずだ。それが、死も殺人も覚悟した被害者・告発者のノーマルな心情であろう。

（……要は、あれが遺書だというのなら、告発が中途半端すぎる。

殺しまでした年野警部補を、結果的には、擁護するものになってしまっている。

二三歳の青崎巡査には、あるいは異常心理下にあった青崎巡査には、そうした結果なり流れなりが予測できなかったということか？）

――しばし物思いに耽《ふけ》っていた理代は、しかし、嵐巡査の若い声で我に返った。

「ちょっと、信じられないです」

「――ええと御免《ごめん》なさい、何が？」

「その遺書とか、告発とかがです。

それ、小百合のやり方じゃありません。

小百合はそんな陰湿な、愚痴っぽいことは絶対にしません」

「どうしてそう思うの？」

「――そもそも、私達は三交替制勤務をしています。つまり小百合は、三日に一回、必ず晴海管理官に会うんです。だって晴海管理官は同じ署の〈地域〉の最高の上官ですし、だから朝会《アサカイ》も出勤前の指示も退勤後の復命《フクメイ》も、もちろん巡視の機会もあります。私達新任巡査でいうなら、あの『実戦実習記録表』に基づく個々面接をするのも、小百合の場合、晴海管理官です。もし言いたいことがあったなら、そういった機会に直接言えるはずです」

いい子だ。若い理代は、さらに若い嵐巡査にいっそう好感を持った。理代は直接の議論も好む。警察において、上司あるいは上官とハッキリ議論できる資質は、極めてめずらしく、だから極めて貴重なものである。だから理代は、さらに嵐巡査の生の言葉を求めるため、議論を打ち返した。

「敢えて反論すると、恥ずかしかったとか、組織で働き続けるために言い難《にく》かったとか、そういう心境も想定できるわ」

「でも、小百合に限ってはありません。

どうしてかっていうと、もう晴海管理官から聴いておられるかも知れませんが、小百合は高校生のとき、親を亡くしているんです。最初から母子家庭だったから、たったひとりの親だったお母さんを亡くしているんです、大腸ガンで。で、そのあと遠縁の親戚に預けられて、結構つらい思いもしたみたいなんです。それで頑晴って、高校も大学も、学業成績の奨学金で卒業して、女として、大人として自立できるって聴いた警察に就職したんです。警察学校の卒業席次だって女警二位です。ちなみに私なんてビリでしたけど……

小百合は、そんな経験をしているんで、そもそも人に愚痴を漏らすとか、そういう考えがないんです。ずっと我慢して、我慢して、我慢して生きてきて、ようやく二三歳OLとして自立ができそうなところまで来た子なんです。だから私なんかよりよっぽど大人で、例えば相談をするのはいつも私、愚痴を漏らすのはいつも私だったんです。私、彼女とは数えられないほどサシで飲んでいますけど、彼女が職場の愚痴を漏らすなんてこと、一度もありませんでした。おかしいくらいになかったです。だから私、よっぽど仕事が充実しているか、よっぽど上官に恵まれているか、よっぽど彼氏と上手くいっているのかなあ──なんて、それこそ誰かに愚痴りたいほど羨《うらや》ましかったんです。だから、死に際に誰かを告発するような文章を、しかも勤務用の備忘録に書くなんて、私には到底信じられません」

「ええと、その彼氏さんとは、どんな感じだったって聴いている？」

「……その話、もう、だいたいのところは、晴海管理官とかから」

「うん聴いている。情報源は違うけど。確か、お堅い企業のエリートさんで、バツイチ」

「あっそれじゃあ安心して喋れます。もう、ラブラブだったみたいですよ。小百合、父親がいなかったんで、甘えられる感じの、大人の男が理想だったんです。で、本人の話を信用するなら──警察署でハゲオヤジにいじられるだけのキャラとしては超悔しかったですけど──まさに彼氏さんは、すごく物知りで、人生経験も豊富で、警察官としても役に立つ話をたくさんしてくれる人。懐《ふところ》の深い、知的で落ち着いた人」

「どんな感じで、ラブラブだったのかな？」

「そりゃもう、かなり頻繁にデートもしていたみたいで、その、女の姫川室長だからいいますけど、ぶっちゃけ、もう関係もありました。バツイチさんだから、御自宅も使いやすかったんでしょう――ただ、『日勤のサラリーマンさんと、三交替制の警察官が、どうやって時間の都合をあわせているのかなあ？』とは思いました。そう不思議に思っちゃうほど、頻繁にデートをしていましたね、小百合のノロケからすれば」

（言われてみればそうね）理代は思った。（勤め人の休みは土日。ところが三交替制の警察官の場合、三日に一回指定休《シテイキユウ》がある代わり、土日みたいな連休はとれない。ウィークエンドの感覚もない。まして、土日に動けるとすれば、それは、泊まりの日が『金曜日』だったときだけ――そのときは土曜日が非番、日曜日が指定休となるから。けれど、そんなの月に一〇回前後の泊まりで一回あるかどうかよ）

「そんな感じで、よくデートしていたんですけど、でもやっぱり警察署の管内だと、そりゃもう知っているお巡りさんだらけなんで、用心して、インドアか県外デートにするしかないって言っていました。当然の防衛心だと思います。警察、噂が何より好きだから」

「そんな感じだと、プレゼントのやりとりとかも――」

「ああ、まさに私、プレゼントに何をあげたらいいか相談されたくらいですよ。でも、ぶっちゃけちょっとムカついたし、ちょっと年が行っている男でもあるってことで、『それなら菊地さんとかに訊いてみたら？』って流しちゃいましたけど。結局、いつかの泊まり明けに、県庁近くの三越に行って、なんだったかなあ――湯呑みだかタイピンだかを買ったって言っていたっけ」

「でも、それだけの彼氏がいたからこそセクハラに耐えられなかった――とは考えられない？」

「そうですね……

でもそれだけの彼氏さんがいたから、年野係長にちょっとでも変なことされたら、むしろ激怒するんじゃないかなあ。決まった人がいたら、他のよく解らない男にベタベタされたり色目使われたりするのって、もう気持ち悪い以上に犯罪じゃないですか、女にとっては。まして小百合はマジメでしたから、その彼氏さんのためにも、ハッキリ拒絶するか激怒したはずです。

言い方はアレですけど、小百合は彼氏さんのモノ……違うなあ……とにかく小百合をどうこうするのは、彼氏さんの特権っていうか、まあふたりの約束っていうか、とにかくそういうのは、小百合と彼氏さんだけのコミュニケーションですよね？」

「成程《なるほど》――」

理代は思わず、今自分の官舎にいるであろう、恋人の顔を思い浮かべた。そして思った。まさか自分は内田直行のモノではないが、結婚の約束までしている相手だ。また

『ラブラブ』と評せるかどうかは別論、パートナーとして不満を感じることは無い。だから他の男と寝ようとは思わないし、まして他の男に性的な誘いを向けられるのは、不愉快というか気色が悪い。自分ですらそうだ。まして『マジメ』な青崎巡査なら、そうした思いはいっそう強いだろう。

「――小百合さんは、そうすると、潔癖というか、一途《いちず》な方だったのね？」

「思い込んだら命懸け、みたいなところはありました。ああ、でも、それがやっぱり、こんな飛んでもないことにつながっちゃったのかなあ……

とにかく小百合は、そうですね、身持ちの堅い方です。彼氏さんを裏切るようなことはしませんし、そんなこと強制されたら、絶対に相手を許さないはずです。自殺して遺書で告発なんて、そんな悠長《ゆうちょう》な……言葉がおかしいかな……回りくどい話にはなりません。

それだけ身持ちが堅かったからこそ、ちょっと、悩んでいたこともありましたけど」

「どんなこと？」

「ほら、彼氏さん、バツイチさんじゃないですか。もちろん元の奥さんとは完全に切れているんで、小百合が彼氏さんと付き合うの、なんていうか、市民としても警察官としても何の問題もないんですけど――

ちょっと元の奥さんや、子供さんたちに、引け目っていうか、遠慮を感じていましたね。元の奥さんっていうのが、かなり性格のネチネチしたタイプらしくて。離婚の慰謝料も闇金《ヤミきん》なみだとか。だから、二三歳の小百合としては、ちょっと腰砕けになるところもあって。もちろん実際には、顔を合わせたこともないはずですけど。

また、彼氏さんの子供さんたちはもう社会人だそうですから、もし彼氏さんと結婚したら、年上の息子とかができちゃうんで、それもまたいきなり上級編だなあ――って、ちょっと悩んでいましたね。ただ、もちろん愚痴っぽいことは言ってないです。御挨拶とかあるのかなあ、どういう態度をとればいいのかなあって、職質の段取り考えるみたいに、真剣に検討していた。そんな感じです。小百合のことですから」

「そこまで検討するってことは、結婚を前提におつきあいしていたのね？」

「もちろんです。

小百合マジメだから、もうゼクシィとか、ちょっと気が早すぎるけどたまごクラブとか、あるいはマジメ過ぎるけど独身寮の退去手続とか海外渡航の許可申請手続とか、もうそんなものまで読んだり考えたりしていましたね」

……さすがに理代は、今出てきた単語に引っ掛かった。吃驚《びっくり》はしなかったが、あれっとは思った。だから訊いた。

「たまごクラブとなると――小百合さんは、出産・育児を前提に結婚するつもりだった？」

「そうです。だから深沼本部長と姫川室長の〈県下警察官女子会〉でも、育休とか産休とか、職場復帰の施策とか、そんな話をしたはずです。本人、すごくよろこんでいましたよ。県警本部長とか、監察官室長とか、雲の上の人が、すごく懇切丁寧《こんせつていねい》に、解りやすく教養《キョウヨウ》してくれたって。これで自分も、『仕事と家庭を両立させる女警』になりたくなったって。ただ、まだ結納《ゆいのう》とかもしていないですから、ぶっちゃけかなり気が早いなあとは思いましたけど――

だから私、そこまで気が早いんなら、いっそのことデキちゃった結婚を狙っちゃって、いってみればそれを『武器』にして、彼氏さんにも腹を括《くく》ってもらって、元の奥さんにも立場をわきまえてもらえばいいじゃん――っていったこともありました」

「そうしたら、青崎巡査は何て言ったの？」

「滅茶苦茶《めちゃくちゃ》怒りました。烈火《れっか》のごとくっていうか。普段の小百合からは考えられない、すっごい剣幕《けんまく》で」

「えっそれはどうして？」

「小百合、古風なところがあったんで……

彼氏さん仕事が大変なのに、赤ちゃんを武器や出汁《だし》に使って迷惑を掛けるなんてとんでもないって。仕事でいろいろ心労が多いのに、自分や赤ちゃんが平気で重荷になっちゃうなんてとんでもないって。まして、自分もそもそも母子家庭育ちだし、母親も亡くしているから、彼氏さんの元の家族を決定的に壊してしまうの、どこか後ろめたくて恐いと。気の毒な、申し訳ない感じもすると。

だからもし仮に子供を授かったとしても、安定期に入る前はまだ不確定な話だし、自分の家族経験を踏まえると子供をしあわせに育て切ることができるイメージが全然わかないし、自分はもちろん彼氏さんの仕事にまでダメージが及んじゃうかも知れないし、自分の三交替制勤務じゃあ流れちゃうかも知れないから、バレたときは完落ちで自白するだろうけど、きっとギリギリまで黙っていると――だからデキちゃった婚だの子供を武器にするだの、酷《ひど》いこと言わないでって、そりゃもう怒られたんです」

「すると青崎巡査は、出産・育児を前提に交際はしていたけれど、だからいろいろな制度にも真剣な関心があったけど、それは自分が絶対に妊娠・出産したいからというよりは、万一そうなったときのためとか、彼氏さんと話し合ってそうなったときのためとか――とにかく自分自身のことより、彼氏さんの事情を酌《く》みたかったから。そういうことかな？」

「そうですね、私達まだ二三歳ですし……でしたし。だからちょっと早過ぎますよね、その、避妊のミスとかがなければ。それに小百合は、とにかく彼氏さんのことを思い遣っていました。とても慎重に……ひょっとしたらとても臆病に」

「確かに『臆病』な感じを受けるわね。古風というより、男に気遣いし過ぎる感もある」

「……小百合は、ここぞというときの決断はすごく速い子でしたが、普段はとても慎重で、いろんな気配りができるタイプでした。ううん、気配りしすぎるくらいかな、私なんかと比べたら。

だから、その意味でも、『上官を殺して自分も死ぬ』なんてこと、到底信じられなくて」

「そっか……」

嵐巡査の話を聴くたびに、だから理代の中の『青崎巡査像』が輪郭を濃くしてゆくたびに、理代はどうしても、生前に出会えた唯一の機会のことを、思い出してしまった。

「……嵐巡査の話を聴いていると、あの〈女子会〉で青崎巡査と話をしたこと、ほんとうによく思い出せるわ。そう、彼女すごくマジメに聴いてくれて……そう、臆病なほど熱心に。

よろこんでもらえていたのなら、せめてもだわ。

それが近い将来でなくとも、実際に制度とかを使ってもらって、ちゃんとよろこんでもらいたかった」

「だから小百合は、これからしあわせにならなくちゃいけない子だったんです。だから小百合は、絶対に上官を殺して自分も死んだりしません……ってこれ事実と反していますから、全然説得力がないんですけど、でも……

ああ、小百合だったら、私と違って、仕事と家庭を両立させられる、立派な女警になれたのに。ひょっとしたら、晴海管理官以上の女警になれたかも知れないのに。なんてことだろう」

嵐巡査の今の『私と違って』というフレーズには、むしろ聴き手の側である理代っぽい直情があった。確乎《しっか》とした決断もあった。だから理代は、そこに強く興味を引かれた。

「そうすると、嵐巡査は、仕事と家庭の両立は無理だと思うタイプ？——あっ変に受けとらないで。それは個人のライフスタイルの問題だし、いくら警察が〈女性の視点を一層反映した警察づくり〉なるものに取り組んでいても——だからいろんな制度で仕事と家庭の両立をバックアップしようとしていても、別にその施策に遵《したが》わなければならない義務なんてないし。

私の本音としては、両立させたい女警に道を開きたいけど、それを選ばない女警を、まさか処分したり排除したり弾圧したりする気なんてないわ。そんなことまるで意味がないもの。私自身まだ独身だし、一〇年後、ううん五年後の自分がどうなっているかも分からない。まして子供を産むとか、それと仕事をどう調整するかとか、実はリアルに想像できていないわ——官僚の悪いところね。自分はぱちんこをやらないけど遊技機に規制を掛ける。自分はソープランドなんて見たこともないけど営業禁止区域を設ける。理屈で世界が動くって考えるのは、官僚の傲慢《ごうまん》だわ」

「そこまでおっしゃっていただいたので、私も正直に言いますけど——

私は結婚して、子供ができたら、退職願を出します、職場を去ります」

「まったくの個人的興味だけど、それは何故？」

「うーん、姫川室長への批判じゃないんですけど、だから警察全体への批判なんですけど、やっぱりここ、この会社、女が生きづらい会社です。実は泊まり勤務の都度《つど》、やりづらいなあ、面倒だなあ、厄介だなあって思っています。

だからさっき、私が愚痴る方で、小百合はそれを聴く方だっていったんですけど」

「生きづらさ、か……」

理代はここで、晴海管理官の話と、菊地相談員の話を思い出した。

弱者としての役割を強制されるつらさ。囚人としての役割を強制されるつらさ。

男にならなければ生き残れなかったつらさと、それを諦めて組織を去ったつらさ——

「——嵐巡査にとっては、どんなことが『生きづらい』のかな？」

「どう足掻《あが》いても女としてしか見てもらえないこと、ですね。

それはまあ、確かに女だから当然かも知れないですけど……そういう生物学的な話じゃなくって……ぶっちゃけていうと、どうしても、その、性的なものとしてしか見られない。そういうところが滅茶苦茶気持ち悪いし、勘弁してくれよ——ってウンザリしますね」

「例えば？」

「顔がどうだ、髪型がどうだ——なんて安全な入口から始まって、目がどうだ、唇がどうだ、肌がどうだ——なんてことになり、結局は胸がどうだとかケツがどうだとか腰がどうだとか脚がどうだとか足首がどうだとかスリーサイズがどうだとか、もう性的商品を品定めする話になってくる。もっとも男はバカですから、そんな段取りは安全牌《パイ》を選んでいるだけで、もう最初っからセックスすることしか頭にないんですけどね。

——姫川室長も、おかしいと思いません？

新人の男巡査が署に来たとき、どの女警が、いきなりセックスすることを考えます？　アレがどれだけ大きいかとか、どれだけ頑晴れそうだとか考えます？　ありえないですよね。まさかです。もちろん胸板にもケツにもシックスパックにも、うらん顔にすら興味ない。だってオフィスに一緒にいるだけの、もろ他人なんですから」

「それはそうね。私警察庁でも、男の同僚をセックスの対象として見たことは絶無だわ。そして嵐巡査、そろそろ女子トーク炸裂にしてくれて、嬉しい」

「すっすみません!!　いち巡査が、所属長警視に汚い言葉遣いを!!」

「いいのよ、それが無礼講《ぶれいこう》で、だから私の願い。もし引き続き私を信じてくれているのなら、どうかその調子で、そのトーンで続けて。そうでなければ、この調査は意味がない。それは青崎巡査のためにもならない、絶対に」

「そ、そういう御趣旨《ごしゅし》でありましたら、それでは、その、引き続き、二三歳ＯＬらしく、あの、ぶっちゃけた言葉遣いで……

……ええと、それで、ああ、警察署に新人の男巡査が来たらって話でありましたね。そのときのリアクションの話。もろ他人だから興味がない――っていう話でありました」

「そうそう。続けて。アリマシタはいいから」

「そ、それが、なんとまあ、署に新人の『女巡査』が来たとなれば、もう家畜の落札みたいな感じで、気持ち悪い目で見られる。スキあらばセックスしようと狙われる。自意識過剰じゃないと思います。姫川室長なら御存知のとおり、警察では、どんなに、その、まあ、『ちょっと彼氏を作るのは無理かなあ……』『柔道、すっごく頑晴ってきたんだね……』っていうタイプの女警でも、たちまち結婚退職するか、たちまち不倫でラブホテル行きですから。

そう、どんな女でもいいんです、若くて使えそうであれば。

だから商品とか、家畜とか、そんな言葉を連想しちゃうんですけど……

……これ、警察が圧倒的な男社会だってこともあると思いますが、私は、男のモテ期にも関係があると思います」

「男のモテ期？　いきなりおもしろそうね、すなわち？」

「普通の、イケメンじゃない男って、高校生だの大学生だの新卒だのっていう時期には、まるでモテないじゃないですか。それはそうです。ルックスが大したことないなら、あとはお金かセックスか賢さかですけど、若い男なんて、そんなもの何一つ持っていないんですから。だけど警察に入って、三交替制だの何だの、あるいは捜査本部の私服だの、濃密な社会経験をすると、税金のお陰で賢さが増しますよね。男として懐《ふところ》がひろくなるっていうか。また安定した公務員ですから、お金にも余裕が出てくる。若い頃とは違う、自信と大胆さも出てくる。いよいよ、若い頃には望んでも来ることのなかったモテ期です。

そして、私達みたいな新任巡査が配置されれば、指導部長だの指導係長だの、偉そうな役割を与えられる。実際、私達は右も左も分かりませんから、指導者に頼らざるをえない。ううん、新任巡査でなくっても、例えば新しく刑事に登用された若い女警とか、新しく交通に登用された若い女警とか、とにかく実務の分からない小娘が、実務経験の深い男たちの集団に入れば、パッと見だとすごく輝いて見える先輩に——思わず尊敬してしまう先輩に——遭遇することとなる。実は、例えば姫川室長レベルからすれば、ゴミクズみたいな能力しかないようなダメダメ巡査部長・警部補でさえ、私達には、滅茶苦茶頼れる男に見えてしまう……

するとと、もう待ち伏せている男達からすれば、狩り放題の入れ食いですよ。

実際、警察が部内《ブナイ》結婚ばかりだったり、新任巡査がたちまち交番の先輩の餌食《えじき》になるのは、こういう男のモテ期の事情も絡《から》んでいると思います」

なるほど男性警察官の結婚相手は、まさか正確な統計は存在しないだろうが、まず第一に女性警察官である。ちなみに第二位は、おなじく交替制勤務をし、おなじく制服勤務をし、おなじく無限の肉体労働をし、おなじくヒトの生死にかかわる看護師であろう。

そして、警察官があるいは警察が部内結婚を好む理由は多々あるが——

「——そうね、警察は、外の社会に対して閉じた城塞《じょうさい》だものね。そこにいるのは連日連夜、生死をともにする兵士だけ。性欲も昂《たか》ぶれば、吊り橋効果もある」

「もちろん、それって、見方を変えれば『求愛者がよりどりみどり』『どんな女でも男には困らない』ってことですから、それがいいって感じられる子であれば、かえって居心地がいいんでしょうけど……でも警察の不倫文化を考えたとき、そうした気持ちを男達が利用している面は、否定できないですよね。もちろん警察の不倫っていうのは、既婚の男が未婚の女をたらすのがほとんどですから――上級編で既婚者どうし、しかも男は警視だの警視正だのなんてすごい話も聴きますけど――要は自分自身はリスクゼロで、女の人生にはリスク山盛りにして、セフレが欲しいってだけじゃないですか。いったい何処《どこ》の誰様《だれさま》なんだよ、お前は堤真一《つつみしんいち》か堺雅人《さかいまさと》かよって、ビシッとツッコミ入れたくなりますよね」

「あっは、要は、警察の男どもは、セフレ狩りしか考えていないと」

「枯れちゃった人もいますけど、まあそうです。

あと、セフレ候補じゃない女警もいますけど、そのときは今度は『母親候補』になるだけですから。要は甘えてますよね、舐《な》めている」

理代はここで懸命に自重した。何故なら思わず『そうね、聖母か娼婦《しょうふ》しかいらないのよね』と言ってしまいそうになったからだ。さすがに、監察官室長としての識見が疑われる……

彼女は喉《のど》の奥に感想を送り返して、また嵐巡査の言葉に耳を傾けた。

「――だから、とりわけ若手女警としては、よっぽど気をつけて、よっぽど冷静に上官・先輩を見定めないと、たちまち食べられてしまう。まあそれも警察官に必要な人生経験なのかも知れませんが、私は嫌です。というのも、実は私、大学時代からの彼氏がいるので。

となると、さっきの小百合の話じゃないですけど、どうして彼氏以外に胸がどうだのケツがどうだの締まりがよさそうだの品評されなきゃいけないのかって話です。いや彼氏でも褒《ほ》める以外ならムカつきますけど」

「二十一世紀になってかなり経つ今日現在でも、警察って、現場どころか警察庁も含めて、超古典的なセクハラ、少なくないものね。飲み会で酌《しゃく》をさせるときに猥談《わいだん》をするとかさせるとか、不愉快な芸をさせるとか」

「いいえ、私はセクハラとか騒ぎ立てるつもり全然ないし、いやそれ以前に単なるバカだとしか思いませんけど、『今日も一段と胸がでかいなあ』『最近彼氏とかとはヤってるの？』とか、そうです、超古典的なことといわれると、あるいは何気に髪触られたり肩揉まれたりすると、こっちも『ああ、コイツは私を穴としか考えていないんだな』『もしも私がうんって言ったらすぐにラブホに行くんだな』ってガックリきますし、もっといえば、もうそれ以前とは同じ眼で見られないですよね、その男を。だってそれしか考えていないんですもん。

どんな女だって、いきなり居酒屋の裏路地に連れ込まれて壁ドンされてキスされて舌まで入れられたら、もうその男を上司とか同僚とか仲間とか思えないじゃないですか。それと一緒で、自分が性的なモノ扱いされているといったん解ってしまったら、もう二度と元の関係には戻れない。

それはキスとか強猥《きょうわい》とかじゃなくって、言葉ひとつでもそうなんです。それはそうです。だって、例えば私に後輩の男巡査ができたとして、三度目の泊まりあたりに『やっぱり野外で立ちバックとか好き？』なんていったらどうなります？　私絶対、変態かイカ《MD》レだと思われますよ。そしてもう二度と、私をマトモな先輩としては見てくれないでしょう。それ、ヒトとヒトとの関係なら、セクハラとか以前の当たり前のことだと思うんですけど、警察の男には、まだそれが全然解っていません。

……そういうところが、生きづらいですね、ホント」

「だから、例えば彼氏さんと結婚したり、子供ができたりしたら、こんなイカレた部分社会からは撤退する――ってことかな？」

「そうですね……それが五〇％の理由かなあ」

「ならあと五〇％は？」

「それもまた、やっぱり『生きづらさ』なんですけど……

そうした性的な話を全然抜きにしても、今度は仕事として、女の役割を押し付けられる。それは実は、晴海管理官の時代と、全然変わっていない気がする――すみません姫川室長、室長のお仕事を批判するようなこと言って」

「ううん、どんどん言って。こんな機会、私にとって滅多《めった》にないから」

「……昔は、『婦警なら交通』って不文律がありましたよね。だから、晴海管理官の畑《ハタケ》も交通です。そして今はと言えば、『そうした役割意識から抜け出そう』『女性の活躍の場をひろげよう』――って、採用パンフでも広報パンフでも県警ＨＰでも宣伝していますし、私も採用されるとき、たくさんの先輩から、今は違うと、少なくとも大きく変わりつつあると、そう言われました。

それは、なるほど嘘じゃないと思います。

でも実際に入社して、社員としていろんな先輩女警の話を聴いてみると、なんていうか……変わり方がおかしいっていうか、ちょっと違う方向に突き進んじゃっているのかなあ、とも感じます」

「違う方向……」

「例えば、どんな警察のPRを見ても、何で女警のちからが必要かっていったら、それは『女性ならではの仕事があるからだ』って答えになっていますよね？　痴漢とか強猥とか強制性交とか、そうした性犯罪の被害女性には女警が対応すべきだし、女警だからこそ対応できるって。あるいは、DV事案とかストーカー事案では、やっぱり被害者が女性であることがほとんどだし、家庭事情とか恋愛事情とか、かなり立ち入ったことも聴取して、相談に応じたり捜査したりしないといけないから、女警が活躍することのできる分野だっていう話になっている。ほとんどのPRで、性犯罪・DV・ストーカーの例が出てくる――

でもそれって、実は、『婦警なら交通』っていう考え方と、どこが違うんでしょう？　それが単純に『女警なら性犯罪』『女警ならDV』『女警ならストーカー』に置き換わっただけなんじゃないでしょうか？」

「でも実際、そうしたPRでも、例えば白バイ女警とか、鑑識女警とか、違う例も頻繁《ひんぱん》に採り上げられているわよ？」

「それは解ります。でもそれは、採用パンフとかだと全部の部門を紹介しないといけないから、メニューに入れているだけ――って気もします。というのも実際、じゃあ警備公安部門の女警の紹介はどうなっているのかっていったら、それは必ず女警SPっていうか、警衛警護《ケイエイケイゴ》をする女警しか出てきませんから。

……それって変ですよね？

警備公安だったら、スパイ女警とか、インテリジェンス女警とかいてもおかしくないじゃないですか。機動隊女警がいてもいい。ううん、それはどの部門、どの分野でも一緒です。知能犯女警がいてもいいし、マル暴女警がいてもいいし、あるいは、職質の達人女警がいてもいい。でも、そういうのは積極的にPRされないし、だから私達現場の女警には、とりわけ交番の新任巡査には見えてきません。実感が湧きません。

……そうです、私、実務一年拝命《ハイメイ》二年の小娘なんで、上手く表現できるかどうか解らないんですけど、今ずっと感じているのは――警察って、ひとつのことを思い付いたり、ひとつの方向に舵《かじ》を切ると、組織力がすごいから、みんな右向け右で、おなじ方向に突進する傾向があるってことです。些末《さまつ》な話をすれば、女警をたくさん採用しないといけなくなったら、なんだか数の目標まで決めて、それが絶対の正義になっちゃう。そしてそのとき、女警になりたい子にはこういうPRをしようって決めたら、もう判で押したように、どの県警の謳《うた》い文句も一緒になる。この場合は、『女警なら性犯罪』『女警ならDV』『女警ならストーカー』って奴です」

理代は心底、嵐巡査の賢明さにおどろいた。彼女は二三歳ＯＬなりに、だからまだ『未熟』で『これから』の割に、もう直感しているからだ――警察の宿痾《しゅくあ》を。そう、これまで、どれだけ錦《にしき》の御旗《みはた》が立てられては忘れ去られてきたことか。二八歳の理代でも知っている。留置部門の刷新強化、地域部門の刷新強化、通信指令の刷新強化。被害者対策、相談の適正な処理、空き交番対策、取調べ監督。そんなこんなの、右向け右の熱狂が冷めたあとは……

（死して屍《しかばね》拾う者なし。そしてまた新しい花火が上がる。誰もがそこへ突進する）

理代は改めて嵐巡査を見た。三年後、五年後に、この子とこの子を取り巻く女警関連施策は、どうなってしまっているのかと。ただ、さすがにそんな理代の葛藤《かっとう》は知らず、嵐巡査は言葉を続ける。

「そしてそれは、そう、『女警なら〇〇』っていうキャッチコピーは、たぶん、深沼本部長や姫川室長のお考えからすれば、『そこで女警は輝けるけど、もちろんそれは単なる例で、他のどんな分野でも頑晴れますよ、解りやすい代表例を挙げているんですよ、改革に聖域はありませんよ』――っていうことなんだと思います。それは、現場の下《した》っ端《ぱ》の私でも解る気がします。やっぱり女同士なんで。

ところが、警察の男の右向け右文化って、そうした偉い人の――御免《ごめん》なさい姫川室長

——考えることなんて理解できないし、理解しようとも思わないんですよ。良い意味でも悪い意味でも、現場バカなんです。だから、深沼本部長や姫川室長が『代表例』を挙げちゃうと、もう、『それこそが女警の役割だ、そこが女警の輝く場だ、あとのことは指示がないからよく解らんし考えない』——って、ホントそんな風になっちゃうんですよね。

例えば、ですけど——」

嵐巡査はちょっと立ち止まって、自分のトートバッグの中を捜した。

「ええと、たぶん入れっぱなしだったと思うんだけどなあ……

あっ、あった、これです、この紙」

「——何かのメモ？」

「はい。実はこれ、私が小百合の独身寮で、小百合と一緒に宅飲みしているとき書いたメモなんですけど。これを書いたのは……あのときは、確か四月の終わりくらい」

嵐巡査は、そのメモを理代に差し出した。

白い紙だ。Ａ４より、いやＢ５より小さい。

そこになるほど、女性の筆跡で、何やらメモが書かれている。ボールペンの、走り書き。

理代は紙を裏返しにした。

——なるほど、紙が小さいわけだ。裏に印字してあったのは、領収書である。どうやら病院の領収書だ。要は、領収書の裏の白紙の方に、メモをとったことになる。

「小百合と私、三交替のサイクルが違うんで、この宅飲みのとき、小百合は泊まり明けの非番で、私は非番の次の指定休でした。どのみち、夜に飲むには不自由しません。で、夜の八時くらいから飲み始めて――といっても小百合、禁酒中でしたけど――あれは夜の一一時過ぎだったかなあ。私のスマホに、ウチの警察署からの呼び出し電話が入って。要は女警が必要だから、今すぐ来いって。

これはそのとき、事案の概要とかをメモった紙です。

……私、ちょっとウッカリしていて、ノートとかメモ帳とか持っていなくて。それで小百合が、ちょうど屑籠《くずかご》に捨てようとしていた要らない紙を、メモ用にくれたんです」

「成程《なるほど》」

――ふたりはまた、桜橋池の湖畔を歩き始める。理代は歩きつつメモの内容を見た。

一一〇八　PSから　地域　織田係長　すぐこい　DV　緑町PB受理　三四歳
女性　管内北町居住　夫暴力　怪我あり　診断書？　直接来所　相談受理簿　被
害届？　専務女警と連携　管理官報告誰が
メモというか、文字はまだまだあったが、とにかくびっしりと書かれていた。嵐巡査も、なんだかんだいって生真面目な性格らしい。

「これ、御覧のとおり、DVの被害女性が、直接交番に相談に来た事案なんですけど、時刻は夜の一一時〇八分。私にとっては指定休の晩ですから、夜が明ければもう交番にいるタイミングです。もちろん飲んでいましたから、かなり出来上がっていました――

まあそれはいいんですけど、とにかく呼び出されたからには、急いで出勤しないといけません。タクシー止めて、署に上がって、すぐ制服に着換えて、泊まりでもないのに緑町交番にゆきました。

でも、DV事案の相談ですから、夫婦間の立ち入った事情もあって、なかなかハッキリしたことは訊き出せません。しかも私、甘えるわけじゃないんですけど、二三歳OLです。いちおう独身です。夫いません。そんなのが、三四歳女性の、いわば人生相談とか……ハッキリいって無理です。無理っていうのは、実務が解らないとかじゃなくって、圧倒的に人生経験が足りないっていう意味で、無理なんです」

「それは解るわ。例えば私だって、そうね……晴海管理官から大手自動車メーカーの会長との不倫関係を相談されても、二の句が継げないほど困ると思う」

「でも仕事ですし、ウチの署も小百合の署と一緒で、〈地域〉には私独りしか女警いないんで、交番で受けた性犯罪・DV・ストーカーは、結局全部私に回ってくるんです。泊まりの日はもちろんですが、非番でやっとお風呂入って寝入ったときも、指定休でこうやって友達と飲んでいるときも、もう呼び出し、呼び出し、呼び出し。

――もちろん、そうした仕事自体は嫌じゃありません。やり甲斐のある、社会にとって大事な仕事だと思います。困っている女性を、同じ女として救《たす》けたいと思います。でも、例えば子供を産んだことのない女に、つわりの対処法を指導させるみたいな、そんなバカなことしませんよね？　そういう意味で、あまりに形式的なんじゃないかと。ただ、交番の男どもはもう『DVなら女警』論で、仮眠に入ったり職質に出撃したりしちゃって。じゃあ警察署の先輩女警が助けてくれるかっていったら、そっちはそっちで、生活安全の先輩なら痴漢を、刑事の先輩なら強猥・強制性交を、唸《うな》るほど抱えているんですよ。五件も六件も、ううんもっと、同時並行で。なら取調べも見分も捜査報告書も供述調書も関係事項照会も腐るほどある。だから、まだ事件になるかならないかも分からないような相談事案なんて、新しく抱える余裕がないんです。もちろんやる気の問題とか意地悪するとかじゃなくって、純粋に仕事量と女警の数の問題です。それもまた『痴漢なら女警』『強猥なら女警』『強制性交なら女警』論のせいなんです。取り敢えず女呼び出しとけ、女にやらせとけ、みたいな」

……理代はこれまでの警察人生を回顧した。なるほどどこは、逃げ足と見切りの早い者が生き残るそんな会社だ。もちろん確率論だし、だから例外はあるし、役所というのはどこもそうなのかも知れないが。

「そして結局、このメモの事案でも、完徹になってしまって……完徹になってしまったっていうことは、そのまま朝の八時半から、また緑町交番で通常基本勤務をしなきゃいけないってことです。外回りで警らして、職質して巡連して。交番に帰ってきたら地理指導に遺失拾得、被害届に物件事故報告書が待っている。そしてもちろん、通常基本勤務の間にも、『DVなら女警』『ストーカーなら女警』『性犯罪なら女警』論で、バンバンそういった新規の事案を担当させられます」

「錦《にしき》の御旗《みはた》になってしまっているのね。

さっきいってくれたような、警察文化の右向け右」

「で、男は頭が悪いから、あるいはズルいから、『女警ならではの共感力で被害者を癒《い》やせ』とか、『女警のきめ細かな配慮があるから、被害者も安心して語り始める』とか、どこかで聴いたようなことを言うんですけど、そういう役割論みたいなことを言い始めるんだったら――くどいですがそれ『婦警は交通』と全然変わっていないです――じゃあ、あんたたちは何するのと。ひったくりの犯人なんて男だから、女警はそれガン無視でいいのかよと。マル暴のシャブ事案だって、極妻《ごくつま》以外は全部男の仕事なのかよと。そんなことありえませんよね。もしそれが正しいんだったら、強制性交の被疑者はまず男なんだから、男でなきゃ共感力が発揮できないし、男のエロい配慮がなきゃ被疑者は安心して歌わないって話になるじゃないですか？」

「要は、男にとって都合のいいかたちで、キレイな役割論が押し付けられていると」

「そうです、それです、キレイゴト。

しかも、そのことによって、とりわけ私達みたいな若手女警は、疲弊《ひへい》しています。だって男どもは全然助けてくれないし、だから実質いつも独りで、お客さんの人生まるごと背負わなきゃいけないかたちになりますし、そもそもＤＶでもストーカーでも性犯罪でもいいですけど、これ、すっごく危険な闇――表現がよくないかなあ――すっごく注意しないと、こっちもすぐに呑み込まれる底なし沼なんです。仕事が多いとかそういうことじゃありません。いってみれば『虐待事案の本質』みたいなものです」

「虐待事案の、本質」

「いちばん恐ろしいのは、被疑者じゃありません。もちろん被害者でもありません。事案そのものが闇なんです。

だってこれって、夫が妻を、彼氏が彼女を、強姦魔が見知らぬ女性を――それぞれ逆でも全然いいですけど――奴隷にしようって話なんですから。暴力とかで。

そしてどこかで読みました。ヒトがヒトを奴隷にするっていうのは、ヒトがいちばんやってはいけないことだって。ヒトがヒトを家畜にするようなこと、絶対あってはならないんだって。確かにそうです。私実務一年目ですけど、もうウンザリするほど、そんな『絶対あってはならないこと』に触れてきました。そして、虐待とか、奴隷にするとかの恐いところって、実は、自分が被害者じゃなくても、その現場を見たり、その話を聴いたりするだけで、自分もまた、ある意味で被害者になっちゃうところだと思うんです。虐待って、話を聴くだけで、心の傷になりますから。しかも、ドロドロ、グチャグチャ、ズキズキ、ジンジンした酷《ひど》い傷になります。追体験とか、もうそういうなまやさしいレベルじゃなくって、自分自身が、二次的に虐待されるんです。

まして、自分自身も虐待を受けることになるのに、演じなきゃいけない役割はいつも『聖母』『神父』です。少なくとも『ベテランのケースワーカー』です。共感力があって、包容力があって、何でも知っていて、何でも理解できて、何でも解決できるような、そんな役割だって押し付けられる……」

聖母、という言葉がまさに出たことで、理代はまた、ゴクリと喉を鳴らして正直な感想を呑み込まなければならなかった。女子トーク炸裂といっても、県警本部の所属長として、『女警は聖母か娼婦』などという言葉は、著しく不適切である。直情的な理代は、立場からくるしがらみを微妙に怨《うら》んだ。そして、できるだけ適切な言葉で、感情を打ち返した。

「嵐巡査自身の動揺とか傷みとか、声に出したい苦しさとか、言葉は悪いけど未熟を思い知らされるやるせなさとか――そういったつらさなど全然お構いなしに、重荷と役割を押し付けられるのね」

「……もちろん私は警察官ですから、それは仕事ですし、だから仕事として我慢しなきゃいけないこと。それは解っています。ですから、それ自体はものすごく辛くても、それに文句を言おうとは思いません。

私が怒りを憶えるのは、そんなことも解らずに、あるいは解らないフリをして、『女警ならできる』『これは女警の仕事』『俺達にはできない』『俺達には解らない』って傍観者を決め込む、警察の男達の卑劣さです。二三歳ＯＬに、閊《うな》るほど『闇』を経験させておきながら、仕事を任せた後は何のフォローも協力もなし。もちろん心のケアなんてなし。

そんなもの必要ないんです、男達にとっては。だってそれは『女警の仕事』だから。『自分達には解らない』ことだから。生理とか妊娠とかつわりとか陣痛とかとまるで一緒。知りたくもないし何のケアもない。

もっともこの警察社会、一〇人いたら九人以上は男ですから、女の心のケアなんてできるはずもないし、こっちも正直、期待できないっていうか諦めていますけど……」

「キレイな役割論を押し付けた挙げ句、そのあとは放置プレイ、『よきにはからえ』だと」

「ホントにそうです。そういうところ、警察の男はズルいと思うし、だからこの会社は今、逆に、女にとってもっと生きづらい会社になりつつある……のかも知れません。少なくとも私は、生きづらさを感じます。何かの病気で独り窒息《ちっそく》しかけているのに、周りは全く平穏無事な別の宇宙。そんな陰湿な息苦しさを感じます」

「さっき嵐巡査は、性的なモノとしてしか見られないことを、生きづらさといったわね？」

「はい」

「それが、生きづらさの五〇％だとも」

「はい」

「そうすると、残りの五〇％というのが、その『役割論からくる生きづらさ』？」

「そうなります」

「そうすると、それらは」理代はここで、晴海管理官の顔を思い浮かべた。「やっぱり上下関係というか、男が家長《かちよう》で女は子供――みたいな、いわば『警察家父長制』と呼べるような、警察一家意識から来るものなのかな？」

「か、家父長制、ですか？」嵐巡査は、素直に唖然《あぜん》とした。「そんなこと、そんな言葉、考えたこともなかったです。確かに署長はオヤジで、副署長はオフクロですけど、だから警察一家っていう言葉はまあ遣いますけど……

ええと、家父長制とか、上下関係とか、そういう考えは持ったことないです、正直」

「じゃあ、あなたのそうした生きづらさは、何から生まれているのかしら？最大の原因というか、システムの欠陥というか、プログラムのバグというか――」

「ああ、それならカンタンですよ、姫川室長。

要は、男はバカだってことです。少なくとも警察の男はそうです。ガチバカ」

嵐巡査の確信に満ちた断言に、理代はむしろ動揺した。

「す、すなわち？」

「そうですね、例えば、スカートを脱がしたりめくったりする前に、スカートをハンガーに吊《つる》せるようになれ――ってことでしょうか。

要は、職場では、男をやる前に、もっと大人になってほしい」

「あっは、なるほどね。すごくよく解る。なるほど、ハンガーのあれね。

しかもそれ、スカートだけじゃなくって、さっきの、生理とか妊娠とかつわりとか陣痛とか、ううん、もっともっとあらゆるものについていえる。すごいわね、嵐巡査――要は、もう上下意識云々《うんぬん》以前に、常識と学習意欲がないと。だから女警を性的なモノとしか見ないし、だから女警の役割だの女の仕組みだのに興味がないと」

「ガキなんですよ。エロガキですね。

だから上下意識とか、私はそれ、感じないです。

――中学校とかで男の子に、『そのポーチってタンポン入ってる奴？』なんてからかわれても、『バカなクソガキだなあ』って思うだけですよね。あるいは『女だから学級委員な!!』なんていわれても、『ふざけろバカ』って思うだけです」

「確かに」

理代は、晴海管理官とも菊地相談員ともまた違う、嵐巡査の話にもまた納得した。五〇歳代。四〇歳代。二〇歳代。もちろんそれぞれ見方が違う。当然だ。経験してきた世界が違うから。ただ、まさに『今現在』を生きる嵐巡査の感覚は、二八歳の理代が、よりシンパシーを感じるものだった。というのも、理代自身は、嵐巡査のような生きづらさを感じてはいないが――これまた世界が全然違うから――嵐巡査の話は、まさに今自分が深沼本部長とやろうとしていることへの、強烈なアンチテーゼだったからだ。理代は直情的な分、反対意見や厳しい異論を、むしろ好む傾向がある。

「――有難う、嵐巡査。すごくためになった」

「ほんとうですか？　私調子に乗って、完全に階級とか忘れて喋っちゃいましたから」

「そういうの、警察庁でもやってほしいほどよ。
あっ、これ、さっきのDV事案の呼出しのときのメモ、返すね……」

理代はそういいながら、また、紙片を嵐巡査に返そうとしながら、ハッと大事なことに思い至った。いきなり立ち止まり、その紙片をもう一度、しっかりと確認する。

（このメモの裏面。というかオモテの方。
これは病院の領収書だわ。
しかも嵐巡査の話によれば、彼女がこのメモを作成したのは四月の終わりくらい。ましてそれは青崎巡査の家でのこと。しかもこの領収書は、まさに屑籠に捨てられようとしていたところ）

なら常識で考えて、青崎巡査は病院に行ったのだ。

しかも、その四月の終わりくらいの、嵐巡査との宅飲みの日か、極めてそれに近い日に。

――理代は紙片の領収書側を見た。病院名はすぐに分かる。

（B県立病院……）

隣の県にある病院だ。

（……診療科は記載がない。この個人情報保護真っ盛りの御時世《ごじせい》、それも当然だろう。
ただ、病院というならこの豊白市にもある。豊白市民病院が。県都にも県立病院がある。そしてクリニックというなら無数にあるだろう。それが何故、B県立病院なのか？）

理代は領収書の情報を瞳《め》で追った。

ただ、何かの再診らしく、検査も画像診断も注射もない。文書料もない。もちろん手術も麻酔もない。あるのは医師による診察料と投薬料だけ。だが……

(保険外金額? 何故10割負担なの?)

領収書によれば、青崎巡査が支払ったのは六、五四〇円である。検査も画像診断も文書も注射もないのに、妙に高額だなあと思って見てみれば――なんと全額が自己負担、医療保険外だ。すなわち、保険証を出して3割負担、というパターンではない。

(おだやかな、安全牌《パイ》の解釈を採るとすれば)理代は徳島の捜査二課長時代を顧《ふりかえ》った。知能犯をやると、社会制度やカネの流れに敏感になる。(保険証を忘れた、というパターンが考えられる。いちばん無難な解釈だ。それなら病院は許してくれない。10割負担になる。もちろん、領収書さえあれば、後で保険証を持ってゆき、7割を払い戻してもらえるはずだが――)

しかし、青崎巡査はこれを『捨てようとしていた』のだ。これは『要らない領収書』だったのだ。それは先刻、嵐巡査が明言したとおり。すると、払い戻しの線は消える。

(なら、わざわざ県外の病院へ行ったばかりか、わざわざ10割負担を選んだ。そうなるとすると、まず想定されるのは、保険証を使いたくなかったということ)

――警察官の保険証は、警察共済組合の保険証だ。もちろん、組合組合といったところで、県警本部の給与厚生課が管理しているようなものである。そして、これはどの保険組合もそうだが、この超高齢化社会において、医療費の抑制は最重要課題だ。すると、誰がいつ、どんな病気でどんな医療行為を受けたのか、確実・厳格にチェックされることになる。プライヴァシーなど犬に喰わせる警察なら――晴海管理官ではないが、個人の借財ですら報告させるのだ――チェックされるどころか、最初から全部見られている も同然だ。そして健康保険の使用状況については、定期的に、リストまで配布される。

要は、警察共済組合の保険証を使えば、組織にすぐ抜けるということだ。

裏から言えば、保険証を使わなければ、組織としては実態把握のしようがない。

(青崎巡査は、何かの病気だったのか？)

……そして、この状況。〈牟礼駅前交番事案〉。青崎巡査の、上官殺し。

それを踏まえると、彼女の病気が、組織に知られたくなかったもの――例えば拳銃保管措置をとられてしまうようなもの、具体的には鬱《うつ》病その他の精神疾患だったと考えて、特段の矛盾はない。というか、自立心あふれる二三歳ＯＬが『組織に隠したい病』というと、理代にはそれくらいしか想定できない。

(しかも、よくよく考えてみれば、嵐巡査は特徴的なキーワードを遣っていた。あやうくスルーするところだった)

だから理代は、いよいよメモというか領収書を返しつつ、さりげなく嵐巡査に訊いた。

「嵐巡査、そういえばさっき『青崎巡査は禁酒中だった』みたいなことをいっていたけど、それはまた何故？」

「ええと、ああ、私達の、宅飲みの話ですね。

——小百合は元々、酒豪っていうとアレですけど、お酒、かなり強い方だったんですよ。学校とかでも、もう酒癖悪くて。でも、あれは何時頃《いつごろ》からかなあ……あの宅飲みのときはもう絶讃禁酒中だったから……たぶん、三月の下旬くらいからだと思うんですけど、お酒、キッパリ断《た》ったんです。なんでも、『仕事で大きな失敗をして、上官に怒られちゃったから、謹慎《きんしん》するの。セルフ懲戒処分？』だなんて、冗談めかして言っていましたけど。

だから、私の独身寮で飲むときも、小百合の独身寮で飲むときも、あと居酒屋へ行くときも、以前なら、取り敢えずビールの後はいきなり日本酒だったのに、三月の下旬くらいからは、外なら烏龍茶《ウーロン》かオレンジジュース。家なら麦茶か炭酸のミネラルウォーター。

署のメンツとの飲み会でもそうだ、って言っていましたよ。私、隣の署だから、そのあたりは実際に見てはいないですけど、実際、私と飲むときはソフトドリンクばっかりになっていましたし」

「仕事で大きな失敗をして……か」

「それも、上官に怒られたって」

「だとしたら、その上官って、ひょっとして、牟礼駅前PBの年野警部補かな？」

「……いいえ、そこまでは分かりませんし、彼女にもはぐらかされてしまいました。

ただ」

ここで嵐巡査は、それまでのハキハキした言葉を切って、俯《うつむ》いてしまった。

理代にはその心情が解った気がした。

(確かに、上官という言葉だけでは何も解らない。けれど、交番勤務の二十四時間において、警察署の幹部は、巡視に立ち寄るだけ。だから青崎巡査の場合、いちばん接触する上官は、密室で一緒になる年野警部補だ。隣接署勤務とはいえ、勤務形態が一緒の嵐巡査なら、そんなこと痛いほど解っている)

しかも、怒った上官が年野警部補だとするなら、それはあの『備忘録』の内容とも整合性を持つ。大好きだったお酒を断つほどの怒られ方をしたのであれば、成程《なるほど》、鬱屈《うっくつ》した怒りも貯まろうというものだ。

(しかも、あの『領収書』と併せ考えると。

そう、組織に黙っていなければならない病を抱えていたとなると――)

その怒り方は、禁酒を決意させるほどのインパクトを持ったばかりか、メンタルヘルスにインパクトを持つような、そんな怒り方だったのかも知れない。そして実際、領収書には『投薬料』についての記載がある。つまり医師から処方箋《しょほうせん》が出たわけだ。すると薬局で薬を買って、それを服用することになる。そして大抵の薬は、アルコール禁忌《きんき》というか、酒とは相性が悪い……

理代は思い切って、嵐巡査に直接、疑問を当てた。

「その、青崎巡査の禁酒のことだけど。なにか病気をしていたから――っていうことはないかな？」

「小百合が？　病気ですか？　禁酒するような？　いや全然ないです。というか知らないです。聴いてもいないし、そんな素振りも……そんな素振りも……はい全然。まあ、病気っていったら、風邪をこじらせたくらいで」

「風邪を？」

「はい。四月の頭――ううん、もうちょっとだけ後。四月上旬のいつか。かなり酷《ひど》い喉風邪にやられたとかで、ずっとマスクを付けていたんです。『花粉症かなあ？』って思ったんですけど、警察学校では、それこそ拳銃の実射とか以外で、マスクなんて付けたの見たことがないし。時季もちょっと遅いし。だから、『そのマスクどうしたの？』って訊いたら、彼女、酷い喉風邪だっていったんです。そういえばそれ以来、つい最近まで、勤務中もマスクをしていたみたいですね。私、署は違いますけど、隣接署ですから、ミニパトで豊白署管内に入ることもあって。あと、何かのついでに、牟礼駅前PBに、ケーキとか差入れをすることもあって。だから制服姿の彼女が、マスクをしたまま勤務しているのをちょくちょく見ました。ごく最近まで。で、差入れのときは多少話ができますから、『まだ喉風邪なの？　長いね？』って訊いたら、『そうかも知れないし、風邪をきっかけに、喉そのものを痛めちゃったのかも知れない』みたいなことをいっていました。しょっちゅう飴《あめ》やグミを食べていたから、つらそうだなあって思いましたね。あと、ちょっとアレな話ですけど、ラブラブな彼氏さんとも、その喉風邪だかの影響で、ちょっと御無沙汰《ごぶさた》だったそうです、あの、あっちの話ですが」

「なるほど。

　そして喉風邪にしても花粉症にしても、四月の上旬から二箇月間ずっと――っていうのは、確かに長いね」

「はい。確かに、よくよく思い出してみれば、なんかちょっとだるそうっていうか、小百合にしてはぼんやりすることが多くなったっていうか――いつも眠そうな感じでした。立番とか、私が見るかぎりでも、ちょっとキツそうでしたね。長引いていたみたいです。そうはいっても、まさか倒れるとか入院とか、そんな話は全然聴いていないですし、事実小百合は……死ぬまで……交番勤務を続けていましたから、そんなに大きな病気をしていたはずありません。

　だから、マスクだの喉風邪だの以外に、病気とか、ちょっと考えられないですね」

「牟礼駅前PBに差入れをする――っていうのは、もちろん青崎巡査の激励よね？」

「そうです。私、牟礼駅前PBの人って、小百合と年野係長しか知りませんし、だから他の日の勤務の人に、物を買っていって食べてもらうなんてこと、考えもしませんから」

　ここで理代は、自分の中の『年野警部補像』を補強したくなった。だから訊いた。

「――ぶっちゃけ年野警部補ってどういう人？　どんな印象を持った？」

「うーん、実はよく解らないんです。影の薄い人、っていうか——」

（それが公約数になっちゃうのよね……）

「——あと、若い女警が嫌いなのかな、って感じました」

「それは何故？」

「私が差入れ持っていくと、オープンスペースにいても、すぐ奥の院に隠れてしまうので。あまり私と接触したくない——って感じで。正直、いい感じはしませんでしたけど、そもそもマトモに口を利いたことないんで、『よく解らない人』としか言い様がないんです。だから、コミュニケーション能力とか対人関係云々《うんぬん》とかいうなら、年野係長の方がよっぽど問題があるんじゃないかって、そう思っちゃいます。

まあ、身嗜《みだしな》みとか時計とか装飾品とか、ハコで見るかぎりはキチンとしていたんで、というか結構お洒落だったんで、無気力《ゴンゾウ》な感じでもガラッパチな感じでもない、落ち着いた印象は受けました。自分のことは自分でやる人だそうで、小百合には仮眠の支度《したく》ひとつさせないとも聴いたんで、そういう意味では、手の掛からない上官だったんでしょうが」

「青崎巡査との関係はどんな感じだった？」

「それも、うーん……実は、私と小百合と年野係長がセットになったシーンって、ちょっと思い出せなくて。たぶん、そんなの最初からないんです。だから、小百合と年野係長がどんな関係だったかも、あんまり……

ただ、小百合は年野係長に、キチンと礼儀を尽くしていました。差入れのケーキだって、ちゃんと趣旨を伝えて、なんだか立派な湯呑みと一緒に、どうぞって奥の院に持っていっていました。そうです、自分は飲みもしないコーヒーをわざわざ立派な湯呑みに淹れて、年野係長に出していましたから。それでも私、年野係長からお礼を言われたことなんて一度もないですけど」

「青崎巡査はコーヒーを飲まないの？」

「警察学校ではがぶがぶ飲んでいましたよ。自販機の、あの紙コップの奴ですけど」

「でも交番では飲まない？」

「そうなんです、全然飲まない。もっといえば、緑茶もなんですけど。

自分はそういう立場じゃない――みたいなことを言って」

「た、立場？」

「階級とか、職制とか、立ち位置とか、そういうことなんじゃないかなあと思います。

というのも、私、牟礼駅前PBに差入れするときは、もちろん自分もお持たせで食べたいから、いい店の美味しい奴、選んで行っていたんですけど――彼女、年野係長と私の分はコーヒーとか紅茶を淹れてくれるのに、自分はそれ一滴も飲まないんですよね。

だから私、『どうして小百合だけ麦茶なのよ？』って訊いてみたんです。

そうしたら、確か、ええと……できるだけ正確に……『私は今、交番でコーヒーが飲める状況じゃないから』『お客様や係長は別だけど、自分はちょっと無理だから』って返事しました。

だから私、ひょっとして小百合は、年野係長にすごく厳しく躾《しつ》けられているのかなあって思ったんです。だって、いくら警察が階級社会っていったって、交番では普通、警部補も巡査部長も巡査も、一緒に御飯も食べれば一緒におやつもします。賭《か》けでアイスやジュースを買い出しにゆくこともします。そういう意味では、交番って結構フラットですよね。だから、係長はコーヒー飲んでいいけど巡査はダメだとか、コーヒーが飲める立場じゃないとか、ちょっと私の常識じゃああありえないんで」

「それはそうね。私これでも二箇所の交番を経験しているけど、そんな身分差別なんて全然なかったわ――」

理代自身、県警本部の所属長警視だが、茶が飲みたくなったら自分でティーサーバーにゆくか、ペットボトルを買ってくる。昭和の昔か平成初期ならまだしも、警視だろうが巡査だろうが、茶が飲める立場だの身分だの、そんなことを云々《うんぬん》する文化はない。なるほど、OLとして、女警は確かにお茶汲《く》みの機会が多くなろうが、それは実は若手の男性警察官でも一緒である。まして女警は／巡査は珈琲《コーヒー》を飲むなとか、そんな命題は存在しない、はずだ。

「――今、官僚として全国警察を見渡す感じで考えても、そんな文化、聴いたことも見たこともないよ」

「やっぱりそうですよね。

だから私、年野係長とは全然接触がなかったですけど、その、ちょっと陰険な人なのかなって、そんな想像はしていました。

だから、今回の〈牟礼駅前交番事案〉の第一報を聴いたとき、あの……もちろん『これは嘘だ、誤報だ、そんなことありえない』って強く思いましたけど、心のどこかで、その、あの……よっぽどの事情と、よっぽどの心境にあれば、まさかしてひょっとしたらと」

「それはつまり――」

厳しくて、もしかしたら陰湿な、若い女警が嫌いな感じもある、そんな年野係長なら、青崎巡査を追い詰めていてもおかしくないと。だから裏から言えば、青崎巡査がそんなことをしてしまっても、話の筋としてはおかしくないと」

「飽くまでも理屈では、です。話の筋としては、です。

もう一度言いますけど、小百合がこんなことをするはず、なかったんですから……

……私達、ただのOLなんで、他に食べてゆく手段もないし、もちろん他のスキルを勉強する暇《ひま》も、転職を準備する暇もありません。この職を選んだからには、まさか貯金があるわけじゃないので、結婚退職でもしないかぎり、生活してゆくことができません。

まして親の無い小百合には、帰る家すらない。

だから小百合は、警察で、ずっとずっと働いてゆきたいと願っていた。

もっといえば、小百合には彼氏もいた。家庭を持つことすら、具体的に考えていた。

要は、小百合は、未来を考えていたんです。

それは、〈県下警察官女子会〉でのやりとりから、姫川室長にも解っていただけると思います。青崎小百合という子がどれだけ仕事と家庭を両立させながら生きてゆこうとしていたか——だからどれだけ懸命に未来を考えていたか、きっと御存知のはずです」

「確かに。

それを何時《いつ》のことだと想定していたかは解らなかったけど、結婚・妊娠・出産・育児と、この警察の仕事。どちらについても真剣に考えていたということは、強く伝わってきたわ。

つまり、そう、現代の女警として、彼女は真剣に、未来を考えていた」

「だから彼女は悪くありません。絶対に。県警本部がどう言おうと。

逆に、これで彼女が悪者にされるようなら……上官を殺さざるをえなかったそんなギリギリの事情とギリギリの心境を思い遣ってくれないようなら……私はそんな会社にいたくありません。もともと私、結婚退職派ですし」

「……嵐巡査みたいな女警に辞めてほしくないから、私は私のベストを尽くす。

正直、青崎巡査に有利になるか不利になるか、それは分からないけど、もういったとおり、私は納得のゆかないことを、納得のゆくまで調べ続ける。

だから、それが嵐巡査をもっと傷付けるかも知れないけれど、私は約束するわ。

この〈牟礼駅前交番事案〉の真実を、誰が何と言おうと、徹底的に解明すると」

「ありがとうございます、姫川監察官室長。最後に、いち巡査が、まるで飲み会のように生意気な口を利いたこと、心からお詫び致します。私のような者の証言が監察官室長のお役に立つなら、望外の名誉であります」

「あっ、御免《ごめん》ちょっと待って。警視と巡査に戻る前に、もうふたつだけ、女警どうしとして訊きたいことがあるの」

「全然大丈夫です」

「これは立ち入ったことだから、もちろん供述拒否権があるけど――何故、嵐巡査はそんなにも結婚退職派なの？　さっき挙げてくれた、ふたつの『生きづらさ』のせい？」

「うーん、それはそうなんですけど……というか、そういった理屈抜きでも、私は極《ご》普通だと、むしろ主流派だと思うんです」

「どうして？」

「……姫川室長、また逆に質問しちゃいますけど、今全国で、年に何人の女警が採用されているんでしょうか？」

「毎年度、一〇〇〇人超よ」

「じゃあ、今全国で、年に何人の女警が、定年以外で退職していますか？」

「……約四〇〇人」

「その、なんていうか、年齢層って分かるでしょうか？」

「実は、嫌というほど知っているわ……この四〇〇人の半分近くが、二〇歳代後半から三〇歳代前半よ」

「やっぱりですね。どこかで読んだ憶えがあって。もちろん警察の宣伝パンフじゃないです……そういう事実の方が、女性が輝く役割とかいう御題目《おだいもく》より、よっぽど大事で切実なのに……

だから、そういうことです。

私もその他大勢の、平凡な、普通の女警なんです。こっちもまた、現代の女警です」

痛いところを突かれた理代は、しかしむしろ爽《さわ》やかさすら感じた。理代は、直接的な議論を好むから――

「成程《なるほど》としか言い様がないわね、有難う。

最後にひとつ。これは全然趣旨が違う話で、最近の警察文化についてなんだけど――カフスって使う？」

「カフス――あの、袖《そで》を留めるカフスボタンですか？

いえ使いません。そもそも制服っていうか制ワイシャツを着始めてから、デフォルトのボタン以外を使ったことがないです。流派によっては、こう、なんていうか、袖のボタンを引っ繰り返すというか、裏側にひねって出して、ボタンが袖の裏側に回るようにして、で、そのボタンで袖をカフス的に――水滴型というか、涙型というか、重ね合わせ型というか――留めるっていうワザもありますけど」

「そうなのよ、私は学校でそれを習ったわ。

といって、現場の誰もそんなことしていなかったけど」

「はい、そのとおりで、やっぱり袖のボタンはそのまま普通に留めます。だからカフスも必要ありません。署長とか役員とかは、御立派なカフスをしていらっしゃることもありますけど、それはデスクの管理職だから。まさか酔っ払いやシャブ中とストリートファイトする必要がないから――

交番でカフスなんて、制服に蝶《ちょう》ネクタイを合わせるようなものだと思います。ちょっと見たことないです」

「有難う、救《たす》かったわ」

「あっ!!　そうそう、カフスボタンといえば」

――そのとき、湖畔を歩くふたりの背後から、おだやかな声が掛かった。

「あのう、ちょっと、すみませーん」

「はいっ、どうされました？」

躯《からだ》が憶えているのだろう。デニムにサンダルなのに、あざやかな回れ右をして嵐巡査が訊く。理代はその後の、ナチュラルな『戦闘スタイル』にも舌を巻いた。親しみやすいようで、実はあらゆる襲撃と受傷事故《ジュショウジコ》を想定している、スキのない体勢――

しかし、さすがにばつが悪かったのか、嵐巡査はあざやかに赤面した。

「あちゃあ、今日はオフなのに。立番でも警らでも何でもないのに……」

「いやあ、立派なもんだぞ嵐巡査。交番勤務員の鑑《かがみ》だ、あっは。学校で何度か会っているが、憶えているかね？」

「……あの、おじいちゃん、失礼ですがどちら様ですか？」

嵐巡査が、そしてワンテンポ遅れて理代が顧《ふりかえ》った先には――

なるほど、お爺ちゃんとしか呼びようのない、よい感じに枯れた、トボけた老人がひとり立っている。落ち着いた茶色のスーツに、同系色のネクタイ。古風なダレスバッグ。肌はちょっと浅黒い感じで日焼けしている。その肌と銀髪が、不思議な感じで調和している。全体的に、仙人か村長のような印象の、牧歌的なお爺ちゃん――

ここまで観察したとき、今度は理代がいきなり気を付けをした。

直ちに室外無帽の敬礼をする。トメ、ハネが終わったとき、彼女はいった。

「御無沙汰しておりました、伯方《はかた》署長」

「姫川監査官室長」お爺ちゃんは腰を九〇度に曲げた。「この度は誠に、誠に申し訳ない。本来、合わせる顔もないのですが……腹を切る前に、最後のお役に立とうと思った次第」

「とんでもないことです。

この種事案で、警察署が、そして警察署長がどうなるか……御心痛、お察し致します」

「伯方……伯方署長……えっ、ひょっとして豊白PSの伯方署長でありますかっ!?」

光の速さで挙手の敬礼をしようとする嵐巡査。

しかし、私服のお爺ちゃん署長は、それをやんわりと制した。

「お忍びだぞ、嵐巡査、お忍び。

そして選手交代だ。

ここからは警視どうし、所属長どうしのトップ会談――

というかデートだな。お前のところの署長には黙っといてくれよ？」

「む、むろんであります!!　いえ誰にも口外致しません!!」

「ありがとうな。では姫川室長、エスコートは老人に任せてくれますか？」

「是非《ぜひ》お供させてください、伯方署長」

桜橋池湖上・スワンボート内

「いやあ、一箇月ぶり、ですかなあ」

「はい署長。〈県下警察署長会議〉以来です。あの、知事選の選挙違反取締会議」

「あれは、署長はもとより、全所属長が出ますからなあ。昔みたいに懇親会《こんしんかい》があれば、あっは、もっと長くお話しできたのですが。まあそれは会議の性質上、仕方がない……

そもそも、第一線の警察官たちだって、私的な飲み会すら制限されていますからなあ」

「ああ、二次会禁止令ですね」

「あれは、全国で酒に絡《から》む警察不祥事が頻発《ひんぱつ》して以降、まあ、アタリマエになりましたなあ。なんというか、警察は手痛いスキャンダルがあると、すぐその、過激な方向に舵《かじ》を切りますから……

この〈牟礼駅前交番事案〉では、はてさて、拳銃管理に勤務管理、若手警察官の身上管理。どんな重い鎖が、また課せられることになるやら。これすべて当署の、いえ私の責任です。非違《ヒイ》事案を担当する姫川室長に、合わせる顔がない。それは当然ながら、いったい全国警察に、どれだけの迷惑を掛けることになるか……

それを考えると、私個人の身の上などどうでもよいが、あまりの申し訳なさに、どうお詫びをしてよいかすら分かりません。腹ひとつ切って済めば、そんなに楽なことはないが、全国警察のつらさや怨《うら》みを思うと、とてもそんなもんじゃあ利かないでしょう」

「今日、豊白署を出られるとき大丈夫でしたか？　メディアスクラム真っ盛りですが」

「いや、儂《わし》なんざ、あとは詰め腹を切るだけの、捨て牌《はい》ですからなあ。

〈牟礼駅前交番事案〉は、県警本部主導・刑事部長主導。当の豊白署長は今や蚊帳《かや》の外

――こんなこと、目聡《めざと》いメディアの連中にはすぐ解ることです。なるほど、確かに警察署をぶらりと出るとき、記者に綾《かこ》まれはしましたが、『県警本部に怒られに行ってくる』『運転担当も事案処理でテンテコ舞いなので、ちょっくら電車で行ってくる』とかなんとか言ったら、アッサリ包囲を解いてくれました。まさか追尾もありゃしません。

こういうとき、あっは、先の無い詰め腹要員は便利ですなあ。実に動きやすい」

――豊白PSの伯方署長と理代は、大きな湖ともいえる桜橋池の、その湖面にいる。

大きな、白いスワンボートに乗っている。

（こんな足漕ぎボートに乗るの、いつ以来だろう。幼稚園児のとき？　それとも小学生？）

――匂い立つような初夏の緑が、太陽の照り映える湖面に浮かぶ。

伯方警視と理代は、ギコギコ、ギコギコとペダルを踏んで、スワンボートをどんどん進めた。できるだけ、池の奥へ奥へと。ボート乗り場から見たとき、最果てとなる所へと。要は、ボートを返すとき、いちばん長い距離を漕がなければならない所へと。そこまで来ると、他のスワンボートも手漕ぎボートもいない。帰り道があまりに遠くなるからだ。だから他の人眼はなくなる。湖畔の木々も、湖へと大きく腕を伸ばし始める。気をつけないと、ボートにびしびし触れるほど――そしてそもそも、スワンボートは乗り手の見えにくい密室である。

（いいデートコースだわ。成程《なるほど》、お忍びの『所属長トップ会談』にふさわしい）

――繰り返すが、理代は二八歳警視。そして伯方署長はといえば、今朝方《けさがた》理代が思い浮かべたとおり、五九歳警視である。上がりの年だ。来年の三月三一日には、組織を勇退する身。約四〇年の人生を警察に捧げ続けてきた、現場叩き上げの超ベテランである。専門分野というか、いわゆる専務《センム》は刑事。刑事の中でも、検視畑の、しかも最上級の職人だ。

そして、理代と伯方署長――伯方のお爺ちゃんとは、何故か、理代の着任挨拶のときから馬が合った。それは理代が、他県でやはり刑事を——捜査二課長だが——経験していたからかも知れないが、それだけでは説明がつかない。例えば、地元ボスキャラの刑事部長など、理代は着任挨拶以来、ろくろく話をしたこともなければ、ハゲ頭以外、顔すらハッキリと思い出すことができないからだ。しかし伯方署長は、何事につけ理代を可愛がってくれていた。県警本部に用務があれば、必ず監察官室に顔を出してくれるし、理代が喫煙者だと知れば——理代は本部長室でも喫煙する剛《ごう》の者だ——喫煙所に誘ってくれて、A県の警察事情を、雑談めかし、冗談めかしてたくさん教えてくれた。あるいは理代の方が、ルーティンの監察業務で豊白署を訪れたときなど、最後に五分の挨拶をするつもりが、三時間の、時間外にまで突入した本音トークになってしまったこともあった。

重ねて、理代には理由が解らないのだが、伯方警視と理代は、ほとんど友達感覚でつきあえる関係にある。理代は、伯方警視の飾らない、朴訥《ぼくとつ》な、ユーモアにあふれた性格が大好きだった。それは理代に、もう二度と経験できはしない交番時代と、その同僚たちのことを思い出させた。階級も職制も身分も忘れさせてくれる、そんな時代と仲間たちを——

（……だが、その伯方のお爺ちゃんの立場は、今、全国警察で最も厳しいものだ）

それはそうだ。警察署長といえば、たとえ豊白署のような小規模寄り中規模署の警視署長であっても、管轄区域における全能神である。県警本部のアレヤレコレヤレ・スグヤレイマヤレはキツいにしろ、それはすべて警電か文書の指示だ。交番が管理のしにくい出張所であるように、警察署は警察署長が統治する支城《しじょう》である。およそ警察行政であって——もちろん警察行政には捜査が含まれる——警察署長の意のままにならない事務は何ひとつ無い。だから署長はオヤジと呼ばれる。オヤジの意向は、少なくとも署においては絶対だ。

そしてそれは、裏を返せば、あらゆるスキャンダルの責めを負わなければならないということ。当然のことだ。着任日の零時零分から、離任日の二三時五九分五九秒までそうだ。それが、全能神として君臨する警察署長の、最低限の倫理である。例えば伯方警視であれば、その部下は一五〇人弱であるが、そのうちひとりが警察手帳を紛失したとしよう。それが発見されようとされまいと、伯方警視は確実に懲戒処分である。あるいは、そのうちひとりが痴漢をしたとしよう。すると懲戒処分は当然ながら、伯方警視の次の異動は——伯方警視の場合は定年間近だから一般論が通じないが、一般論としては——超塩っ辛いシビアなものとなる。栄転が予定されていれば左遷となり、しかも、取り敢えずは役職もデスクもない『刑事部付《ツキ》』『警務部付』だの、とにかく座敷牢《ざしきろう》に移される。それが、警察署長という職だ。

（まして、〈牟礼駅前交番事案〉は、警察官による上官射殺という、役満の警察不祥事。

……伯方署長は『腹を切る』『腹を切る』と繰り返しているが、それは物理的な意味でも本気だろう。いやまさか切腹はしないけれど、それくらいやってもまだ責任が取れ

たとはいえない、そんな激烈な事案だから）

そして、職業人的に、腹を切らされるのならもう既定路線である。〈牟礼駅前交番事案〉が検察官に送致され、検事の捜査が一段落したあたりでその『ナントカ付』の異動が発令され、全能神は巡査レベルの扱いになる。そして検事が被疑者死亡で不起訴処分とする頃合いに、『辞職』の発令が周知されることになるだろう。

（これはテンプレで、不可避だ。……よりによって、円満な定年退職まであと一年を切ったこのタイミングで）

理代は、まさに懲戒処分等をする側の、監察官室長である。ある意味誰より、伯方警視の今後をクッキリと思い浮かべられる。理代は正直、この気のいいお爺ちゃん署長を哀れんだ。だから、いよいよスワンボートが池の最果てに達し、阿吽《あうん》の呼吸でふたりが漕ぐのを止めたとき、まず何を語ってよいのか、二八歳ＯＬとして実に悩んだ。

ところが――

「そうでしたなあ、〈県下警察署長会議〉以来でしたなあ」伯方署長は、どこまでも自然に、そして牧歌的にいった。「あれは、選挙違反取締りの総決起集会ですから、知能犯担当の捜査二課長も、あっは、気合いが入っていましたなあ。あの疳高《かんだか》い声で、まあ、大演説をぶっておられた」

「ああ、清岡課長ですね」

「確か、御先輩でしたなあ」

「清岡先輩はII種というか、今で言う専門職ですから、四五歳。私より二周り上になります。そして私達キャリアと違って、いろんな畑を回りませんから、清岡先輩の場合は、ずっと刑事畑ということになります。

おのずから自信も出てくるし、立ち居振る舞いも、まあ、小娘の私とは違ってきますね」

「選挙違反取締りは、いってみれば本店主催のビッグプロジェクト。ゆえに民間同様、総決起集会もあれば、気合い入れの監査もある。まあ監査とは言いませんが、我々でいう検討《ケントウ》ですなあ。当然、我が豊白署にもお見えになりました。

ところがところが、ウチの刑事課の連中、まあ呆気《あっけ》にとられたというか、愕然《がくぜん》としたというか、激怒したというか……

あっは、こんなこと、窓際警視・オワコン警視の儂《わし》なんぞと仲良くしてくれる姫川室長にしかいえませんが、警察庁からお越しになる方にも、まあ、いろいろありますなあ。とりわけ、スペシャリストとして育てられるII種さんですか、専門職さんですか。これはまあ、言葉を恐れずに言えば、玉石混淆《ぎょくせきこんこう》ですなあ。おっと、これ以上は愚痴《ぐち》になる」

「……清岡先輩は、そんなに豊白署で暴れましたか？」

「いや、署長なんざ、監査の最初と最後に珈琲《コーヒー》を飲むだけですから。儂には何の実害もないんです。ただ、実際に執務室まで乗り込んでこられる刑事部屋の連中にとっては、まあ、相当なカルチャーショックだったでしょうなあ……

ます」……年野がいま刑事部屋でなく、〈地域〉に配置されていて、本当によかったと思い

「〈牟礼駅前交番事案〉のマル害、年野警部補ですね？」理代は、伯方署長が段取りを踏んで本題に入ろうとしているのを感じた。なるほど老練である。「そうか、年野警部補は元々、県警本部の、知能犯捜査のエースでしたね。だから当然、選挙違反にも造詣《ぞうけい》が深い」

「アレは、バカが付くマジメな奴でしてなあ……

もし彼奴《あいつ》が、豊白署の刑事部屋に配置されていたら、またえげつないことになっていたでしょう。なんでも、ウチの刑事連中に聴いたら、捜査二課長御臨席《ごりんせき》の検討《ケントウ》では、説明書類も事件チャートもビリビリに破られ投げつけられ、机ドンドン蹴られて罵倒されたそうですから。お前たちは書類ひとつ、公用文ひとつマトモに作成できないのかと。用字用語の送り仮名ひとつ、漢字の正しい選び方ひとつできないのかと。それ以前の問題として、単なる誤字が六箇所もあると。これはマジメに書類作成していない証拠だと。おまけに、こんな事件にもならないようなゲナゲナ話や、でっち上げチャートを捜査二課長に見せて、ただで済むと思っているのかと。お前たちを〈地域〉に流すのなんて、俺の警電一本で今すぐにでもできるんだぞと――あっは、それはまあ嘘ですがね。捜査二課長に人事権などありませんし、現に配置されている署員をどう運用するかは、それこそ警察署長の専権事項ですから」

「それは、また……暴れましたね……

　実は、ウチの道戸警務部長同様、清岡課長についても、その、監察としてよくない噂を多々、把握してはいるのですが。如何《いかん》せん、東京人事は東京人事で、その異動となると警察庁の専権事項。深沼本部長も、対処に苦慮しているというのが実態です……いえ私自身、東京人事のキャリアなので、何を言っても身内の言い訳になりますが」

「あっ、いや、それはいかん、頭なんぞ下げんでください姫川室長。

　儂はただ、年野が今〈地域〉に出されていてよかったと、刑事部屋に配置されておらずによかったと、それを言いたかっただけですからなあ。それに、こんな窓際警視の儂の耳にも入っております。そうおっしゃる姫川室長自身も、なんですか、その、道戸警務部長の、酷《ひど》い虐待に耐えておられると。そう、あの清岡課長なんぞ可愛らしく思えるほどに」

「あの人も――まあヒトなのかどうか自信がありませんが――推薦組の人ですから。II種同様、ジェネラリストとして育てられていませんし、だからどうしても狭く深い人格形成をしますし、それに……II種の人や推薦組の人が歪んでしまうのも、そもそもはキャリアの責任ですから。いってみれば、最終のところは、キャリアの自業自得です」

「……実は儂、こんな警察人生を送っていますが、これでも、警察庁出向組でしてなあ。

　今の刑事部長が帰県するとき、交代で、選ばれて東京に送られました。昔、昔の話です」

「えっ、じゃあ地獄の丁稚《でっち》奉公《ぼうこう》を？」

「警察庁の刑事局で過ごしました。またまた実は、儂、今の刑事部長の同期なんですわ」

「それは失礼ながら初耳です」

「誰も言いたがらないからでしょうなあ。

同期の一方は、地元組筆頭で、役員。他方の儂はといえば、定年間際で、最後の恩情として、どうにか署長に出してもらったヒラ所属長。しかも、どちらも役員になる条件である警察庁出向をしている……

儂自身はともかく、他の警察官としては、あまり座の盛り上がらない雑談でしょうなあ」

「……伯方署長が、検視のベテランで、検視官を何度も何度も務め上げた職人だということは、余所者《よそもの》の私でも承知しております。生意気ながら察するに、それはやはり、現場仕事の方が性《しょう》に合ったと、そういうことではないかと考えますが」

「そうですなあ……

警察庁出向は、警視が二年、警部が三年ですなあ。そして、無事その地獄奉公をこなして凱旋《がいせん》すれば、役員ポストが現実のものとして見えてくる。だから帰県者は、例えば警部だったら管理職試験を受け、警視試験を受け、警視正に選ばれる義務があるのですが……現場仕事が、性に合う……

あっは、そのとおりです姫川室長。少なくとも九割九分はそのとおり。

儂にとっては、役員だの警視正だのより、死体を相手にしている方が余程《よほど》魅力的でしてなあ。で、所属長になることにも、それ以上にも乗り気ではなかったのです。乗り気であったとしても、結果がどうなっていたかは分かりませんがなあ。

いずれにせよ、ガッガッと出世競争に参加しなければ、『せっかく警察庁にまで出してやって、役員資格を獲《と》らせてやったのに何だ!!』と、逆に県警本部を怒らせることになる。

そんなわけで、まあ、今の儂があるわけですなあ。もちろん、すべて自分の選んだこと。我が警察人生に、一片《いっぺん》の悔いもありゃしません。署長をやらせてもらって悔いがどうだの、そりゃあ、全警察官に対する裏切りってものです。だから、悔いはない……

年野のことを、のぞけば」

「……伯方署長。署長もまた刑事の大ベテラン。年野警部補のこと、よく御存知ではなかったかと推測します。年野警部補とは、いったいどのような警察官だったのですか？」

「なるほど、検視と知能とでは、これまた畑が違いますが、儂は年野のことならよく知っております。というのも、豊白署とまた違う署で、それも二度、『係長‐巡査長』『警部‐巡査部長』として、一緒に仕事をしたことがありますからなあ。捜査本部が立ったとき、コンビを組んだこともあります。

それを前提として言えば、ありゃマジメな奴です、マジメ過ぎる奴です。

そりゃそうですわなあ。ずっと県警本部の刑事をやっておったんですから。しかも県警本部の警部補ですから。そりゃもう、実働員の内でもトップエリートだった、ということですわなあ。自他ともに認める、知能犯部門のエース。それは、階級と所属からもお解りになるでしょう」

「そうですね。警察管理の要《かなめ》は警部で、警察実務の要は警部補ですから――とりわけ県警本部では」

「だから、奴にはそれなりの自信もありました。もちろん実績もある。重要知能犯で、幾つも大金星《だいきんぼし》の端緒《たんちょ》情報を獲《と》ってきましたし、やはり重要知能犯で、鍵となる被疑者の調《シラ》べ官《カン》を務めたことも何度かある。だから、検視しか知らん儂なんぞとは違って、それはもう頭のよい、優秀な刑事でしたなあ」

「それが、豊白署の、それもいきなり〈地域〉に異動となる――異例だと思いますが。しかも私が知りえた範囲では、もう二年も牟礼駅前交番に『流刑』となっていたと。それだけ自信があって、それだけ実績を積んできた刑事が、です。豊白署の最高指揮官の伯方署長であれば、その理由を御存知なのではと思うのですが？」

「あれは、刑事部長の恩情です」

「恩情……」

理代は意外な言葉に思わず首を傾げた。しかし伯方署長は、それを織り込み済みのように、淡々と言葉を続ける。

「ひょっとしたら、深沼本部長の御前任の方も一枚、噛《か》んでいるかも知れませんがなあ。成程《なるほど》、捜査二課長なんぞに人事権はありませんが、役員ならば、警部補の人事などまさに『警電一本』ですから」

「それは、刑事部長が、年野警部補に恩情を掛けたと、そういう意味でよいですか？」

「そのとおり」

「それはどういう物語なんでしょう？」

「……年野は、大病をしましてなあ」

「病気」

「発症は、二年前の一月のことだと思います。それは医師でなければ分かりません。ただ、組織がそれを認知したのは同年二月のこと。実は、入院をさせるレベルの大病だったのですが、本人の将来のことを考え、二週間の在宅療養となりました。そして、どうにか大丈夫だろうというタイミングで、当署の〈地域〉へ動かしたわけです。それが発令日の、二年前の二月二八日」

「……どのような御病気ですか？」

「まあ過労です。診察した医師が、すぐに空きベッドの確認をさせるほどの。申し上げたとおり、結局入院はしなかったのですが、かなりの薬を服用しなければならなくなりました。それも、たぶん生涯」

「県警本部勤務が、それだけの激務であったと」

「とりわけ今の県警本部勤務は、そうでしょう……」ここで伯方警視は、不思議な瞳で理代を見た。「……姫川室長。さっき儂は、自分自身も警察庁勤務に出されたことがあると、そう言いましたね？」

「はい」

「あのとき儂は思いました。

ああ、警察というのはやっぱり役所だなあと。そして、県警本部の政治もまたドロドロしておりますが、警察庁のはその比じゃあない。月の時間外が二〇〇時間以上、帰宅は連日タクシーで午前三時——みたいな物理的なことを別にしても、人間関係がすさまじい。

今はまた変わっているのかも知れませんが、少なくとも儂の頃は、それこそ猛獣みたいな、鬼参謀みたいなキャリアが唸《うな》るほどいた。怒鳴る叩く蹴るなんて当たり前。人格否定どころか、相手を蛆虫《うじむし》とも思わないような、壮絶な罵倒《ばとう》が飛び交う。儂は、キャリアというのはどちらかといえば文弱《ぶんじゃく》の徒《と》だとばかり思っていましたが、いやいやどうして。超体育会系の、だから有無を言わさぬ、しかも陰湿な武闘派の集まりですなあ。それはもちろん全体的な傾向で、だから例外はもちろんあります。それこそ人による。

しかし、あの壮絶な地獄を支配する文化は、今で言うパワハラ——そうパワハラ至上主義でしたなあ。壊れるまでイジメ倒す。倒れるまでイビリ倒す。警察には組合がないから、上官はやりたい放題です。小学校のクラスと一緒。キャリアは全能のガキ大将か、陰湿なボス女子ですよ。県警の人間からすれば、信じられないような怒号を、一時間も二時間も発し続ける。警電でもそれをやる。気に入らないことがあれば机の前に立たせて面罵。出来の悪い書類があれば五度も六度も決裁を無視しては、最後に決裁挟《ばさ》みを顔に投げつける。誤字脱字があれば書類そのものを引き裂く。議事録すら作れないと言っては大の大人を人前で叱りつけ、自分への報告が遅いと言ってはネチネチネチネチと説教を続ける。会議卓に置いた書類が曲がっていると言っては、あるいは会議資料を配るのがノロマだと言っては、会議も忘れて暴言の嵐。はたまた、何も教えてはいないのに、何故国会対応すらできないんだと喚《わめ》く。完徹の人間に、朝八時からの国会議員のレクに行かせる。いや、仕事のことならまだ正当化できるかも知れません。ただ所詮《しょせん》イジメですから、口の利き方が悪い、態度が反抗的だ、大きな声で笑うのはケシカラン、もう俺の前に出てくるな、もうお前の書類の決裁はしない――こうなるともう難癖《なんくせ》ですなあ。姫川室長も御存知でしょう。せっかく役員資格を獲《え》るため丁稚奉公《でっちぼうこう》に出された、現場のノンキャリア警部たちが、三箇月もせずに心を病み、あっけなくそのまま『幹部不適格』として現場に追い返されるのを。現場の警部といえば、管理職ですよ？　しかも警察庁へゆくとなれば、出世レースの先頭集団ですわ。それがまあ、たちまちのうちに、ボロ雑巾《ぞうきん》のように使い捨てられ、将来を断たれる……

　儂はさいわい、あっは、無神経な方ですから、どうにか地獄の日々を生き延びました。ただ、最近よく言うでしょう――虐待というのは、見るだけで、聴くだけで、そう他人として目撃するだけで、二次被害を受けるものだと。いや目撃するだけで、自分も被害者になるんだと」

（……まさに嵐巡査が、さっきいっていた）

「そういう意味で、生き残った儂にとっても、あれは生涯忘れられない、えげつない経験でしたなあ。もっとも、今を去ること二〇年ほどの昔話です。当時跳梁跋扈《ちょうりょうばっこ》していた、名前を聴くだけで都道府県の誰もが震え上がるような、猛獣や鬼参謀はとっくに定年でしょう。姫川室長の時代は、そんなパワハラ文化がまるで変わっていると信じたいですなあ。

――いずれにせよ、あの頃、儂は思ったんですわ。

偉いキャリアが、キャリアもII種も推薦組もイジメる。それはもう壮絶にイジメる。それを『鍛える』とか『育てる』とか『詰める』とかいいながら。そして悲しいかな、これも虐待の話になりますが、虐待は連鎖します。人間というのは、どうしても、自分がやられた嫌なことを、自分より弱い者にやろうとする。本来、そうあってはいかんのです。自分がやられた嫌なことは、自分の代で終わらせにゃあならん。嫌なことだったからこそ、他人に対して再現しちゃあならん。ただ人間は弱い。まして警察文化は強きに弱く、弱きに強い――これは今の、県警本部の警務部の在《あ》り様《さま》を考えればすぐ解りますなあ。あの噂の、道戸警務部長にDVされている警務部の現状を考えれば。すると、この虐待の連鎖は終わらない。というか、それに参加しなければ今度は自分がターゲットになる——これも小学校のクラスと一緒の現象ですなあ。となれば、虐待の連鎖は、終わらないどころか、どんどんどんどんエスカレートする……

……おっと、いささか演説が過ぎましたが、話を戻せば、年野はそのゲームに参加しなかった。いや正確には、参加させられたが、自分の代で終わらせることを選んだ。それが年野の病んだ理由で、だから刑事部長が年野を〈地域〉に逃がした理由です。

そう、年野は優しい男だった。そんな虐待文化を持つ警察でやっていくには、思い遣りがありすぎる男だった。他人の痛みを、自分の痛みと考えられる男だった。だから自分がどれだけ重荷を背負おうと、どれだけ死ぬほどの苦しみを味わおうと、それを自分だけで背負ってゆく——そんな男だった。言い換えれば、そう、極めて『自罰的《じばってき》』な男でしたなあ。それはお前の所為《せい》じゃないだろう、というようなことまで、自分の責任だと思い詰め、だからどんどん自分を追い詰めてゆく……

生き方が、この警察社会向きではなかった」

理代は思わず頷《うなず》いた。そう、彼女は今自分が仮初《かりそ》めにも〈強い側〉であるからこそ、また、警察庁では奴隷同然の〈弱い側〉であったからこそ、伯方署長の言いたいことが骨身《ほねみ》に染《し》みた。警察では、あるいは役所では、多くを背負おうとする者ほど早死にする。もちろん一般論としては、職業的に早死にするのであって、まさか物理的に死ぬのではないが、終身雇用を前提とする日本社会では、ほとんど同義だ。生き方の不器用な警察官に、セイフティ・ネットはない……

「だから二年前の一月の病を機に、二年前の二月末、年野警部補は交番に異動となったのですね。そしてそれは左遷というより、避難措置であり、だから恩情だったのですね」

「年野自身としては、忸怩《じくじ》たるものがあったでしょうなあ。できるだけ早く、復帰したかったでしょうなあ。そして周囲の者にとっては、あからさまな左遷に見えたでしょうなあ。ただ、元の所属に置いておくわけにはゆかんかった。また、元の所属に戻すわけにもゆかん。少なくとも課長が変わるまでは。ただ、誰のどういう意向なのか、その課長は通常の任期が終わってもなかなか離任せん。年野にとっては、酷《むご》いことですなあ。儂としては、実は、その課長の異動を見越して、半年以上前から、刑事部長と話し合っておったんです。言い方はともかく、豊白署としてはそろそろ年野の牌《はい》を切るから、元に戻してやってくれと。次の異動で県警本部の刑事に戻してやってくれと。刑事部長はもちろん乗り気でした。具体的には、元の所属の係長ポストを1、空けてくれたんですわ。儂の方はむろん、牟礼駅前交番に新しい係長を迎える段取りをしておった。

ただ、イザ県警本部が人事の発令案——玉突《タマツ》きを組み上げるとき、まだあの課長は離任していなかった。今もしておらん。ところが儂の方は、年野を異動対象者として調整し終えてしまった。すると年野は、牟礼駅前交番からどうしても異動させねばならなくなった……これは官僚組織のやることですから、ましてこちらから年野の異動を切り出している事情から、もうどうにもなりません。人事パズルはいったん組んでしまうと、すべてが連動しているドミノなので、なかなか修正が利かない。姫川室長なら御存知のとおりですが」

「しかし現状、元の所属へ戻すわけにはゆかない状態は続いている。だから刑事にも復帰させられない」

「いや、豊白署の刑事課に空きがあれば、儂の裁量でどうとでもなるのですが、だから私服には戻してやれるのですが……運の悪いことに、我が署の刑事課には、在任期間的にも階級的にも、異動対象者にできる候補が皆無な上、無理矢理空きを作るには、タイミングが遅すぎましてなあ……

　それで刑事部長と一緒に心底悩んだのですが……本人の病のことも併せ考えるとやむをえん、次の次の異動までは、すぐに動かしやすい所へいったん身柄を移した上で、もう少しだけ制服勤務を続けてもらおうと、こうなりましてなあ。で、年野が動く予定だった県警本部のポストは、動かしやすい若手で埋めておいて、確実に次の次の異動でその後釜《あとがま》に年野を置けるようにしようと、その若手は機動捜査隊あたりにすぐ移そうと、そこまで話が纏《まと》まりました。

　以上を要するに、次の異動で年野は、今日お訪ねいただいた桜橋交番――この公園の交番に動きます。いえ動く予定でした」

「……それは、年野警部補本人には？」

「儂から、近々に、直接説明しようと考えておりました。それこそ今週の内には。というのも、今度こそ『本籍地へ帰るための』『腰掛けの』異動だということを儂が直接説明せんと、年野に変な誤解を与えかねませんからなあ。そもそも、牟礼駅前交番への異動とて懲罰でも左遷でもない。まして今度の桜橋交番への異動は、いってみれば復帰までの時間調整以外の何物でもない。それが真実です。何故なら人事権者の刑事部長がそれで納得しておりますから。

ただ」

「外形的には、左遷に次ぐ左遷と見えてしまう。本人にもそう感じられてしまう。誤解が極まれば、いよいよ刑事復帰の道は断たれたと、あとは交番を周回運動するだけだと、異動はとうとう『片道切符』になったと、そう思い込まれてしまう。あるいは、年野警部補以外の誰かが、そういった『解釈』を年野警部補に吹き込む虞《おそれ》すらある――親切めかして。だからこそ」

「そうです。そんな悲しい誤解をせんように、あるいは御為《おため》ごかしのシッタカ話に騙《だま》されんように、所属長の儂自身が、懇々《こんこん》と説明する必要があったんですわ。

結局、〈牟礼駅前交番事案〉によって、もう説明も何も無くなってしまいましたが」

「その、伯方署長と刑事部長が纏められた、年野警部補の異動予定。というか今後の配置方針。それを知っていたのは誰ですか？」

「むろん刑事の人事権者である、刑事部長と刑事総務課長は承知の上です。あとは儂ですなあ。ただ、儂はまさかこの話を署内に漏らしはせんですが――先程申し上げた誤解の危険が、それも恐ろしいほどの危険がありますからなあ――ハテ県警本部となると、実際に玉突《タマツ》きを組む刑事総務課の次席などは当然知っておりますし、警察は噂が大好きですから、特異な異動ほど、すぐに話が広まりやすいとも言えますなあ」

……理代は嘆息《ためいき》を吐いた。『警察一家』なる言葉どおり、警察は閉じた部分社会である。敢えて言うなら、内部の全てが『給湯室的』と評してもいい。他人の不幸の噂《うわさ》、他人の人事の噂は、この部分社会の潤滑油《じゅんかつゆ》であり悪癖《あくへき》であり、いちばんの娯楽だ。

「……かなり見えてきた所もありますが、もう少しだけ、年野警部補のお話を聴かせてください。

この〈牟礼駅前交番事案〉について、県警本部は――というと他人事みたいで本当に申し訳ないのですが――事案の本質を『人格未熟・職場不適応の若手女警が、適切な範囲内の指導にも耐えかねて、衝動的に上官を撃った』と認識しています。あるいは、そう認識しようとしている。

他方で、私が独断で、個人的に関係者複数から聴いたかぎりでは、『優秀で気配りのできた若手女警が、密室におけるセクハラ・パワハラに耐えかねて、忍耐の末に上官を撃った』というとらえ方が多数です。しかも、伯方署長なら御存知かと思いますが、青崎巡査の絶筆――彼女の備忘録におけるメモは、むしろ後者を強く裏付けるものでした。

この、年野警部補と青崎巡査の、最期の物語。

まったく対極にあるふたつの見方があります。伯方署長はどうお考えでしょうか？」

「まず儂は、豊白警察署長として、青崎巡査の訴えを無視するわけにはゆかん。

成程《なるほど》、備忘録は県警本部に押収されてしまいましたが、儂もまた、恐らく姫川室長と同じ情報源から、その記載内容を確認しておりますから。そして儂は、男の署長であるからこそ、青崎女警の最期の言葉を重んじ、それを客観的に、厳正に解釈する必要があります。

ただ。

それを絶対の前提としていえば――

第一に、どう客観的・厳正に解釈しても、あれは直ちにパワハラ・セクハラとは言い難《がた》い。おっと勘違いせんといてください。儂は青崎巡査の被害感情を否定しません。儂が言いたいのは、その被害感情を最大限酌《く》んで、そうさっきいったようにどんな虐待でも許してはならんというそんな気持ちで臨んだとしても、あの備忘録の記載は中途半端すぎるということです。そう、彼女の強い被害感情を尊重したとしても、あの備忘録の記載だけでは、ハラスメントがあったとは言い難い。儂はこれでも刑事ですから、警察人生で無数の被害者調書を作成してきましたし、被害者調《シラ》べをしてきたし、時には被害者の上申書《じょうしんしょ》や手記を読んできました。その経験からすれば、あの備忘録の記載ぶりは、どうにも解《げ》せん。告発にしては微妙すぎるし、そもそも――これはなかなか言語化できんのですが――被害者固有の憎悪とか衝動とか怒りとか興奮とか、行間から染《し》み出してくる何かが絶対的に足りん。おっと、これも勘違いせんといてください。儂は何も、青崎巡査の絶筆を否定するつもりはないのです。儂が言いたいのは、そうした『染み出してくる何か』の欠如であり、だから、青崎巡査自身も、『絶対に年野を殺してやる』とまでは思っていなかったのではないか、さらにいえば、被害を受けたその行為というのも、その感情レベルに留まる水準の行為だったのではないかと、まあそういうことなんです」

「すなわち、青崎巡査の告発は真実だけれど、とはいえそれは、彼女自身すら『憎悪』を抱くほどのものではなかった。そう分析できる――これで趣旨は合っておりますか？」

「まさにそうなります。

　ただ、もっといえば、この絶筆はどうにも……そうだなあ……整然とし過ぎている印象を受ける。それもやはり、『憎悪』『衝動』『怒り』『興奮』とは、儂の中ではつながりませんなあ。作為的、というと言葉が悪いが、そしてもちろん虚偽ではないだろうが、どこかその……自分の被害を客観的に俯瞰《ふかん》している。そんな奇妙な冷静さを感じるのです」

「なるほど、おっしゃることは解る気がします」

「そして今のは、中立・公正な、警察署長としての意見です。

　だが次に、必ずしもそうとは言い難い、刑事としての意見がある」

「すなわち？」

「もう述べたように、儂は年野のことはよく知っております。実働員として組んだこともあれば、刑事のギルドの後輩でもあるし、また、今は彼奴《あいつ》の所属長でもありますからなあ。そして、その実体験からいえば——

年野は、病んでまで、左遷されてまで自分を殺した男です。そんな年野が、まさか虐待の連鎖をやらかすはずがない。これは、パワハラあるいはパワハラ類似行為の否定です。もちろん儂の、極めて主観的な意見ですが。

そしてさらに、儂は、セクハラあるいはセクハラ類似行為も否定できる——と思う」

「それは何故ですか？」

「ともかく、これを見てください、姫川室長」

——そういうと伯方警視は、古典的なダレスバッグの中から、厚紙の箱を採り出した。そのまま理代に渡してくる。それを受けとった理代は、掌《てのひら》にちょっとした重みを感じた。

「どうぞ、開けてみて下さい」

「これは……湯呑み茶碗《ぢゃわん》？」

理代が厚紙の箱から採り出した焼き物は、どしりとした、円筒形の湯呑み茶碗であった。どこか蒔絵《まきえ》を思わせる立派なものだ。漆《うるし》のような黒地に、あざやかな金の桜花が、大小いくつか咲いている。その金の質感が、屛風《びょうぶ》の金箔《きんぱく》のようで、それでいて華美に過ぎず、総じて実に上品である。

——理代はそれをぐるりと観察してから、伯方警視に訊いた。

「この湯呑み茶碗が、セクハラあるいはセクハラ類似行為の否定につながるというのは？」

「これは実は、事件の前々日、年野からもらったものなんです」

「えっ」

「正確に言い直すなら、年野が撃たれたのは昨晩のことですから、その二日前の、しかも午前中となりますが」

「すみません、ちょっと話が見えなくて。是非その経緯など、詳しく教えてください」

「年野は〈地域〉ですから、撃たれたのが泊まり勤務の日。その前日は指定休。だから、私がこれを受けとったのは、さらにその前日、年野が非番だった日です。といっても、姫川室長ならすぐ解るとおり、非番の午前中というのは、すなわち泊まり明け――二十四時間勤務が終わって、交番から警察署に帰ってくる時間帯になります」

「そうすると、年野係長は、最期の泊まりのひとつ前の泊まり明けに、二十四時間勤務を終えて帰署したとき、伯方署長の下を訪れた。そういうことですね？」

「そうです。人生最後の泊まりから逆算して、その一回前の泊まりを終えた明けの朝、正確には午前一〇時半頃ですが、署長室のドアをノックしました」

「そして、この湯呑み茶碗を署長に渡した？」

「もちろん先輩と後輩、所属長と係長ですから、それなりの儀礼がありましたし、それなりの話もしました。ソファを使うほど長くはありませんでしたが。そしてその話の中で、年野は儂に言ったんですわ。使いかけの私物で大変恐縮ですが、使いかけと言っても、実は私には勿体《もったい》なく、一度も私の口には触れておりません、丁寧《ていねい》に清めてもおきました、それなりの焼き物と聴きましたので、処分するのも忍びなく、是非署長に差し上げたいのです——といった旨を。

儂はといえば、突然の贈り物に吃驚《びっくり》しましたが——年野は付け届け文化だの、御進物《ごしんもつ》文化だのは嫌いな方だったので——如何《いかん》せん、儂は卑しい刑事です。まずその品を観察して、また吃驚しました。御覧になって解るかと思いますが、どう見てもこれ一個で一万円、いえ少なくとも八、〇〇〇円以上はしますから。そして儂なんぞ、署長室でも百均の湯呑みを使っていますから——貧乏警察署の懐《ふところ》事情なんてそんなもんですわなあ、あっは」

……筋は通っているが、当該《とうがい》ブツは口に付けるものである。未使用とはいえ、所属長への贈答品としては、違和感がぬぐえない。理代はさらに訊いた。

「そして伯方署長は、これを受けとられた、年野警部補から」

「当然、いきなりの、めずらしい事態ですから、むろん年野にはいろいろ訊きました。どういう品なんだと。どうして俺にくれるんだと。そうしたら」

「そうしたら？」

「実はこれは、恥ずかしながら、再婚を前提に交際している相手からの贈り物なんだと。わざわざ職場用に一個、用意してくれたんだと。ただ、交番で使うには高級過ぎてもったいないし、そもそも自分には不似合いな品だと。署長に使っていただくか、来客用に使っていただければむしろ有難いんだと」

「……成程《なるほど》」

「ただ、今度は茶碗どころか、その経緯に吃驚しますわなあ。

　儂は年野の所属長でしたが、まさか、年野が再婚を前提に女性と交際しておるなどと、噂にすら聴いたことがなかったので。

　いや、そういう色恋沙汰《ざた》の噂は、喫煙所とトイレと当直班を介して、たちまち署内を駆けめぐるのが警察文化なのですが――それは姫川室長も御存知のとおり――ところが全然、そんな話、影も形もなかった。恐らく、署の誰も知らんかったのではないかと思います。というのも、年野の本籍地は刑事、しかも県警本部のながい刑事ですから。署では社交的な方ではなかったし、また異動の不自然さから、腫《は》れ物に触るように敬遠されていた感もありましたからなあ。

　もし知っていた奴がいるとすれば、まあ、今は当署のPCに乗っている、やはり刑事の後輩くらいのものでしょう。しかしまた其奴《そいつ》も、口が堅いですしね。年野のために何か隠しこそすれ、まさか年野の秘密を吹聴《ふいちょう》したりする奴じゃない」

「すると伯方署長は、当然、その再婚相手のことについてお訊きになった」

「そりゃそうです。所属長による身上実態把握――なんて固い話じゃありません。純粋に嬉しかったんですわ。彼奴《あいつ》は病もしたし、不遇な身の上にある。それは警察官としてもそうですが、家庭事情もまたそうです。というのも、もう御存知だと思いますが、彼奴《あいつ》は今は単身――嫁さんと離婚を前提とした別居中ですからなあ。しかも、その離婚予定の嫁さんとの間に、それなりの年の子供が男女ひとりずつ。慰謝料・養育費の負担も大きかった。またその嫁さんというのが、婦警出身で、実に気の強いタイプだとかで……となると、職業人としても私人としても、まあ、気の毒な立場ですわなあ。いや、そりゃ嫁さんから言わせれば、また違うストーリーがあるのかも知れませんが。

いずれにせよ、単身、離婚協議、慰謝料とくれば、まあ間違いなく県警本部に『不祥事予備軍』として睨《にら》まれる。そんな逆境にあった。それが、なんとまあ、新しい嫁さんを見つけたという。それは病にもよかろうし、いや私生活全般にも、職業生活にもよい影響を与えてくれるでしょう。

そんなわけで、儂は奴をからかいながら、どうにか再婚相手のことを訊き出そうと思ったのですが……いやあ、奴は口が堅かった。その再婚相手のことは、名前だの職業だのはもちろん、年齢すら明かそうとしなかった。一度失敗しているから、よほど慎重になっていたのかも知れませんなあ。

――いずれにしても、です姫川室長。

年野には決まった相手がおった。少なくとも、こんな高級な贈り物をされるほどの関係にある相手がおった。そして年野は五三歳。ならその相手も、まあ、妙齢《みょうれい》の御婦人でしょうなあ、この湯呑み茶碗の上品さからしても。さてそうすると――」

「――なるほど、そんな年野警部補が、交番の二三歳の女警などを、性的な対象として見るかと」

「そういうことですわ。それはむしろ娘でしょう、年野の年齢からすれば。まして年野には、離婚予定の嫁さんとの間に娘がいますからね。ちょっと確認していませんが、その娘とて、青崎巡査と大きくは変わらん年齢でしょう。

こうしたことを踏まえると、年野がセクハラあるいはセクハラ類似行為をした——正確にはその故意があった——というのは、刑事として、かなりの違和感を憶える筋読みです」

「まとめると、年野警部補の病歴や職歴から、パワハラ等は否定できると。

また年野警部補の女性関係と家庭環境から、セクハラ等も否定できると」

「はい。ただこれも、一足飛《いっそく》びに勘違いをされては困ります。儂が言いたいのは、飽くまで、年野としてはパワハラなりセクハラなりをする故意はなかった——ということです。そして、年野に故意がなかったとして、じゃあ年野の、『備忘録』にあるような言動をどう青崎巡査が解釈したかは、そりゃ全く別の話です」

「すると伯方署長は、これは要は、主観の違い、コミュニケーション・ギャップだと？」

「備忘録に記載されている内容が事実ならば、そうとしか考えられんのです。

すなわち、年野にはまったく故意がなかったが、青崎巡査には耐え難い行為が続いた。積もり積もって、とうとう最悪の結果となった——

ただ、ふたつ注意点があると思います。

ひとつは、年野のために考えてやるべき事情として、『備忘録に記載されている行為は本当にあったのか？』ということ。いまひとつは、青崎巡査のために考えてやるべき事情として、もしそのような行為があったのならば、『故意があろうが無かろうが、屈辱を与えたことが許されるわけではない』ということです」

（伯方署長は、なるほど老練な刑事で、署長だ。すなわち客観的で、公平だ）

理代がそう思って伯方警視の顔を見ると、好々爺然《こうこうやぜん》とした、飄々《ひょうひょう》とした仙人のような『お爺ちゃん署長』は、今やすっかり刑事の顔になっている。いや、躯《からだ》から発される雰囲気もまた、バリバリの捜査員のものだ。理代はそこに、家父長制などという言葉は遣いたくない、厳然とした巖《いわお》のような『親父《オヤジ》』を感じた。だから理代は、署長にではなく捜査員にいった。鋭い嗅覚と判断力をそなえた、現役の刑事にいった。

「……伯方署長は今、湯呑み茶碗という論点から、この〈牟礼駅前交番事案〉を読み解こうとなさった。そして実は私も、今日お会いできた貴重な証言者のお陰で、実に不思議な――あるいは実に不可解な疑問を、幾つか感じているのです。それは、私の中の、どうにも解決できない、けれどどうしても解決したい論点です」

「ほう」

「伯方署長が、それを解く鍵をお持ちなら、どうか御協力いただきたいのです。具体的には、刑事である伯方署長に質問したいことが、幾つかあるのです」

「いやむしろ興味深い」伯方署長の瞳は、確実に光った。「どんな質問ですかな？」

「まず、事実関係ですが。

私は今朝の時点で、県警本部は——刑事部長はもうこの事件を送致する方針だと聴きました。今日の昼には、担当検察官に送ってしまうと。これは異様に早い事件処理、いえ既に異常な速度だと思いますが、そこまで県警本部が急ぐ理由を御存知でしょうか？」

「まず、今日の昼というのは中止になりました。事件はまだ、警察手持ちの状態です。ただ、県警本部が異常に急いでいるのは事実です。私が昔の部下から耳打ちされているところでは、担当検事を待機させた上で今夜か、あるいは、明日の朝イチで送致する予定だとか。さすがに今日の昼となると、一件書類が間に合わなかったようで」

「それはそうですよね。今日の昼だなんて、物理的に不可能です」

「いえ今夜でも明朝でも異常ですよ。

そしてその理由ですが——儂が知っているのは、それが刑事部長の強い意向だということだけ。だから姫川室長がお知りになりたい、『何故そんな意向を持っているのか？』は、残念ながら知らんのです。戦犯である豊白警察署もまた、完全に主導権を奪われてしまっておりますから。

ただ、姫川室長の言葉に倣《なら》っていえば、儂もまた、そこに極めて不可解な疑問を感じています——速度の問題以上の、実務的な疑問を」

「すなわち？」

「何故、年野と青崎巡査の死体を解剖しないか——という疑問です。

確かに事件の組立ては容易《たやす》い。そして元検視官としていえば、県警本部の検視班が取り扱ったというのなら、なるほど、解剖の必要性などなくなるほど、客観的に、例えばどのように弾丸が入りどのように何を損傷してどう抜けたか等は、確実に立証できます。本件は被疑者死亡ですから公判はありませんが、公判に出す捜査書類としても、自信を持って書ける。まして〈牟礼駅前交番事案〉は、第三者の介在など想定し難《がた》い事件ですからね。まさか実は第三者による偽装殺人だったただの偽装自殺だったただの、そんな可能性は、無い。皆無です。零《ゼロ》です。おまけに被疑者死亡とくれば、なるべく早く送致してしまいたい気持ちもまあ、解らなくはない……

ただ。

これが重大事案だと──しかも異例で異常な重大事案だというのなら、最後の詰めは行うべきです。最後の詰めというのは、むろん解剖です。

少なくとも儂は、『青崎巡査が撃った残り一発の弾丸は、一体どこへ行ったのか？』を教えられておりませんので、とりわけそう思いますなあ」

「ああ、青崎巡査は、実弾を三発、撃っていましたね。

そして、うち一発は年野警部補の頭を砕き、うち一発は彼女自身の頭を砕きましたが、なるほどもう一発については情報がない。というか恐らく伏せられている。いつ、どこで、どのように撃ったのか。弾丸はどこへ行ったのか。県警本部なら解明していてもおかしくないのに、その情報は伏せられている」

「その実弾が例えば、年野か青崎巡査の体内に留《とど》まっておるという可能性もあるはずです。

いや、刑事の考え方からすれば、『他に創傷《ソウショウ》は無いのか？』『本当に銃撃が致命傷だったのか？』を徹底して解明します。もちろんそれは例えばで、躯を開いてみなければ分からないことなど無数にあります。だから解剖するんです。いや、したくなる、せずにはおられなくなる。

それが、今日の昼には送致だの……まるで解剖をする気がない。そりゃ送致の後で解剖をやっても手続上全く問題ないのですが、というかそうせにゃならん事案は腐るほどあるのですが、まず本件は逮捕事案ではない。すなわち四十八時間の縛りもない。まして本件は被疑者死亡事案。だからいつ送致をするかは、そりゃもう純然たる、警察の好みの問題ですわ。まさか担当検事にガンガンせっつかれる話ではないし、そもそも手続上、締切は無いも同然ですからなあ、極論、時効まで。

すると現状は、極めて不可解で、異常です」

伯方署長の意見は、理代を完全に納得させた。重ねて、理代自身も、他県で捜査二課長を務めた女警である。二課の知能犯と一課の強行犯とは畑が違うが、刑訴法や捜査手続のプロフェッショナルという点で、両者に差異はない。

「すると送致についての疑問は、こうも言い換えられますね──

県警本部は何故、解剖をしたがらないのか？」

「認めます。残念ながら、儂はその答えを持ち合わせておりませんが……」

「しかし検視というか、死体の検証が行われたのなら、両者は裸にされていますね？」

「むろんです」

「両者の所持品は押収される」

「それもむろん。証拠品ですから」

「両名とも交番勤務中だったので、制服というか、活動服姿ですが――

年野警部補の私物はありましたか？」

「それは装備品以外に、という意味ですかな？」

「まさしく」

「さて。私物ですか。もちろん儂も第一報を受け、すぐ牟礼駅前交番に臨場しましたが、だから検視の様子と押収の様子はこの目で見ましたが――

確かハンカチ、ボールペン、メモ帳、腕時計、小銭入れ……結婚指輪はもうしていなかったな……はい、それだけのはずです。重ねて、装備品というなら手帳から無線機までフル装備でしたが、私物というならそれだけでした」

「失礼ですが、それは確実でしょうか？」

「あっは、いや確認は大事ですぞ。そして断言しましょう、確実です。

本人が身に帯びていた私物はそれだけですし、もちろん現場である休憩室内も徹底的に捜索されております。何かが落下し、それを見逃した――ということもありえません」

「年野警部補の遺体が牟礼駅前交番で発見されたとき、着衣の状態はどうでしたか？」

「ふむ。ちょっと漠然とした御質問だが……

　まず頭部が爆《は》ぜるほどでしたから、まあ血塗《ちまみ》れでしたな。活動服のとりわけ上衣、そしてそこからのぞく制ワイシャツ部分、あるいは上衣からべろりと零《こぼ》れたネクタイまで、血でべっとりとしておりました。血飛沫《ちしぶき》が飛んだ部分もあれば、血潮《ちしお》が怪我から流れ出た部分もありましたが、いずれにせよ血塗れです」

「ネクタイが上衣から飛び出すほど、衝撃を受けたわけですね？」

「そうですな。これは本部長記者会見でもありましたが、後方から後頭部をズドンと一発。そして検視班によれば――だから確実な事実ですが――即死です。その衝撃で、躯も大きく揺れた。これまた検視班によれば、布団から起き上がったところを、だから上半身を起こしたところを、後ろから銃撃されたとのこと。すると、前方に強い力が加わりますな。もっとも、現場発見時の状況から分かるとおり、遺体は整えられ、布団に寝かされ、顔に枕カバーまで掛けられておりましたが――ただ撃たれたときの状況というなら、だからお尋ねの衝撃というなら、今申し上げたとおりです」

「ちなみに、青崎巡査の方はどのように自殺したか、詳細は分かりますか？」

「検視班が視た結果なら分かります。

　青崎巡査の方は、しゃがんだ姿勢になって、拳銃を口にくわえ、そのまま脳の方向へ弾丸を発射したかたちになります。これは、検視班が視た結果からして確実なのですが、ただそれ以外でも、例えば検証結果から明らかです。

すなわち、青崎巡査の指紋の付着状況。あと特徴的なのは、唾液の付着状況。もちろん拳銃に着いた指紋と唾液のことですが、それらは、今申し上げた発射状況を確実に立証できるものでした。当然、第三者の指紋はありません。ああ第三者の唾液もです、むろん」

「指紋の付着状況と唾液の付着状況、あと死体の創傷等からして、どのように拳銃を撃って自殺したのか、客観的に立証できたというわけですね？」

「そのとおり。

そして儂は、どうにか青崎巡査の方の現場にも臨場でき、ゆえに、検視班と一緒に死体を視ることもできました。だから、県警本部なり刑事部長なりの横槍《よこやり》が入る前に、少なくとも両者の死体は、この目で確認することができました。よって断言できますが、青崎巡査の自殺と、今申し上げたその状況に、何の矛盾も虚偽もありません」

理代は心中、感謝の嘆息《ためいき》を吐いた。伯方署長が現場臨場してくれていなかったら、そうした客観的事実を知る術《すべ》はなかったのだから。ゆえに彼女は、伯方署長に感謝しつつ、彼女の任務のため、さらなる情報を求めた。理代は執拗《しつよう》なタイプである。

「ちょうど今『青崎巡査の拳銃』の話が出てきましたが、ちなみに『年野警部補の拳銃』も、見分なり検証なりされたのですよね？」

「やっておりましたね。それもこの目で確認しました」

「年野警部補は殺害された側ですから、その拳銃には異常がないはずですね？」

「そうなります。事実、何の破損もなければ、実弾も六発全弾、入っておりました」

「もちろん、捜査員によって指紋等も採取された」

「むろんです」

「誰の指紋が出ましたか？」

「誰の指紋も出ませんでした」

「えっ、年野警部補自身の指紋もですか？」

「はい。

　少なくとも、明瞭に指の形をしたものは、採取できませんでした。どうやらしっかり磨いた形跡があります。掌紋《しょうもん》の一部らしいものは採れたのですが、それもまた磨かれた後の、形の崩れたものでした」

「……それは不自然に思えるのですが」

「儂も違和感を憶えます。

　ただ、自分で磨いていたとすれば、特段の疑問はなくなりますなあ。

　──監察官室長の姫川警視なら御存知のとおり、まず、〈地域〉の警察官の拳銃は、勤務開始の朝に、拳銃保管庫で受け渡しされます。このとき、拳銃は拳銃カバーに入ったまま。何故ならそういう規則になっておりますからな。これは全国警察においてそうではないでしょうか。そしてその受け渡しの後、拳銃とは別に保管されている実弾を装《そう》塡《てん》する。ここで、なるほど確かに、本人の指紋が着いていなければおかしい。まさか拳銃カバーの上から弾込めをすることはできませんから。手袋もしない。滑りますから。ただ既に申し上げたとおり、弾込めの後で自分で拳銃を磨いたなら、指紋が拭《ふ》きとられていてもおかしくはない。むしろ、拳銃にベッタリ指紋なり脂《あぶら》なりが着いていたら、それは通常点検《ツウジヨウテンケン》等で、指摘あるいは叱責《しっせき》の対象になりますからなあ。年野の、まあ、ガラッパチとはいえない気質を考えると、『キチンと磨いて、掌紋の一部しか残さず、そのまま拳銃カバーに収納した』と想定しても、あながち不自然とまでは言えない。ただ当署の場合、次の通常点検は一週間後ですから――その予定は〈牟礼駅前交番事案〉対応で確実に流局《りゅうきょく》でしょうが――いささか几帳面《きちょうめん》すぎるといえば几帳面すぎますなあ」

理代は新人時代の、警察署勤務と交番勤務の経験を回顧した。制服勤務だったとき、どのように拳銃を出し入れしたか。そして成程《なるほど》、全ては伯方署長の指摘どおりである。

「よく解りました、伯方署長。

次に、現場からの押収品で――要はPBの休憩室からの押収品ですが――特異な物件はありませんでしたか？　通常ではそんなもの押収しないだろう、といったような」

「いや……初動捜査としては、当然のものばかりを押収してゆきましたよ。例えば和卓も座布団も屑籠《くずかご》も布団も枕も、特異な物件とは言えませんし。

まあ、重要なのは年野が寝ていた、あるいは撃たれた後寝かされていた布団と枕でしょうが……和室の隅《すみ》に片付けてあった和卓・座布団・屑籠にも血は飛んでおったし、どんな微物《びぶつ》が出てくるか初動捜査の段階では分かりませんし、屑籠の中身だって初動の段階なら垂涎《すいぜん》の的《まと》ですし。

強いて特異というなら、血が飛んだ襖《ふすま》を——布団を入れる押入《おしいれ》の襖ですが——御丁寧に二枚とも持ち去っていったことでしょうか。建具《たてぐ》までやるんか、と思いましたね。

まあそれを言ったら、建具どころか、押入の中身もちゃんと持ち去っているのですが」

「押入の中身というと？」

「あっは、布団を入れる押入ですから、もちろん布団と枕。あと座布団と脇息《きょうそく》もです」

……理代は赤面した。ちょっと、焦りすぎているのかも知れないと思いつつ。

そんな理代の赤面をサラリと流して、伯方署長は自然に説明を続けてくれた。

「まあ交番ですから、年野が使っていた分以外にも寝具があるわけです。予備の座布団も。あとは和室らしい脇息——そんなもの誰も使っていなかったとは思いますが。まあ、それらが押入に突っ込んであったと。そしてそれらが——要は押入の中身が、押入の襖両面と一緒に押収されたと、そういうことですなあ」

「署長が御臨場されたとき、その襖なり、中の布団なりの様子は御覧になれましたか？」

「いや、儂が臨場したときは、もう捜査一課の若いのが、それらを運び出そうとしているところでした。そのとき、運ばれていた襖に血が着いているのは見えた。だから『血が飛んだ襖』と言ったのです」

「襖全体とか、押入内の布団全体とか、座布団の一枚一枚を御覧になったわけではない」

「そうなります。いわば、引っ越し作業真っ最中のところに入っていった感じですなあ。だから、褌だの、押入の布団だのについては、年野・青崎両名の死体と異なり、儂がしっかりと現認《げんにん》できたわけではありません」

(さすがは地獄の本庁出向を耐え抜いた警察官。質問に対する回答が、とても明確で明晰《めいせき》。そして現場の刑事らしい、ポンポンポンポンとしたリズムの気持ちよさがある。生意気な言い方になるが、この人が警視正・役員だったとして何の違和感もない。いや、もし私が人事権者だったなら、地元筆頭・刑事部長当確だ。

この嗅覚、この観察眼、この分析力……いったい何がこの人の出世を妨げたのか？)

すると、その理代のある種の恐れ、あるいは畏敬《いけい》を嗅《か》ぎとったか、伯方警視はスワンボートの中で、大きく躯《からだ》を伸ばした。かるく腕と肩とを回しながら、湖畔を歩く学生風のカップルを見遣る。理代も自然と、そちらに視線をむける。男と女——男と女——理代は思わず感慨《かんがい》に耽《ふけ》ってしまいそうになった。だから敢えて視線を外し、初夏のあざやかな緑に目を向けた。すると伯方署長が、理代の視線のその方向へ、静かにいった。

「——男と女。男性警察官と、女性警察官。

儂、さっき備忘録とセクハラの話をしたとき、ちょっと言いましたが……警察における女警のことを考えるとき、『屈辱』という言葉が、実に大事だと思うんですわ」

(屈辱……)

……理代はこれまでの、スワンボートでの会話を顧《ふりかえ》った。

なるほど伯方署長はいっていた。

備忘録に記載のあるセクハラ的な行為がほんとうにあったのか、考えてやるべきだと。

そして、もしそれがほんとうにあったのならば、故意があろうが無かろうが、青崎巡査に『屈辱を与えたことが許されるわけではない』と――

「女警と、屈辱――

それはどのような意味ですか？」

質問をした理代は自然と、初夏の緑から、伯方警視に視線を戻すことになる――

ところが、そこにいるのは、なんと、もう村長であり仙人だった。

峻厳《しゅんげん》な老刑事の姿は、もうどこにもない。今は、どこまでも優しげなお爺ちゃんだ。

理代は伯方署長の老練さに舌を巻いた。自分の感情も視線も、いや秘めた感慨や恐れすら読まれている。そして、視線ひとつでリズムを作られている。恐らく、話題展開も。

(男より大人になれ。

さっき、嵐あきら巡査がそう怒っていたけど、伯方署長はまさに大人……とても敵わない。

嵐巡査も伯方警視とデートしたら、きっと舌を巻くわね。結婚退職すら諦めるかも)

「いやあ、姫川室長、実は儂にも、娘がひとりおるんです。遅くにできた、一人娘が。

といっても儂、刑事バカでしたから、娘が物心つく頃には、もう離婚していました。

そりゃそうです。捜査本部が立てば、三週間は泊まり込み。検視班だったら、二十四時間いつでも呼出しがある。尾行や張り込みなんてのは、家庭の事情を考えちゃくれませんし、調べ官《シラカン》ともなれば、二〇日以上、全身全霊で被疑者とガチンコ勝負ですからなあ。マジメに刑事をやっておったら、嫁さんが泣かんはずはない……

だから儂は、家庭人としては、まったくの失格です。いわば巡査にもなれんかった。娘にも、そりゃ苦労を掛けましたよ。男親なんて、ただでさえ女の気持ちも仕組みも解ってやれんのに、まして刑事の男親ひとり。弁当を作ってやるどころか、小学生に家事を任せきりにする始末。月並みな話ですが、運動会だの授業参観だの、いや三者面談だって行ってやったことがない。だから娘が通った学校も、小中高ぜんぶ見たことがないし、何年何組だったのかなんて一度も憶えたことがないし、アルバムに貼る写真なんて一枚もない。そもそもアルバムを買ったことがない。よくもまあ、真っ当に育ったもんです。

今は、儂なんぞより遥かに立派な旦那を持って、東京の出版社で肩肘《かたひじ》張って、男勝りのOLをしておりますが……

いちばん世話をしてやったのは、そうですなあ、保育園のときですかなあ。ありゃ呼出しが、ひょっとしたら検視官よりキツいですからなあ。三七・五度以上の熱が出たら、すぐ呼出しが入る。転んでこぶを作ったり、ドアに指を挟んだりしても一緒。呼出しに応じなければ、すぐ強制退園。

それがちょうど、警察庁出向から帰ってきた頃でして……正直、保育園への送り迎えと刑事の仕事なんて、両立しやしません。今言ったように、呼出し、呼出し、また呼出しですから。いわば、隣の県の検視官も兼職しているようなもんですわ。そんなの、物理的に対応できません。さてどうするか？　どうしようもないです。刑事を諦めるしか。娘には、親といえば儂しかおりませんから。頼れる実家か、親戚の家があればよかったんですが、儂はもともと県外者《けんがいもの》で……いちばん近い親戚の家でも、車で二時間以上は掛かる。

そんなこんなで、男の身勝手な葛藤《かっとう》はありましたが……まあ、ベッドの中の娘を眺めておれば、男にだって強烈な母性が湧きます。ですから、そう、ちょうど警察庁から帰ってきて、さてこれからだというときに、儂は『正しいコース』を外れました」

（そうだったのか。警察庁出向までして役員資格をもらったエリートが、ここまで出世の遅れた理由。同期であり同じ立場の刑事部長と、ハッキリ命運が分かれた理由……）

片方は、地元トップの役員・警視正。

片方は、小規模寄りの中規模署長で上がり。

女のみならず、男もまた、育児でキャリアを断たれることがあるのだ——

（いや、考えてみればあって当然のことだ。警察が男社会過ぎて、見落とすところだった。民間企業なら、伯方署長のような父親は、日本全国に幾らでもいるだろう）

「いや話が逸《そ》れましたなあ。

そう、こんな儂にも娘がおるんですわ。

だから、親の立場からいろいろ考えます。それも、女の子の親の立場から。

……そうすると、この警察という会社は、ちょっと恐ろしいと思いますなあ」

「どういうところが、でしょう？」

「いやそりゃもう、ありすぎてありすぎて。

例えば警察学校からいきましょうか。

我々からすれば――警察官からすれば『アタリマエ』なんですが、まず頭髪規制から入りますわなあ。化粧なんて許されない。それどころか、下着の色や種類まで制限される。寮室は徹底的にガサられる。はたまた、貸与品ではない全員共有の装備については、そりゃもう汗臭い。機動隊訓練なら、男とまるで一緒のあのフル装備で、何km も何km も走らされる。柔道となれば、平然と男女を組ませる――そりゃ寝技もありますわなあ、実戦的にやらねば意味がないから。逮捕術だってそう。もう密着しますよ。で、その見知らぬ男と密着する子はといえば、高卒なら一八歳、短大卒なら二〇歳、大卒なら二二歳の、親からすればいちばん心配な時季の、大事な娘でしょう？　これ、我々は慣れすぎていて感覚が鈍っておりますが、そして生徒である女警自身も、あっは、まあ洗脳されて無感覚になってゆきますが、一般社会の感覚からすれば、もうセクハラどころの騒ぎじゃないでしょう。そりゃ一体、どんなイジメなんだって。柔道でも逮捕術でも機動隊訓練でも何でもいいが、女性の視点を一層反映した云々《うんぬん》っていうのなら、まずやり方も装備もおかしいんじゃないかって。女が男と同化したり、女に男になることを強いたり。それが女警の活躍だと思っているのなら、大間違いどころか反社会的だって――」

　理代は、初任科《しょにんか》時代の柔道のコマを思い出した。実はそこでは彼女は〈強い側〉だった。だから男のキャリア同期と平然と組み、徹底的に投げ飛ばしたものだが……そしてそこに何の違和感も感じなかったが、なるほど、それは確かに洗脳というか、部分社会におけるアタリマエの作法で常識だった。部分社会を離れてしまえば、ひょっとしたら異様なのかも知れない。少なくとも高校とかの柔道の授業で、男女を組ませはしないだろう。彼女が卒業した高校でも、当然だが、体育そのものが男女別だった。

「――こうした、一般社会からすれば屈辱的な扱いは、そう男親が泣きそうな扱いは、現場に出ても変わりませんなあ。

　女は弱いから守ってやる、と言ったかと思えば、あの耐刃防護《たいじんぼうご》衣《い》も、あのフル装備の帯革《タイカク》もまるで男と一緒。何の配慮も工夫もない。合計で、七kgだか八kgだか……今はやや改良されていますが、またその耐刃防護衣が共用で、滅茶苦茶《めちゃくちゃ》汗臭いわ男臭いわ。労災レベルですわなあ――公務員だから公務災害ですが。また、あの帯革だって、ありゃ剛毅《ごうき》なまわしですから、男が小用を足すときなら別論、女警は絶対に外さなきゃ用が足せない。四kg近いまわしを――そう、自衛隊サンの自動小銃と同じくらい重いまわしを――二十四時間勤務ですからそれなりの回数、どっこいせと外して、どっこいせと付け直して。男が普通に着けているだけでも腰に来るんですから、まして女警、しかも外す回数がどうしても多くなる女警にとってどれだけキツいか——さらにいえば、女警は、その、どうしても躯が苦しくなる期間がありますからなあ。

　いや、それもまた一応よしとしましょう、同じ警察官なんだからという理屈で。

　しかし、娘を持つ男親としていえば、女性用の仮眠室・休憩室・更衣室がない——いや女性用のトイレだってない交番で、しかも自分からすれば見知らぬ男がわんさかいる交番で、娘を働かせたくはありませんなあ。そもそも、交番勤務自体に疑問を感じると思いますよ、警察官としての立場を離れれば。なんといってもこれ、宿泊施設ですから。しかも、二十四時間勤務を前提とした密室ですから。それだけでも心配極まるのに、寝るのは男も使う部屋、着換えるのは男も使う部屋、用を足すのも男が使う個室……これもまた、部外《ブガイ》の目線でいえば、環境そのものがセクハラですなあ。

　そして、そのインフラのなさは、女性にとって屈辱を強いるものです。そりゃそうです。多数派が男である以上、隠れて、人目を忍んでいろいろしなきゃいけないのは女警の方ですから。どうしたって、トイレ掃除をするのは女警になるでしょう、汚物入れがあるんですから。聴くところによれば、他県では、交番の五〇％以上に女性用更衣室や女性用トイレを整備したところもあるそうですが……当県ではなんと五％未満。当県でそんなインフラが整備されているのは、筆頭署の、大規模駅前交番とか繁華街交番だけ。

　また、女性の視点を一層反映云々《うんぬん》というなら、女性としての最低限の名誉感情を奪ってはならんでしょう。これまた現場に出ても、制ワイシャツから透けると男の警察官を刺激する云々《うんぬん》で、下着の制限は続きますし、化粧をする時間も落とす時間もないし、二十四時間勤務で肌そのものがおかしくなる。化粧なんて乗ったもんじゃないでしょう。いや、そもそも二十四時間おなじ服を着っ放しなんですから、どうしても汗染みてきます。夏場はハッキリ言って臭う。仮にどうにか着換えをするとしても、またすぐ現場活動、現場活動、現場活動ですからキリがない――もっとも、着換えをする暇《ひま》も無ければ場所も無いんですが。それで、『女警ならではの女性被害者対策』とか、『女警のきめ細かさと共感力』とか、どの口が言えるんでしょうなあ」

……難しい問題だ。あまりに日常的過ぎるから難しい。シンプルな文化ほど、光を当てて検討するのは難しい。理代は迷った。例えば、男性警察官であろうと女性警察官であろうと、泊まり勤務で現場活動をするなら、それは当然、汗染みてくるし臭うだろう。そこは平等だ。極論、女警にだって蛆《うじ》のわいた腐乱死体を扱ってもらわなければならない。重ねて、そこは平等だ。ただ形式的な平等と、実質的な平等は違う。そして後者を真摯《しんし》に検討できるほど、ぶっちゃけ、警察官の頭はよくない……キャリアも含めて、だ。

「いや、交番だけじゃないですなあ。警察署のインフラも酷《ひど》い。

さすがにこっちは、いわば市役所・消防署とおなじ規模のオフィスですから、女性用の仮眠室・更衣室・トイレくらいはある。けれど、じゃあその実態はどうかというと、緊急時に支障があるからといって鍵も掛けられない。男がじゃかじゃか歩いているその襖《ふすま》一枚むこうで、女警が三人布団に入っているなんて光景は、警察署ではめずらしくもないでしょう？　で、いざ緊急時となれば、叩き起こすために襖をガラリと開けるのは男性警察官になる。そりゃそうですわなあ、女警の仮眠時間なわけですから……寝起きを男の同僚に見られる。あるいは、寝ているところそのものを見られる。そんな民間企業がどこにありますか。親として激怒したくなりますし、そもそも労基入りますわなあ。いやそれどころか、儂が若い頃は、女警用の更衣室に暖簾《のれん》しか仕切りがない署があった。いや実話ですぞ。もちろん。女警からすれば、『それどんな温泉宿なんじゃい!!』って、ツッコミたくもなりますわなあ……

なるほど、儂の若い頃とは言わず、今現在に至るまで――監察官室長の姫川警視なら御存知のとおり――男性警察官による、警察署・交番での性犯罪が発生し続けるのも道理ですわ。のぞき、盗撮、下着ドロ。まあオフィスでの、合意の上での情事なんて上級編もありますが……いずれにせよ、警察のインフラは、まずそうした意味での防犯環境設計がまるでなっておらん。また防犯面以前に、自然と女警に屈辱を与え、それを当然のものと勘違いさせる仕組みになっている。

……人に屈辱を与える、というのは、人を支配する最も安価なやり方です。

またそれは、権力を持つ側か、多数派を制した側しか用いることのできないやり方。

そして現実に、男の警察官は、故意があるかどうかにかかわらず、女警に屈辱を与え続けてきた。物事を決める権力を持っているから。組織の中で圧倒的な多数派だから。

……それは実は、儂もです。

散々偉そうなことを言いましたが、警視にまで――いや所属長にまでならせてもらって、自分の署の環境整備ひとつ、できてはおらんのですから……

これはまさに、牟礼駅前交番についてもそうです。

それだけ日頃、親として、娘の立場に立って憤《いきどお》りを感じ続けておるのに、惰性に流されて、もう退職だと諦めて、あるいは女警の勘違いと優しさに甘えて、自分の署すら変えることができんかった……そうです、自分の、二三歳の娘が、五三歳の見知らぬ男と、ふたりきりで、仮眠もトイレも共用の密室で、七kgだか八kgだかの装備を吊って、汗臭いまま、最低限の身嗜《みだしな》みも整えられず、髪も肌もボロボロにして働いておる。この、一般社会からすれば異様な事実。これをもっと真剣に考えておれば、〈牟礼駅前交番事案〉は、システム的に、インフラ的に、発生しようがなかった。

その意味で、やはり〈牟礼駅前交番事案〉における最大の責任者は、この儂です。警視だの署長だの所属長だのいう以前に、人間として、人様《ひとさま》の娘を預かる親として失格でした。

……しかし、儂はもう、定年を待たず、組織を去る身です。

これまで何も変えられなかったし、もはや変える機会もない。破廉恥《はれんち》なことです。

だからこそ、今日、姫川室長と話せて嬉しかった。

……もう解ってしまったかと思いますが、この密談をセットしてくれたのは、ウチの美夏チャン――晴海管理官です。さすがに、我が署が県警本部と世論とメディアの総攻撃を受けて轟沈《ごうちん》しようとしている最中《さなか》、署長《オヤジ》が署を離れるというのは、実は勇気のいることでしたが……晴海管理官の説得に応じてよかった。何もできなかった老人が、愛娘のような姫川室長に、そう、これから三〇年以上、全国警察を変えてゆくことができる姫川室長に、遺言を残すことができた。だから、儂を反面教師として、どうか女警として、女警キャリアとして大成してください。そして、時折はこのどうしようもない老人のことを思い出して、どんな組織であろうと、人が人に屈辱を与えて、人を飼い馴《な》らすようなことがあってはならんと、そう執拗《しつこ》く言っておったと、顧《ふりかえ》っていただければ幸甚《こうじん》です」

（そうか、だから伯方署長は、余所者《よそもの》の私に、最初からあれほど優しかったのか。きっと、私の姿を、東京でOLをしているという自分の娘さんに重ねて……）

理代もまた、伯方署長の娘になったような気持ちがした。娘という言葉が適切かどうか、晴海管理官の話を思い出し悩んだが、少なくとも、伯方署長の遺志を継ぐ後継者でありたいと思った。だから理代は、自分の決意をいった。

「……頭をお上げください、伯方署長。

私はまだ何もできない、何も知らない小娘ですが――小娘でしたが、この〈牟礼駅前交番事案〉を通じて、既に多くのことを学びました。これから自分がやらなければならないことも、まだ漠然としてはいますが、理解できた感じがします。多くの方のお陰ですが、もちろん伯方署長の御言葉も、生涯忘れません」

「有難う……姫川さん、有難う」

ふたりはスワンボートを漕いだ。

池のいちばん奥から、ボート乗り場へと。

もう伯方署長は無言だった。理代もそうなる。

やがてウッドデッキに着いたとき、理代は伯方署長の手を借りてスワンボートを下りた。家族連れやカップルが、そこそこ列を成している。

ふたりはウッドデッキを離れ、やがて市民公園のアスファルトを踏む。

すると、伯方署長が最後にいった。

「どうですかなあ、検証報告書は」

「え」

「この〈牟礼駅前交番事案〉の、総括をする報告書です。

警察不祥事があったとき、必ず作成され、市民にもメディアにも公開されるもの……

……それがどのようなものであろうとも、年野と青崎巡査の最期の物語は、是非《ぜひ》とも姫川さんに綴《つづ》ってほしい。儂はそう思っとります。失礼ながら、それが職務からも、お立場からも自然で……しかも、様々な警察官から言葉を受け継いだ姫川さんの、そう、義務のような気がしますなあ」

「……それがどのようなものであろうとも、ですか？」

「真実の解明が市民と警察を害した例を、儂は知りません。むろん被害者も、被疑者も」

「たとえ被害者と被疑者がそれを望まなかったとしても？」

「誰かから聴いたことがある……嘘は、人間を、他のどんな状態より孤独にするものだと。

そして、死んでからも独りぼっちでは、年野も青崎巡査も、あまりに寂しすぎる」

「すると伯方署長には、もうこの事案の真実が――」

「いえ、姫川室長が解っておられるほどには、とてもとても。

ただ、このままでは年野も青崎巡査も浮かばれん――そう思う程度には、予測がついております。儂はこれでもふたりの署長《オヤジ》でしたので。どちらも救えんかった、不肖の署長《オヤジ》ですが。そして、後は腹を切るだけの身。儂の言葉は、もう県警本部にも誰にも届かん。今更何が言えた立場でもない。儂の宿題、どうか姫川さんに受けとって欲しい」

「解りました。微力を尽くします」

伯方署長は理代に正対すると、あざやかな室外無帽の敬礼をした。

そして最後に理代の瞳を見、そのまま市民公園の奥へと去ってゆく。

理代は自分も敬礼の緊張を解きながら、その後ろ姿を見送った。

そして署長の姿が完全に消えたとき、もう一度答礼をすると、まるで何かの考えを整理するように、桜橋池の湖畔をゆっくりと歩き始める――一周、また一周――するると。

彼女の公用スマホが、ぶるぶると震えた。

理代はバッグからスマホを採り出し、着信画面を見る。

「えっ」

――そうきたか。

理代は愕然《がくぜん》としつつ、しかしどこか予期していたかのように、その内線番号を見る。

画面に表示されている発信者の警電番号は、4001。

理代の県警では、4000番台は刑事部門。そして1番というのなら……

「もしもし、監察官室長姫川です」

『刑事部長の上原《うえはら》だ。

夕飯でも食おう。午後一〇時に、これから送信する場所で頼む』

第4章　女警の対決

県警本部徒歩一〇分・鰻屋《うなぎや》『正英』

「来たか。まあ座れ」

「姫川警視座ります」

――時刻は、午後一〇時。

〈牟礼駅前交番事案〉の運命の銃弾が発射されてから、もうじき二十四時間が経とうとしている。

場所は、県警本部から一〇分ほど歩いた、閑静《かんせい》な住宅街の中にある、とある鰻屋。

小料理屋といってよいほど、こぢんまりした店だ。

座敷が二席に、四人掛けのテーブルが四席。それだけ。

それなりに年季は入っているはずだが、そして蕎麦《そば》屋程度の規模なのだが、外資系のホテルにぽつんと入っていてもおかしくないほど、清冽《せいれつ》で上品だ。ひろさを別論とすれば、高級な寿司《すし》割烹《かっぽう》を思わせる。

――唯一の客である刑事部長・上原警視正は、既にいちばん奥のテーブルで、鰻重《うなじゅう》を掻《か》き込んでいた。といって、他に客がいないのには理由がある。もう暖簾《のれん》が下りているからだ。理代は、自然と上座にすわった刑事部長の正面に腰を下ろす。そしていう。

「どうやら、安全な場所のようですね？」

「女将《おかみ》も職人も、警察ＯＢだ。出入りさえ押さえられなければ、店舗内は安全だ――どうした。何も食わんのか」

「ではおなじものを」

「うむ」

刑事部長は自ら女将を呼ぶと、特上の鰻重をひとつ頼んだ。

女将は諸事《しょじ》心得た感じで、理代に茶を出し、刑事部長の茶を換えると、しずしずと無言で視界から消える。重ねて、店内には他に誰もいない――

「刑事部長公舎も、監察官室長官舎も、記者の夜討ちで千客万来《せんきゃくばんらい》だろうからな。食い物の好みも聴かずに悪かったが――今は安全性が最優先だ」

「というと、これは単純なデートではない」

「私はどちらかというと熟女好みでな、年相応に」

「それは失礼しました。すると飽くまで仕事の話ですね？」

「もとより」

理代は、真正面の刑事部長を見据えた。

見事な禿頭《とくとう》というか、スキンヘッド。鋭い瞳。体躯《たいく》は柔道特練《トクレン》のようにガッシリしており、テーブルも椅子もオモチャのように小さく見える。ただ、理代は不思議と威圧感を感じなかった。理代が感じたものは、伯方署長のときとおなじ――

（峻厳《しゅんげん》な、まるで巖《いわお》だわ。

着任挨拶以来、ろくろく話もしていなかったけれど、どうやらただの権力亡者《もうじゃ》でもなければ、怪しげな陰謀屋でもなさそうだ……実際に容貌《ようぼう》を見、雰囲気を感じるかぎりでは）

――だから理代は、精一杯大人ぶっていった。

「このような舞台を御膳《おぜん》立てして、今夜私と、何を密談しようというのです？」

「検証報告書だ」

「え」

「〈牟礼駅前交番事案〉の検証報告書だよ。

現時点での最重要課題のひとつに、検証報告書の作成がある。むろん、刑訴法の検証調書云々《うんぬん》とは全く別のものだ。

この事案がどのようなものであったか。誰にどのような責任があったか。ゆえに県警はどのように変わらねばならないか――そうしたものを取り纏《まと》めた、そうだな、県民への詫《わ》び状《じょう》がいる。この事案のすべてを検証し、総括した詫び状が。

私は地元ノンキャリアのトップとして、早急《さっきゅう》に、これを作成せねばならん。メディアにも配布し、県警ＨＰにもアップせねばならん。

――そして、君のところのあの猛獣部長が何をほざいているのかは知らんが、非違《ヒイ》事案の調査をつかさどる監察官室長との協議なしに、これを作成することはできない」

「ウチの道戸警務部長は既に、すべてを上原刑事部長にお委《ゆだ》ねしたはずですが？」

「バカバカしいことを。

　第一に、警察における手続というのは、そんな軽々しいものではない。成程《なるほど》ここで君を蚊帳《かや》の外《そと》に置くのは容易《たやす》いことだ。ただ地元トップの立場から言えば、そんなもの、百害あって一利ない……実は私にも、監察官をやった経験がある。その経験からいえば、監察を無視した調査だの検証だのは、この県警に五〇年いや一〇〇年の禍根《かこん》と悪例を残すだろうよ。そして少なくとも私には、そんな恥知らずな悪例に名を連ねる気など毛頭《もうとう》無い。

　――監察とは、警察の警察だ。組織における、正義の最後の執行者だ。

　ゆえに、監察とはそんななまやさしいものではないし、そんな侮辱を加えてよいものでもない。まして、身内の君すら納得させられない者が、どうして県民の納得を獲《え》られようか。そのあたり、君のところの猛獣部長など、まるで理解しておらんようだな。

　それが、監察官室長の君と急ぎ協議せねばならん、第一の理由だ。

　――そしてそればかりではない。

　第二に、君は猛獣部長の命に叛《さか》らい、〈牟礼駅前交番事案〉の調査を続けている――そう、独断でな。そして私は、警察庁出向をした身として、キャリアの執念深さを舐めてはいない。その私が推測するかぎり、君は独断による調査で、この〈牟礼駅前交番事案〉の真実に肉迫しつつある。私はそう感じる。するとますます、組織として出す検証報告書の内容をどうするかについて、君と直ちに協議せねばならん。これが理由の第二だ」

「……若干、驚愕《きょうがく》しております」

「何にだ？

ああ飯が来たぞ。食いながら話そう」

「では失礼して」理代はいただきますをし、箸《はし》を割って、ふかふかした鰻にそれを差し入れた。「私の中の刑事部長のイメージと、御本人の発言とが、かなり食い違っているので」

「というと」

「私の理解では、刑事部長は、地元トップとして、監察官室も豊白署も――あるいは深沼本部長も無視して、それこそ独断で、この事案を処理しようとなさっていたから。だから、できるかぎりの証拠を独占し、ゆえにその意味をも独占し、御自分に都合のよい解釈を〈検証報告書〉として纏《まと》めようとなさっていたから」

「事案の処理を強引に主導したのは事実だ。それについての不満はもとより甘受《かんじゅ》しよう。しかし私は、すべての真実が明らかになった時点で、それを深沼本部長になり君になり――とにかく責任と権限がある者には説明しようと、そう考えてはいた。

裏から言えば、すべての真実が——私の中で——確定するまでは、この事案の捜査も調査も、徹底して自分主導で行おうと、いや行いたいと強く願っていた。

これが私の独断専行なり、真実の隠蔽《いんぺい》なりに見えたのなら、私の不徳の致すところだ。だからそれについての非難は甘受するし、何の弁解もせん。

ただ、私にはそうした独断専行なり、ある種の隠蔽なりをしなければならん事情があった……もっとも、今の君ならば、そのようなこと百も承知だとは思うがね」

「言い換えれば、この〈牟礼駅前交番事案〉には、地元トップの役員・警視正を、そこまで思い詰めさせるような、そんな特殊事情があった」

「そうだ」

「すなわちこれは、単純な、人格未成熟な部下による、拳銃使用の上官殺しではない」

「そうだ」

「では何故、そのようなストーリーを県警全体に蔓延《まんえん》させようとしたのですか？」

「それについては、まだ過去形を遣うべきではないよ、まだな」

「……なら引き続き、そのストーリーにこだわり、特殊事情も真実も隠蔽しようと？」

「いいや、それこそが、今夜の密談をセットした理由だ、姫川監察官室長。

警察の上級幹部としては絶対に許されんことだが……私は、迷っている。

その特殊事情や真実を、県民に、メディアに、そしてなにより我が県二、五〇〇人警察官に公表してしまってよいのかどうか。私は迷っている。そして姫川監察官室長、君にはもう事案の特殊事情なり真実が見えている。私はそう確信している。ならば我々はもう一蓮托生《いちれんたくしょう》だ。知ってしまった者だけが背負わねばならん責任と義務を共有する立場だ。そのような立場にいる、数少ない警察官どうしだ。

だからこそ、君と対話をしてみたかった……

今後我々が、〈検証報告書〉に何を記すべきかについて、な」

「極めてシンプルに、『真実を記すべき』ではいけませんか？」

「それで年野と青崎巡査が喜ぶとでも思うか？」

「……成程《なるほど》、それについては思う所があります、刑事部長がお察しのとおりに。

ただ今日、誰かが言っていました。真実が市民と警察を害することなどありえないと」

「かも知れんな。だがそれは抽象的な、濾過《ろか》された真実だ。言ってみれば机上《きじょう》の、教室設例の甲乙《こうおつ》についての真実であり、ABについての真実だ。

だが〈牟礼駅前交番事案〉は違う。生身の、リアルな、肉のある年野警部補と青崎巡査についての真実だ――これが五年後・一〇年後なら、どう濾過されているか分からんがね。

すなわち。

真実が誰かを害することがなくなるのは、その具体性がなくなったときだけだ」

「今現在ではあまりに生々しすぎて、年野警部補と青崎巡査の真実は公表しかねると？」

「私の、今現在での意見ではそうだ。

だが、姫川監察官室長。

真実を共有できた者として、だからいわば共犯者として、君とそこを謀議したい。どのみち監察官室長の決裁のない〈検証報告書〉など意味を成さん。またどのみち、ここで君を納得させられないのであれば、それは、私の考える正義が誤っていることになる。そのとき私は、年野のためにも青崎巡査のためにもならん独《ひと》り善《よ》がりを押し通そうとしていることになる――

そんな私に今最も必要なのは、まさに、共犯者としての裁判官だ。真実を知ってしまったという意味における共犯者だけが為《な》しうる、公正で客観的なジャッジだ」

「もしその共犯者が、いわば自首をしようと――真実をすべてブチ撒《ま》けようといったら？」

「それはそれで見識だ。

私の意見とは異なるが、そしてそれを心の底から残念に思うが、ふたりで本部長室に入り、最後の御決裁を受けることとしよう」

「――解りました。

ただ刑事部長。刑事部長は私を買い被《かぶ》って、私がもう〈牟礼駅前交番事案〉の真実を解明し終えているとお考えのようですが、私自身は、まだそこまでの自信が持てていません。ところがそれは、〈検証報告書〉に記載すべき――あるいは少なくとも記載するかどうか検討すべき――重要事項ですから、いわば『答え合わせ』をお願いしたいと思うのですが？」

「当然のことだ。そしてこのような密談をセットしたからには、最早《もはや》、君に隠すべき事などありはしない」

「ならば今、私が再構成できた〈牟礼駅前交番事案〉、年野警部補と青崎巡査の最期の物語を、御説明してゆきたいと思いますが――

いつ、どこで、誰が、何を、どのように、どうした。その六何《ろつか》は最後に纏《まと》めるとして。私が何を疑問に思い、それをどう解決していったか、御一緒に整理してゆきたい。こう思います」

「承知した」

「では始めます。

まず私が著しく疑問を憶《おぼ》えたのは、それが年野警部補であれ青崎巡査であれ、その死体を解剖しようとしないことです。解剖しようとせず、そのまま強引に、検察官に送致しようとしていることです。

ここで。

どうしても解剖をしたくない、そんな理由とは何か？

――そもそも死体については、検視というか、刑訴法の規定に基づく検証が行われています。年野警部補も青崎巡査も、丸裸にされ、それこそ性器から肛門まで徹底的に調べられた。躯《からだ》の中を開く以外のことは、徹底的にされた。なら、解剖をしたくない理由としてまず考えられるのは、躯を開きたくない、開かれたくないということです。

しかし。

常識で考えて、被害者なり被疑者なりの躯を開きたくない理由――これはなかなか想定できません。開きたい理由ならあります。例えば、青崎巡査が撃ったとされる『もう一発の弾丸』、これは私の知るかぎり発見されていませんから。そうした『体内の証拠』を発見したい、採り出したいという理由がある。いえ拳銃の弾丸でなくともよい。常識で考えて、被害者なり被疑者なりの躯から出てきて欲しい証拠はあるし、それは捜査を進展させるし、だからむしろ積極的に確保したいもの。

ならば。

何故、捜査上必要があるのに、ふたりの躯を開かないのか？

ふたりの躯を開くと、何か都合の悪いことがあるのか？

それが捜査書類なり、解剖の鑑定書なりに記載されたら不都合なものとは？

躯を開かれたら、すぐにバレてしまうもの。警察としては、都合の悪いもの――

――私としては、この場合、たったひとつの解答しか思い浮かびません」

「すなわち」

「青崎巡査の子供です。赤ちゃんです。胎児です。

これ以外に、躯を開けば一目瞭然であり、かつ、警察不祥事対応を著しく困難にする存在はありません。そもそも検視で丸裸にされているのですから。ふたりは体内に何を隠匿《いんとく》する必要もないし、そもそも、手術でもしなければ、体内に何かを隠匿することなどできないのだから」

「裏《ウラ》は？」

「第一に、青崎巡査は少なくとも四月の終わりに一度、再診で、県外の総合病院を受診しています。しかし、医療行為のためではありません。何故ならその再診費はすべて自己負担、10割負担でしたから。そして、たまたま保険証を忘れたという訳でもありません。何故ならその領収書はすぐ破棄される予定でしたから。だから払戻しなど想定していなかったから。なら健康保険の適用外であるその再診とは何か？　妊娠は病気ではありませんから、原則、健康保険の適用はありませんよね。これは、わざわざ県外の病院を選んでいるその動機とも整合性がある。

第二に、青崎巡査は不可解な禁酒をしていました。元々、酒豪といえるほどお酒が大好きだったのに、三月の下旬頃から、外なら烏龍茶かオレンジジュース、家なら麦茶か炭酸のミネラルウォーターしか飲まなかった。同僚とのいわゆる宅飲みにおいてもです。そして交番勤務においても、例えばケーキの差入れがあったとき、上官と同僚にはコーヒーや紅茶を淹《い》れるのに、自分は必ず麦茶しか飲まなかった。これは、あきらかにアルコールとカフェインを忌避《きひ》している者のすることです。ならば何故、突然、三月の下旬頃からアルコールとカフェインを忌避し始めたか？　そのとき彼女はもう知っていたからです、自分の躯《からだ》の変化について。

第三に、青崎巡査は不可解なマスク着用を始めていました。これは、四月上旬のいつかからの話。それから今現在に至るまで——というか最期の泊まりまで——ずっとマスクを着けっ放しだったそうです。本人は、喉《のど》風邪をこじらした、喉を痛めた等と説明をしていたそうですが、これはいわゆる匂いつわりの——つわりによって嗅覚が鋭くなったり、それまで何も感じていなかった匂いを気持ち悪く感じたりするあれですが——防衛策だったと考えられます。実際、しょっちゅう飴《あめ》やグミを食べていたという証言もあれば、だるそうだった、ぼんやりすることが多くなった、いつも眠そうだったという証言もある。すると、吐きつわり、空腹つわり、涎《よだれ》つわり、眠りつわりも起こっていたのではないかと考えられます。はたまた、警察の煙草文化から身を守るという動機も容易に想定できる。

そうすると——証言者の解釈なり主観なりが入りますので、正確な分析はできませんが——『四月上旬のいつかから』つわりがあった、『三月の下旬頃から』禁酒していたという時期の問題を考えると、妊娠は三月の頭、検査薬等でそれを知ったのが三月の第三週頃、病院に初診で行ったのもその頃、そしてつわりが始まったのが四月半ばと、こう考えられます」

「正解だ」

「刑事部長はそれをどのように把握したのです？」

「このような重大事案ゆえ、当然、青崎巡査の独身寮のガサもやる。信頼できる女警捜査員にやらせた。嫌な予感がしたからな。それは当たった。診察券、書籍、カレンダー……そして病院が割れれば、関係事項照会でプライヴァシーを暴くのは児戯《じぎ》に等しい」

「ならば次に、青崎巡査の赤ちゃんの、父親は誰かですが。

まず、青崎巡査に決まった交際相手がいることについては、複数の証言があります。その交際相手とは、諸情報を総合すると──

青崎巡査より年上で、お堅い仕事に就いている者。会社ではバリバリのエリートコースを歩んでいる者。バツイチで、元の奥さんとの関係やお子さんとの関係に、複雑な問題がある者。またその仕事は激務であり、ゆえに体を壊し、月に二度くらい病院に行かなければならない者。ちなみにこの通院の関係では、当該者は、青崎巡査に自分の保険証を預けたりもしています──薬局で薬をもらってきてもらうために。またふたりの関係は『ラブラブ』で、父親のいなかった青崎巡査にとってその交際相手は、『甘えられる感じの、大人の男』『物知りで、人生経験も豊富で、警察官としても役に立つ話をたくさんしてくれる人』『懐の深い、知的で落ち着いた人』だった。だから頻繁にデートもしていたし、既に肉体関係もあった。ただその頻繁なデートというのは、外に出るというなら絶対に県外デートだった。他の警察官、すぐれて豊白署の警察官に発見されないような、そんな防衛心を発揮しながらのデートだった。

こうした、年上、エリート、バツイチ、通院、知的、警察官としても役に立つ話、頻繁なデート、絶対に県外デート——といった諸要素から、私には、当該交際相手が何者か、ほぼ言い当てることができるのですが——

それではあまりに客観性に欠ける。

だからここで、証拠物件に物語ってもらいましょう。もっとも、私が確保している証拠物件ではないのですが……

すなわち、うちひとつは、豊白ＰＳの伯方署長が持っておられる物件。

そして、いまひとつは青崎巡査によって逃亡経路のどこかに捨てられたか、あるいは私の飛躍した想像が合っているのなら、豊白ＰＳでＰＣ勤務員をやっている——そう第一臨場をした〈豊白１号〉に乗っている——北野警部補が持っているそんな物件です」

「すなわち？」

「湯呑みとタイピン」

「それはどんな物語なのかね」

「青崎巡査は、その交際相手に『湯呑み』と『タイピン』をプレゼントしています。これについては複数の証言がある。ではそれはどのような湯呑みとタイピンだったか？

少なくともタイピンについてはデザインを推定することができます。それは、漆《うるし》のような黒をした地に、金箔《きんぱく》のような桜花が咲いたものです。蒔絵《まきえ》のようでもあり、焼き物のようでもある、総じて実に上品で、したがって高額なもの」

「何故そんなことが分かる？」

「独身寮同様、青崎巡査の、豊白PSにある貸与ロッカーもガサられましたから。そしてさいわい私は、そのガサに係る『押収品目録交付書』を、この目で見ることができた。これは要は、何がガサられ、何が差し押さえられたかのリストです――もちろん刑事部長には、刑訴法の講義など必要ないと思いますが。

そしてそのリストには、装備品・支給品・貸与品はむろんのこと、私服一式、ショルダーバッグ、コスメポーチ、指輪・ネックレス、財布と小銭入れ、あるいはその在中物である現金だのカードだのが、それを特徴付ける寸法だの塗色《としょく》だの柄だのと併せて、びっしりと記載されていた。これもまあ、捜査実務としては当然で、そのこと自体に疑問はない。

私が不思議に思ったのは、そのリストに記載されていた『金箔《きんぱく》風に桜模様が入った黒金属ボタンふたつ』です。もちろん正確には、この『ふたつ』というのは捜査書類上、『数量』の欄に『2個』と記載される訳ですが――いずれにしろこの書類からすれば、同種のしかも金属ボタンがふたつ、差押えられたのでしょう。もちろん警察官の制服には金属ボタンがある。けれどもそれは金の、しかも貸与品です。そしてそれ以外に金属ボタンなど使用しない。ましてこの金属ボタンは、二個一組なんです。二個一組で使用する金属ボタン――それは常識的に考えて『カフスボタン』でしょう。カフスならば、警察としてはやや違和感があるほど上品で高級なのも頷《うなず》けるし、まして桜花をモチーフにしているというのであれば、それは警察として違和感よりも親和性を感じるもの……

ただ、まず交番の女警はカフスボタンなど使用しません。事実、青崎巡査は制服に着換えたあと、このカフスボタンをロッカーに置き去りにしている。また、デスク勤務の管理職、しかもかなりの管理職でなければ、こんな装飾品を使用しはしない。現場活動の邪魔になりますから。さらに、このどちらかといえば渋いデザインと、日本における服飾文化を考えると、当該《とうがい》カフスボタンは男性用です。とすると、青崎巡査は、交番勤務員としても女としても全く必要のないカフスボタンを入手し、ただそれを貸与ロッカーに置いていたことになる。

ここでもう一歩、議論を進めると――

そもそも、自分で使うにしろ他人にあげるにしろ、カフスボタンだけを買うということがありうるでしょうか？　絶無ではないでしょうが、それはイレギュラーに感じられます。というのも、紳士用の服飾品売り場では、まず『タイピンとカフス』のセットが存在し、あるいは『カフスと同じデザインのタイピン』がすぐ入手できるはずだから。これは三点を同じデザインで揃《そろ》えて品と洒脱さを持つものだから。百歩譲って、『タイピンだけ』という選択なら幾らでもするでしょうが、『カフスだけ』という選択は、商品の性格からして不自然です。まして、高級品とあらば。

この不自然さは、青崎巡査が交際相手に『タイピン』をプレゼントしようとしていた事実、そしてそのために小さな専門店でなく『デパート』へ買い物に行ったという事実からも裏付けられます」

「すると結局、青崎巡査のロッカーから発見されたカフスボタンから何が言える？」

「これは、セットになっていた『タイピン』をプレゼントした後の、いわば余りだということです。そして男性用ですから、当該《とうがい》タイピンだけがプレゼント用に詰め直され、実際にプレゼントされ、交際相手に使用されることとなった。しかも、交際相手も青崎巡査もカフスボタンなど使わなかったから、それらは剝《む》き出しのそのまま、青崎巡査のロッカーで眠ることとなった。ちなみに、青崎巡査がこうしたプレゼントの詰め換えをやっていた――交番で、休憩時間を使ってやっていた――ことについては証言がありま す。

また、これらからすると。

当該タイピンをプレゼントされたのは、豊白署の警察官だと推定できます。というのも、交際相手が豊白署と全く無縁の者であれば、プレゼントの詰め換えは青崎巡査の独身寮で行われたでしょうし、カフスボタンもまた、独身寮で眠ることとなったでしょうから。わざわざタイピンとカフスを――デパートで買った奴を――職場に持ち込んでいる以上、そこには職場に持ち込む必然性があった訳で、それはつまり、職場に持ち込むことが交際相手への最短距離だったからでしょう。まして交番は密室。青崎巡査の牟礼駅前交番でいえば、一日当たりの勤務員はたったのふたり。もし残るひとりが無視できるのならば――最悪プレゼントのことがバレても問題ないのなら――ブツを持ち込むことに何のリスクもない。そもそも牟礼駅前交番はミニマム交番。勤務員のひとりが休憩時間だというのなら、いまひとりは所外活動にしろ在所《ザイショ》活動にしろ、何らかの勤務をしているはずですから。それはつまり、いまひとりは無視できるということ――まして、青崎巡査の同期女警の証言があります。すなわち、年野警部補は『身嗜《みだしな》みとか時計とか装飾品とか、ハコで見るかぎりはキチンとしていたんで、というか結構お洒落だったんで』――という証言がある。ここで、制服警察官の装飾品とは何でしょう？　まず想定されるのは時計ですが、これは証言者の言いっぷりから確実に否定されますよね。でも他に何がありますか？　制服警察官ですよ？　下着の上はまるごと制服なんですよ？　まして警察官ですから、ピアスもネックレスもブレスレットも論外ですよね。お洒落をするなんて勤務規律の乱れですから。茶髪が許されないのと同様です。

　なら精々、結婚指輪か、あとは」

「まさにタイピン」

「そうです。ネクタイは制服の一部なのに、それでいてタイピンの貸与はありませんから。そしてタイピンはピアスの類《たぐい》とは違う。社会人として当然認められるもの。

　実際、年野警部補が死亡時に所持していた私物は、検証の結果によれば『ハンカチ、ボールペン、メモ帳、腕時計、小銭入れ』だけだったんです。あとは制服と装備品。どこにも装飾品が登場する余地はない――でも繰り返すと『身嗜《みだしな》みとか時計とか装飾品とか、ハコで見るかぎりはキチンとしていたんで、というか結構お洒落だったんで』という証言がある。とすると、当該《とうがい》結構お洒落でキチンとしていた装飾品とは、制服姿でも確認できるもので、会社において許される範囲のもの――すなわちタイピンとしか考えられません」

「すると君は、このカフスボタンから『タイピン』を着想し、さらにそれが『プレゼント』されたと推定したわけだ――そして今や、その相手が誰かすら明白になった気がするがね」

「そのプレゼントの相手が誰かについては、違う証拠もあります。

それが先に述べた『湯呑み』です。

すなわち、年野警部補が一度は使用したけれど、何らかの事情でそれを手放したくなり――あるいは手放すことを強いられ――所属長である伯方署長に贈ったそんな『湯呑み』です。

そのデザインは、私自身この眼で現認《げんにん》しましたが、くだんのカフスと全く一緒と考えて問題ないものでした。すなわち、蒔絵《まきえ》を思わせる立派なもの。漆《うるし》のような黒地に、あざやかな金の桜花が、大小いくつか咲いているもの。その金の質感が、屏風《びょうぶ》の金箔《きんぱく》のようで、それでいて華美に過ぎず、総じて実に上品なもの……

漆のような黒地に、金箔のような桜花。

決まりです。メーカーなりブランドなりが一緒だったのでしょう。また、そうした品をデパートで選んだのでしょう。この『湯呑み』『タイピン』『カフス』は、いずれも青崎巡査によってプレゼントとして選ばれたもの。これらは本件事案において、三点ワンセットです。そして湯呑みが年野警部補のものとなっていたことは、本人が伯方署長に明言している。ならばタイピンも年野警部補のものとなっていたと考えて、全く不合理はない」

「整理すると、この黒地に桜花の三点ワンセットは、いずれも青崎巡査によって購入され、タイピンと湯呑みは年野警部補に贈られ、カフスは不要物として青崎巡査自身に保管された。こういうことか？」

「まさしく。

なお、青崎巡査の交際相手がまさに年野警部補であったということは、彼が不自然なほど――奇異に思われるほど、豊白署の交番相談員の女性との接触を避けていた事実や、隣接署の青崎巡査の同期女警との接触を避けていた事実によって、補強されます。挨拶もしなかったり、交番の奥に隠れてしまったり。これは、同じ交番の若手女警に『手を出してしまった』ことが、何かの拍子でバレるのを恐れたからでしょう。男は、とりわけ後ろめたさのある男は、女の勘を過剰に警戒しますから。

また同じく、青崎巡査の交際相手が年野警部補であったということは、押収されたふたりの私物スマホの着信履歴・送受信メール等に、恋人あるいは再婚相手のことを窺《うかが》わせる痕跡が全く無いという事実によって、補強されます。青崎巡査も年野警部補も、恋人あるいは再婚相手がいることは、積極的に隠そうとしていなかった。にもかかわらず、その相手に係る情報は、一切残そうとしなかった。これについては、豊白署の晴海管理官の証言があります。刑事部長なら当然御存知でしょうが、ふたりの私物スマホからは『とりわけ異性関係について、情報が逐一《ちくいち》削除されているかのように、何も出てこない』。ならばそれは、『イザというとき中身を点検されあるいは解析される』そんな組織を恐れたからだし、そんな組織に対して秘密を持っていたということだし、しかも――そんな組織など、ガサを打てる我が社しかない。むろんその秘密とは、いうまでもなく部内恋愛、それも上官・組織に露見してはならない部内恋愛となります」

「なるほどな。

しかし君が立てた疑問なり論点なりは、確か、妊娠していた青崎巡査の子の父親は誰なのか――というものだったはずだ。プレゼントを贈ったら、それが直ちに肉体関係なり妊娠なりの証拠になるのかね？」

「まず、青崎巡査の性格から――正確には、それについての関係者複数の証言から――彼女は極めてマジメな女警でした。同時並行で、複数の男と交際していたとは考え難《がた》い。また、彼女と極めて親しい間柄にあった女たちの証言からすれば、彼女とその交際相手に肉体関係があったことは確実です――彼女自身の言葉がなければ、そんなこと断言できないでしょうから。そして時期的なことを検討しても矛盾はない。年野警部補は青崎巡査が着任する二年前から牟礼駅前ＰＢに配置されており、青崎巡査はといえば今年三月一日、そこに着任している。その彼女がいつ妊娠したかはもう推定しましたが、この着任時期と併せ考えても矛盾はない――

ただ、こうした主観的な、あるいは先入観ある分析以上に、もっと説得的な事実があります。彼女の交際相手が年野警部補であり、しかも肉体関係があったというそんな事実が」

「すなわち？」

「年野警部補が証拠隠滅をしようとしていた、という事実です——少なくとも湯呑みについては。

年野警部補は湯呑みを交番に置いていたのですが——『立派な湯呑み』を実際にハコで目撃した旨の証言があります——何故か〈牟礼駅前交番事案〉の二日前、突然伯方署長の下を訪れ、徹底的に清めたその湯呑みを、伯方署長に手渡しています。付け届けや御進物《ごしんもつ》の類《たぐい》が嫌いだったはずの年野警部補がです。しかも、所属長警視に贈るというのに、いくら一度も口を付けてはいなかった云々《うんぬん》とはいえ、いわば自分のお下がりを用意している。これは、常識的に考えて失礼になりかねません。知能犯のエースで、ベテランの、世馴《よな》れた刑事だった年野警部補にしては、実に奇妙な贈り物・贈り方です」

「それがつまり、青崎巡査との関係を隠蔽《いんぺい》するための、証拠隠滅だったと？——

「交番で破壊等してもよかったでしょうが、破片が何らかの形で押収される虞《おそれ》はある。ここで、青崎巡査はタイピンの詰め替えラッピングをしていますから、湯呑みについてもそれをした可能性がある。ならば青崎巡査の指紋なりDNA型鑑定資料なりが採取される虞《おそれ》もある。水で洗ったコップからでも指紋は採れるなんて、警察の常識ですしね。

なら湯呑みをどこかに隠匿すればよいかというと、それもできない。というのも、年野警部補は元刑事だから。この世に我が社のガサを免《まぬか》れられる場所などないことを誰より知っているから。そしてそもそも、それは青崎巡査が自分のために選んで贈ってくれた品。割るに忍びない。ならば、恐らくガサからも自由で、警察署において最も安全である所属長の室へ――署長室へ隠してしまおう。そう考えたとして何の不合理もありません。もっとも、年野警部補の性格からして、実際に伯方署長に使っていただきたかったというのも真実でしょうが。

要するに、年野警部補はそこまでして、特異な贈り物を処分したかった。

それは当然、その特異なデザイン等から青崎巡査が手繰《たぐ》られることを……だから青崎巡査との交際が露見することを恐れたからです。裏から言えば、年野警部補は、それほどまで青崎巡査との関係性を知られたくないくらい深く、青崎巡査と関わっていたことになります」

「故に、赤児《あかご》の父親は年野だと」

「そうです。

もっともこれは、先に述べた交際相手のプロフィール等から自明ですし、だから私が展開した議論は駄目押しでしかありませんが。そして刑事部長であれば、年野警部補の私物車両の走行状況、あるいは街頭・駅における防カメ動画の撮影状況等をカンタンに押さえられる。両者は県外デートしかできなかった訳ですから、また青崎巡査は県外の病院に通わざるをえなかった訳ですから、両者の移動状況は、車両によるものであれ列車によるものであれ、比較的カンタンにトレースできる――刑事部長が捜査手続を駆使してやる気になれば。

だから私が縷々《るる》述べたのは、刑事部長がもう御存知のことの、駄目押しです。

敢えて言うなら、違う登坂《とうはん》ルートともいえますが、どのみち結論は一緒になる」

「なら経路上の疑問をひとつ指摘するが、何故、避妊という選択肢がとられなかったのだ。

青崎巡査が、君の分析するように、そこまでマジメかつ慎重な女警であったのなら、二三歳という年齢から考えても、拝命《はいめい》二年目実務一年目という立場から考えても、最大限、その、言葉は悪いがリスク管理をしたはずだ。そして年野もまた、まさか見境なしに、分別のないことをするとは思えん」

「結果から考えて、避妊の失敗か、避妊の準備をしていなかったときがあったのでしょう。そこは死者に訊くしかありませんが、御参考になる私の経験談を、ふたつ提示します」

「すなわち？」

「第一に、私自身、望まれてはいましたが、まさかというタイミングで身籠《みご》もられた子なんです。私事《しじ》で恐縮ながら、それは私の母親が、長めの入院から――重い肺炎でした――やっと帰宅したその夜のこと。私の父親は、そのよろこびのあまり、まあその。必要なのに準備をしていなかったのは、それが最初で最後だったそうですが、なんとその一回で私が生まれることになり、母親は予想外に早い退職をすることとなりました。既に申し上げたとおり、望まれてはいたので、母親もすぐに家庭に入る覚悟ができましたが、『まさかあのタイミングで、あの一回で……』というのは、両親の口癖でしたね。

第二に、これは私事でなく、私が他県で捜査二課長をしていたときのこと。すなわち、私の部下職員が警部補に昇任したので、二箇月間、管区学校へ入校しなければならなくなったのですが——昇任時に必ず入校があるのは刑事部長も重々御存知のとおり——なんと入校中に妊娠をしてしまいまして。なんでも、土日に一時帰県したときできた子だとか。もちろん学校では術科《ジュツカ》も体育も武道大会も体育祭も点検教練《テンケンキョウレン》もあるので、在校させるか退校させるか、どうやってマタハラ非難を避けるか云々《うんぬん》で、学校長以下学校役員が上を下への大騒ぎ。結局は、県の側の自発的な申出《もうしで》という形式で、事実上の退校となったのですが——本人に詳しく訊いてみると、きちんと避妊はしていたそうです。もちろん入校中は、特に入念に注意をしていたとか。ただ一般的な方法だと、まさか一〇〇％確実ではないですものね。そして話に聴くところによれば、ここ当県においてもまた、似たような事例があったとか——学校入校中に妊娠をした巡査部長が、過去にいたはずです」

「以上を要するに？」

「人間である以上、一〇〇％の避妊を求めることは無理です。もちろん物理的にも無理。

たとえどれだけ注意をしていたとしてもそうだし、あるいは、そもそも注意すら忘れるシチュエイションというものがある。私のような小娘が、そのような機微《きび》、刑事部長のような役員に申し上げることでもありませんが……ただ、ふたりの馴《な》れ初《そ》めが『密室たる交番勤務』であることは、充分念頭に置いておくべきでしょうね。そのとき私物は署のロッカー内ですし。

避妊に関して私が申し上げるべきことは、以上です」

「――ふむ。そうすると、ここまでの議論で、ふたつの事実が整理できたな。

ひとつ。青崎巡査は妊娠していたということ。

その父親は、交際相手の年野警部補だったということ。

しかし、ならば何故青崎巡査は、子供の父親である年野警部補を殺したりしたのかね。また何故自分も、子供もろとも自殺したりしたのかね」

「もう御存知のことをお訊きになるのが趣味ですか？」

「あまり虐《いじ》めないでもらいたいな。

成程《なるほど》、先の事実ふたつについては、私が捜査手続を駆使してやる気になれば、客観的に――極めて事実と近いところまで――立証できる。

しかしながら、〈牟礼駅前交番事案〉は密室での出来事だ。現場である休憩室について言えば、防カメの設置がなかった以上、そして当事者がふたりとも死亡してしまった以上、どれだけ捜査手続を駆使しようと、何が起こったのかの客観的証明はできない。

そこには、どうしても事案を見る者の主観と希望が……あるいは先入観と恐怖が……入り込む。

なるほど私は私で、今、年野と青崎巡査の最期の物語を描けたと信じているが、それを客観的真実だと言ってのけるほど傲慢《ごうまん》ではないよ。

だから頼むのだ。

監察官室長としての眼でも、女警としての眼でもよいが、それが見出《みいだ》した〈牟礼駅前交番事案〉の真実。私は真摯《しんし》にそれを知りたいし、だから、真摯に君の話に耳を傾けたいと思う。そして我々が、真摯に、ふたりの物語を検討するそのことが、ふたりにとっての、いや三人にとっての何よりの供養《くよう》だと信じる。私はその供養を充分に終えた上で、この県警の実質的な社長として、何を公表し、何を隠すか——どのような〈検証報告書〉を作成するかを決断したいと思う。むろん、君とだ。

というのも。

私の描いた物語が正解ならば、これは、五九歳の老人が独りで背負ってゆくには重すぎる物語なのでね。だからこそ、これまでいささか強引な手段も採ってきたし、さっきは共犯者という言葉まで用いた」

「なら、何を公表し何を隠すか、あるいは何も隠さないかについては、私の意見も聴いて下さると？」

「そうだ。

また、君が私の共犯者になってくれるというのなら、君が恐らくはまだ到達していない、この〈牟礼駅前交番事案〉についての最終の真実を、耳打ちすることもできる」

「最終の、真実？」

「君が聴いたら激怒のあまり発狂しかねない、そんな重要な真実だ。

私がこれまでいささか強引な手段を採ってきたのも、実はそれが原因だからな」

「……全く心当たりがありませんし、この物語において、私が激怒する要素などないと考えておりますが……刑事部長が今嘘を吐いていないことくらいは、小娘の私でも解ります。

ですから。

その最終の真実とやらに期待をして、刑事部長と一緒にこの物語を背負ってゆく共犯者として、私が描けた〈牟礼駅前交番事案〉の真実を、御説明してゆきましょう――

――私が着目したのは、『拭《ふ》かれた拳銃』と『押収された襖《ふすま》』です」

「ああ、やはりな」

「まずは、『拭かれた拳銃』について。

これは、年野警部補の拳銃のことです。見分なり検証なりの結果では、年野警部補の拳銃からは、指紋が採取されなかった。本人の指紋すら出てこなかった。しかしながら、〈地域〉の警察官の拳銃授受《じゅじゅ》プロセスを考えると、これは異様です。というのも、弾込めがありますから。勤務に就くたび、拳銃とは別に保管されている、実弾を込めなければなりませんから。

するとと、当該拳銃は弾込めの後、拭かれたことになる。

誰に拭かれたのか？

制度上、それを拭けたのはひとりだけ——年野警部補が拭いたとしか言い様がありません。というのも、拳銃は、たとえおなじ警察官であろうと、他人に触れさせてよい装備品ではないので。

そして物理的には、それを拭けたのは、年野警部補と青崎巡査のふたりだけ——このふたりのいずれかが拭いたとしか言い様がありません。何故と言って、〈牟礼駅前交番事案〉の夜は、PCが機動警らに飽きるほど平穏な夜だったからだし、また、年野警部補が事案の直前に従事していたのは、女子高校生に対する強制わいせつ未遂——まさか拳銃を採り出したり構えたりする事案ではなかったから。億を譲って、たとえ採り出したり構えたりしたとしても、やはり他の警察官が年野警部補の拳銃に触れる余地は零《ゼロ》。とすると、拳銃は、それに触れることができた年野警部補自身によって拭かれたか、あるいは、その死後はそれをどうとでもできるようになった青崎巡査によって拭かれたか、このいずれかです。

そして、年野警部補がその『女子高校生に対する強制わいせつ未遂』への事案対応を終えたのが、当夜の午後一〇時四〇分頃。牟礼駅前PBに帰所したのが、同じく一〇時五五分頃。ここで、牟礼駅前PBからの発砲音が聴かれたのは、同じく一一時一〇分頃。

議論のこの時点では、発砲音の原因を取り敢えず『何らかのトラブル』としておきますが、要は、年野警部補が牟礼駅前ＰＢに戻ってきたのは、拳銃が発射されるわずか十五分前なんです。しかも、『何らかのトラブル』そのものの所要時間を考えると、また年野警部補が仮眠時間帯に入っていたことを考えると――だから布団が出ていたんですよね――諸々《もろもろ》の準備等から、年野警部補には拳銃を採り出して磨く時間などなかったといえる。休憩所の和卓や座布団を片付け、布団を敷き、シーツを整え、枕を用意し、仮眠できる格好になり、顔を洗うなどする。それだけでも優に五分以上は掛かるでしょうから。そして年野警部補は、そうした仮眠の準備その他を、部下にはやらせないタイプの上官だったから。また心理的にも、これから四時間の仮眠を摂《と》る――二三時からだから急いで摂る――そんな状態にある年野警部補が、何の意味があるのか解りませんが、いきなり拳銃を採り出して磨き始める理由は、全く想定できませんから。

ところが。

この段階で、年野警部補の拳銃には、確実に彼の指紋が、しかも明瞭に付着していたはずなんです。何故ならば、年野警部補は、その女子高校生に対する強制わいせつ未遂事案に臨場する直前、晴海美夏・豊白署地域管理官の巡視を受けていたからです。とりわけ、その拳銃の確認を受けていたからです。晴海管理官は、弾倉まで開けさせて確認したと証言していました。となると、右手も左手も必ず拳銃に触れる。なら年野警部補の指紋が付着しないわけがない。そして今述べたとおり、本人にはそれを拭く時間もなければ、それを拭く心境にもない。また事実として、仮眠用の布団は用意されていた。敷かれていた。

——ならば、拳銃を拭いたのは、年野警部補ではありません。

年野警部補の拳銃を拭いたのは、必然的に、青崎巡査となります」

「しかし、だ。青崎巡査は、自分自身の拳銃で年野を射殺したのだろう？

何故そこに『年野の拳銃』なるものが登場する？　そんなものは、年野の警察手帳、年野の警棒、年野の無線機以上に、本件と無関係なのではないか？」

「そこで注目すべきは、刑事部長が大至急で押収させ取り払わせた、交番の襖《ふすま》です。正確には、現場である休憩室の、押入の襖二面。それから、御丁寧にもすべて押収させた押入の中身すべて。具体的には、使用されていなかった布団に座布団に枕、あと脇息《きょうそく》」

「何故それらに注目すべきなのかね？」

「畳だの柱だのを押収しないように、そんな建具《たてぐ》をわざわざ押収する必要はない。キチンと写真撮影をして、キチンと検証をして、キチンと図面を引いて捜査書類化すれば済む。くどいですが、血でベッタリなはずの、あるいは血が飛んだはずの畳すら押収されていないのですから——

だとすれば。

押入の襖《ふすま》その他は、捜査の必要があって押収されたのではない。

なら何故強制的に奪われ、持ち去られたか？　しかも押入の在中物まで？

——そこに発見されたくない痕跡があったからです。

しかもその痕跡というのは、単純に、襖の表面に残るものではなく——例えば血糊《ちのり》なり血飛沫《ちしぶき》といったものではなく——押入の在中物にまで影響を及ぼす、そんな痕跡なんです。言い換えれば、襖そのものを見られても不味《まず》いが、襖の奥、押入の中のブツを見られたらなお不味い。『隠したいもの』は、そんな物理的影響力——そう貫通力を持ったものなんです。

襖を貫通し、在中物にまで痕跡を残す、そんなブツとはすなわち」

「銃弾、か」

「まさしく。

しかも——まさに刑事部長がおっしゃったように——年野警部補の警察手帳その他と同様、本件と全く無関係であるはずの『年野警部補の拳銃』は、青崎巡査によって拭かれている。すなわち、『年野警部補の拳銃』には、青崎巡査によって、何らかの証拠隠滅工作が施されている。

これらを総合すれば。

当該夜、二三一〇《フタサンヒトマル》に『二発聴かれた発砲音』とは、まず、年野警部補の拳銃から実弾が発射された音です。それが一発目。それが押入に着弾した。それを発射したのは、後述しますが、それを所持していた年野警部補本人でしかありえません。さらにその本人は結局、射殺死体となって発見されています。死んでしまってから弾丸を押入に撃つことはできません。となると、順序を合理的に考えて、『二発聴かれた発砲音』——二発撃たれた実弾のうち、第一の弾丸が押入の襖を貫通し、第二の弾丸が本人の頭部を破壊した。こうなります」

「年野警部補の拳銃を検証した結果、弾倉には実弾六発が入っていたが？」

「それが青崎巡査の隠蔽工作です。

まず、年野警部補の拳銃により、第一の弾丸が発射された。

そうすると、当然、年野警部補の拳銃の弾倉は、『空薬莢《やっきょう》1＋実弾5』となるはず。

ところが刑事部長御指摘のとおり、これは最終の状況と矛盾する。

そして牟礼駅前交番はミニマム交番。他に勤務員はいない。

ならば、年野警部補の拳銃の弾倉から空薬莢を採り出し、それを自分の実弾と換えておくことができたのは、物理的に青崎巡査しかいません」

「ここまでを整理すると、第一に、〈牟礼駅前交番事案〉において、第一の弾丸を発射したのは年野警部補の拳銃である。第二に、それが使用されていないかのように事後工作したのは青崎巡査である——こうなるな？」

「そうなります。念の為にここで補強しておくと、その第一の事実において、弾丸を発射した年野警部補の拳銃を使用したのは、やはり年野警部補本人となります。

何故と言って、もしそれが青崎巡査であるなら、最初から自分の拳銃を使用するはずですから――彼女は自分の拳銃使用を隠蔽するつもりがまるでありませんよね？

　そしてそれは、年野警部補は二三時から仮眠時間帯であったことからも補強されます。申し上げるまでもないですが、男の警察官、しかも上官が仮眠を摂ろうというときに、いきなり女警の青崎巡査が休憩室に入っていって、ダイヤル式金庫である保管庫にしまわれているはずの拳銃を使うなどと、シナリオとしても実務としても無理がありますから。上官の仮眠を妨害などしないだろう――という一般論はもとより、たとえ何らかの意図があって上官の拳銃を用いようとしたところで、金庫を解錠する手間があります。そのあいだに年野警部補は起きてしまうでしょうし――そもそもまだ寝入っていない可能性すらある――なら『いくら交際相手とはいえいきなり何だ』ということにもなってしまう。スムーズに年野警部補の拳銃を奪うことなどできはしない。おまけに、年野警部補には自分自身の拳銃をこれから使う故意があった――

　これらの諸《しょ》根拠から、当該《とうがい》夜、年野警部補の拳銃を使用したのはまさに年野警部補本人になります」

「無粋《ぶすい》な反論をすれば、交際相手である青崎巡査が、いわば将来の夫である年野の休憩室に入ったところで、年野としてはさほど不自然には感じないだろうと思うが？」

「なるほど交際相手と考えれば、様々な世話焼きから性行為に至るまで、仮眠中に年野警部補のところへ入り込む理由は多々想定できますが、しかし年野警部補の拳銃を奪うことは絶対に不可能でしょう――それが交際相手だという想定であるかぎり。そしてどうしても年野警部補の拳銃が使いたかったのなら、年野警部補が確実に寝入るまで、もう少し待ってもよかったし、待つべきだったのではないでしょうか。交際相手ならば、年野警部補の睡眠導入剤にも細工できる訳ですし、だからその時間も、ほぼ機械的にコントロールできる訳ですし」

「すなわち、どのような世話焼き等を想定しても、青崎巡査が自然なかたちで年野の拳銃を入手することはできない。また、青崎巡査が合理的ならば、年野の仮眠時間帯が始まってすぐ休憩室に入りはしない──要は、彼女が拳銃を奪ったという想定にはどのみち無理がある」

「そのとおり。だから、刑事部長がお纏《まと》めになった事実を、若干言い換えて整理しましょう。

第一、〈牟礼駅前交番事案〉において、最初の弾丸を発射したのは、自分自身の拳銃を使用した年野警部補である。

第二、その最初の弾丸は、押入の襖を貫通し、押入の中の何かに着弾した。

第三、青崎巡査は、年野警部補のその拳銃に触れて、それが使用されていないかのごとく見えるよう、空薬莢《やっきょう》と自分の拳銃の実弾とを入れ換える事後工作をした」

「すると当然、こういう疑問が浮かぶ──

年野は何を撃ったのだ？　何の為に自分の拳銃を発砲したのだ？」

「ここで、五つの事実を想起しなければならないでしょう。

第一に、年野警部補は約半年前、警察共済の生命保険の契約を積み増しして、死亡保険金をほぼ倍額に設定したこと。これは、いわば生命保険の入り直しです。ここで、私はその受取人を合理的に推測できますが、そもそも刑事部長は受取人を御存知でしょう、警察共済の保険ですからね。またこの生命保険の入り直しに伴い、健康診断書の提出なり様々な告知なりをしていたということも、押さえておくべきです。

第二に、年野警部補は突然、自らの湯呑みを、刑事の大先輩である伯方署長に贈り、いわば最後の挨拶を――暇乞《いとまご》いをしているということ。これは事件の二日前ですね。

第三に、年野警部補は県警本部の人事から、あの『拳銃保管措置』を検討されるほど、精神面に問題を抱えていたこと。また事実、睡眠導入剤を使用する状態にあったこと。ひょっとしたら、それ以上の薬を常用していたかも知れないこと。だからこそ、同僚に見られたときなど万一の事態を考え、薬局で処方薬を受けとるときは、それを青崎巡査に代行させていたのかも知れないこと――年野警部補が青崎巡査に保険証を預けていたということは、既に指摘したとおりです。

第四に、年野警部補は知能犯の――だから捜査二課のエリートだったのに、二年前の二月、いきなり〈地域〉への、しかもミニマム交番での勤務を命ぜられ、失意の下にあったこと。そしてこの異動に関しては、伯方署長の証言によれば、年野警部補のかつての所属長――清岡捜査二課長によるパワハラが強く疑われること。もっともこの第四の点については、刑事部門の頂点に立ち、あたかもウチの道戸部長が警務部門に君臨するように刑事部門に君臨なさっている刑事部長からすれば、既に自明の事実でしょう――部長決裁をとらない人事案などありえないし、清岡捜査二課長の異様な素行なり疳高《かんだか》い怒鳴り声なりは、私自身経験し、また複数人からその実態を聴かされていますから。

第五に、私の議論の駄目押しにして、年野警部補の背を押した最後のひと藁《わら》ですが、年野警部補は事件当夜午後八時半ないし午後九時少し前のあいだ、牟礼駅前PBにおいて、一本の警電を受けています。部内の、内線電話です。そして受話器を採った年野警部補の相槌《あいづち》、挨拶等からして、その警電を架けてきたのは昔の刑事仲間です。しかも、ずっと無沙汰《ぶさた》だった刑事仲間です。とすれば、年野警部補の職歴からして、それは県警本部の刑事仲間と考えるのが自然でしょう。そしてその警電は、年野警部補に『二日前』の話の続きをするものだった。それを『確定』させるものだった。ここで、『二日前』といえば、先程《さきほど》強調しましたが、年野警部補が伯方署長に湯呑みを渡した日でしたね。だから比喩《ひゆ》的《てき》にいえば、もうその日、指はトリガーに掛かっていたんです。ところが事件当夜のその警電は、いよいよ年野警部補に具体的に『若手の育成は大事だ』『若い血が優先だ』『むしろサッパリした』と感じさせるものだった。いえ、具体的に諦めさせるものだった――

そうです。

同期の伯方《はかた》署長と一緒に、どうにか年野警部補を県警本部の刑事に戻そうとしていた刑事部長なら、すぐにお解りいただけますよね。この一本の警電が、年野警部補に何を教えたか――念の為に付け加えれば、その一本の警電は、県警本部への復帰に一縷《いちる》の望みをつないでいたはずの年野警部補をして、自分のことを『もうハコの人間』とまで呼ばしめる、そしてそれが『確定』だと感じさせる、そんな凶報を伝える警電だったんです。晴海管理官の言葉を借りれば、『長く重病を患っていた家族がとうとう亡くなった』といった感じの、そんな凶報を伝える警電だったんです。晴海管理官の観察眼は、やはり鋭い。というのも、その言葉はほぼそのまま事実だったから。患っていたのは年野警部補の希望で、とうとう亡くなってしまったのも……それは誤解でしたが……年野警部補の希望」

「……それは、年野の、あのやむをえん異動の話か!!

次の次の異動まで、そしてその間だけ、年野を桜橋交番に移すというあれ!! だから純然たる時間調整であって、今度はいよいよ腰掛けのあれ!! そしてそれまでの間、年野のために用意したポストは、若手で取り敢えず埋めておくというあれ!!

しかし……しかしどこのバカだ!!

成程《なるほど》刑事の口の軽さには定評があるが、そして警察官の人事話《じんじばなし》好きにも定評があるが、その真実の意味を知らんのに、外形だけを本人に御注進するとは!!

……結果からすれば、伯方の奴が、真実の意味を説明しそこねたという訳か。その前に、舌だけ長いどこぞのクソ雀が、喋々《ちょうちょう》と御為《おため》ごかしの警電を入れてしまったという訳か。

いや……

人事案が漏れたというのなら、それは起案をする県警本部の責任だろう。すなわち私自身の責任だ。しかも、『時間調整でしかない』という真意は、だから『お前を必ず県警本部に戻すぞ』という真意は、詰まる所、それを決めた私と伯方にしか説明できんことだ。ならば、その舌の長いクソ雀がどこのバカかはともかく、トリガーに掛かった指へ力を入れさせてしまったのは、結局は私だ」

「お察しします。そして、お苦しみいただきたいと思います。

──以上、年野警部補が拳銃を発砲した動機について、既出《きしゅつ》の論点をまとめると。

生命保険の積み増し。所属長への暇乞い。精神面の問題。パワハラと左遷。異動についての誤解。

この五つの諸点が示すのは」

「自殺、だな」

「年野警部補が、年野警部補本人をいわば殺そうとしていたのは間違いないと思います。しかし例えば、そこに無理心中の要素がなかったかどうかは、年野警部補と青崎巡査しか知りえない事実。

ゆえにまず──

年野警部補は休憩室に入り、布団を整え──死に布団を整え、そのまま金庫には仕舞わなかった拳銃を撃った。これが第一の弾丸。そこへ驚愕《きょうがく》した青崎巡査が入ってくる。

こうしたシナリオもあるでしょう。

あるいは——

年野警部補は休憩室に入り、死に布団を整え、何らかの口実を設けて青崎巡査を呼び、そのまま金庫には仕舞わなかった拳銃を——まずは青崎巡査に——撃つ。これが第一の弾丸だと、そうしたシナリオもあるでしょう」

「いずれにせよ、第一の弾丸は逸《そ》れた。それは休憩室の押入に突き刺さった」

「自分自身を狙ったのに、死に際の手元が狂ったのかも知れませんし、まずは青崎巡査を狙ったのに、愛情等により手元が狂ったのかも知れません。どのみち、第一の弾丸では誰も死ななかった。また、年野警部補と青崎巡査のどちらをも傷付けることはなかった——何故と言って、検視あるいは検証の結果、両者には拳銃による致命傷以外の外傷が全くないので」

「第一の弾丸が逸れた後の、年野・青崎両名の物語は？」

「私は、年野警部補の『思い遣りがありすぎる』『他人の痛みを自分の痛みと考えられる』『自分がどれだけ重荷を背負おうと、どれだけ死ぬほどの苦しみを味わおうと、それを自分だけで背負ってゆく』——そういう自罰的な性格傾向から考えて、無理心中説は採りません。ですので、飽くまでも第一の弾丸は年野警部補自身を狙ったと考えます。

しかし、どちらの説を採っても結論は変わりませんので、以下、もし無理心中説をお採りになるなら、必要な範囲で適宜《てきぎ》、物語を脳内で変換してください。

さて、第一の弾丸が発射されてから、第二の弾丸が発射されるまで約一分。これは、牟礼駅前PBからの銃声を聴いた、一一〇番通報者の通報内容です。もちろん、通報者は正確な音の出所を知りませんし、その時間の長短も、まさか時計で計っていた結果ではないでしょうから、この時間は伸び縮みします。

その約一分間で何があったか？

年野警部補自殺説を採れば、休憩室にはいなかった青崎巡査が、とにかく驚愕《きょうがく》して、休憩室に入ってゆきます。休憩室への出入りは、執務室の防カメが撮影していましたね。それもそうでしょう。この場合、いきなり銃声がした訳ですから。警察官は、銃声を銃声と聴き分けられるのですから。まして交際相手として、年野警部補の身の上や、年野警部補の病状を知っていたのですから——さらに年野警部補は、先に述べたとおり、少なくとも二日前からは様子がおかしかったはず。だから病状については、より懸念が増していたはず。あのお喋《しゃべ》り雀の警電のことを考えれば、当夜はいっそうおかしかったでしょう、彼女にとって。ともかく青崎巡査は休憩室へ急ぐ。

そして彼女は必死で年野警部補を制止し、とにかく何が起こったのか理解しようとする。それは困難ではなかった。拳銃は主としてヒトを殺傷するものですし、年野警部補はどのみち、自殺のための行為を継続しようとしたでしょうから。

——ここで、我が警察文化を考えます。

年野警部補という実例のあるとおり、また、私自身が強烈なパワハラを受けているとおり、警察は、強きに弱く弱きに強い。そんな組織文化を持ちます。そして、パワハラの犠牲者として、哀れみとともにミニマム交番に異動となった年野警部補は、圧倒的に弱者の側でしょう。

その弱者が、いよいよ拳銃自殺を試みた。

これが警察組織においてどのような意味を持つか？

――破滅です。警察人生の終わりです。

すなわち、年野警部補は、たとえ弾丸が逸れたとしても、それを発射した時点で、もう警察官としては死んでいるのです。何故と言って。

発砲音は誤魔化しようがない。事実、一一〇番通報もされている。仮にされなかったところで、だからどうにか当夜を乗り越えたところで、年野警部補の『拳銃の不適正使用』は、必ず明朝、警察署で露見します。弾丸の返却がありますから。そして当夜の、すぐれて第一の弾丸が発射されたときの状況を踏まえると、『何かの事案対応で適正に発射した』なる言い訳は絶対に不可能――それはそうです、年野警部補は仮眠時間帯で、実際に休憩所に寝具を出していたし、その瞬間、牟礼駅前PBは何の事案も取り扱ってはいなかったのだから。豊白署のPCですら、極めて凪《な》いだ夜を退屈に機動警らしていたのだから。

すると、どのみち自殺未遂はバレる。どれだけ弁解し、どれだけ調査に抵抗しようとも、そこは犯罪捜査をする我が社のこと。まして被疑者は組織に柔順な警察官。必ず自殺未遂の真実はバレる。徹底解明される。

ならば、自殺未遂者・組織の被害者転じて、銃刀法に規定する発射罪の被疑者です。犯罪者です。交番という公共施設において、職務の遂行と無関係に拳銃を発射することは、発射罪を成立させる。残念ながら過去に多々例がありますし、それは現場の警察官、とりわけ拳銃を携帯する〈地域〉の警察官に日々、教養《キョウヨウ》され徹底されているところですから。

要は、いったん拳銃を発射してしまった以上、年野警部補に残された道は、犯罪者として警察組織から追放される道のみ。それしかない。仮に逮捕されないとしても送致され、そのタイミングで懲戒処分を喰《く》らい、また万一実刑となれば最大で無期懲役、最低でも三年の懲役ですから。そして刑事処分がどのようなものであろうと、懲戒処分が免職ではなかろうと、警察組織において、懲戒処分を喰らった者は依願退職するしかない。懲戒処分を喰らっている以上、退職金にも大きなダメージを受けて――これは不文律ですが、絶対の掟《おきて》。

そしてこのことは、第一の弾丸が発射されてから一分以内で――いや年野警部補も青崎巡査も〈地域〉の警察官ですから一〇秒以内で――すぐに判断できること。もはや退路は断たれた。もはや選択肢は……ほとんど……無い」

「そして、青崎巡査が選んだ選択肢というのが」

「年野警部補の、エリート刑事としての、ベテラン警察官としての名誉を守ることです。

すなわち、精神を病んで、あるいは飼い殺しを儚《はかな》んで自殺未遂などしたのではないと。そう。

不出来な、人格未成熟な、対人関係構築能力に問題のある部下に、逆恨《さかうら》みで殺されたと、そういう外観を作出することです。これこそが、青崎巡査の『告発』――あの備忘録に記載されている年野警部補の所業《しょぎょう》が、極めて微妙で、直ちにセクハラ・パワハラとは断じられない、どうとでもとれる中途半端な内容となった理由です。

――青崎巡査には、年野警部補の名誉を救うべく、年野警部補を殺す必要があった。ただ、何故自分が年野警部補を殺したのか、そこに充分なカバーストーリーを用意する必要があった。しかもそれは、『年野警部補を殺すには充分だが』『年野警部補の名誉を不当に害さない』そんなストーリーである必要があった。そう、彼女にはそうした外観を作出する必要があった……そして厳しい調査・捜査に屈して真実を漏らしてしまわないよう、最後には、自分自身をも証拠隠滅する必要があった……

最初の弾丸は、年野警部補が自殺をするための弾丸でしたが。

第二の弾丸と第三の弾丸は、青崎巡査にとって、無理心中をするための弾丸だったといえるかも知れません。第二の弾丸で年野警部補を殺し、第三の弾丸で自分自身を殺した」

「……実は、そこが正直、私にも解らんところなのだ。

このままでは年野は、生きながらにして破滅、地獄の日々を送ることになる――それは解る。もちろん将来に何の希望もなくなる。それも解る。メディアやネットにおいては、銃刀法違反を犯した破廉恥《はれんち》な警察官として糾弾《きゅうだん》されるだろう。それも解る。そして給与も退職金も、また公務員として恵まれた年金・保険も失い、遠くない将来、路頭に迷うこととなる。それも解る。そして有名人となった年野には、あるいは精神を病み、警察以外の仕事など知らない年野には、再就職の道など無い。それも解る。

だから、年野の名誉を救いたい――という気持ちは解るのだ。

ただ、そこから一足飛《いっそく》びに、そう約一分間で、年野を殺してしまおうという決意をする。そこが解らん。そもそも、青崎巡査は年野の子を身籠もっていたはずだ。それはむしろ、年野も自分もどうにか生き延びようとする動機原因になるはずではないか。生まれ来る子供のために、どのような汚辱《おじょく》に塗《まみ》れようと、どれだけ将来の展望が描けなかろうと、必死で足掻《あが》いて生きてゆく――必要ならば、警察組織なり警察文化なりとも戦う。そうした心理の方が、遥《はる》かに自然ではないか？　私にも妻があり子がある。母親としての心情を酌《く》んだとき、年野も自分も、生まれ来る子も『殺す』、その心の動きがどうにも解らんのだ」

「……そもそも年野警部補が青崎巡査の妊娠を知っていたのかどうか、今となっては、また現時点での証言・証拠からは知る由《よし》もありません。後述する事情から、彼女にはそれを話し難《がた》い理由があったので、少なくとも安定期までは――だから妊娠した三月頭から起算して、そうですね、この夏か秋までは――黙っていたかったと思いますが、そこは彼女の主観によるので、断言はできません。

そして私自身、今の刑事部長のお話には同意します。生まれ来る子どものために。それが親にとっては全てでしょう」

「……まして、年野は青崎巡査と真摯に交際していたはずだ。肉体関係もある。それでいて、交際相手の躯《からだ》の変化に気付かないということがあるのだろうか？」

「ですので、私は何も断言はしていません。ただ青崎巡査は、『酷い喉風邪《ひど》』ということを理由に、とりわけマスクを着用し始めて以降、年野警部補との性的交渉を避けていた様子があります。これについては、彼女からその旨を聴いた者の証言がある。

しかし、この論点をギリギリ詰めることはできませんし、詰めなくても議論に影響ありません――だから繰り返せば、詰まる所、刑事部長のおっしゃるとおり、母親にとっては生まれ来る子どもが全て。その心情に鑑《かんが》みたとき、年野警部補も自分自身も子どもも『殺す』という決断は、一般論として了解不可能です。不合理です。

だから、もし。

青崎巡査に特殊事情がなかったなら……だからそのお子さんにも特殊事情がなかったなら、青崎巡査が一足飛びに、いわば無理心中を決意することは無かったかも知れません。また青崎巡査が、年野警部補の病と、年野警部補の家庭事情を無視できるほど図太ければ、やはり、一足飛びに無理心中を決意などしなかったでしょう……

そう。

青崎巡査自身の、特殊事情。

年野警部補の家庭の、特殊事情。

このふたつの要因が、異常ともいえる青崎巡査の『無理心中の決意』に、とても大きく影響しています。

このふたつの要因を熟知する彼女が、その約一分間、交番で見たものは……

……自殺に失敗し、もはや茫然自失《ぼうぜんじしつ》、心神喪失《しんしんそうしつ》の状態にある眼前の年野警部補。

当然に想定できる、自殺未遂の理由。年野警部補が感じてきた屈辱、悔しさ、悲しさ。

青崎巡査は、それを思い遣り、あるいはそれに追い詰められた。

はたまた、妊娠固有のホルモンバランスの変化が、繰り返される三交替制勤務そのも

のからくるホルモンバランスの変化と相俟《あいま》って、青崎巡査自身の精神をも歪《ゆが》めてしまっ

ていた──かも知れない。

以上をまとめると。

青崎巡査が熟知していたふたつの特殊事情と、青崎巡査が現認《げんにん》した、あまりにも変わ

り果て……そしてあまりにも絶望しきった年野警部補の姿。そして、彼女自身の身体事

情。

これらが咄嗟《とっさ》の行動に大きく影響した。

だから彼女は、刑事部長のように、他の第三者が了解不可能なかたちで、無理心中ま

で選んだ。私はそう考えています」

「ならば、そのふたつの特殊事情とは？

　自殺未遂者をいきなり殺そうなどと決意する、青崎巡査自身の特殊事情と、年野警部補の家庭の特殊事情とは？」

「青崎巡査のお子さんは、既に出生前から、五〇％の確率でガンを発症する運命にありました」

「……何だと、解らんぞ、どういう意味だ？」

「遺伝病です。身上書にも記載はあったはずです。すなわち、家族性大腸腺腫症《せんしゅしょう》。これは彼女が高校生のとき、彼女の母親の命を大腸ガンで奪った病。そして重ねて、これは遺伝病です。青崎巡査自身も、いつかは大腸にポリープができる。無数にできる。すべて悪性です。当然大腸ガンになり、早期発見の上《うえ》大腸全摘出《ぜんてきしゅつ》をしなければ死に至る。

　……これは、完治のない難病です。それも、悲劇的な。

　というのも、青崎巡査の赤ちゃんもまた、母親・祖母とおなじ病に冒される……少なくとも五〇％の確率で冒されるから。

　青崎巡査自身は、そのことを充分理解していたでしょう。

　だから子を授かったと知ったとき、大きなよろこびとともに、大きな不安と……そして責任感を感じたに違いありません。この責任感というのは、言葉が難しいですが、敢えて言えば罪悪感、自罰感といったものでしょう……私の子どもになんかなっちゃって、ごめんなさいと。あなたをいつまで育てられるか分からないし、そのあなた自身も……

なら、いっそのこと中絶してしまうか。

彼女の年齢と、実務一年目という状況からすれば、それも極めて現実的な選択肢でしょう。ところが、妊娠はこの三月の頭ですから、まさに三箇月後の今月末までは……今頃までは……比較的安全に中絶が可能。裏から言えば、それまでは待てる。悩める。ライフプランについて。仕事について。家庭について。そしてもちろん、病のリスクについて。はたまたもちろん、子どもの命を母が絶つことについて。この、最後に挙げた中絶の悩みは、もし仮に病のことが全くなかったとしても、やはり罪悪感、自責感といったものを生む。青崎巡査の性格を考えれば、少なくとも彼女についてはそう断言できる。

……そういった、敢えて言うところの罪悪感・自責感。

このことは、まさか、年野警部補には告げていないでしょう。年野警部補の精神状態を考えれば、優しい青崎巡査にはそんなことできない。もし告げれば、先述のように『自罰的な』性格傾向を有する年野警部補は、その病のこともひっくるめて、すべて自分の所為《せい》だと、すべて自分の責任だと、必ず思い詰めてしまう。彼女とも、その苦悩を分かち合おうとはしなくなる。だから彼女はずっと、この苦悩を独りで抱え続けることになった……」

「なんという、ことだ」刑事部長は眼を蔽《おお》い、天を仰《あお》いだ。「確かに病歴は確認した。病歴は、この種事案において極めて重要なファクターだからな。ただ結果としては、『母親を大腸ガンで亡くしていたのか、不憫《ふびん》な』といった程度の実態把握にとどまっていた。警察の身上実態把握など、ハッ、我ながらこのようなものだ。形骸《けいがい》ですらない。何を言っても後の祭りだがな……」

「そして、彼女が了解不可能なかたちで無理心中を決意した理由は、もうひとつありま す」

「……年野警部補の、家庭関係とかいっていたな？」

「はい。彼女は自分の交際相手について『バツイチ』という言葉を遣っていましたが、これは説明の便宜《べんぎ》のためと、交際相手の特定を避けるためでしょう。というのも、年野警部補はまだ離婚をしていませんでしたから――離婚を前提とした別居中、離婚協議中でしたから。

ここで、年野警部補が生命保険契約を改めて、死亡保険金をほぼ倍額にしたという事実が重要性を帯びてきます。もし年野警部補がこれからも生きるつもりであれば、これは、まさに万が一のための保険でしょう。というのも、様々な関係者が口を揃《そろ》えて証言しているとおり、年野警部補は『男女ひとりずついる』自分の子供のために、『元警察官で、性格のキツい』奥さんからの取り立てに応じ、養育費を払い続けてきたし、慰謝料を払い続けなければならなかったのですから。そしてもし青崎巡査と結婚したとしても、年野警部補の性格からして、万が一のとき、元の家族にも何某《なにがし》かの金銭的償《つぐな》いを遺しておこうと考えるのは、自然です。受取人もきっと、年野警部補の意を受けて、できるだけ新旧の家族を公平に取り扱えるそんな方となっているでしょうから、年野警部補の双方への思い遣りは、合理的で現実的です。

しかし。

もし、年野警部補がこれからは生きるつもりがなかったのなら。

自殺を決意し、それを実行しようとしたのなら……事実、していますが……

それは元の家族への償いであるとともに、まだ結婚はしていないが、深い関係となった青崎巡査への償いともなります。青崎巡査の妊娠については、知っていたか知っていなかったか確定はしていませんが——もし知っていれば、まだ見ぬ我が子への償いでもある。もし知っていなければ、自分の自殺によって、公的には職場で無茶苦茶なダメージを被《こうむ》り——監察や上官からの厳しい事情聴取など——また私的にも無茶苦茶なショックを受ける青崎巡査への、やはり償いです。ちなみに受取人が公平な措置をとってくれるのは、先の話と同様ですので、その点に憂いはない。

とすると。

どのみち、年野警部補の主観としては、どんな想定を採用したとしても、『保険金は下りる』と判断していた。そういうことになります」

「それはそうだろう、死亡保険金を倍額にするということは、掛け金も篦棒《べらぼう》に上がるということだからな。なら当然、リターンを現実のものとして想定していた。必然的にそうなる」

「しかし、それは年野警部補の主観に過ぎません。

考えてみれば当然なのですが、この場合──〈牟礼駅前交番事案〉が年野警部補の自殺で終わった場合、ですが──死亡保険金が下りるはずありません」

「何故だ？」

「第一に、これは推測ですが、ただかなり確信が持てる推測ですが、年野警部補は、警察共済の生命保険契約を改めるに当たって──だからむしろ新規に契約をするに当たって、告知義務の違反をしているから」

「告知義務というのはあれか、医者に掛かっているかとか、入院したかとか、これまでの病歴はどうだとかいう申告書……あっ、成程《なるほど》……」

「年野警部補は、清岡捜査二課長のパワハラによって、入院をするレベルの大病をした。ただ経歴にキズがつくことを避けようとした結果、二週間の在宅療養を選んだ。伯方署長はその病気を『過労』と表現していましたが、それが精神的な大病であったことは、その伯方署長自身の発言からも明白です。そして先に述べた、年野警部補の服薬状況。これらからすれば、そもそも生命保険契約の改定、しかも積み増しなどができるはずもない──告知義務に違反して、在宅療養も服薬も黙っていないかぎり。ところが実際、借財関係の身上調査で晴海管理官が確認した結果、生命保険の審査は通っている」

「ならば、年野が、その、偽りで死亡保険金を倍額になるよう設定したことはほぼ確実」

「そうなります。

そして不実の告知をした場合、死亡保険金は下りません、それは民事上の詐欺ですから」

「それくらい、知能犯のベテランである年野なら解るはずだが……」

「それだけ追い詰められていたか、精神状態が危うかったか、あるいは病気などしていないということで押し通せると思ったか。どのみち、自殺を決意するほどの心境です。そこに合理的な判断は期待できません。

しかも、たとえ告知義務違反の問題がなかったとして、やはり死亡保険金は下りないのです。そのことも無視して自殺を試みてしまったことを考えると、合理的な判断ができない精神状態にあったと考える方が自然です」

「……告知義務違反がなかったとしても……そうか、それは時期の問題だな？」

「そのとおり。

年野警部補が生命保険契約を改めたのは、約半年前のことです。それは晴海管理官が確認しています。しかし保険契約を締結した後、一般論として一年から三年の間は、いわゆる免責期間です。たとえその間に自殺をしたとしても、保険会社は——この場合は警察共済組合ですが——免責され、死亡保険金を払う義務はありません。年野警部補の生命保険契約において、免責期間がどのように規定されているかはまだ確認していませんが、まさかそれが半年ということはないでしょう。というのも、この免責期間というのはまさに『自殺を決意した者がそれを実行するまでは、概《おおむ》ね三年以内である』『自殺を決意した者が、それをせずに三年を生き抜くことは統計的に無い』といった、各保険会社の自殺リスク回避ノウハウに基づいて設定されますから。ゆえに免責期間が半年ということは想定し難《がた》い。ならば、契約を大きく改定した後、半年で自殺したところで、死亡保険金は下りない。

今指摘した、免責期間の問題。そして先に指摘した、告知義務違反の問題。

これらからして、客観的に判断して、年野警部補の死亡保険金は下りない。

年野警部補の自殺に、金銭的な、いわば保証は何もないのです」

「だが年野は実際に自殺を試みている」

「ならば年野警部補の主観としては、死亡保証を期待していたのでしょう――

そして、いみじくも刑事部長がおっしゃったとおり、それは例えば、知能犯のベテランであれば採用しない考え方です。すなわち、保険のシステムを合理的に理解している者なら、年野警部補とは違う考え方を採る――

違う考え方を採る代表者は、この場合、青崎巡査でしょうね。青崎巡査は、いわば年野警部補の期待が幻であり、虚しいものであることを熟知していた」

「何故そう言える？」

「関係者の証言があるからです。青崎巡査は産休・育休といった制度のみならず、生命保険、医療保険、年金といった諸制度によるライフプランを真剣に検討していたと。とりわけ保険関係は、民間の窓口にも相談に行っていると思えるほど詳しかったと。

だから、青崎巡査には、年野警部補の自殺が金銭的には意味の無いことがすぐ解った。

けれど……

青崎巡査には、金銭的な意味をも期待する、年野警部補の自殺動機が解ってしまった。第一の弾丸から第二の弾丸までの約一分間。年野警部補は、それを意味する言葉を口走ったのかも知れません。ただ、何も言わなかったとして、年野警部補の保険加入状況を当然知っていた——それはそうですよね、そもそも保険その他の制度によるライフプランの検討をするとき、『配偶者』の状況は、どこでもまず聴取される事項ですから——青崎巡査には、年野警部補の思考パターンが、嫌というほど理解できたに違いありません。自分はもう終わりだ。自分は死ぬ。新たな配偶者のために、そして元の家族のために——ひょっとしたらまだ見ぬ子のために——それなりのものを償いとして準備する。自罰的な傾向のある年野警部補の思考パターンは、結局一度も会ったことのない私にも理解できます。まして、未遂に終わったとはいえ、拳銃自殺が現に実行された現場においては、そのような思考パターン、解るなという方が無理でしょう。

ここで。

ものすごく想像をたくましくするなら、青崎巡査は、年野警部補を説得するため、死亡保険金が下りない事情を、説明したかも知れませんね。もちろん生き続けてもらうために。もう二度と自殺未遂など試みないでほしいから。ただ、もしそうしたとなると、それはこの殺所《せっしょ》において、まったく違う効果を発揮した虞《おそれ》があります。もちろん、『それならいっそ殺してくれ』『自分が死ぬ訳にはゆかないのなら、君が殺してくれ』と頼み始めるような、そんな恐ろしい効果を。そして、そのようなシナリオが全く現実のものではないとしても、青崎巡査の脳内で、『もし真実を説明したらどうなるか？』というシミュレイションができてしまったことは、かなりの蓋然性《がいぜんせい》で、現実のものとして考えられます。重ねて、諸事情を知る交際相手であった青崎巡査には、年野警部補の思考パターンが、嫌というほど解るのですから……

――以上すべてを、まとめると。

年野警部補は、金銭的な意味をも期待して、自殺しようとした。

青崎巡査には、その気持ちが痛切に解った。

けれど、年野警部補自身が自殺をしても、彼の目的は全く達せられない。

もし年野警部補の目的を達成させるとしたら、他殺にするしか術《すべ》はない。

どのみち、拳銃を違法に発射した年野警部補は、確実に路頭に迷う。

むろん、年野警部補は拳銃自殺を企図するほど人生に苦しんでいる。

まして、青崎巡査には、遺伝病に罹患《りかん》していることが強く危惧される胎児がいる。

当然、青崎巡査自身もまた、やがて大腸ガンに冒される大きなリスクを有している。

職業的な死。社会的な死。五〇％の死。将来的な死。愛する者の死。自分の死……

死、死、死、死、死、死。

――約一分間のうちに、青崎巡査の脳裏を駆けめぐった特殊事情がこれらです。

ならどうすればよい？

銃声を聴いて、PCなり、他のPBなりの警察官が臨場するだろう。最悪、七分の内に。

ならどうすればよい？

年野警部補の名誉と希望を守るためには？

――年野警部補を殺してあげて、自分も死ぬ。

自分が破廉恥《はれんち》な殺人者として死ぬ。

そうすれば、生命保険金は下り、かつ、もう死んでしまっている自分には分配がない。

受取人に、優しい心配りをさせずにすみ、かつ、元の御家族に対する贖罪《しょくざい》となる。

だから。

年野警部補には、どこまでも、おかしな若手の部下を持った不遇な上官として死んでもらう。

……これが私のトレースした、青崎巡査の遺志です。

平常心を前提とすれば了解不可能ですが、発砲現場における約一分間の判断としては、むしろ冷静で合理的すぎるほどでしょう。もちろん、日頃から悩みに悩んだ苦悶《くもん》の、その蓄積があったわけですが」

「その遺志をつらぬくため、青崎巡査は、あんな備忘録をでっち上げたのか」

「はい。

時間的な問題を考えれば、あれを書いたのは、牟礼駅前交番から逃亡したミニパトの中で——もちろんどこかに駐車させたミニパトの中で、でしょう。というのも、あれは最初から最後までデタラメですから。ゆえに当然、年野警部補を告発する内容が記載されたのは、彼女が年野警部補を殺害した後になる。

そして、豊白署の管轄区域は一〇万人都市。田畑と夜の闇には事欠かない。懐中電灯を使おうが、ミニパトのルームランプを使おうが、ちょっと場所さえ選べば目立つことはない。実際、ミニパトが発見されたのは、民家も人通りもない、列車の陸橋構造物の物陰です。しかも〈地域〉の警察官は、警察官のうち、最も野外で、あるいは夜間にメモをとる必要がある警察官です。初動活動を二十四時間体制で行う警察官なのですから。また結果として、青崎巡査とミニパトが発見されたのは、〈牟礼駅前交番事案〉が発生してから約四時間後の、午前三時——すなわち、彼女には充分な時間があった。わずかな明かりで、それなりにしっかりした文章を書くスキルもあった。例えば、告発の最後の部分、いちばん長い文章の部分は、動揺したような筆跡にし、それ以外の部分、飽くまで日々のメモ書きだと誤信させたい部分は、それよりも落ち着いた筆跡にするなど、細かい工夫ができるほどの時間とスキルがあった。

また、彼女が警察組織に信じ込ませたかった彼女の人物像——人格が未熟で、実務にも不安があり、ノーマルな指導にも耐えられなかった問題のある女警であるとする人物像は、実は、彼女自身の行動によっても否定されます。そう、ミニパトを下り、いよいよ自殺をしたそのときの行動によって」

「というと？」

「彼女の自殺時の姿を思い出してください。

彼女は制ワイシャツと下着だけで死んでいたんです。

裏から言えば、交番勤務における装備品は、すべて、施錠したミニパトの中に保管してあったんです。すべてです。警察官と警察組織にとっての鬼門である警察手帳・無線機はもちろん、警棒・手錠を着けた帯革《タイカク》に、ブルゾンスタイルの活動服上下。そして女性警察官用の制帽――いいえ、制ワイシャツの階級章までが、御丁寧に自殺時の胸から外され、ミニパトの車内にありました。

もちろん、事柄の性質上、拳銃だけは車外にありましたが……

要は、彼女は、奪取されても警察手帳ほど大きな問題にはならない制ワイシャツと、自殺にどうしても必要な拳銃以外の装備品は、下半身を下着だけにしてまで、ミニパトの中に収納したんです。これはもちろん、晴海管理官を始めとする豊白署員、あるいは県警本部そのものへの配慮です。ただでさえ自殺で恐ろしい迷惑を掛けるからには、それ以上の役が付くことを――具体的には第三者に装備品が窃取《せっしゅ》されることを――絶対に避けたかったんです。実際、車外に持ち出さざるをえなかった『拳銃』にしたところで、生き残りの実弾三発は、やはりミニパトの車内に安置している――リスクが想定できるかぎり最小限になるよう、配慮している。もちろんそれを行ったのは、階級章を外し、活動服の下まで脱いだ青崎巡査自身です。彼女はこれほどに、そう最期の瞬間まで、装備品の亡失・盗難を恐れた。装備品まで無くなったとなれば、〈地域〉の警察官には休みなどなくなり、総員が、それを発見できるまで装備品捜しに狩り出されるからです。すると、ミニパトの車内で自殺を試みなかったのも、やはり、装備資器材であるミニパトを破損しないようにするためでしょう。

つまり彼女は、『ミニパト車内から持ち出したたった一発の銃弾で、確実に自殺しなければならない』という殺所《せっしょ》に至ってなお、装備品なり装備資器材なり、あるいは上官なり同僚なりのことを思い遣ることのできる女警だったんです。すなわち彼女の最期の行動自体が、彼女は人格的にも年相応に成熟し、また実務的にも命ぜられたことはキチンと遵守《じゅんしゅ》する、そんな問題のない女警だったことを、如実《にょじつ》に示しています」

「しかし彼女が逃走した後、牟礼駅前交番は開け放しとなった。公開部分のみならず、非公開のエリアまで。むろん、年野の拳銃も無線機も、極論誰もがアクセスできる状態となっていた」

「それは彼女にとって問題ではありませんでした。警察にとっても、ほとんど問題はない。何故と言って、我が国では一一〇番指令があった後、平均約七分で〈地域〉のPCか警察官が現場臨場するからです。この統計は昇任試験にも出る警察官の常識。まして〈地域〉に属する彼女ならなおのこと。要は、彼女は、交番が開け放しになる時間とそのリスクを計算することができた――これを裏から言えば、『約七分以内で逃走を開始しなければ彼女の目的は達成されない』ということにもなりますから、交番を施錠し、あるいは非常通報装置なりパネルなりを準備する時間がとれなかった、という事情にもつながりますが。

いずれにしろ、彼女が逃走を開始するとき、既に二発分の銃声が響いてしまっている。そして田舎とはいえ駅前ですから、旅客もあれば駅員もいる。今ではスマホを持っていない者の方がめずらしい。ならば誰かが一一〇番通報をするのはほぼ必然。実際そうなった。もしそうならなかったら、彼女自身が逃走経路にある安全な公衆電話を使えばいい。一一〇番通報があったかなかったか、あったなら何時《いつ》あったのかは、彼女の受令機で必ず確認できるから――

まとめれば、彼女は、交番が開け放しとなるリスクを、充分にコントロールできたんです。だから施錠等の措置はとらなかったし、また物理的・時間的にとれなかった」

「――最後に、蛇足《だそく》だが、それなら『捜査書類の貯め込み』をどう説明するのかね。実務能力に問題のある青崎巡査が、作成途中の実況見分調書を六、作成途中の被害者調書を五、警察署の自分の貸与ロッカーに貯め込んでいたというアレだ」

「自筆部分・肉筆部分がない以上、それらが誰の捜査書類であったかは分かりません。そして青崎巡査の人物像を前提とすれば――装備品を守るために下半身下着姿で死ぬことを選ぶほどの人物像を前提とすれば――それらはまさか青崎巡査の捜査書類ではない。そして牟礼駅前交番はミニマム交番。青崎巡査と一緒に泊まり勤務に就くのは年野警部補しかいません。しかも今や我々は、年野警部補の置かれた状況を熟知しています。ならばそれらの捜査書類は、『年野警部補がその精神状態により放置してしまったもの』であって『青崎巡査がそれを隠蔽《いんぺい》しようとしたもの』と解して何の不合理もありません。もとよりマジメな青崎巡査のことですから、それらをいったん誰の眼にもつかない所に確保した上で――交番には共用のデスクしかなく危険です――後刻自分がどうにか補完して完成させようとしていたのだと、そう考えられます」

――気が付けば、刑事部長も理代も、饅重をすっかり放置していた。

理代はそれをほとんど口にしていない。というか口にできていない。

刑事部長も、残り三分の一ほどに手も着けず、ずっと議論ばかりしていた。

――理代は、香《こう》の物《もの》だけを手で摘まむと、それを苦く嚙《か》みながら、すっかり冷め切った肝吸《きもす》いを少しだけ飲んだ。それが、刑事部長が茶を飲むタイミングと、思わず重なる。

彼女は汁物の椀《わん》を置くと、いよいよ最後の疑問を口にした。

「……刑事部長は、どこまで御存知だったのですか？」

「正直に言うと、今の話の七割――いや六割程度だ。

君の話を聴いて、初めて解ったこと、初めて思い至ったことも多々あった」

「ただ、これが『問題のある未熟な女警の逆恨《さかうら》み』『指導とパワハラ・セクハラをごっちゃにした上官殺し』とは全く思っておられなかった。そうですよね？」

「そのとおりだ。

理由は言うまでもない。私は刑事部門の、いちおう長《オサ》だ。刑事という意味では、年野のことをそれなりに知っている。また役員という意味では、清岡捜査二課長の狼藉《ろうぜき》も当然知っている。なら〈年野〉と〈拳銃〉というキーワードに触れたとき、それを単純な逆恨み事案・ゆとりによる上官殺し事案だなどと、そう考える方が無理というものだ。そもそも君が指摘したように、私は初動捜査の時点において、青崎巡査の妊娠を容易に知りえた立場にあったしな。そして年野・青崎両名の基礎捜査から、両者の関係を割り出すことも困難ではなかった……さすれば、〈パワハラ〉〈鬱《うつ》病〉〈無理心中〉というキーワードが思い浮かんでも、全く不思議はあるまい」

「しかし刑事部長は、その不思議のないストーリーを──真実を隠蔽《いんぺい》しようとなさった」

「少なくとも現時点に至るまでは、そうだ。それは否定しない。既に明言したとおりだ」

「それは何故です？」

「……政治だ」

「具体的に願います」

理代は、威風堂々《いふうどうどう》たる、そう巌《いわお》のような、刑事部長のスキンヘッドを見据えた。当然、理代と刑事部長の瞳が合う。それは長い議論の間ずっと、深くて暗い海のようだった。それも、冬の海だ。

理代は当初、そこにある種の性根《しょうね》と覚悟を感じた。そのベクトルが善であれ悪であれ、既に腹を括《くく》った、最上級幹部の決意を感じた。だから理代は当初、そんな瞳と戦おうとした。しかしやがて理代は議論のうちに、その瞳の中に、秘められた悲しみのような、そんな何かを見出してしまった。そして議論が尽きた今や、刑事部長が秘めていたその悲しみのようなものは、ハッキリとした色調となって彼の瞳に映えた。そこにまさか涙などという感傷的なものは無かったが、理代に深くて暗い冬の海を想起させる、そんな波濤《はとう》があった。それはほんとうに暗い、暗すぎて不可視の慟哭《どうこく》だった。少なくとも理代はそう感じた。それはむしろ理代に、子供のように話の続きをせがむ口調をとらせた。

「具体的に、願います」

「……私は年野・青崎両名の、そうだな、悲劇を、敢えて曲解することにした。

そこには三つの目的があった。

第一、あの不埒《ふらち》な清岡捜査二課長を黙らせ、可能であれば東京へ帰ってもらうこと。

第二、現在の所、壊滅的な状態にある我が県警、特に役員級を、早急に立て直すこと。

第三、これは第二と密接に関係するが、深沼本部長の独裁と暴走とを制止すること」

「……意味が解りません」

「だろうな。順を追って説明しよう。それが君への礼儀で、義務だ。

――君ならば既に基礎調査を終えていると思うが、私は今の警察庁長官とは極めて親しい。というか、私からすれば現長官は大恩《たいおん》ある御方《おかた》だ。私が警察庁総務課に丁稚奉公《でっちぼうこう》に出ていた頃、警察の上級幹部として在るべき姿を教えて下さったのは現長官だからな。

私ごときが当県筆頭・刑事部長にまでなれたのも、そのときの御薫陶《ごくんとう》があってのものだ――おっと、飽くまで念の為に付言《ふげん》しておくが、私はその御薫陶に感謝しているのであって、まさかそれ以外のコネクションだの情実人事だのがあった訳ではない。県警の刑事部長とは、詰まる所実質的な社長だ。まさかそんなものでどうこうなるポストではない――

いずれにせよ。

私はその大恩からして、現長官に恥を掻かせる訳にはゆかん。現長官が――まあ形式論だが――当県に送り出した、だから当県に預けた東京人事の清岡を、警察不祥事の首《しゅ》魁《かい》として糾弾《きゅうだん》する訳にはゆかん。いや、その警察不祥事が露見することすら好ましくない。

ただ、清岡の乱心ぶりは目に余る。私としては、当県刑事部門のために、いや当県警のために、これをどうしても排除せねばならん。少なくとも、これ以上乱暴狼藉を働かぬよう、厳しく戒《いまし》め、一切の反抗ができないようにせねばならん。ところが、成程《なるほど》警察は強きに弱く弱きに強いから、君の警務部の例を引くまでもなく、自浄作用は利かん。ならば課長以上の、役員クラスが厳しく灸《きゅう》を据えねばならんのだが、来年の春には定年退職している私があれこれ動けば、五月蠅《うるさ》い私がいなくなった来年の春以降、苛烈《かれつ》な報復がなされるのはこれまた自明だ。とりわけ、奴が警察庁に御栄転でもすればな……といって、来年の春以降も役員クラスに在る者は、我が身可愛さもあって、まさか東京人事の清岡に諫言《かんげん》しようとはせん。これまた、君の警務部の現状が示すとおりだ。首席監察官だの警務部参事官だのがまるで奴隷だろう。情けない話だがな。

だから私は、機会を待っていた。

あの不埒な清岡が、どうしても黙らざるを得なくなるようなそんな決定的な機会を。更に言えば、もし私がそれを口外したならば、清岡の職業人としての将来が断たれ、清岡が個人としても破滅するようなそんな事案を、私は待っていた」

「それは要は、誰かが大きな生贄《いけにえ》となってくれるのを待っていたと、そういうことですね。

そして結果として、垂涎《すいぜん》の、大きすぎる犠牲は出た――『年野警部補の拳銃自殺』」

「ところがオモテムキは、そうであってはならん。清岡の将来が断たれようと潰《つぶ》されようと何の痛痒《つうよう》も感じないが、それがそのまま報道され、またネットで広がれば、そのような東京人事の者を現場に出したということで、現長官にまで累《るい》が及ぶからな。

ここで最も望ましいのは、事案は報道などされず、秘密裡《ひみつり》に処理されること。しかしその決定的な証拠を、私が確保することだ。カードと言ってもよい。それはずっと伏せられたままだが、それによって清岡を黙らせることができればよいし、それでも狼藉が止まんということであれば、現長官に――秘密裡に――お縋《すが》りして人事措置を講じてもらうことになろう。人殺し課長ともなれば、残るのは召喚《しょうかん》と査問《さもん》と飼い殺ししかないからな。それでも年野の無念を思えば、安泰《あんたい》に過ぎる余生だが……

しかしそのためには、『年野が死んだ背景に、清岡のパワハラがある』ということなど、絶対に部外《ブガイ》に露見してはならん。少なくとも、風評以上の具体的な物語にしてはならん。ゆえに、年野と青崎巡査の最期の物語は、その限りにおいて、修正される必要があった。

――これが私の提示した、政治的理由の第一だ」

「まったく理解したくありませんし、まして賛同などできませんが――

まずは全てを聴いてからにします。第二以降は？」

「それらは、深沼ルミ県警本部長の、〈女性の視点を一層反映した警察づくり〉施策と密接に関連する」

「――は？　女性関連施策と？　年野・青崎両名の事案処理が？　密接に関係する？」

「……深沼警視長は、昭和の終わりに警察庁に採用された、女性初の警察キャリアだ。ゆえにむろん、女性初の県警本部長だ。我が県でいえば、そうだな、晴海管理官の立場となろう。

そして深沼本部長は、六箇月前に当県に着任して以来、〈女性の視点を一層反映した警察づくり〉を、猛烈に推進してきた。県警の全能神たる県警本部長の独裁権を、徹底的に行使してな。その施策は枚挙《まいきょ》に暇《いとま》がない。

全国最低タイだった組織内女警の割合を、採用・再任用によっていきなり全国平均水準にまで引き上げた。育児休業・育児支援休暇・育児参加休暇の取得率を、男性警察官・女性警察官とも大幅に引き上げた。

いや、そうした数字の上げ下げだけではない。部分休業を取得し始めた女警を、ふたりワンセットで配置運用することで、受け入れ所属における実働員の減少リスクを低減させた。育休女警の穴を埋める、ＯＧの任期付き再雇用を開始した。出産予定が判明した女警のそれぞれについて、〈復帰ロードマップ・メンター〉を指定し、あらゆる不安や不利益を解消しようとしている。県警本部に〈女性視点反映プロジェクトチーム〉を設置し、こうした施策の充実強化を図ろうとしている。県警本部と全警察署に〈女警目安箱〉を設置し、また、君自身が担当しているように〈女警専用セクハラ・マタハラ・パワハラ・ホットライン〉を設置し、女警の苦悩や不満を酌《く》みとろうとしている……

　いやそれだけでもない。近い将来には、すなわち御自身の県警本部長在職期間中には、県警本部その他に二十四時間制の〈職域内保育所〉を設置なさる。育児と職務を両立させるために〈緊急シッター手配制度〉を導入なさる。あとは〈常勤警察官フレックスタイム制〉に〈機動引継班〉――これらもまた既定路線だ。というのも、平均値で言えば、県警本部長の任期は一年半はあるのだからな。なら深沼本部長が急死か急病でもされないかぎり、これらの施策は必ず実現し、あるいは必ず充実強化されるだろう。そしてキャリアの君なら重々知ってのとおり、県警本部長は、県内における警察の独裁官だ。県警本部長が望んだことで、実現しないことは何一つ無い――少なくとも、警察組織においては無い」

「深沼本部長の女性関連施策なら、私こそがそのＰＴの長です。意義も内容も承知しています。それが年野警部補と青崎巡査の物語と、いったいどのように……」

「それは正確ではないよ、姫川理代監察官室長」

「……何が、ですか？」

「君が、これら女性関連施策について意義も内容も知っているということが、だ――言い換えれば、これら女性関連施策について、深沼本部長が、君には敢えて黙っている絡繰《からく》りがある――君には敢えて黙っている、秘密がある」

「すなわち？」

「悪いが話の組立て上、それは最後に喋らせてくれ。口にするのもおぞましいしな。

――ともかく、その絡繰りなり秘密なりによって、我が県警は、とりわけ我が県警の役員クラスは、壊滅的な打撃を被《こうむ》っている。

君が知っているかどうかは分からんが、県警というのはな、一度大きく壊されてしまったら、機能回復までに五年いや一〇年は掛かるのだ。私はこの県でも警察庁でも、例えば『デタラメな人事を任期のかぎり断行して、県警をズタボロにしては東京に凱旋《がいせん》してゆく』――そんな県警本部長を何人も見てきた。そのデタラメは、自分の好みというしみじみする動機で行われることもあれば、イエスマンを揃《そろ》えて、『今やればウケる施策』『今やれば全国警察に名の響く施策』『今やれば警察庁から表彰が何本も出る施策』を、県の実情など徹底的に無視して断行するという、焼畑農業的な動機で行われることもある……なるほど、キャリアは同じ県の県警本部長として再赴任することは絶対にないからな。君もキャリアである以上、交通事故関連の統計を改竄《かいざん》して死亡事故を『激滅』させ、御立派な『実績づくり』をなさる県警本部長の話を聴いたことがあるだろう？　そして何度も言うが、県警本部長がその独裁権を行使しながら暴走を開始したとき、制度論としても実態論としても、それを諫止《かんし》することなどできはしない。今の例で言えば、誰も『そもそも統計を改竄するなど間違っています』『バレたとき御自身にも害が及びますよ』とすら言い出せる者はいない。これまた、君のところの警務課次席がどれだけの虐待を受けているか、思い出してみれば解るだろう。推薦組の警視正でさえ、あんな虐待ができる。ましてキャリアの警視長なり警視監ともなれば、なんだってできる。だからキャリアは、あるいはあの道戸警務部長も、どうしても警察本部長になりたがる……

……そして我が県も、情けないことだが、深沼本部長の独裁下で、壊滅的な打撃を被っている。

ゆえに私は、地元筆頭・ノンキャリア筆頭の刑事部長として、どうにか深沼本部長の専横《せんおう》を止めたかった。そこへきてこの〈牟礼駅前交番事案〉だ。『人格未成熟な、実務能力不足の、コミュニケーションに障害のある、若手女警のスキャンダル』だ。拳銃まで使った、いきなり型の、直情的な上官殺しだ。いや待ってくれ。そうだ。それは私の描いた脚本だ。それはずっと認めている。だが君はその理由を訊いた。だから私は再論したのだ。私がそうあってほしいと、そうあってほしかったと、そうでないのならそう誘導すべきだと、そう考えた脚本のことを――むろん事実は全然違うと、少なくとも本質的には全然違うと、そう承知した上でだ。それももういった。

——何故、事実を曲げてまで、そうした脚本を押し通そうとしたか？

これを〈女警の犯罪〉〈不適格な女警の犯罪〉〈直情的な女警の犯罪〉と強調したかったからだ。すなわち、深沼本部長の女性関連施策に歯止めを掛けたかったからだ。より正確に言えば、深沼本部長が女性関連施策を実施することによって生じる、我が県警における壊滅的な打撃を回避するためだ。

女だからこんな犯罪を犯す。女だからこの職場に適応できない。女だから直情的に上官を殺す——このようなイメージが報道あるいはネットによって醸成《じょうせい》されれば、深沼本部長も現在のような独裁と専横を……違法行為と破廉恥をやめるだろう。まして、青崎巡査の絶筆、あの備忘録にはこのような記載すらある——『今の県警本部長は女警だし、監察官室長も、うちの地域管理官も女警だから、こういう古いタイプのオヤジ警察官は、どうにか辞めさせてくれないかと思う』『今夜こそはこの気持ち悪い嫌な男に、県警本部長とかに直訴すると、ハッキリいってやるつもりだ』。これらの記載は、もし青崎巡査に非が無いとなれば、深沼本部長への追い風となろうし、さかしまに、青崎巡査にこそ非があるのだとなれば、深沼本部長への逆風となってくれる。逆風となるそのときは、煽《あお》り方のよろしきを得れば、炎上すらしてくれるだろう——『過剰に女警ばかりを優遇するから、このようなスキャンダルが起こる』『女性関連施策が女警を増長させたから、いよいよ上官殺しまで発生した』となる。煽り方にはいろいろあるが、まずは、女性警察官の離職数・離職率の実態でも流してやればよい。この国では、年に一、〇〇〇人超の女警を採用している傍《かたわ》ら、年に四〇〇人の女警が辞めてゆくと。その辞めてゆく女警はほとんどが巡査・巡査長・巡査部長なんだと。つまり『これから実務が解る』『これから管理職を目指す』『これから組織がリターンを獲《え》なければならない』といった、年齢などより重要な意味での若手警察官ばかりなんだと。しかも採用時教養《キョウヨウ》のため、当県のような田舎県警が一人当たり一、〇〇〇万円以上を投入しているのに、これから、これから、というときにアッサリ辞めてゆく若手警察官ばかりなんだと――」

「要は、深沼本部長とその女性関連施策を葬《ほうむ》らなければならなかったと。そのために、〈牟礼駅前交番事案〉は都合のよい物語でなければならなかったと、そういうことですね？」

「そうだ」

「……そこまで開き直られると、まずはこのお茶と肝吸いを、いや重箱もひっくるめてブッ掛けるところから始めたいと思いますが――どうにも気になる言葉遣いがあったので、それだけ確認をします。

独裁と専横、というだけならまだしも。

深沼本部長の〈違法行為〉と〈破廉恥〉というのは何を指すのです？

それが、何やら最後に教えて下さるという、絡繰《からく》りなり秘密なりのことだと思うのですが？」

「そのとおりだ。そして話の組立て上、もう状況は煮詰まった、もう口説《くぜつ》はいらん。そして察するに。

君も警察庁から、それとなく内偵を命ぜられているのかも知れんが——

深沼本部長の違法行為と破廉恥とは、すなわち」

——五分後、理代は鰻屋を後にした。

彼女は結局、重箱もテーブルも引っ繰り返すことができなかった。

引っ繰り返す相手を、確認しなければならなくなったからだ。どうしても。どうしても。

県警本部五階・県警本部長室

「困ります、姫川監察官室長、困ります!!」

「いいから退《ど》いて頂戴《ちょうだい》。そろそろ蹴《け》るわよ」

「しかし本部長は、重要な検討中《ケントウ》で!!」

「それも知っている。私はそれ以上に重要な話がある。何度も言わせないで」

——翌朝、午前八時三五分。

姫川理代は、県警本部五階、本部長室の前にいた。

官庁の執務時間開始直後である。

といって、理代は昨晩、完徹だった。

牟礼駅前交番事案の〈検証報告書〉を作成するため、そのスケルトンを考えつつ、関係者の証言を整理して文書にしたり、客観的証拠と考えられるもののリストを整えたりしていたからだ。様々な感情、とりわけ激怒を必死に抑えながら。

――完徹の彼女は、制服姿で執務する深沼本部長の執務スタイルに鑑《かんが》み、着換えの時間分だけ自制して、そのまま自分の三階からここ五階に上がってきた。そして今、本部長室のゲートキーパーである、あの秘書官警視と押し問答になっている。どうやら、既に先客があるらしい。なるほど、秘書官の席から見える役員の在室灯パネルを見れば、本部長のタンザクはオレンジ。在室でフサガリだ。理代は他の役員のタンザクも見た。総員が緑で在室である――彼女の上官である、道戸警務部長をのぞいて。道戸警務部長のタンザクは無灯・不在であった。

いずれにしろ、フサガリ中の県警本部長室に押し入ろうなどと、忠臣蔵というか松の廊下クラスの狼藉《ろうぜき》である。秘書官警視が、決死の形相《ぎょうそう》で理代を押しとどめようとしているのも無理はない――

――すると。

在室灯が示すとおり、フサガリであり、ゆえに固く閉ざされていた本部長室の荘厳《そうごん》なドアがいきなり開《あ》いた。もちろん内側から開いた。開《ひら》いた者は、やはり道戸警務部長である。道戸警視正はその荘厳なドアのたもとで、まるで新任巡査のように回れ右をして、新入社員のように深々と頭を垂《こうべ》《た》れた。あまりにうやうやしく、あまりにあからさまな恭順《きょうじゅん》と媚態《びたい》とをしめしながら。そして、室内いちばん奥にいるであろう深沼本部長に告げる——

「それでは警務部として、確実に予算措置及び人事措置を講じますので。当部門はもとより、県警の現業各部門にも徹底致します、本部長の強い御希望を」

——頼むわね、という軽やかな声。

理代が室外から聴いたのは、なるほど確かに深沼本部長の声だったが……警察未曾有《みぞう》の、女警による上官射殺事件——〈牟礼駅前交番事案〉による苦悩など、微塵《みじん》も感じさせない軽やかな声だった。いや、敢えて言うなら、すべてが自分の思い描くとおりに進んでいることを声に出して楽しむような、そんな傲慢《ごうまん》で嗜虐的《しぎゃくてき》な響きさえ感じられた。

……もっともそれは、理代の穿《うが》ちすぎだったかも知れない。

ただ理代は、そのような邪推《じゃすい》をしなければならないほど、ある意味追い詰められていた。だから理代は、その道戸警務部長がいきなりキャラクタを豹変《ひょうへん》させ、ノッシノッシと、副社長ぶって尊大に通過しようとするのを意にも介さず、すぐさま本部長室に突入しようとした。というか、道戸警務部長など今や視界に入らなかったし、ましてそのクソゴリラな巨躯《きょく》を邪魔に思いこそすれ、朝の挨拶をするだの上官への礼儀を尽くすだのの些事《さじ》は、まったく思い付かなかった。

それはもちろん、道戸警務部長を、確実に刺激する――

「オイなんだお前は!!　どうして此処《ここ》にいる!!　お前には愛知県警への出張を命じたはずだ!!　しかも俺の許可なくして勝手に本部長室へ入ろうなどと……それも本部長が御多忙な朝イチに!!　お前はいったい何処《どこ》まで警察組織を舐めきっているんだ!!　恥を知れ!!」

「……あなたなどに拘泥《かかずら》っている暇《ひま》はありませんが、これだけは言っておきます。あなたがそうやって、自分の部下職員に、本部長室への出入りを禁じる理由。それは、自分の媚態と違法行為を、部下職員には決して見られたくないからですね？」

「なっ」

「その意味では、あなたもまた被害者だった。虐待の被害者。叛《さか》らえば流される。生涯の夢である、県警本部長ポストへの道も閉ざされる。いやそれどころか、定年までの警察人生において、管区警察局だの管区警察学校だので、もちろんその局長だの学校長だのになれるはずもなく、飼い殺しの泣き目を見る。

だからあなたは、我《われ》と自《みずか》ら本部長のパンプスを舐め、そして虐待の連鎖を開始した」

「い、意味が解らんぞ!!」

「私には解っています。そして吠《ほ》えていられるのも今朝の内だと、改心をするなら今しかないと、そう強く警告しておきます。

なるほど私は蛇蝎《だかつ》のように、いえ蠅《はえ》か蛆《うじ》のようにあなたを嫌ってきましたが、事ここに至って、自分でも不思議なほど、同情なり情状酌量《じょうじょうしゃくりょう》なり、初めてあなたに対する共感を憶えました。極めて微量ではありますが。

これまでの警察人生で、キャリアによって無数の恥辱を舐めさせられたのに、だからそのトラウマが心に灼《や》き付いているというのに、今もなお、副社長にまでなっても、その恥辱は続いている。

そう、あなたもまた被害者だったと知った以上、その事実はフェアに酌《く》まなければ、監察官室長など務まりませんから」

「小娘貴様ッ――!!」

ただ、理代と道戸警務部長のやりとりは、これ以上の人間ドラマを生まずに済んだ。

というのも、本部長室の奥から、その主《あるじ》の声が掛かったからである。まさに天の声だ。

「理代なの？　どうぞ入っていらっしゃい」

――秘書官警視と道戸警務部長が、それぞれの思惑から理代を見る。

ただ、男たちの視線が彼女に到達する前に、理代はとっとと本部長室の緋《ひ》の絨毯《じゅうたん》を踏んでいた。荘厳なドアをやにわに閉める。するとそこはもう、約二、五〇〇人警察官の独裁官である、県警本部長の巨大な個室となる。個室といっても、理代が執務をする監察官室ならば、三つ四つは余裕で入るほどの規模だ。

――理代は、つかつかと本部長執務卓に進んだ。ドアからは、優に徒歩一〇歩以上ある。床が緋の絨毯でなければ、直情的な彼女のことだ、パンプスの靴音が、それはキツく響き渡ったろう。

　すると、理代が本部長執務卓に到達する前に、深沼警視長はいった。

「――その顔からすると、そして朝イチのタイミングからすると、何やら深刻な報告があるようね。

　どうぞ会議卓に座りなさい。徹夜徹夜で疲れているだろうから、珈琲《コーヒー》でも淹れさせる？

　さいわい、今朝の公安委員会まではまだ暇《いとま》がある。もっとも、〈牟礼駅前交番事案〉の想定問答を、もう一〇〇問は暗記しておかなければならないのだけどね」

「いえ執務卓で結構です。いっさいのお気遣いも無用」

「あらそう。なら始めなさい」

　深沼本部長は、ガラスの煙草入れから、細身な煙草を手に採った。銘《な》のある欧州製のライターで、典雅に着火をし、ゆったり紫煙《しえん》を紡いでゆく。

　理代は、自分も喫煙をしたい衝動に襲われながら、けれど自制をし、本部長執務卓の直前に直立をした。この本部長執務卓もまた、理代の監察官室長執務卓に比べれば、倍以上、いや三倍以上は巨大である……

「深沼本部長。私は今、〈牟礼駅前交番事案〉の真実を――あるいは自分が確信を持って真実といえるものを――解明できたと考えています」

「あらはやいわね。流石《さすが》は理代。私が懐刀《ふところがたな》と見込んで、警察庁から借り受けただけのことはある」

「……そしてその真実からすれば、銃刀法違反と、嘱託《しょくたく》殺人あるいは自殺幇助《ほうじょ》の罪はともかく、青崎小百合巡査には一切、非がありません」

「なら、刑事部長が主導して行っている捜査も、刑事部長が主導して行っているリークも、全くの筋違い――あるいは隠蔽《いんぺい》ということかしら？」

「そうなります。ゆえに、もしこの真実を全て〈検証報告書〉に記載したとすれば、部《ブ》内部外《ナイブガイ》を問わず、人心の同情は、挙げて青崎巡査に集まることでしょう。

独裁官である本部長なら既に御存知のことかと思いますが――異様なパワハラを行った清岡捜査二課長と、その犠牲者としての年野警部補と、その献身的な介護者としての青崎巡査の姿が、世にさらされることとなるから。

そして独裁官である本部長なら容易《たやす》いことですが、その〈検証報告書〉において、女警の共感力ときめ細かさや、女警の思い遣りや、女警の苦悩、あるいは女警の生きづらさ等々を描き出すこともできるでしょう。〈牟礼駅前交番事案〉とは、それらゆえの悲劇だから。

またその前提として、女警の実務能力の優秀さや女警の人格的成熟、女警の想像力とコミュニケーション能力の高さ等々を書き記すことも、あながち不可能ではない――青崎小百合巡査とは、まさにそのような女警でしたから」

「気の毒な青崎巡査には、書きぶり等に関し、最大限の配慮が必要だけれど――しかし真実が解明されたというのなら、それを細大《さいだい》漏らさず〈検証報告書〉に記載すべきでしょうね、是非《ぜひ》とも。で、そのことに何か深甚《しんじん》な問題でも？」

「すると、清岡捜査二課長の更迭《こうてつ》は当然ですが、そしてそれに何の同情も感じませんが、刑事部長の政治力と権威は失墜《しっつい》します。それはふたつのことを意味します。

　第一に、この事案の真実を敢えて曲解せんとした、地元筆頭役員が深沼本部長に屈服するということ。言い換えれば、地元筆頭役員を頂点とする当県警ノンキャリアが――具体的には意思決定権のある警視正クラスが――ことごとく深沼本部長に屈服するということ。

　第二に、この事案の真実を敢えて曲解せんとした、県警の男達が深沼本部長に屈服するということです」

「成程《なるほど》。だけどそれは真実が自《おの》ずから求めること。まさか私の意図したことではないし、まさか私がそうなるように譜面《ふめん》を書いたものでもない。いわば、まさに自業自得《じごうじとく》では？」

「……ならば深沼本部長、端的《たんてき》に申し上げます。

　国費捜査費と県費捜査費の、女性関連施策への流用をお止めください。

　また、女性関連施策を実施するための、県警各部門定員一〇％削減案を御撤回くださ い」

「あら知っていたの」

「……あなたは当県の県警本部長に着任してから——警察初の女性キャリアとして、かつ、警察初の女性本部長として着任してから、異様な熱意で〈女性の視点を一層反映した警察づくり〉に邁進《まいしん》してきた。そのために、先進的で大胆な施策を無数に打ってきた。そのこと自体は、私は正義だと考えます。また私自身、それに納得し、施策を実施するためのPTの長となっていますーーまさにあなたの懐刀として。

ただ。

どれだけ目的が正義に適《かな》おうとも、その手段が違法であってよい弁解にはならない。国費の捜査費であれ、県費の捜査費であれ、それは使途の定まった、国民・県民の税金です。犯罪捜査のために用いられるべきものです。それを、かつての『愚者の王国』時代のように、ニセ領収書と二重帳簿を作成して、いや作成させて、怪しげな裏金を捻《ねん》出《しゅつ》するなどと。そんな悪癖《あくへき》は、もう何十年も前に終わったはずです。現在の捜査費ほど、明朗会計となっているものはない。現在は全て実態どおりです。何故ならそれが最も低コストだからです。ニセ領収書も二重帳簿も裏金も、コストに見合ったリターンにはつながらないからです。嘘の想定問答を五〇〇問も一、〇〇〇問も丸暗記して会計検査のたびに薄氷を踏むより、実態を記憶のまま素直に喋る方が千倍も億倍も低コストだからです。だから、警察署長を二度経験すれば豪邸が建つなどという、警察本部長が千万単位の小遣いに困らないなどという、バカげた昭和の悪癖は、もう終わっているはずです。

それが、将来の警察庁長官——女性初の警察庁長官になると目されている深沼本部長の下で、あざやかに復活を遂げているなどと。まして、現場警察官はますます厳しくなっている会計検査と県民の目が恐いから、誰もそのような因習《いんしゅう》に手を出したくないというのに、独裁官の権限を濫用《らんよう》し、警察のすべての部門にそれを強いているなどと……

現業四部門は、だから生活安全・刑事・交通・警備の各部門は、毎月、国費と県費の捜査費が下りるその都度、〈女性の視点を一層反映した警察づくり〉のために募金すべき割合あるいは募金すべき金額を指定されています。それを是正すべき管理部門たる警務も、募金を嬉々《きき》として取り立て、あるいは自分自身も裏金の捻出に暇《いとま》がない。また、特に国費予算が多い刑事部門と警備部門は、途方《とほう》も無い募金額を強制されている。あるいは、そもそも捜査費の規模が小さい生活安全部門と交通部門は、途方も無い募金割合に苦悶《くもん》している。

そして、さっきの道戸警務部長の様子を見るだけで、これが社長・副社長直轄案件であることは分かります。だから誰も公然とは叛《さか》らえない。社長は全能神のキャリアで、副社長はパワハラ型の推薦組だから。

——あなたは『将来の県警本部長』なる幻想を道戸警視正に吹き込み、アレを自分の奴隷にした。そしてあなたたちは、人事・予算・組織・定員に関する全能の決裁権を駆使して、不満と疑問を感じてはいる現業各部門を、いわば恐喝してきた。

だからこそ、地元筆頭の刑事部長は、どうにかしてこの異常な暴走を止めたかった。裏金づくりは確実に組織を腐らせるから。だから刑事部長は今回の〈牟礼駅前交番事案〉を奇貨として、女警の地位や名誉ではなく、あなたの地位や名誉を失墜させようとした。

といってそれは、青崎巡査や年野警部補を出汁《だし》にしたという非道に目を瞑《つむ》れば、ギリギリ正当防衛の範囲に収まる程度の、そんなささやかな抵抗、いえ異議申立てでしかない。何故と言って、あなたの権限のみなもとは、本籍地である警察庁そのものだから。あなたの地位や名誉をどれだけ失墜させたとして、警察庁が乗り出してこないかぎり、それは子供が大人のお腹を叩く程度の、子供が大人にオモチャを投げる程度の、そんな蚊弱《かよわ》い力しか持てはしないのだから……

まして。

県警各部門定員一〇％削減案など、狂気の沙汰《さた》です。

なるほど、警察は過去にこのようなパワーシフトを断行したことがある。あなたは当然、それに倣《なら》ったのでしょう——一〇％までなら実例がある、いけると。そしてその一〇％の定員を、女性関連施策のためにパワーシフトする。

〈女性の視点を一層反映した警察づくり〉が、女警の育児と出産に直結する以上、その最大の問題となってくるのが『執行力の低下』であり『実働員の減少』です。ならばヒトをどんどん充当しよう——その考え方そのものには私も賛成です。ただ警察の定員は法令と条例で雁字搦《がんじがら》めにされていますから、ヒトひとり増員するだけでkg単位の説明資料が必要。そしてそれもほとんどが実現しない。国も県も財政事情が厳しいから。なら必要なヒトは、財源は、部内《ブナイ》から捻出するしかない――繰り返すと、ここまでは解りますし、警察の上級幹部なら誰でも経験していること。

しかし。

とりわけ現場を持っている生活安全・刑事・交通・警備の現業四部門から、しかも一〇％の定員を拠出させるなど、県警組織の弱体化そのものです。誰かがこんなことを言っていました――警察は、ある特定の政策なり方向なりに旗がふられると、後先考えず、一気呵成《いっきかせい》に、その方向だけに猪突猛進《ちょとつもうしん》すると。深沼本部長、あなたがやっているのはまさにそれです。あなたがやっていることは、女性関連施策を充実強化するために、現場の捜査力も執行力も事案対処能力もすべて低下させることです。現場から実働員を奪うのですから。そんなことは、警察の上級幹部なら、いえ現場の警部補でも容易《たやす》く理解できる。

……けれどやはり、誰もあなたに叛《さか》らうことはできない。あなたの奴隷である、道戸警務部長に叛らうこともできない。何故と言って、貴女方《あなたがた》こそは最終の決裁権者、最終の査定権者だから。この狭い県警組織においては、誰をどう異動させるかも、どの所属にいくら予算を認めるかも、どの所属のどのようなポストを新設しあるいは廃止するかも、どの所属を何人増減させるかも、すべて貴女方の意のままだから。

だから。

おなじキャリアとして、あなたに懇願《こんがん》します。

国費捜査費と県費捜査費の、女性関連施策への流用を——違法行為をお止めください。女性関連施策を実施するための、県警各部門定員一〇％削減案を御撤回ください。ましてこれは口にするのも憚《はばか》られるのですが、あなたは定員のみならず、ヒトそのものを……とりわけ若いヒトの肉体を。あなたにそれを恐喝されている機動隊なり機捜隊なり交機隊なり生安特別捜査隊なりの若い男性警察官が、どれだけの屈辱とみじめさを味わっているか。なるほど気付くべきでした。ヒントはあった。『深沼本部長の代になって、県警本部長公舎の二十四時間警戒をする駐留警戒警察官が増員された』『その人選も、若く屈強な機動隊員・機動捜査隊員等から行われている』『輪番《りんばん》制の人出しがキツくなり、機動隊を持つ警備部門・機捜隊を持つ刑事部門等が悲鳴を上げている』この意味を。あなたは捜査費の流用なる違法行為のみならず、ヒトを奴隷にするそんな破廉恥をも。それではまるで魔女」

「理代、そこまで知ったというなら逆に訊くけど——あなたはかねてから、女性関連施策には一家言《いっかげん》あったわよね？」

「は？」

「あなたが考える女性関連施策の肝《キモ》がある。それは何？」

「何を今更!!」

「いいから!!」

「……よ、4つのKです。権利、カネ、キャリア、ケア。

あるいは、決断に不安がないこと、経済的に不安がないこと、経歴的に不安がないこと、子を預けるのに不安がないこと。この4K」

「私に言わせれば、それはつまり1Kよ。要はすべて、カネの問題に収斂《しゅうれん》される。女警が子を産む決断を躊躇《ちゅうちょ》するのは何故か？　代わりがいないからよ。実働員が不足しているからよ。警察の職務は無定型・無定量で、切れ目がないからよ。また、女警が出産と育児をするとき、自分の経歴なりキャリアプランに悩むのは何故？　警察組織を追放されるからよ。百歩譲って、また復帰するとしても、交通安全協会の職員だの防犯協会の職員だの被害者支援センターの職員だの、あるいは少年補導職員だの交番相談員だの、巡査だの巡査長だのといった若手女警にすら差別されるような、外郭団体その他の『非常勤オバサンポスト』しか受入先がないからよ。言い換えれば、警察組織に常勤の女警を雇い続ける余裕がないからよ。おまけに、女警が育児に困難を感じるのは何故？　実家か親族のサポートがなければ退職せざるをえないからよ。これすなわち、警察組織は保育所も託児所もシッターも用意することができないからよ。ならこれも、警察組織にこれらを用意しあるいは維持する予算がないから——

　そう、すべてがカネの問題に収斂する。

　よって、最初の女警が採用された昭和二一年から何の施策も打ってこなかった無能な男達から、当然の負担を拠出させる。それでも全然足りないのだから、具体的に人足《にんそく》を、労働力を拠出してもらう。これは正義に適うし、何より痛みを味わわせることができるわ」

「……痛み？」

「男は女に比べ、遥かに痛みに弱い。パワハラとなればカンタンに萎縮《いしゅく》するし、時には自殺さえする。女はそうではない。肉体的な苦痛にも、精神的な苦痛にもずっとずっと耐えられる。どんな屈辱を受けても生き続けようとするし、さかしまに、我が子や愛する者のためならば、どんな苦痛でも敢然《かんぜん》と受け容れる。

それはあなたが――お望みなら私達が――今、嫌というほど経験しているとおりよ」

「女が男より痛みに強いというのは俗説です」

「そのとおり。けれどこれは医学の問題でも生物学の問題でもなく、心理学の問題なのよ。経済における期待とも一緒。誰もがそう信じていれば、誰もがそのような役割を演じるようになる。その意味で、俗説であることはむしろ強みよ。誰もが『女は痛みに強い、男は痛みに弱い』と期待して、そのとおりの役割をこなしてくれるのだから」

ここで理代は思い出した。伯方署長がいっていたことを。

人に屈辱を与えるというのは、人を支配する最も安価なやり方だと……

「……すると本部長は、男は痛みに弱いから、そう振る舞ってしまうものだから、敢えて痛みを感じさせているとおっしゃるのですか？　その痛みで、警務部長を、刑事部長を、あるいは可哀想な機動隊だの機捜隊だのの若い子を――だから男達を隷属《れいぞく》させているとおっしゃるのですか？」

「だって男を躾《しつ》けるには痛みしかないでしょ？　そして現に男達は、私から受ける痛みを感じて、いいえ、私から受けるであろう痛みをあらかじめ予測して、それを心底恐怖してくれて、私の施策に協力してくれているのだから――

まして。

理代、あなたは捜査費の流用だの、定員差出しだので吃驚《びっくり》しているようだけど、実はそのようなもの、女性関連施策のほんの入口、ほんの一里塚《いちりづか》に過ぎないわ。

――警察において、女警の地位が圧倒的に低い、あるいは少なくとも女警が圧倒的に生きづらいのは何故だと思う？

権力を持っていないからよ。多数派を制していないからよ。

そう、人事・予算・組織・定員。あるいは法令・規則の改廃。これらを最終的に決定できるのは、査定をする側、権力を持っている側。そして権力を持っている側の政策形成に影響を与えることができるのは、多数を制している者よ。それが民主主義社会よ。

ここで、女警には何の査定権もないから、男のやり方を変えさせることができない。また、女警は多数派を制していないから、男のやり方を変えさせることができない。

……亜流《ありゆう》なり少数派なりというのは、実は、どこでもそうよ、いつでもそう。

例えば理代、あなた若いから知らないと思うけど、そうね――防衛省で、まあ旧防衛庁だけど、トップの防衛事務次官に防衛庁採用者が就任できたのは何時《いつ》だと思う？　なんと組織開闢《かいびゃく》以来、三十四年後のことよ。それまでは、防衛事務次官といえば絶対に、大蔵官僚・警察官僚の指定ポストだったの。自分の会社の社長が、競合他社からの出向者なのよ？ それは、かつての三流官庁・防衛庁と防衛キャリアに権力がなかったからだし、霞が関ムラで多数派でもなかったから。あるいは、その防衛省の中でも教訓がみてとれるわ。防衛省には背広組と制服組がいる。要は事務方キャリアと軍人よ。なら、軍人が自分達の部隊運用について、意思決定の権限を勝ち獲《と》ったのは何時《いつ》だと思う？ これも組織開闢以来、六十一年後のこと。それまでは、軍人は自分達の兵をどう動かすかさえ、自分達では企画も立案もできなかった。それはむろん、防衛省内において、軍人には権力がなかったからだし、防衛省ムラで多数派でもなかったから。ここで、他省庁のことばかり論《あげつら》うと悪いから、我が社についても言っておくと、今現在、キャリア以外の警察本部長が何人いる？ 推薦組の、だから現場叩き上げの警察本部長が何人いる？ たったのひとりよ、奈良県警本部長。ちなみにキャリア以外の、そうね、技官の警察本部長は何人いる？ これまたたったのひとりよ、石川県警本部長。そしてⅡ種の──あなたたちの世代でいう専門職の警察本部長なんてまだ出ていないわ。だってⅡ種の制度ができたのは、私が警察に入る直前の昭和六一年。そして警察本部長ポストは、キャリア以外にとっては上がりポストなのだから、就任できるとすれば定年近く。年次的に言って、Ⅱ種の警察本部長など存在する余地がない──なら我が社で、キャリア以外が警察本部長になれないのは何故？ そう、これも全く一緒の議論。我が社において権力を持っておらず、我が社において多数派でもないからよ。

……それが、亜流なり少数派なりの宿命。

ならば、亜流であり少数派である女警の地位を向上させるにはどうすればよい？

権力を持てばよい。多数派を形成すればよい。当然そうなる。

実はあらゆる女性関連施策は――〈女性の視点を一層反映した警察づくり〉なんてものは、終局的にはこれを目指すものであり、また、これを目指すものでなければ意味が無い。だから私は、二、五〇〇人規模の、絶好の箱庭であるこの県警で、徹底的に実験をすることにした。

女警に多数派を形成させるため、組織における女警の割合をさらに高める。出産・育児によって休職等した女警を必ず復帰させる。あるいは出産・育児支援のためにOGの再雇用を実施する。これすべて多数派形成のためよ。むろん五一％を制する必要はない。組織が無視できないほどの圧《アツ》を掛けられる、そんな集団力が発揮できればそれでよい。

そして、女警に権力を与えるため、組織における枢要《すうよう》ポストに女警を起用する。将来的には警務部参事官、首席監察官、警務課次席、人事調査官、総務室長、本部長秘書官、会計課長、筆頭署長を女警にする。ただ現時点では、最高位にあるのが豊白署の晴海管理官だから、彼女を軸に、これと見込める女警を、警務課や総務室や会計課の中堅ポストに送り込むこととなるでしょう。晴海管理官については、既に噂になっているようだけどね。これすべて男の職務執行なり政策立案なり予算要求なり組織要求なりの『査定権』を与えるためよ。役所では、査定をする側が勝つ。それが役所における権力。それを女警が行使し始めたとき警察は変わる。そもそも〈女性の視点を一層反映した警察づくり〉なんて御大層《ごたいそう》なスローガンは要らなくなるわ——だってすべてを査定し決定するのは女警になるのだから。そのとき、査定する視点はすべて女警のものなのだから」

「そのために、今の、一里塚としての女性関連施策は、必ず成功させる必要がある」

「そのとおり」

「そのために、深沼本部長がおっしゃる1K——カネが要る」

「そのとおり」

「そのために、県警の男達に痛みと屈辱を与え、支配する」

「そのとおり」

「……それだけですか？」

「それだけ、とは」

「深沼本部長は、女性初の警察キャリアにして、主として人事畑を歩まれたエース級の人材。だから人事関連施策には造詣《ぞうけい》が深いし、また造詣が深くなくてはおかしい。そして警察キャリアにとって、初の県警本部長職というのは、夢であると同時に試練です。組織の統治者としての、経営者としての試練です。具体的には、県警本部長であったときの売上——これには刑法犯検挙だの交通死亡事故抑止だの違法性風俗の駆逐だの暴力団の壊滅だの捜査本部事件の解決だの、諸々《もろもろ》の現場的な売上が含まれますが、もちろん最上級の組織管理者としての、経営者としての売上も含まれる。すなわち施策《せさく》です。政策です。警察キャリアが官僚である以上、どのような施策を打ち、どのように県警を改革したかは、当然の採点項目。そしてその採点が辛《から》ければ、警察庁本庁の局長・審議官といった指定職《シテイショク》への道は断たれるでしょう。附属《ふぞく》機関を衛星運動し、管区警察局長で御勇退――というのもよくあること。そのようなこと、将来の、女性初の警察庁長官と噂される深沼本部長としては、断じて許せるものではないですよね？」

「だから？」

「あなたの女性関連施策は、だからあなたが男達に痛みと屈辱を与えているのは、あなた自身の立身出世の為《ため》なのではないか――と強く危惧します。

いえ、正直に言えば。

私は恐怖していいます。

あなたにとっては、現場の女警も女性関連施策も、実はどうでもいいんじゃないかと。男達に痛みと屈辱を与えていることも、純然たる手段であり、ひょっとしたら娯楽であり、やはりどうでもいいんじゃないかと。そして、あなたにとって唯一重要なことは、今、警察庁ウケする施策を――花火を派手に打ち上げて『実績』を挙げること、ただそれだけなんじゃないかと、そう恐怖しているんです」

「要は、私はただの出世亡者《もうじゃ》で、女警も女性関連施策も男達も、その出汁《だし》に使われているだけだと？」

「仮にそうだとして、そこに何の問題が？　私の動機原因がどうあれ、手段方法がどうあれ、結果として現場の女警が生きづらくなくなれば、それは正義に適うんじゃないの？」

「はい」

「あなたの動機原因が、私の危惧するとおりであれば……

あなたは情勢と警察庁が求めたなら、あっさり、カンタンに女性関連施策を撤回する。いえ、一八〇度逆の施策をも平然と打ち出すでしょう。警察庁ではそんなことめずらしくもありませんしね。

そしてあなたの手段方法は、邪悪なものです。ヒトがヒトを奴隷にすること。それは世界で最も邪悪なことですし、今現在、女警たちが苦しんでいるまさにそのことでもある。なら痛みを与えられる側から、痛みを与える側になろう、ならせよう。支配される側から、支配する側になろう、ならせよう——

そんなものは虐待の連鎖です。

それもまた、今現在、女警たちが苦しんでいること。いえ男性警察官だってそうでしょう、警察のパワハラ文化を踏まえれば。強きに弱く、弱きに強い警察文化に鑑《かんが》みれば。

……私はこの〈牟礼駅前交番事案〉が発生してから、何人もの女警と真剣に言葉を紡ぎ合うことができました。そして自分の未熟さと限界を知ったし、だから自分の政策論が机上《きじょう》のものに過ぎないことも知ったし、そしてたぶん、少しだけ、現場の女警について、あるいは彼女らの生きづらさについて、理解を深めることができたと思います。

その経験からすれば。

彼女らは、あなたが行っているような虐待の連鎖は求めていません。痛みを与える側になりたいとも、支配する側になりたいとも思ってはいない。彼女らはシンプルに、女警が、その言葉どおり、女性であり警察官であるものとして――だから女性として自然に、そして警察官として自然に生きたいと、そう願っているだけなんです。その障害となっているものを取り除いてほしいと、そう願っているだけなんです。

……私は、女警として、女キャリアとして、その願いを叶《かな》えたいと思う。

だからこそ深沼本部長、あなたのやっていることは、どこか根本から間違っていると感じます。上手く言葉にする自信がありませんが、あなたのやっていることは、今の男を女にすることであり、今の女を男にすること、ただそれだけ。だから痛みとか屈辱とか支配とかいう言葉になる。けれど、それじゃあDV夫を妻に虐待させれば問題解決ですか。ストーカー男を被害女性に辱《はずかし》めさせれば問題解決ですか。いえもっとシンプルに、パワハラにはパワハラを、セクハラにはセクハラをやり返せば問題解決ですか。まさかそうではないでしょう。ヒトが奴隷にされているというのなら、まずそれを解放するとともに、どうしたら二度とそのような非道が生じないかを考えるのが施策なのではないですか。あなたは正義に適う正義に適うといって最短距離だけを選んでいるけれど、実はそれはただの思考停止なのではないですか。言うことを聴かない子供は殴って躾《しつ》けろというのとどこが違うんですか。私はあなたの動機原因も手段方法も間違っていると思うし、ましてそこから生まれる結果が正義に適うとはとても思えない。だから私は」

「もういいわ、理代。あなたには失望した」

そして議論が哲学論争になっている以上、結論もなければ実益もない――

だから最後に言っておくわ。

あなたの言うような正常位じゃあ、女警の誰ひとり、救えやしないのよ」

「……はあ？」

「人類最初の女性は誰？　聖書くらい読むでしょう？」

「いきなり何なの……イヴですが？」

「イヴは何から創造された？」

「夫の……アダムの肋骨《ろっこつ》からです。肋《あばら》からです」

「そのとおり。でもそれっておかしいでしょう？　神は楽園の土《アダマ》から、自分の息吹き《ルーアハ》を吹き込んで最初の人間を創造した。自分の似姿《にすがた》としての、最初の男をね。すなわち、ヒトは土と息吹きから創れるものなのよ。

でもどうして神は、女を創るときそうせずに、わざわざ男の一部分を使ったの？

聖書にもあるとおり、男の添え物とするためよ。

すなわち女は、創造のそのときから男の支配物だった。だから男は、ずっと女に正常位を強いてきた――

いいえ、これはまだ正確じゃないわね。

というのも、実はよく知られたイヴ以外に、そしてイヴ以前に創造された女がいるもの。それがリリスよ。だからリリスこそアダムの最初の伴侶《はんりょ》となる。そして神は、このリリスを創造するときは、アダムと全く一緒の方法を採った。すなわちリリスは、楽園の土と神の息吹きとで創造された。だからリリスはアダムと平等だった。実際、リリスはアダムとセックスするとき、必ず騎乗位であることを求めた。アダムの下になる正常位は断固として拒否した。これが離婚の原因となり、リリスはいつしか魔女とされ――あらどこかで聴いた言葉ね――そして『最初の女』であるイヴが改めて創造された……

女が騎乗位を求めると、離婚され、おまけに魔女呼ばわりされるのよ、この世界では。だから男が正常位を強いるかぎり、それが女であれ女警であれ、救われる道はないわ。私達は肋骨ではない。あなたたちの種付け道具ではない。まずはそこから理解させる必要があるの。

そしてどうやら、あなたはそれを、痛みなり屈辱なり躾《しつけ》なり以外の方法でできるかも知れないと、そんな派手な勘違いをしているようだけど――

こんな英国の詩を知っている？

女は異国だ
男はその文化も、その政治も、いや言語すら理解できないまま死ぬしかない
たとえ其処《そこ》にどれだけ若い頃から定住していたとしても、だ

――男の認識なんてこんなものよ。日本にも、なんだったかしら、男女の間には、誰も渡れない深くて暗い川があるだの何だの、そんなくだらない歌があったけれど。要するに、理解を諦《あきら》めているだけでしょう？

いいえ、最初から理解をする気なんてないのよ。

だって結論が出ているんだもの。理解できないって。渡れない川だって。

どう、この幼稚でナルシシスティックな世界観は？

女が理解できないモノだったなら、そりゃそうよ、世界を動かしているのは男だけになる道理だわ。だってそのとき、女は動物か、あるいは異星人と一緒なんだから。だから狩ったり愛玩《あいがん》したり、おっかなびっくりコミュニケーションをとる何かでしかない。

そしてあなたが、そう、この〈牟礼駅前交番事案〉で何人もの女警と真剣に言葉を紡ぎ合ってきたというのなら、きっと私が望む、この事案の真実にも到《たど》り着いたことでしょう。そのことは、既にあなたの言葉の端々《はしばし》から明らかだけどね。

――なら、あなたはこの〈牟礼駅前交番事案〉で何を見た？

この〈牟礼駅前交番事案〉とは要するに何なの？

男の臆病と卑劣と不決断と、その尻拭《しりぬぐ》いをする女の物語でしょう？

警察の男どもの情けなさを痛感したでしょう？

安易にパワハラに走る。パワハラに抵抗できない。パワハラを受けている仲間を救うこともできない。女に逃げる。仔細《しさい》構わず女を胎《はら》ませる。女の苦しみを知ろうともしない。挙げ句の果ては自殺まで手伝ってもらい、愛する女を殺す……

よって結論。必要なのは痛みであり躾《しつけ》よ。猿を調教するようにね。

なるほど、私はそれを出世亡者として、野心のためにやっている、かも知れないけど。

たとえ野心がなくたって、この結論は変えないでしょうね。悪いけど理代、私はあなたより二〇年ほど長く女をやっているから――

――そして公安委員会が始まるわ。訓育《クンイク》の時間は終わりよ。退《さ》がってよし。

確か道戸警務部長から、愛知県警視察の出張命令が出ていたのではなくて？」

「……私には、実は警察庁の人事総括企画官から、特命が与えられています。

すなわち、この〈牟礼駅前交番事案〉の徹底調査をせよと。そしてそれは、企画官直轄調査とすると。よって私には、深沼本部長の御意向がどうあれ、警察庁人事課の特命により、〈牟礼駅前交番事案〉の調査をし、その結果を報告する権限と義務があります」

「すると？」

「第一に、この〈牟礼駅前交番事案〉については、私が〈検証報告書〉を起案させていただく必要があります。第二に、この〈牟礼駅前交番事案〉を政治的に利用し、国費・県費の捜査費を違法に執行している深沼本部長を、警察庁人事課に告発する必要もあります」

「あらそんなこと。

やりたいならどうぞ。

といって、総括企画官に鼻で嗤《わら》われるのがオチだと思うけれど――」

「何故です」

「あっは、意外にナイーヴなのね、姫川警視。

私は警察庁では人事畑の警察官よ。そしてこの県での任期が終われば、総務課長か会計課長か、あるいはまさに人事課長となる身。その私が、人事畑の後輩に当たる総括企画官ごときと連絡をとりあっていないとでも？　そしてまさか、私の意向と判断なくして、企画官直轄調査なるものがあなたに下命《かめい》されるとでも？」

「……それでは、すべてあなたが仕組んで」

「そう。刑事部長を牽制《けんせい》し、だから地元組を黙らせ、私の望む真実が『解明され』『報告され』『検証報告書に記載される』そのためにね。だからあなたを動きやすくしてあげた。だから、告発なり通報なり、やりたいならどうぞどうぞ」

「すべて無駄だと。揉《も》み消されると」

「私に警察官僚としての利用価値がある内はね。

だから、あなたが総括企画官から私に関する調査をも下命されたのは、私の違法行為を解明する為でも何でもないわ。あなたを利用して、それが県警内にどれだけ広まっているか、あるいはどれだけ秘密が保たれているかを点検するためよ、私の安全の為にね。

もちろんあの抜け目ない子のことだから、私に利用価値が無くなれば、あなたの調査結果を使って私を追い堕《お》とすつもりなんでしょうけど――ただ、見渡せる範囲の将来においてそんな予定は見出せないわね。だってあの子はあなたほどナイーヴじゃないもの」

「メディアにリークするといったら⁉」

「それもやりたいならどうぞ。

そのときは私のみならず、あなたの怨敵《おんてき》であるあの道戸も犯罪者にできるしね――もっとも、あの道戸どころか刑事部長も生安部長も交通部長も警備部長も、いいえ、捜査費を執行している全ての所属長と次席が、オートマチックに犯罪者となる。そのときは、課長補佐クラスも係長クラスも累《るい》を免《まぬか》れない。そうなればこの県警は再起不能よ、一〇年を掛けようと、二〇年を掛けようとね。そして二、五〇〇人警察官の全てが裏金調査に動員され、だから通常の職務執行ができなくなる。果ては総員が私費での返還を強制され、県庁から懲罰的な給与カットを申し渡される。警察署でも街頭でも、怒り狂った市民の怨嗟《えんさ》と罵倒《ばとう》にさらされる。そんな事態になったら、もう交通切符一枚切れたもんじゃないわ。

あなたはその原因を生んだ者として、未来永劫、当県二、五〇〇人警察官に呪詛《じゅそ》され続けるでしょう。現職者からも、退職者からも、これから採用される者からもね、あっは。

それでもやりたいならどうぞどうぞ」

「こ、この県警を、あなたの野望の人質に獲《と》るというの⁉」

「まさか、人質だなんて」深沼は艶然《えんぜん》と笑った。「最初から私の、愛すべき羊さんたちじゃないの。内務官僚の本質は牧民官《ぼくみんかん》。これすなわち正義の羊飼いよ。あなたの世代だとそんな教養《キョウヨウ》も受けていないの？」

「な、なら〈検証報告書〉の作成はどうなります⁉ 私は監察官室長として、女警たちの言葉を受け止めた女警として、どうしてもそれを‼」

「そうねえ……

やはり結果から考えれば、あなたは私の為に、刑事部長と地元組の足腰を叩き壊してくれた。これで警察庁ウケする女性関連施策の花火も打ち上げやすくなった。もとよりその資金も資源もより潤沢《じゅんたく》になる目途《めど》がついた。オマケとしては、あのおバカな清岡捜査二課長を視界から駆除することもできる……結果から考えれば、あなたはよくやってくれた。

その報奨《ほうしょう》として、そうね、検証報告書の作成くらいはさせてあげましょう。

もちろん、起案したドラフトの段階で、私の検討《ケントウ》を経て頂戴。

そして一発決裁にできるよう、私が納得のゆく、過不足ないものにすること。これでよい？」

「……了解しました。できるだけ本部長の御期待にそえるよう、充分に練ります」

「あら？ 怒り狂って断るとばかり思っていたけど？」

「そうですね。

そのリモージュの灰皿を、お頭にブチ撒《ま》けたい衝動に駆られてはいますが——

青崎巡査と年野警部補の最期の物語。それを綴《つづ》るのは、私の絶対の義務ですから」

「あなたも、ちょっとだけ大人になったわねえ」

「必ず乗り越えるべき悪が、今現認できたので」

「そうなの。惜《お》しいわね。私はあなたを、私の後継者と思って育ててきたのに」

「私もそうありたいと思ってきました。残念です」

「違う道を行くと？」

「絶対に」

「なら勝負をしましょうか」

「勝負？」

「私は残り一〇年。あなたは残り三〇年。

そしてあなたが私の立場になるとき、そう、どこかの県警の独裁官になるとき、私はもう退職している。警察にはいない。

そのとき。

あなたの道が正義なのか、私の道が正義なのか、それともどちらも誤りなのか、その結果が出る。

もちろん私は、私の道こそが唯一の正義だと、そう確信しているけれど……

あなたには違うことができる。そうなんでしょう？」

「当然です」

「私には絶対に無理だと思える。何を懸けたっていいわ、あなたは県警の独裁官になったとき、誰をも服従させられる全能神になったとき、必ず第二の深沼ルミとなる。支配し、痛みを与え、騎乗位を強いる魔女となる。それはこの〈牟礼駅前交番事案〉が発生してからのあなたの行動を見ていれば、アタリマエのことのように予言できる。だってあなたは踏み入り、嗅《か》ぎ回り、掻《か》き分け、追い回し、剝《は》ぎ取り、暴きそして奪う者だからよ。それがこの物語におけるあなたの役割だったからよ。あなたは正義だの真実だのの為にならなら何でもする。実はそれこそが、第二の深沼ルミとしての、私の後継者としての天賦《てんぷ》の才にして最大の肝《キモ》――」

「私はあなたのようにはならない!!」

「――かどうか、勝負しましょう。

だから私はあなたを生かしておく。知ってのとおり、私の権限からすれば、あなたひとりを物理的にかつキレイに殺すことなど児戯《じぎ》に等しいけれど、それもしない。ましてあなたのこれからの警察人生に対して何の妨害もしない。これからここの県警で、あるいは違う都道府県警察で、あるいは警察庁で他官庁で、思う存分、自分の信じる道をお行きなさい。

それはもちろん、私が二〇年後、第二の深沼ルミの誕生をよろこび、拍手喝采《はくしゅかっさい》しながら高笑いするためなんだけどね、あっは」

「そのときあなたの正義は立証され、あなたの勝ちが確定するというわけですか。けれどお生憎様《あいにくさま》です、絶対にそうはなりませんから」

「……ま、足掻《あが》くだけ足掻いて御覧《ごらん》なさいな。それもまた一興《いっきょう》で、娯楽だわ。ちなみに」

ここで深沼ルミは、県警本部長室の荘重な時計を見遣った。

その視線が一瞬、理代から不自然に外れる。

(時計……時？　時間？)

若い理代には、彼女が何を確認したのか、正確には解らなかった。

ただもちろん、彼女が例えば公安委員会の開始時間を確認したのでないことは解った。

そして、その視線の傾きから感じられる、まるで自嘲《じちょう》のような硬さと脆《もろ》さ。

それは先刻までの、余裕ある、艶然とした笑いではなかった。まして嘲笑でもない。

敢えて言うなら、それは……

(……こ、子離れ？)

理代が、自分自身でも意味を図りかねた単語を想起したとき。

そして深沼ルミが執拗《しつよう》に、自分たちに残された時間を語っていたのに気付いたとき。

深沼ルミは視線を戻した。そして理代の勝手な解釈などは許さないという誇りとともに、また挑発めいた言葉を発した。しかしそれは餞別《せんべつ》で、だから、深沼ルミにとっては蛇足《だそく》でしかないはずの言葉だった。

「ちなみに警察官は短命だから、私が勝負の結果をこの目で確かめることなんて、まさか、できやしないでしょうけどね。私には子供もいないから、博打《バクチ》の結果を確認してもらうこともできないし。

そう、娘でもいたのなら、後も託せたのに。

いいえ、死んでしまったと思うしかないわ」

(深沼本部長は既婚者だが、子供はいない。最初からいない。ならば、娘とは)

……理代が魔女の中に、母性ともいえる、不思議な愛《いつく》しみを感じてしまったとき。

眼前の、〈子のない鬼子母神〉の、隠された感情のうねりを感じてしまったとき。

だから、懸命にそう感じた自分を恥じ、それを否定しようと新たな言葉を捜したとき。

深沼ルミ警視長は最終的に命じた。それは上官だった。

「命ずる。

姫川警視、退室してよし」

「ほ、本部長、ですが……」

「退《さ》がってよし!!」

「……姫川警視退がります!!」

理代は、独裁官の巨大な執務室を出た。

緋の絨毯が、足に纏《まと》わりつく蛇のようにも、呼び止める手のようにも感じられる。

理代は、県警本部五階からそのまま階段を下り、一気に一階ホールへ出た。

終章

様々な思いで息苦しさすら感じる、県警本部庁舎を駆け出る。

かなり離れた、県庁あたり――県立病院の近くにある三越のあたりまで駆ける。

パンプスの足が痛くなった頃、理代は駆けすぎたことを知った。いくら県警本部から遠ざかりたいからといって、ここまで来る必要はなかった。彼女はここがどんな場所かまだ気付けないまま、私物のスマホを採り出し、恋人の番号に架電する――

『もしもし内田です』

「直行クン？」

『ああ理代かあ。全然帰ってこないから、きっと激務なんだろうなって心配していたよ』

「……記者とかは大丈夫だった？」

『うん、ガッチリとカーテンを閉めて、ベッドランプしか使わなかったから大丈夫だよ。バスルームの明かりで勘付かれないかどうか、ちょっと心配だったけどね。でも、誰もチャイムすら鳴らさなかったから、不在だと――庁舎で完徹だと思ってくれたんじゃない？』

「それでいいわ。で、今現在はどう？　安全そう？」

『さすがに真っ昼間……というか穏やかな午前中だから、人影はないよ。さっきまで、御近所さんが道の掃き掃除をしていたくらいだ』

「――ネットでニュースとか読んでる？　この県、今大騒ぎなんだけど」

『そりゃまあね。だから理代が大変な理由も想像できるけど、そこはお互い社会人だから。相談があれば聴くけど、中身とか、勝手に深入りはしたくないよ』

「ありがとう。話せるときが来たら、きっと話すわ――

じゃあ悪いんだけど、また車出してくれない？　迎えに来てほしいの」

『全然かまわないよ、もろ退屈していたから。

ただ、県警本部はマズいんだろ？』

「県庁近くの、三越のあたりにいる。地図検索で見ればすぐに分かる」

『了解、了解です警視ドノ。

で、理代をピックアップしてどうするの？　そのまま官舎に帰宅？』

「そうね、まずは脂じみた服も下着も換えたいし、ちょっとカッカしているから、うん混乱もしているから、熱いシャワーも浴びたいわね。それからまた大事な書類作成があるけど……

結局、二晩連続泊まり込みみたいなもんだった。ランチくらいゆっくりしても、まさか怒られる筋合いはない。全日空ホテルでフレンチにしましょう、おごるわ」

『おっ有難う。ランチとはいえ、理代とゆっくり食事ができるのは嬉しいね。

じゃあ三越前でピックアップして、この官舎にいったん帰って、それからフレンチに出撃。これでよろしいでしょうか警視ドノ？』

「貴見《きけん》のとおりである。頼むぞ」

『所要一〇分、かなあ？』

「急ぐ必要はないからね」

『――なら、その大騒ぎの仕事、一定の目途《めど》はついたのかい？』

「目途はついたわ」理代は思わず煙草をくわえた。「割り切りはつかないけど」

『それなら、割り切りがつかないついでに、いっそのこと結婚退職ってのは？　なんか地方でもすごい激務みたいだし、そもそも学生時代に立てた予定では、とっくに式を挙げているはずだし。収入の問題だって別にないし。子供をふたり持って、まだ余裕があると思うよ？』

「調子に乗るな。正常位を強いて、まったく」

『ええっ？　何を突然……』

どちらかといえば、実態は真逆だと思うんだけど。おとといの夜も、いやいつでも』

「そ、それはどうでもいいの。言葉の綾《あや》よ。肝心なのは」

『肝心なのは？』

「……直行クン。あなた、私が四八歳になったとき、どんな人間になっていると思う？」

『それ何のクイズ？』

「いいから」

『僕の配偶者で、警察官で、ええと……女だ。
ってこれじゃあアタリマエすぎるなあ。あとは……そうだなあ……
ちょっと気が強いけど一緒に話がしたくなる感じの、隠れヘビースモーカーな、ええと』

「ううん、そこまででいい。
というか、最初の方だけでいい。さすが直行クン。元気が出た。ありがとう」

『意味が解らないよ』

「女の警察官は、警察官で、女で、それだけよ。
それがアタリマエだといえる君には見込みがあるぞ」

私の二〇年、三〇年を一緒に過ごす資格もある——

しかし理代は、思わず喉から出そうになったその言葉を呑《の》み込んだ。

勢いで、咥《くわ》えたまま着火していない煙草も握り潰《つぶ》した。

(言葉にしなくてもいい言葉もある)

彼女は自分が、既に戦友を獲《え》ていることに満足した。スマホを一方的に切る。

そして今、我に返ってあの三越を見上げたとき。

やがて来る車で、まず、牟礼駅前交番の姿を見にゆこうと思い立った。

それは、男と女の、悲しい墓石ではあったが……

その赤い門灯は、理代の心にもう一度、さらに強く、戦いの烽火《のろし》を灯《とも》してくれるだろう。

願わくは、今彼女が結婚を決意した戦友にも、だ。

（了）

解説　女警の真実

青木千恵（書評家）

この物語の舞台となるA県に、大都市といえる街は県都のみ。A県警の豊白《とよしろ》警察署が管轄する豊白市は、人口一〇万人ほどの地方都市だ。定員一五〇人に満たない豊白署の内輪で、女警による上官射殺事件が発生する。

春の宵、JR牟礼《むれ》駅の近くで発砲音が鳴った。〈拳銃《けんじゅう》の発砲音と思《おぼ》しき異常な音を二度、聴いた〉〈なお二度の音の間に。一分程度の間隔がある〉という通報で、パトカーが急行する。鈍行しか停まらない駅の周辺はのどかで、異変はなかった。駅前の交番を訪ねた二人の警察官は、頭を銃弾で吹っ飛ばされた遺体を発見する。遺体は交番のハコ長、年野健《ねんのたけし》警部補だった。部下の女警、青崎小百合《あおさきさゆり》巡査の姿はない。殺人。警察官の受傷事故。警察官の殉職。警察官の失踪《しっそう》。拳銃、警察手帳、無線機の亡失《しんかん》。後に言う〈豊白警察署牟礼駅前交番・警部補射殺事件〉の発生に、県警本部は震撼する。

物語の主人公、姫川理代《ひめかわりよ》警視は、重大事案の発生を知って深夜の県警に出仕する。人事や組織を握る〈警務部〉の監察官室長を務める理代は、二八歳の警察キャリアだ。府県警察を渡り歩き、本庁の激務に耐えた理代は、二箇月前に着任したA県警本部ですでに有名人だ。県警初の女性所属長、県警初の女性監察官室長、県警史上二人目の女性キャリア。「男社会」の警察組織において、女性の幹部は珍しいのだ。〈着任二箇月の二〇歳代女性の上官など、警察においては著しいバグであり異物である〉。「上」に媚《こ》び「下」をイビる警務部長、道戸《みちと》警視正の罵声《ばせい》をあび、蚊帳《かや》の外に置かれた理代は、『青崎巡査の能力不足、年野警部補のパワハラ、セクハラ』による直情的な上官殺しとして、二三歳の女警に責任を負わせる県警の〝ストーリー〟に疑問を抱く。上級幹部たちの異様な切迫感にも気づき、自ら調査に乗り出していく――。

男社会で働く女性たちの、声にならない葛藤《かっとう》を描いた警察小説である。元警察官僚の著者、古野《ふるの》まほろさんによる、警察内部の「詳細なディテール」にまず目を見張る。巨大な警察組織の内側を垣間《かいま》見られるのは面白いし、熟知する古野さんだから創り上げられた物語だと思う。

例えば事件の発生現場は、一日あたり二名の運用を認められた「ミニマム交番」だ。〈寂しい交番だ。立地も寂しいが、建物が何とも物悲しい〉。勤務する二名のうち、一名が被害者、一名が被疑者となったのが本書の事件で、内部事情を知るからこそ生まれた着想だと思う。知る人ぞ知るディテールが描きこまれ、それが物語と連動する展開を楽しめる。射殺された年野警部補は五三歳で、知能犯捜査のエースだった。スキルと才能を持つ刑事だったが二年前、ミニマム交番に〝流された〟。一方、青崎巡査は、やる気たのか。

と性根のある若手として将来を嘱望される、実務一年目の女警だった。交番で何が起き

次に、優れた「組織小説」であるのも本書の魅力だ。全国を網羅する巨大組織、警察の独特のシステムと、そこで働く人たちの葛藤が読める。犯罪と対峙《たいじ》する警察といえど、そこにいるのは「人間」だ。〈キャリア。II種。推薦組。地元ノンキャリア──警察の権力構造というのも、なかなかに複雑だ。そして複雑な権力構造あるところ、隠微な陰謀の花が咲く、必ず〉。スタート時点から「階級」が存在し、県警ノンキャリアから本庁に引き抜かれた「推薦組」は、年齢やそれまでの経験を考慮されずにイジメられることがある。〈偉いキャリアが、キャリアもII種も推薦組もイジメる〉〈権力の強い者から、弱い者に対して行われる。そのあたり、民間と何の変わりもない。ハラスメントの本質は、弱い者イジメである〉。世相が映し出され、読者に近しい「組織小説」となっている。

そして何より、「ジェンダー（性差）とセックス（性）」に焦点を当てた警察小説であることが、本書の一番の特色だ。折しもA県警では、半年前に着任した深沼《ふかぬま》ルミ県警本部長による〈女性の視点を一層反映した警察づくり〉が進められていた。理代も〈女性視点反映プロジェクトチーム〉や〈県下警察官女子会〉に参加していたが、駅前交番の事件をきっかけに女警たちと「言葉」を交わし、実際の現場の「生きづらさ」を知る。青崎巡査について聞くために、理代はまず男社会の県警で〝ガラスの天井〟を破った

最初の女性、五二歳の晴海美夏《はるみみか》警視に会う。晴海は、射殺された年野警部補を『警察一家の男』だと形容し、家父長制に基づく上下意識の存在を指摘する。〈男は誰もが家長で、女は誰もがその娘です〉。〈失礼ですが、姫川室長は、警部補から警察人生を始めたのですよね？〉と切り出したうえでこう言う。〈私は警察一家の保護者意識にも、男女の上下意識にも叛逆《はんぎゃく》するために、過剰に『警察一家の男になること』を選んだ。そしてもう人生の先は見えている。今更それ以外のなにかになれはしない〉。晴海の配慮で、理代は四〇代、二〇代の女警にも出会っていく。

ジェンダーとセックスを描くにあたり、①被疑者と同年代の二〇代女性キャリアを主人公に据える、②理代が出会う人々の年代と属性を多様に配置している点は、本書のポイントだと思う。女警のみならず、男性警察官の人生にも、理代は触れていく。同じ警察官でも一人ひとり違っていて、組織のなかで葛藤を抱えている。若い理代の視点を軸にして、事件と組織の全貌《ぜんぼう》をフラットに、かつ広範囲に捉《とら》え、そのうえで「ジェンダーとセックス」のありようが浮かび上がるのだ。警察が特殊な巨大組織だからこそ、描き出された世界を読者は客観的に見て考えられるし、組織や人物に共通項を見出《みいだ》せる。

女性の私は、女警たちの話に引き寄せられた。男女雇用機会均等法が施行された一九八六年に新聞社に入った私は、二〇〇五年に退社してからフリーランスで働いている。三〇年余を振り返ると、「女はだめだ」と二〇世紀終わり頃に言われたり、「女性」であるがゆえの出来事に遭った。〝ガラスの天井〟を見上げずとも、個人と個人を分断する

〝ガラスの壁〟があちこちにあると感じたが、今はどうだろうか。本書で、二〇代の嵐《あらし》あきら巡査はこう言っている。〈今、逆に、女にとってもっと生きづらい会社になりつつある……のかも知れません。少なくとも私は、生きづらさを感じます。何かの病気で独り窒息しかけているのに、周りは全く平穏無事な別の宇宙。そんな陰湿な息苦しさを感じます〉。

スイスの非営利財団、世界経済フォーラムが各国の男女格差を数値化する「ジェンダー・ギャップ指数2021」によると、日本の順位は一五六箇国中一二〇位と男女の格差が大きく、先進国のなかで最低レベルとなっている。特に「政治」と「経済」の分野で世界に後れをとっている。国会議員の女性割合は一割に満たず（政治）、女性の平均所得は男性より四三・七％低い（経済）。

本書で事件を起こした青崎巡査は、母子家庭で育ち、高校のときに母を亡くした。苦学して大学に進学し、すぐに自立したくて公務員を志した。この社会を生きていこうとした「女警」の姿と事件の真相が、物語を通して明らかになっていく。ちなみに日本で女性警察官が初めて採用されたのは一九四六年のことで、日本女性が初めて参政権を行使したのもこの年だ。先人に道を開いてもらい、七〇年以上かけて進んできた歩みを抑圧し、士気をそぎ、むしろ後退させるものの正体は何なのだろう。本書は、古野さんから読者への問題提起になっている。

生まれるのが三〇年遅かったら。

あるいは、一〇〇年早かったら。

本書を読みながら、そう思った。生まれるのが三〇年遅かったら、まだ二〇代の理代や嵐巡査のように、これからの人生をどう生きていくか、悩んでいるだろう（今も不安だが、二〇代には戻れない）。

逆に、生まれるのが一〇〇年早かったら、参政権さえ持てずにいるのだろう。

もう少し前に進みたい。みんなで。

正義感が強くて、前向き。将来有望な「女警」を追い詰めたものは何か――。

本書を読んで、あなたはどう思うだろうか。

本書は、二〇一八年十二月に小社より刊行された単行本を文庫化したものです。

女警《じょけい》

古野《ふるの》まほろ

令和3年 12月25日　初版発行
令和6年 3月15日　6版発行

発行者●山下直久

発行●株式会社KADOKAWA
〒102-8177　東京都千代田区富士見2-13-3
電話　0570-002-301(ナビダイヤル)

角川文庫 22949

印刷所●株式会社KADOKAWA
製本所●株式会社KADOKAWA

表紙画●和田三造

◎本書の無断複製（コピー、スキャン、デジタル化等）並びに無断複製物の譲渡および配信は、著作権法上での例外を除き禁じられています。また、本書を代行業者等の第三者に依頼して複製する行為は、たとえ個人や家庭内での利用であっても一切認められておりません。
◎定価はカバーに表示してあります。

●お問い合わせ
https://www.kadokawa.co.jp/（「お問い合わせ」へお進みください）
※内容によっては、お答えできない場合があります。
※サポートは日本国内のみとさせていただきます。
※Japanese text only

©Mahoro Furuno 2018, 2021　Printed in Japan
ISBN 978-4-04-111625-8　C0193

◆◇◇

角川文庫発刊に際して

角川源義

第二次世界大戦の敗北は、軍事力の敗北であった以上に、私たちの若い文化力の敗退であった。私たちの文化が戦争に対して如何に無力であり、単なるあだ花に過ぎなかったかを、私たちは身を以て体験し痛感した。西洋近代文化の摂取にとって、明治以後八十年の歳月は決して短かすぎたとは言えない。にもかかわらず、近代文化の伝統を確立し、自由な批判と柔軟な良識に富む文化層として自らを形成することに私たちは失敗して来た。そしてこれは、各層への文化の普及滲透を任務とする出版人の責任でもあった。

一九四五年以来、私たちは再び振出しに戻り、第一歩から踏み出すことを余儀なくされた。これは大きな不幸ではあるが、反面、これまでの混沌・未熟・歪曲の中にあった我が国の文化に秩序と確たる基礎を齎らすためには絶好の機会でもある。角川書店は、このような祖国の文化的危機にあたり、微力をも顧みず再建の礎石たるべき抱負と決意とをもって出発したが、ここに創立以来の念願を果すべく角川文庫を発刊する。これまで刊行されたあらゆる全集叢書文庫類の長所と短所とを検討し、古今東西の不朽の典籍を、良心的編集のもとに、廉価に、そして書架にふさわしい美本として、多くのひとびとに提供しようとする。しかし私たちは徒らに百科全書的な知識のジレッタントを作ることを目的とせず、あくまで祖国の文化に秩序と再建への道を示し、この文庫を角川書店の栄ある事業として、今後永久に継続発展せしめ、学芸と教養との殿堂として大成せんことを期したい。多くの読書子の愛情ある忠言と支持とによって、この希望と抱負とを完遂せしめられんことを願う。

一九四九年五月三日

角川文庫ベストセラー

監殺 古野まほろ

警務課内に組織された、警察の〝罪〟を取り締まる監察裏部隊「警務部警務課巡回教養班＝SG班」。警察内の異端児たちが、声なき者の恨みを力で晴らす。警察のリアルを知る著者による、前代未聞の監察小説！

全日本探偵道コンクール　セーラー服と黙示録 古野まほろ

探偵の甲子園ともいうべき、全日本探偵道コンクールが幕を開けた。対戦するのは、古野みづき率いる「聖アリスガワ女学校」と、穴井戸栄子率いる「勁草館高校」。その恐るべきゲームのルールとは？

セーラー服とシャーロキエンヌ　穴井戸栄子の華麗なる事件簿 古野まほろ

最上等の女流名探偵・穴井戸栄子に持ち込まれる不可思議な4つの事件。獅子座の人だけOKという高級バイトの目的とは？（「獅子座連盟」）ほか、ホームズ愛に溢れる事件に、ドS探偵と下僕助手が挑む！

その孤島の名は、虚《きょ》 古野まほろ

女子高吹奏楽部の生徒たちが、放課後の練習中に一斉に姿を消した！　生徒たちが気がつくと、そこは現実社会とは似て非なる、ある法則に支配された謎の孤島だった――!?　青春サバイバルミステリ！

生贄のマチ　特殊捜査班カルテット 大沢在昌

家族を何者かに惨殺された過去を持つタケルは、クチナワと名乗る車椅子の警視正からある極秘のチームに誘われ、組織の謀略渦巻くイベントに潜入する。孤独な潜入捜査班の葛藤と成長を描く、エンタメ巨編！

角川文庫ベストセラー

解放者 特殊捜査班カルテット2
大沢在昌

特殊捜査班が訪れた薬物依存症患者更生施設が、何者かに襲撃された。一方、警視正クチナワは若者を集めたゲリライベント「解放区」と、破壊工作を繰り返す一団に目をつける。捜査のうちに見えてきた黒幕とは？

十字架の王女 特殊捜査班カルテット3
大沢在昌

国際的組織を率いる藤堂と、暴力組織〝本社〟の銃撃戦に巻きこまれ、消息を絶ったカスミ。助からなかったのか、父の下で犯罪者として生きると決めたのか。行方を追う捜査班は、ある議定書の存在に行き着く。

悪果
黒川博行

大阪府警今里署のマル暴担当刑事・堀内は、相棒の伊達とともに賭博の現場に突入。逮捕者の取調べから明らかになった金の流れをネタに客を強請り始める。かつてなくリアルに描かれる、警察小説の最高傑作！

繚乱
黒川博行

大阪府警を追われたかつてのマル暴担コンビ、堀内と伊達。競売専門の不動産会社で働く伊達は、調査中の敷地900坪の巨大パチンコ店に金の匂いを嗅ぎつけると、堀内を誘って一攫千金の大勝負を仕掛けるが⁉

二度のお別れ
黒川博行

三協銀行新大阪支店で強盗事件が発生。犯人は約400万円を奪い、客の1人を拳銃で撃った後、彼を人質に逃走した。大阪府警捜査一課は捜査を開始するが、犯人から人質の身代金として1億円の要求があり――。

角川文庫ベストセラー

雨に殺せば　黒川博行

大阪湾にかかる港大橋で現金輸送車が襲われ、銀行員2人が射殺された。その後、事情聴取を受けた行員や容疑者までが死亡し、事件は混迷を極めるが――。金融システムに隠された、連続殺人の真相とは⁉

切断　黒川博行

病室で殺された被害者は、耳を切り取られ、さらに別人の小指を耳の穴に差されていた。続いて、舌を切り取られ、前の被害者の耳を咥えた死体が見つかって――。初期作品の中でも異彩を放つ、濃密な犯罪小説！

海の稜線　黒川博行

大阪府警の刑事コンビ〝ブンと総長〟は、東京からやってきた新人キャリア上司に振り回される。高速道路での乗用車爆破事件とマンションで起きたガス爆発。2つの事件は意外にも過去の海難事故につながる。

アニーの冷たい朝　黒川博行

若い女性が殺された。遺体は奇抜な化粧を施されていた。事件は連続殺人事件に発展する。大阪府警の刑事・谷井は女性の恋心を弄ぶ詐欺師の男にたどり着く。刑事の執念と戦慄の真相に震えるサスペンス。

ドアの向こうに　黒川博行

腐乱した頭部、ミイラ化した脚部という奇妙なバラバラ死体。そして、密室での疑惑の心中。大阪で起きた2つの事件は裏で繋がっていた？　大阪府警の〝ブンと総長〟が犯人を追い詰める！

角川文庫ベストセラー

絵が殺した　黒川博行

竹林で見つかった画家の白骨死体。その死には過去の贋作事件が関係している？　大阪府警の刑事・吉永は日本画業界の闇を探るが、核心に近づき始めた矢先、更なる犠牲者が！　本格かつ軽妙な痛快警察小説。

軌跡　今野　敏

目黒の商店街付近で起きた難解な殺人事件に、大島刑事と湯島刑事、そして心理調査官の島崎が挑む。（「老婆心」より）警察小説からアクション小説まで、文庫未収録作を厳選したオリジナル短編集。

熱波　今野　敏

内閣情報調査室の磯貝竜一は、米軍基地の全面撤去を前提にした都市計画が進む沖縄を訪れた。だがある日、磯貝は台湾マフィアに拉致されそうになる。政府と米軍をも巻き込む事態の行く末は？　長篇小説。

鬼龍　今野　敏

鬼道衆の末裔として、秘密裏に依頼された「亡者祓い」を請け負う鬼龍浩一。企業で起きた不可解な事件の解決に乗り出すが……恐るべき敵の正体は？　長篇エンターテインメント。

陰陽　鬼龍光一シリーズ　今野　敏

若い女性が都内各所で襲われ惨殺される事件が連続して発生。警視庁生活安全部の富野は、殺害現場で謎の男・鬼龍光一と出会う。祓師だという鬼龍に不審を抱く富野。だが、事件は常識では測れないものだった。

角川文庫ベストセラー

憑物　鬼龍光一シリーズ　今野敏

渋谷のクラブで、15人の男女が互いに殺し合う異常な事件が起きた。さらに、同様の事件が続発するが、その現場には必ず六芒星のマークが残されていた……警視庁の富野と祓師の鬼龍が再び事件に挑む。

豹変　鬼龍光一シリーズ　今野敏

世田谷の中学校で、3年生の佐田が同級生の石村を刺す事件が起きた。だが、取り調べで佐田は何かに取り憑かれたような言動をして警察署から忽然と消えてしまった──。異色コンビが活躍する長篇警察小説。

逸脱　捜査一課・澤村慶司　堂場瞬一

10年前の連続殺人事件を模倣した、新たな殺人事件。県警を嘲笑うかのような犯人の予想外の一手。県警捜査一課の澤村は、上司と激しく対立し孤立を深める中、単身犯人像に迫っていくが……。

歪　捜査一課・澤村慶司　堂場瞬一

長浦市で発生した2つの殺人事件。無関係かと思われた事件に意外な接点が見つかる。容疑者の男女は高校の同級生で、事件直後に故郷で密会していたのだ。県警捜査一課の澤村は、雪深き東北へ向かうが……。

執着　捜査一課・澤村慶司　堂場瞬一

県警捜査一課から長浦南署への異動が決まった澤村。その赴任署にストーカー被害を訴えていた竹山理彩が、出身地の新潟で焼死体で発見された。澤村は突き動かされるようにひとり新潟へ向かったが……。

角川文庫ベストセラー

切り裂きジャックの告白
刑事犬養隼人
中山七里

臓器をすべてくり抜かれた死体が発見された。やがてテレビ局に犯人から声明文が届く。いったい犯人の狙いは何か。さらに第二の事件が起こり……警視庁捜査一課の犬養が執念の捜査に乗り出す！

七色の毒
刑事犬養隼人
中山七里

次々と襲いかかるどんでん返しの嵐！『切り裂きジャックの告白』の犬養隼人刑事が、〝色〟にまつわる7つの怪事件に挑む。人間の悪意をえぐり出した、傑作ミステリ集！

ハーメルンの誘拐魔
刑事犬養隼人
中山七里

少女を狙った前代未聞の連続誘拐事件。身代金は合計70億円。捜査を進めるうちに、子宮頸がんワクチンにまつわる医療業界の闇が次第に明らかになっていき——。孤高の刑事が完全犯罪に挑む！

ドクター・デスの遺産
刑事犬養隼人
中山七里

死ぬ権利を与えてくれ——。安らかな死をもたらす白衣の訪問者は、聖人か、悪魔か。警視庁VS闇の医師、極限の頭脳戦が幕を開ける。安楽死の闇と向き合った警察医療ミステリ！

孤狼《ころう》の血
柚月裕子

広島県内の所轄署に配属された新人の日岡はマル暴刑事・大上とコンビを組み金融会社社員失踪事件を追う。やがて複雑に絡み合う陰謀が明らかになっていき……男たちの生き様を克明に描いた、圧巻の警察小説。